Ligeiramente SEDUZIDOS

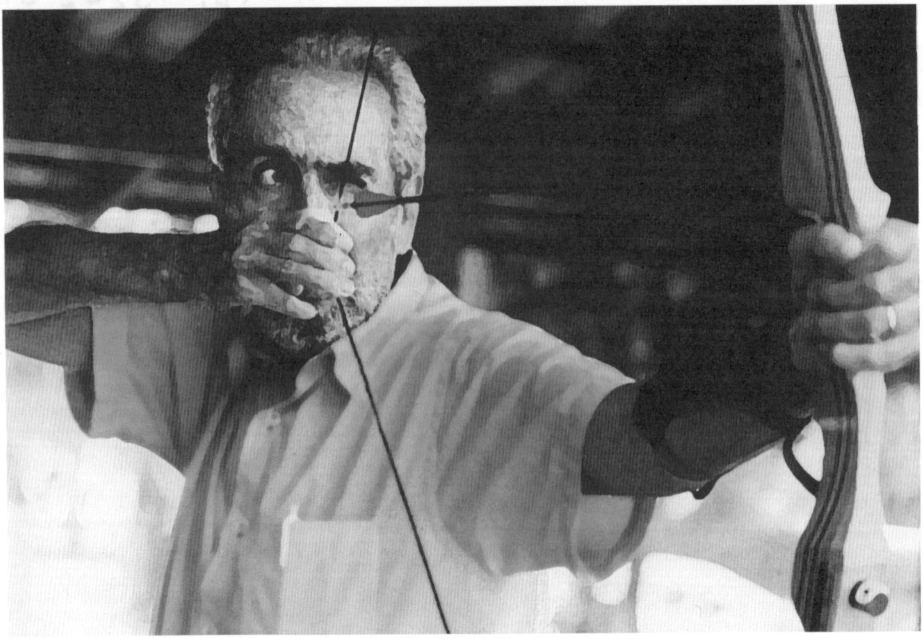

O Arqueiro

Geraldo Jordão Pereira (1938-2008) começou sua carreira aos 17 anos, quando foi trabalhar com seu pai, o célebre editor José Olympio, publicando obras marcantes como *O menino do dedo verde*, de Maurice Druon, e *Minha vida*, de Charles Chaplin.

Em 1976, fundou a Editora Salamandra com o propósito de formar uma nova geração de leitores e acabou criando um dos catálogos infantis mais premiados do Brasil. Em 1992, fugindo de sua linha editorial, lançou *Muitas vidas, muitos mestres*, de Brian Weiss, livro que deu origem à Editora Sextante.

Fã de histórias de suspense, Geraldo descobriu *O Código Da Vinci* antes mesmo de ele ser lançado nos Estados Unidos. A aposta em ficção, que não era o foco da Sextante, foi certeira: o título se transformou em um dos maiores fenômenos editoriais de todos os tempos.

Mas não foi só aos livros que se dedicou. Com seu desejo de ajudar o próximo, Geraldo desenvolveu diversos projetos sociais que se tornaram sua grande paixão.

Com a missão de publicar histórias empolgantes, tornar os livros cada vez mais acessíveis e despertar o amor pela leitura, a Editora Arqueiro é uma homenagem a esta figura extraordinária, capaz de enxergar mais além, mirar nas coisas verdadeiramente importantes e não perder o idealismo e a esperança diante dos desafios e contratempos da vida.

Ligeiramente SEDUZIDOS

MARY BALOGH

Os Bedwyns 4

ARQUEIRO

Título original: *Slightly Tempted*

tradução: Ana Rodrigues
preparo de originais: Taís Monteiro
revisão: Juliana Souza e Tereza da Rocha
diagramação: Ilustrarte Design e Produção Editorial
capa: Raul Fernandes
imagem de capa: Anna Mutwil/ Arcangel Images
impressão e acabamento: Associação Religiosa Imprensa da Fé

CIP-BRASIL. CATALOGAÇÃO NA PUBLICAÇÃO
SINDICATO NACIONAL DOS EDITORES DE LIVROS, RJ

B1541 Balogh, Mary
Ligeiramente seduzidos/Mary Balogh; tradução de Ana Rodrigues. São Paulo: Arqueiro, 2016.
288 p.; 16x23 cm. (Bedwyns; 4)

Tradução de: Slightly tempted
ISBN 978-85-8041-546-9

1. Romance inglês. I. Rodrigues, Ana. II. Título. III. Série.

16-31201 CDD: 823
CDU: 821.111-3

Editora Arqueiro Ltda.
Rua Funchal, 538 – conjuntos 52 e 54 –Vila Olímpia
04551-060 – São Paulo – SP
Tel.: (11) 3868-4492 – Fax: (11) 3862-5818
E-mail: atendimento@editoraarqueiro.com.br
www.editoraarqueiro.com.br

CAPÍTULO I

De certo modo, ainda parecia estranho voltar a participar de uma reunião da nata da sociedade britânica e ouvir a língua inglesa ser falada por praticamente todos os presentes. Não que a única nacionalidade no recinto fosse a inglesa. Também havia holandeses, belgas e alemães, entre outros. Mas os britânicos predominavam.

Gervase Ashford, conde de Rosthorn, estava parado logo na entrada do salão de baile da casa que o visconde de Cameron havia alugado na Rue Ducale, em Bruxelas, olhando ao redor com considerável interesse. Procurava rostos conhecidos. Já vira vários desde que chegara, fazia pouco tempo, da Áustria, mas esperava ver mais ali. No entanto, a grande maioria tanto das damas quanto dos cavalheiros lhe parecia excessivamente jovem. Aos 30 anos, Gervase experimentava a estranha sensação de ser um ancião.

Muitos daqueles jovens cavalheiros, e alguns dos mais velhos também, ostentavam uniformes militares – alguns azuis ou verdes, mas a maior parte de um vermelho escarlate e resplandecente, com ricos adornos e galões dourados. Como pavões, eles ofuscavam o brilho das damas, que usavam vestidos fluidos, de cintura alta, em tons pastel. Mas em contraste as damas pareciam delicadas e muito femininas.

– Um homem se sente em óbvia desvantagem aqui, ainda que esteja em uma de suas melhores roupas civis, não é mesmo? – disse o honorável John Waldane, em um tom melancólico, no ouvido esquerdo de Gervase.

O ouvido direito dele já estava ocupado com o zumbido cada vez mais alto de uma centena de vozes, todas tentando se sobrepor ao alarido ao redor e ao som dos instrumentos da orquestra que estavam sendo afinados.

– Se o homem em questão estiver aqui com a intenção de impressionar as damas, suponho que sim – concordou Gervase com uma risadinha. – Já se ele quiser ser um observador invisível, não.

Naquele momento, ele preferia ser o mais discreto possível. Ainda se sentia um pouco tímido em relação aos britânicos, imaginando quanto eles se lembravam do que acontecera nove anos antes, e também quanto *havia* para se lembrarem. Embora tivesse havido poucas cenas em público, Gervase não sabia até que ponto aquela história sórdida se tornara pública. Waldane, conhecido de Gervase na época, o saudara com enorme amabilidade quando os dois se esbarraram dois dias antes, e não fez nenhuma referência ao fato. Mas, é claro, a reputação que Gervase conquistara desde então era inegavelmente notória para quem quer que tivesse passado algum tempo no continente.

– O velho Bonaparte deve ser capturado a qualquer momento, arrastado de volta a Elba e mantido trancafiado pelo resto da vida, se algum de seus guardas tiver um cérebro, por menor que seja – comentou Waldane. – Então esses oficiais não terão mais desculpa para tantos galanteios ou para deslumbrar as damas com uma apresentação tão prendada.

– Inveja? – Gervase voltou a rir.

– Mortal. – Waldane, ligeiramente mais corpulento do que na última vez em que Gervase o vira, nove anos antes, e agora calvo, os cabelos claros e finos rareando, riu com tristeza. – Dá prazer impressionar algumas damas.

– É mesmo? – Gervase levou o monóculo ao olho para ver melhor o outro extremo do salão de baile cheio. Reconheceu lorde Fitzroy Somerset, o secretário militar do duque de Wellington, que conversava com Lady Mebs, e também Sir Charles Stuart, embaixador britânico em Haia. Mas sua atenção se desviou obsequiosamente para as damas mais jovens, sem que tivesse qualquer expectativa de reconhecer alguma delas, ou fosse sentir qualquer interesse caso isso acontecesse. Não gostava muito das demasiadamente jovens. – Santo Deus, você está certo.

O monóculo de Gervase fez uma pausa no grupo de Sir Charles, em uma jovem dama que, naquele momento, se afastou um pouco dos outros para cumprimentar dois jovens oficiais dos Life Guards, um dos regimentos de cavalaria. Eram belos rapazes que usavam calças muito brancas e elegantes, casacos escarlate com forro azul, galões dourados e, no lugar das botas de cavalaria, sapatos de dança.

A dama era mesmo muito jovem – mal devia ter acabado os estudos na sala de aula de casa, se ele não estivesse enganado. Gervase talvez não houvesse reparado na moça se Waldane não tivesse chamado sua atenção. Mas, depois de vê-la, foi forçado a admitir que, às vezes, era possível sentir um grande prazer apenas em apreciar uma beleza extraordinária.

Era o que estava acontecendo naquele momento.

A jovem era absolutamente adorável, o que ficava ainda mais evidente pela simplicidade do vestido branco, em um contraste agudo com a riqueza agressiva do uniforme usado pelos dois oficiais. Era um modelo de mangas curtas, decote baixo e cintura alta, de renda sobre cetim. Mas não era na roupa que Gervase estava interessado. O olhar experiente dele percebeu que o corpo sob o vestido era ágil, esguio e de pernas longas, embora inegavelmente feminino. O pescoço, longo e elegante como o de um cisne, sustentava a cabeça orgulhosamente erguida. E a moça tinha todo o direito de ter orgulho de si. Os cabelos escuros estavam presos no alto da cabeça e entremeados com pedras que poderiam muito bem ser diamantes cintilantes sob a luz de milhares de velas nos candelabros acima deles. O rosto – oval, com olhos escuros e nariz reto – era de uma perfeição clássica. E a beleza da jovem se tornava estonteante quando ela sorria, como fazia naquele momento em reação a algum comentário do oficial à sua direita. Ao rir, ela levantou o leque de renda branca na direção do queixo.

Gervase pensou que talvez jamais houvesse visto mulher mais adorável – se é que era possível chamá-la de mulher. Na verdade, a jovem era pouco mais do que uma menina, mas tão incrivelmente adorável quanto um botão de rosa perfeito que ainda não desabrochara em toda a plenitude.

Por sorte, talvez, para a jovem dama em questão – e para qualquer parente ou acompanhante que pudesse estar por perto –, ele preferia flores mais maduras a botões tenros. Afinal, as primeiras costumavam estar mais dispostas a serem seduzidas. Gervase já havia visto o bastante e estava prestes a desviar o monóculo.

– *Aquela* valeria a pena impressionar – observou John Waldane, notando os lábios torcidos do amigo e a direção do seu olhar. – Mas, infelizmente, Rosthorn, a jovem só tem olhos para homens de ombros largos que estejam vestindo um casaco escarlate.

Após dizer isso, Waldane suspirou de forma desamparada e teatral.

– E desde que o homem em questão não tenha nem um dia a mais que 22 anos de idade – acrescentou Gervase, notando a juventude dos dois oficiais dos Life Guards.

Devia mesmo estar ficando velho, pensou, quando até mesmo oficiais militares começavam a parecer colegiais brincando de guerra.

– Você não sabe quem é ela? – perguntou Waldane quando Gervase começou a se afastar, com a intenção de ir para o salão de jogos.

– Deveria? – perguntou Gervase. – Trata-se de alguém importante, então?

– Pode-se dizer que sim – confirmou o amigo. – A jovem está hospedada na residência dos condes de Caddick, na Rue de Bellevue, já que a filha do casal, Lady Rosamond Havelock, é sua amiga. Mas o irmão da dama em questão também está aqui. Ele tem ligação com a embaixada em Haia, ocupa algum cargo lá, mas no momento está em Bruxelas com Sir Charles Stuart.

– E...? – indagou Gervase, agitando a mão para que o amigo se apressasse na explicação.

– Um dos oficiais que está conversando com a jovem, o mais alto, de cabelos dourados, à direita dela, é o visconde de Gordon – falou Waldane. – Capitão, filho e herdeiro de Caddick. O único filho homem dele, na verdade. Daí a comissão militar nos Life Guards, suponho... toda a glória e os galões dourados, mas sem perigo algum. Eles desfilam cheios de pose no lombo de seus cavalos nas paradas militares, magníficos, levando as damas ao desmaio. Mas eles mesmos desmaiariam se essa ameaça de guerra contra o velho Bonaparte deixasse de ser apenas uma previsão empolgante e acabasse se tornando realidade.

– Eles podem vir a nos surpreender se lhes for dada a chance de alcançar a glória – comentou Gervase, sendo mais justo.

Deu um passo em direção às portas que o levariam para fora do salão de baile. Obviamente, Waldane estava confundindo seu interesse pela jovem de cabelos escuros com algo mais pessoal do que na verdade era, e esperava que ele implorasse que lhe revelasse a identidade dela.

– O nome dela é Lady Morgan Bedwyn – esclareceu o amigo.

Gervase parou e voltou a olhar para Waldane, as sobrancelhas erguidas.

– *Bedwyn?*

– A mais nova da família – disse Waldane. – Recém-saída do banco da sala de aula, recém-apresentada à corte, o prêmio mais valioso no mercado de casamentos, se já não houvesse sido arrebatada por Gordon. Pelo que sei, espera-se que o anúncio do compromisso dos dois seja feito a qualquer momento. Por isso é melhor manter distância da jovem, Rosthorn, mesmo que o lobo tenha ficado na Inglaterra quando ela veio para cá. – Ele deu um tapinha amigável nas costas do amigo e sorriu.

O lobo. Wulfric Bedwyn, o duque de Bewcastle. Embora fizesse nove anos que não via o homem e não houvesse pensado nele nos últimos quatro ou cinco, Gervase sentiu toda a fúria gelada de um antigo ódio ao se lembrar dele agora. Era a Bewcastle que ele devia a estranheza diante daqueles rostos e vozes ingleses e o próprio constrangimento por estar no meio deles – *sua própria gente.* Era a Bewcastle que Gervase devia o fato de não ter pisado na Inglaterra – *seu próprio país, o país de seu pai* – desde que tinha 21 anos. Em vez disso, passara a vagar pelo continente, sem pertencer realmente à França, apesar de sua mãe ser francesa, porque era inglês de nascimento e herdeiro de um título de conde britânico. Não estivera seguro na maior parte dos países europeus sob ocupação francesa pela mesma razão.

Por causa de Bewcastle – cuja amizade já cultivara em certa época –, toda a vida dele fora virada do avesso e mudada para pior, para sempre. Durante o primeiro ano, o exílio parecera mais sofrido do que a morte. E, somadas a ele, ainda havia a terrível humilhação e a impotência para convencer qualquer um de que fora vítima de uma injustiça. O consolo de Gervase fora se tornar exatamente o que esperavam que ele fosse: um libertino que não se importava com nada nem com ninguém a não ser consigo mesmo e com a satisfação dos próprios desejos, fossem sexuais ou de outra natureza. Sem dúvida, ele permitira de mais de uma maneira que Bewcastle vencesse.

Ah, sim, Gervase percebeu naquele breve instante enquanto ainda olhava para Waldane por sobre o ombro que o ódio e o desejo ardente de fazer Bewcastle sofrer também não haviam diminuído em nove anos. Apenas foram relegados ao campo da inconsciência.

E agora ele estava na mesma casa – no mesmo *salão* – que a irmã de Bewcastle. Era quase bom demais para ser verdade.

Gervase olhou mais uma vez para o outro lado do salão. A jovem tinha uma das mãos enluvadas pousada na manga do oficial de cabelos dourados – o capitão Gordon – e se dirigia com ele à pista de dança, onde as filas entravam em formação para as quadrilhas iniciais.

Lady Morgan Bedwyn.

Sim, não era difícil acreditar. A jovem se portava com o orgulho, a arrogância, mesmo, de uma aristocrata nata.

Gervase poderia causar um prejuízo ali se desejasse, pensou, estreitando os olhos ao observar a jovem. A tentação era quase incontrolável.

Enquanto ela assumia seu lugar na longa fila de damas e o capitão Gordon – um belo rapaz – se posicionava na fila oposta de cavalheiros, a atenção sorridente da jovem estava concentrada em seu par. E era mesmo um ótimo partido, filho e herdeiro de um conde. Na verdade, todos já davam como certo um compromisso entre os dois.

A ideia de causar algum dano se tornou ainda mais atraente.

A jovem dama sem dúvida era inocente, apesar de sua arrogância. Provavelmente estivera sob o olhar atento de governantas até o momento de sua apresentação à sociedade e, desde então, devia ter uma acompanhante sempre por perto. Gervase, por outro lado, era tudo, menos inocente. Era verdade que, apesar da reputação que carregava, só usava seus encantos para seduzir mulheres que estivessem no mesmo patamar que ele, tanto em experiência quanto em idade. Mas se escolhesse usar esses encantos para atrair uma jovem inocente, acreditava ser capaz de desviar a atenção da moça de um casaco escarlate.

Se escolhesse.

Como poderia não escolher?

Quando a música começou, Gervase sentiu uma leve tentação. Para dizer a verdade, não foi tão leve assim.

Lady Morgan Bedwyn executou os passos da quadrilha com precisão e graça. Gervase reparou que os seios eram pequenos, e o corpo, muito esguio, atributos que não costumavam atraí-lo sexualmente. É claro que não estava excitado naquele momento – apenas apreciava a beleza perfeita da jovem.

E, sim, sentia-se muito tentado a causar problemas a ela.

– Vai para o salão de jogos, Rosthorn? – perguntou John Waldane.

– Talvez mais tarde – respondeu Gervase, sem desviar a atenção dos dançarinos, cujos pés marcavam o ritmo no piso de madeira. – Acho que vou em busca de Lady Cameron, para pedir-lhe que me apresente a Lady Morgan Bedwyn no fim das quadrilhas.

– Não diga! – O amigo pegou a caixa de rapé. – Você é um demônio, Rosthorn! Bewcastle o desafiaria para um duelo se soubesse que apenas pousou os olhos na irmã dele.

– Pelo que me lembro, Bewcastle não entra em duelos – comentou Gervase com desdém, as narinas dilatadas ao lembrar o insulto. – Além do mais, eu *sou* Rosthorn. É bastante adequado que eu peça que me apresentem à jovem, Waldane. Ou mesmo que a convide para uma dança. Não estou planejando chamá-la para *fugir* comigo, veja bem.

Embora lhe causasse uma satisfação perversa imaginar como Bewcastle reagiria se ele *realmente* fugisse com a moça, Gervase ousaria contemplar tal possibilidade de vingança?

– Aposto cinco libras que ela insistirá em ter como par em todas as danças um uniforme escarlate e não lhe dará a menor atenção – provocou Waldane, rindo mais uma vez.

– Apenas cinco? – Gervase estalou a língua. – Assim você fere meus sentimentos, Waldane. Aposte dez libras, ou cem, se desejar. Perderá, é claro.

Ele não conseguia tirar os olhos da jovem. Ela era *irmã* de Bewcastle, uma pessoa próxima a ele, uma pessoa que lhe era cara. Alguém através de quem o orgulho e o senso de importância do duque, ainda que não o coração do nobre, poderiam ser atingidos. Era pouco provável que o homem *tivesse* coração – não mais do que o próprio Gervase tinha, pensou ele com cinismo.

É estranho como às vezes a sorte se vira a favor de um homem – embora já estivesse mesmo na hora. A Bélgica era o mais perto que Gervase chegara de voltar para casa, ainda que o pai já tivesse morrido havia mais de um ano e que a mãe implorasse por seu retorno à Chácara Windrush, em Kent, para assumir sua herança, seus deveres e suas responsabilidades como conde de Rosthorn. Ele estivera em Viena quando Napoleão Bonaparte escapara de Elba, em março. Agora, dois meses depois, dera um passo hesitante mudando-se para Bruxelas, onde os britânicos e seus aliados começavam a reunir forças para o esperado confronto com Bonaparte. Muitos britânicos que tinham filhos no exército haviam levado esposas, filhas e outros membros da família com eles. Um grande número de outros britânicos estava reunido ali apenas porque Bruxelas, na primavera de 1815, era o lugar onde se concentrava a nata da sociedade.

E entre essas pessoas estava Lady Morgan Bedwyn, irmã do duque de Bewcastle.

Ah, sim, ele se sentia muito mais do que *levemente* tentado.

A sorte enfim lhe dera uma mão de cartas com grandes possibilidades.

Lady Morgan Bedwyn estava mais do que apenas um pouco aborrecida e ligeiramente desapontada. Ela odiara a ideia de participar da temporada de festas e brigara por isso com Wulfric – o duque de Bewcastle, seu irmão mais velho e chefe da família – durante um ano ou mais, antes de completar 18 anos. Não queria ficar dando risadinhas ou sorrindo com afetação com o rosto atrás de um leque. Não queria se tornar um produto no grande mercado de casamentos, sendo avaliada por todos os jovens machos imaturos e cheios de espinhas que abundavam em Londres – como se não houvesse nada mais na vida a não ser casamento, e nada mais para *ela* a não ser aparência e linhagem.

Mas é claro que Wulfric insistira – calma e implacavelmente, sem erguer a voz, apenas arqueando de leve as sobrancelhas. Só que as sobrancelhas de Wulf – e seu monóculo – eram no mínimo duas vezes mais assustadoras do que as vozes de todo um regimento gritando em batalha. E também havia a tia Rochester, aquele verdadeiro dragão velho, que tomara Morgan com firmeza sob suas asas quando a moça chegara a Londres e logo lhe impusera o uniforme de uma jovem dama que seria apresentada à corte. De modo geral, tudo era branco, delicado, e fazia com que Morgan se sentisse com metade da idade que tinha – o que *não* é nada desejável quando se tem apenas 18 anos. E então a irmã mais velha de Morgan, Lady Freyja Moore, marquesa de Hallmere, chegara à cidade com o marido para acompanhar a caçula em sua apresentação à rainha, em seu baile de debutante e também nas primeiras aparições oficiais em eventos sociais.

Finalmente, toda aquela história tediosa de debutar já se tornara um fato consumado. Morgan detestara quase todos os momentos que passara envolvida nisso. Sentira-se como uma *coisa*. Uma coisa muito exclusiva, muito preciosa, era verdade. Ainda assim, mais um objeto do que uma pessoa.

No entanto, depois de tudo terminado, ficara feliz por ter acontecido. Porque, apesar da relutância em suportar a temporada em Londres, Morgan era dona de uma alma inquieta e aventureira, e de uma mente viva e inteligente que precisava de estímulo constante. E, de repente, tanto a aventura quanto o alimento para a mente se apresentaram a ela quando Napoleão Bonaparte escapara da prisão na ilha de Elba e voltara à França. As salas de visita de Londres ferveram com a notícia e com especulações a respeito das consequências que provocaria. Com certeza, os franceses o rejeitariam. Mas isso não aconteceu, e, em pouco tempo, era a possibilidade de guerra que inflamava as conversas em Londres. Seria possível que os aliados, tão confortavelmente assentados em Viena, engajados em conversas de paz, tivessem que lutar mais uma grande batalha contra Bonaparte?

Logo se tornou claro que a resposta era sim, e que o campo de batalha seria a Bélgica. Ninguém menos do que o duque de Wellington fora para Bruxelas em abril, e outras personalidades importantes de toda a Europa haviam ido se juntar a ele.

Desde o começo, Morgan achara toda essa história fascinante e – como ela era um membro dos Bedwyns, que eram conhecidos por seu desprezo às convenções e jamais achariam que certos assuntos não eram adequados aos ouvidos de uma dama – discutira com a família a situação e suas infinitas possibilidades de desdobramento.

E então surgira para ela a possibilidade de ir a Bruxelas.

Os exércitos haviam começado a se preparar para a guerra e alguns regimentos britânicos, além de um grande número de seus oficiais, estavam em Londres. Os oficiais passaram a aparecer em eventos públicos usando uniforme – e um deles começara a cortejar Morgan com determinação. Ela achara um tanto divertido estar acompanhada pelo capitão Gordon – belo, de cabelos dourados, uniformizado, filho e herdeiro dos condes de Caddick –, sair para passear com ele, sentar-se a seu lado, junto aos pais e à irmã dele, no camarote na ópera, dançar com ele nos bailes e em outras reuniões. Morgan chegara mesmo a ficar amiga da irmã do capitão, Lady Rosamond Havelock.

Então ele recebera a informação de que iria para a Bélgica com seu regimento, e os Caddicks, inclusive Rosamond, decidiram seguir o rapaz. Dezenas, centenas, talvez, de outros membros da sociedade britânica estavam indo também. Seria uma grande diversão, dissera Rosamond quando Morgan fora convidada a acompanhar a família, sob o olhar vigilante da condessa.

Todos pensavam, é claro, que o relacionamento que nascia entre Morgan e o capitão Gordon era sério. Embora ele também parecesse achar isso, assim como Rosamond e os Havelocks, Morgan estava longe de se sentir pronta para tomar qualquer decisão que a comprometesse pelo resto da vida. Mas queria desesperadamente ir para Bruxelas, estar perto do centro da crise e da ação que vinha sendo organizada, por isso implorara a Wulf que a deixasse viajar.

Morgan esperava que o cenário em Bruxelas fosse ser de grandes exercícios políticos e intelectuais, com conversas estimulantes onde quer que estivesse. Que tolice de sua parte!

Na verdade, a temporada na cidade belga estava sendo muito semelhante ao tempo que passara em Londres – dias e noites cheios de uma frivolidade após outra. Morgan quase desejava que Wulfric houvesse se recusado a permitir que ela fosse. Era tudo meio decepcionante.

É claro que havia vantagens em estar em Bruxelas. Em primeiro lugar, havia a maravilhosa sensação de liberdade. Wulfric não estava lá, com seu monóculo na mão, para tomar conta de cada ação da irmã, nem tia Rochester para *franzir o cenho* a todos os movimentos da sobrinha, empunhando seu *lorgnon* – um par de óculos sem hastes, sustentado por um único cabo acoplado a uma das lentes. Havia apenas Alleyne, o irmão de idade mais próxima à de Morgan, que estava ali com o embaixador, sob as ordens de Sir Charles Stuart. Mas embora Alleyne tivesse prometido a Wulf que ficaria de olho em Morgan, até aquele momento não tinha feito nada além de apenas observar. Na verdade, era como se estivesse apenas com meio olho atento à irmã.

Lady Caddick era uma acompanhante indulgente. Também era uma mulher bastante tola. Lorde Caddick parecia não ter um pingo de personalidade – ou, se tinha, Morgan ainda não descobrira. Ela gostava de Rosamond, mas até mesmo a amiga tinha poucos assuntos além de belos pretendentes, chapéus e bailes. O capitão Gordon e os outros oficiais conhecidos seus gostavam de reforçar a própria masculinidade dizendo às damas que não precisavam preocupar suas lindas cabecinhas com nenhum dos assuntos que Morgan estava inclinada a achar interessantes.

Era uma declaração um tanto provocadora para uma jovem que crescera com os Bedwyns e que tivera a tola esperança de que os outros homens seriam como os irmãos, e as outras mulheres, como Freyja.

A sequência de quadrilhas que abrira o baile do visconde de Cameron estava quase no fim. Morgan gostava de dançar com o capitão Gordon porque ele ficava mesmo lindo em seu uniforme e dançava bem. Quando ela o vira pela primeira vez, achara que poderia se apaixonar. Mas agora que o conhecia melhor, tinha sérias dúvidas a respeito do rapaz. O capitão lhe dissera no início das quadrilhas, em um dos raros momentos em que tiveram alguma privacidade por mais de alguns poucos segundos, que se sentia muito confiante em seu papel de oficial na luta contra a tirania. Estava completamente preparado, acrescentara, para morrer pelo país se preciso fosse – e pela mãe, pela irmã e... Bem, ainda não tinha o direito de acrescentar outro nome, concluíra o rapaz, encarando Morgan com uma expressão ardente.

Ela o achara um pouco teatral. E mais do que apenas um pouco alarmante. Os Caddicks e outras pessoas, percebera ela, presumiam que, ao aceitar o convite para a viagem, ela também concordara com um futuro noivado com o filho deles. No entanto, o motivo declarado do convite fora que Rosamond precisaria de companhia feminina.

– Eu estava torcendo – disse o capitão quando a música silenciou – para que a orquestra simplesmente se esquecesse de parar de tocar, Lady Morgan. Tive a esperança de que pudéssemos dançar a noite toda.

– Que tolice! – exclamou ela, abrindo o leque e abanando-se devagar para esfriar o rosto ruborizado. – Há outras damas esperando para dançar com o senhor, capitão.

– Há apenas uma dama com quem vale a pena dançar – comentou o capitão, oferecendo o braço a Morgan para acompanhá-la até onde estava a mãe dele. – Mas infelizmente não posso ter duas danças seguidas com ela.

Morgan se perguntou se poderia ser verdade que o capitão não passava de um jovem tolo e exibido. Mas ele também era um homem que estava encarando a guerra e a possibilidade da morte. Ela precisava se lembrar disso – seria injusto não fazê-lo. Um homem poderia ser perdoado por um certo excesso de sentimentalismo sob aquelas circunstâncias, desde que não exagerasse. Morgan sorriu para ele, mas falou com firmeza:

– Não, não pode. Desejo dançar com outros parceiros.

O tenente Hunt-Mathers era um dos que estavam no grupo reunido ao redor de Lady Caddick e Rosamond. Ele estava esperando por sua dança com Morgan, que seria a seguinte. O tenente não era tão alto, tão bonito ou tão elegante quanto lorde Gordon, mas era um jovem amável e educado, e Morgan gostava dele – ainda que o rapaz tivesse tendência a ser um tanto insípido. Ela se voltou para ele, sorrindo, ao mesmo tempo que recolhia a mão que segurava a manga de lorde Gordon.

Mas antes que pudesse começar qualquer tipo de conversa, percebeu que Lady Cameron se dirigia a Lady Caddick e lhe pedia permissão para apresentar o cavalheiro que estava ao seu lado a Lady Morgan Bedwyn. A permissão foi dada e Morgan se virou educadamente na direção das duas damas.

– Lady Morgan – disse a viscondessa de Cameron, sorrindo com graciosidade para a convidada –, o conde de Rosthorn pediu que o apresente à senhorita.

Morgan examinou o conde. Ele não era um oficial. Estava vestido com elegância em calções de seda cinza, colete bordado em prata, paletó social preto, justo, e camisa e lenço brancos com aplicações de renda. Não era um homem jovem. Era alto, com formas harmoniosas, e bastante bonito, admitiu Morgan. Ela fez uma mesura e percebeu que o conde tinha olhos acinzentados com uma expressão indolente, que pareciam encará-la com certo humor.

Mas Morgan não viu nada no conde de Rosthorn que lhe despertasse grande interesse. Ele era um entre as dezenas de cavalheiros que haviam pedido que os apresentassem a ela desde que debutara na sociedade. Morgan sabia que era considerada bela, embora se achasse morena e magra demais. E também sabia que o fato de ser filha de um duque e dona de uma grande fortuna a tornava atraente a cavalheiros de todas as idades e patentes. Afinal, ela era um produto no mercado de casamentos, mesmo que agora estivesse na Bélgica e não em Londres, e mesmo que todos *achassem* que ela estava praticamente comprometida com lorde Gordon.

Morgan respondeu com educação ao conde, perguntou como ele estava, mas logo o cortou da lista de cavalheiros que poderiam ter alguma importância especial para ela. E o encarou com a arrogância fria que costumava desencorajar atenções indesejadas. Morgan *torceu* para que ele entendesse sua expressão e não a convidasse para dançar.

Às vezes ela ficava alarmada ao perceber quão entediada se sentia com apenas 18 anos.

– Estou bem, obrigado – disse o conde em um tom de voz que, de certo modo, combinava com a expressão nos olhos dele, lânguida e com certo humor. – Agora melhor ainda, já que fui apresentado à dama mais encantadora do salão.

A lisonja foi dita como se ele risse de si mesmo.

Morgan não respondeu. Abriu o leque diante do rosto e o encarou, as sobrancelhas erguidas de leve, a expressão abertamente arrogante que era a especialidade dos Bedwyns. Aquele homem a achava mesmo *tão* tola e obtusa? Esperava de fato que ela sorrisse com afetação e ruborizasse diante de tamanha bobagem? Mas por que o conde não haveria de pensar e esperar exatamente isso? Era o que pensava a maior parte dos cavalheiros, que assim demonstravam quão obtusos *eles* eram.

O humor só ficou mais intenso nos olhos do conde e Morgan percebeu que ele lera seus pensamentos. Ótimo! Mas as palavras seguintes dele a desanimaram:

– Eu poderia ousar ter a esperança de que a senhorita ainda tenha uma dança livre em algum momento desta noite, e deseje aproveitá-la comigo?

Que aborrecimento!, pensou Morgan, parando por um instante de abanar o leque e tentando encontrar uma desculpa educada para recusar o convite – ela não gostava da ideia de simplesmente mentir e dizer que já prometera todas as danças daquela noite.

Mas alguém fez isso em seu lugar.

– Ah, que pena! – exclamou o capitão Gordon, no tom meio afetado que às vezes assumia quando falava com alguém que considerava inferior. – Todas as danças neste canto do salão já foram prometidas, meu caro.

Morgan arregalou os olhos, ultrajada. Como o capitão ousava? Mas antes que pudesse ter a satisfação de retorquir com a irritação adequada a tamanha pretensão, o conde de Rosthorn se virou na direção dele, um monóculo materializando-se em sua mão. Levou o monóculo ao olho e examinou Gordon com desinteresse.

– Aceite minhas congratulações, capitão – disse o conde. – Mas me sinto na obrigação de desfazer um possível mal-entendido de sua parte. Não estou convidando-o para dançar.

Morgan precisou se controlar para não deixar escapar um gritinho de prazer. Que resposta deliciosa, perfeita! De repente, ela passou a encarar o conde sob uma luz completamente diferente. Um homem com tamanhas rapidez de raciocínio e segurança era merecedor de sua simpatia. Ele a fez se lembrar dos irmãos.

– Obrigada pelo convite, lorde Rosthorn – disse Morgan, como se nada houvesse acontecido entre o momento em que ele pedira a dança e a resposta dela, agora. – Que tal a dança depois dessa?

Por maior que fosse a elegância com que estivesse vestido, pensou Morgan, havia algo nele que sugeria uma má reputação, embora ela não fosse capaz de definir o que era. Talvez fosse apenas o fato de o conde ser consideravelmente mais velho do que ela e, por isso mesmo, ter um maior conhecimento do mundo e da vida. Não que Morgan estivesse disposta a admitir sua ingenuidade. Jamais! Mas de fato havia uma certa frieza no conde, uma ligeira sensação de perigo que emanava dele.

– Será uma honra que esperarei com prazer durante a próxima meia hora – respondeu o conde.

Provavelmente era aquele olhar indolente, decidiu Morgan. E a voz lânguida. Mas não, havia outro elemento na voz dele que explicava com mais clareza a impressão de leve perigo que ela tinha. O conde falava com sotaque francês.

Morgan abanou o rosto devagar e observou enquanto ele se afastava.

– O conde tem sorte de haver damas presentes – dizia lorde Gordon ao seu círculo de amigos, a voz trêmula de raiva. – Teria me dado grande satisfação bater com uma luva no rosto dele.

Morgan o ignorou.

– Minha cara Lady Morgan – disse Lady Caddick quando o conde já não podia ouvir –, o misterioso conde de Rosthorn deve ter ficado muito impressionado com a senhorita, para insistir em lhe ser apresentado.

– *Misterioso*, não, mamãe? – perguntou Rosamond.

– Ah, sim, ele é um mistério – confirmou Lady Caddick. – Herdou o título e a fortuna do pai há cerca de um ano, mas ninguém soube dele por anos antes disso nem o viu desde então, a não ser agora, aqui em Bruxelas. Há rumores de que ele tem andado disfarçado pelo continente, recolhendo informações para o governo britânico.

– Ele é um *espião*? – questionou Rosamond, arregalando os olhos e se virando na direção em que o conde se afastara.

– Pode muito bem haver alguma verdade nos boatos – comentou Lady Caddick. – Isso com certeza explicaria a aparição dele em Bruxelas em um momento em que deve haver grande necessidade de informações secretas sobre a França.

O interesse de Morgan em relação ao conde aumentou ainda mais. Era realmente um homem perigoso! Mas os pares já começavam a se preparar para a próxima dança e a orquestra estava pronta para tocar de novo. O tenente Hunt-Mathers se aproximou dela, fez uma reverência rígida em estilo militar e estendeu o braço.

CAPÍTULO II

Gervase passou a meia hora seguinte no salão de jogos, passeando, observando as partidas em andamento e trocando acenos de cabeça e amabilidades com alguns conhecidos. E manteve um dos ouvidos atento à música.

Lady Morgan Bedwyn era tão encantadora de perto quanto parecera vista do outro lado do salão. A pele clara e suave era imaculada e os grandes olhos castanhos tinham cílios fartos e escuros. Ele achara bastante divertida a reação da moça diante dos galanteios deliberadamente exagerados que lhe fizera. Lady Morgan o encarara com a altivez de uma nobre entediada. Ao que parecia, a jovem não era a moça tola que ele imaginara.

Aquele olhar sério e arrogante devia ser um dom dos Bedwyns. Bewcastle era um mestre nessa arte. Gervase fora alvo de um desses olhares na última vez em que vira o homem. A expressão de Lady Morgan sugeria orgulho, presunção, vaidade e insolência, e todos esses traços de caráter o mantiveram ainda mais determinado em sua decisão.

Finalmente a música terminou e foi substituída pelo burburinho alto das conversas, vindo da direção do salão de baile. Estava na hora de ir reclamar sua parceira de dança. A *irmã* de Bewcastle.

O barulho e a animação no recinto pareciam desmentir o fato de que estavam todos ali – sobretudo os oficiais – porque uma guerra era iminente. Mas talvez fosse exatamente a possibilidade de tamanha catástrofe que impelisse todos a aproveitarem ao máximo o momento. Para muitos, o presente poderia ser tudo o que teriam.

Gervase localizou sua parceira de dança na multidão e foi na direção dela. Cumprimentou Lady Caddick, acompanhante da moça, com um aceno de cabeça e fez uma mesura diante de Lady Morgan.

– Lady Morgan – disse –, acredito que esta seja a minha dança, certo?

A nobre assentiu regiamente. Ela e a dama de cabelos dourados a seu lado estavam cercadas por jovens oficiais que encaravam Gervase com uma hostilidade mal-disfarçada.

– É uma valsa – comentou a outra moça. – Conhece os passos, lorde Rosthorn?

– Sim, conheço – assegurou Gervase. – Recentemente passei alguns meses em Viena. A valsa é uma febre na cidade.

– Rosamond! – repreendeu Lady Caddick, talvez porque a moça havia falado com ele sem ter sido primeiro apresentada formalmente. Mas as plumas altas nos cabelos da dama mais velha se inclinaram com graciosidade na direção de Gervase. – Pode valsar com Lady Morgan, lorde Rosthorn. Ela recebeu permissão do comitê de senhoras do clube Almack's.

Gervase estendeu o braço para Lady Morgan, que pousou a mão com delicadeza nele – uma mão delicada, de dedos longos, cobertos por uma luva branca.

– A permissão das senhoras do Almack's – comentou ele, erguendo as sobrancelhas enquanto se afastava com a jovem. – Isso tem alguma... importância?

– É tudo absolutamente tedioso – respondeu Lady Morgan com uma expressão que lembrou a ele uma matrona entediada. – Uma dama não pode valsar nos salões de Londres até que tenha conseguido a permissão delas.

– É mesmo? E por quê?

– Muitas pessoas não aprovam a valsa – explicou ela. – É considerada avançada.

– Avançada? – perguntou Gervase, aproximando a cabeça da dela.

– No sentido de imprópria – disse Lady Morgan, com desdém.

Ele sorriu.

– Ah, entendo.

E realmente entendia. A boa e velha Inglaterra. Não mudara em nada. Continuava pudica como sempre.

– Dancei valsa milhares de vezes em casa com meu professor de dança e com meus irmãos – comentou ela. – Mas não tive permissão para dançar em meu próprio baile de apresentação à sociedade!

– Como se a senhorita fosse uma criança! – exclamou ele, parecendo chocado.

– Exatamente!

Mas ela o encarou com desconfiança quando eles assumiram seus lugares na pista de dança, esperando que a música começasse.

Deus, como ela era bonita!

– O senhor é um espião britânico? – perguntou Lady Morgan.

Gervase ergueu a sobrancelha diante da mudança abrupta de assunto.

– Há rumores a respeito disso – esclareceu ela. – O senhor está longe da Inglaterra há muito tempo. Dizem que talvez tenha estado engajado em missões da inteligência para o governo britânico.

– Lamento dizer, mas não sou tão romântico – retrucou ele. – Estou longe da Inglaterra há nove anos porque fui banido de lá... pelo meu pai.

– É mesmo?

– Por causa de uma mulher – continuou Gervase com um sorriso. – E do roubo de uma joia de valor inestimável.

– Que o senhor roubou?

– Que eu *não* roubei – disse ele. – Mas todos os ladrões acusados e condenados não afirmam a mesma coisa?

Ela o encarou por um momento, as sobrancelhas arqueadas.

– Lamento que não seja um espião – falou, por fim. – Embora arrisque dizer que, de qualquer modo, o senhor não estaria disposto a responder às minhas perguntas sobre sua situação militar.

Ela virou a cabeça na direção da orquestra – a música enfim estava começando.

Gervase pousou a mão na cintura dela – era tão fina que ele quase conseguia abarcá-la entre as duas mãos – e segurou-lhe a mão direita com a sua esquerda. A mão livre de Lady Morgan pousou no ombro dele.

Ela era muito jovem. E absolutamente encantadora.

E era irmã de Bewcastle.

Dançar era uma das coisas que Gervase fazia muito bem. Ele sempre adorara os passos elegantes do minueto, a complexidade vigorosa das quadrilhas – e a energia erótica da valsa. Talvez os britânicos fossem sábios ao proteger as moças muito jovens daquele ritmo sedutor.

Ele guiou a dama no início da dança, valsando e girando em passos pequenos e cuidadosos enquanto avaliava o conhecimento dela e sua habilidade para acompanhá-lo. Lady Morgan fora bem ensinada. Mas também tinha algo mais do que precisão e domínio da dança. Gervase sentiu isso já no primeiro minuto, quando eles se moviam tão lentamente quanto todos ao redor.

Lady Morgan não se mostrou inclinada a conversar mais e ele também não teve essa necessidade. Podia sentir o perfume dela, algum sabonete ou colônia, delicado e floral – violeta, talvez? Ela parecia muito jovem, muito esguia, nos braços dele. Era leve, cálida e flexível, e Gervase percebia os sapatinhos se movendo pelo piso do salão a poucos centímetros dos dele.

– É assim que os ingleses valsam? – perguntou Gervase.

– Sim. – Ela levantou os olhos para encará-lo. – Não é como todos valsam?

– Devo lhe mostrar como se valsa em Viena, *chérie*? – indagou ele.

Ela arregalou os olhos, embora ele não soubesse se por causa da pergunta ou do uso do termo carinhoso em francês.

Gervase girou com ela em passadas mais abertas e rodopiou com mais vigor ao chegarem a um canto do salão. Lady Morgan o acompanhou. Ele conseguiu até mesmo arrancar um sorrisinho dela.

A valsa não fora criada para ser algo monótono e mecânico, com todos girando lentamente, em perfeito compasso uns com os outros. Gervase dançava naquele momento com Lady Morgan do modo como tinha certeza de que a valsa fora feita para ser dançada, os olhos e a mente concentrados na parceira, os ouvidos recebendo a música e transmitindo o ritmo e a melodia a cada célula do corpo, os pés convertendo os compassos em movimento.

Era uma dança sensual, que tinha a intenção de prender a atenção do homem na mulher e vice-versa. Tinha sido criada para evocar pensamentos em outro tipo de dança, ainda mais íntima.

Não era de estranhar que os britânicos tivessem receios em relação a ela.

Gervase rodopiou com Lady Morgan nos braços até que a luz dos candelabros se tornasse uma faixa cintilante acima deles e desviou habilidosamente de casais que giravam mais devagar, notando com satisfação que a jovem o acompanhava em cada passo, sem demonstrar o menor vestígio de medo de errar, de colidir com outros dançarinos ou de perder o equilíbrio. Os uniformes cintilantes dos oficiais, os vestidos de baile em tons pastel das damas, tudo se fundiu em uma melodia intermitente de cor.

Quando a primeira valsa daquela seleção terminou, os olhos de Lady Morgan cintilavam. Ela estava ligeiramente ruborizada e um pouco ofegante. E ainda mais encantadora do que antes.

– Nossa! – exclamou ela. – Gostei do modo como se dança em Viena!

Ele abaixou a cabeça para se aproximar mais dela.

– Acha que as senhoras do Almack's aprovariam?

– Com certeza, não – respondeu ela, e riu.

A música começou novamente. Mas dessa vez era uma valsa mais lenta, mais leve.

Gervase valsou com ela pelo meio dos outros dançarinos, como antes, desviando-se deles com precisão, variando a largura dos passos, alguns curtos e então um mais largo, girando com tanta velocidade que forçava as costas e o pescoço de Lady Morgan a se arquearem para trás. Ele sentia a música com o corpo, movia-se com as notas, desafiava a melodia, tomava liberdade com ela, experimentava sua magia. E Lady Morgan se movimentava junto dele, sem errar, os olhos presos aos dele na maior parte do tempo. Gervase a segurava uma fração de milímetro mais próxima do seu corpo do que determinavam as regras, embora eles não se tocassem em nenhum lugar além dos permitidos.

Lady Morgan suspirou alto quando a música estava perto de terminar novamente.

– Não sabia que uma valsa poderia ser tão... – disse ela, girando a mão no ar, sem conseguir encontrar a palavra adequada para completar a frase.

– Romântica? – sugeriu ele. Então aproximou mais os lábios da orelha dela. – Erótica?

– Agradável – respondeu a moça. Então franziu a testa e voltou a encará-lo com a altivez de antes. – Essa não foi uma escolha de palavras nada adequada! E por que me chamou de *chérie*?

– Passei nove anos no continente, falando francês na maior parte do tempo – explicou Gervase. – E minha mãe é francesa.

– Então me chamaria de outra coisa, se tivesse passado esses anos na Inglaterra? – perguntou ela. – Ou se sua mãe fosse inglesa?

– Provavelmente, não. – Ele sorriu para ela. – Eu teria passado a vida toda em meio às suscetibilidades e inibições inglesas. Que tédio teria sido... Sou grato por minha mãe ser francesa, *chérie*.

– Não deve me chamar assim – retrucou ela. – Não lhe dei permissão. Entenda que *eu* sou inglesa, com todas as suscetibilidades e inibições inglesas... E com todo o tédio.

Ela era irmã de Bewcastle até o último fio de cabelo, pensou Gervase. A não ser pelo fato de que ele conseguia ver a rebeldia sob a superfície aristocrática, a borboleta ansiosa para voar, para se libertar do casulo. E via a mulher por trás dos traços muito jovens, que com certeza era capaz de uma paixão ardente.

– Não acredito na senhorita nem por um momento – disse Gervase baixinho, sorrindo para ela. – Mas se não posso chamá-la de *chéri*e, qual a outra opção? Que tipo de nome para uma dama é Morgan?

– Foi escolha da minha mãe – explicou ela. – Todos temos nomes incomuns, minha irmã e meus irmãos também. Mas o meu não é tão estranho assim. Nunca ouviu falar de Morgan, ou Morgana, das lendas arturianas? É uma mulher.

– E uma feiticeira – disse ele. – Seu nome faz todo o sentido, então.

– Bobagem – retrucou ela bruscamente. – Além do mais, não sou Morgan para o senhor, não é mesmo, lorde Rosthorn? Sou *Lady* Morgan.

A música começou mais uma vez para a última valsa daquela seleção. O sorriso de Gervase se transformou em uma gargalhada.

– Ah! – exclamou Lady Morgan, se animando. – Outra música mais rápida. Dançar às vezes pode ser muito tedioso, não acha, lorde Rosthorn?

– Se o modo de dançar for o inglês, tenho que concordar com a senhorita – respondeu ele. – Mas o modo vienense é mais... hã... interessante, não concorda?

– Quando fez essa pausa, sua intenção era que eu pensasse naquela outra palavra, não era? – perguntou ela. – Acredito, lorde Rosthorn, que o senhor está flertando de forma escandalosa comigo. Mas tome cuidado: não sou tão ingênua quanto posso parecer. Sim, vamos valsar à moda vienense, pois é mais *interessante*. – A jovem sorriu para ele.

Aquele sorriso guardava toda a luz do sol, todo o calor de um dia de verão, e Gervase percebeu que a moça estava fazendo o jogo dele – ou o que achava que fosse o jogo dele. Lady Morgan era muito mais interessante do que ele imaginara. Talvez até mesmo provasse ser uma oponente de valor.

Ele esperava que sim.

– Me convenceu, *chérie* – falou, girando com ela e sustentando seu olhar sorridente. – Vamos executar o modo *erótico* da dança.

O rosto dela ficou ruborizado. Mas Gervase percebeu que Lady Morgan não afastou o olhar. Ele sorriu lentamente para ela.

Quase todos os britânicos em visita a Bruxelas haviam se deslocado para a cidade de Schendelbeke e cruzado a ponte temporária sobre o rio Dender até onde, na margem próxima a Grammont, o duque de Wellington passava em revista a cavalaria britânica. Von Blücher, o marechal prussiano, também estava lá.

O lugar era um belo cenário para um espetáculo daqueles. E aquilo era mesmo um verdadeiro espetáculo. Primeiro, a cavalaria ficou parada para ser inspecionada, e Morgan, sentada em uma carruagem aberta com Rosamond e os condes de Caddick, poderia jurar que nenhum dos milhares de homens, assim como nenhum dos milhares de cavalos nos quais eles estavam montados, havia movido um único músculo. Então, lorde Uxbridge, seu comandante, passou marchando com a cavalaria pelo duque, e todos se moviam tão perfeitamente juntos que era como se toda a força fosse uma unidade.

– Como qualquer mulher normal conseguiria não se apaixonar por cada um desses oficiais? – perguntou Rosamond com uma risadinha, embora falasse em um sussurro para que a mãe não ouvisse.

Às vezes Morgan achava a amiga um pouco tola em seu entusiasmo, mas naquele caso Rosamond não deixava de ter razão. Morgan não teria perdido aquele evento por nada no mundo. Àquela altura, se ainda estivesse em Londres, provavelmente estaria acompanhando sua tia Rochester em visitas sem graça. Por outro lado, quando tentara, pouco tempo antes, iniciar uma conversa com o conde de Caddick sobre a real necessidade de a disciplina militar sobrepujar o direito do homem à individualidade, recebera em resposta olhares perplexos das damas e um mero grunhido do conde.

O regimento dos Life Guards fazia parte da revista e se adiantou em todo o seu esplendor escarlate imaculado. Os oficiais montavam cavalos magníficos, perfeitamente treinados – os melhores de toda a Europa, segundo lorde Gordon. O capitão encontrava-se entre os seus homens naquele momento. Também estavam ali vários outros jovens oficiais que faziam parte do grupo usual de amigos dele.

Se em algum momento a cavalaria britânica fosse forçada a entrar na batalha, predisse Rosamond em voz alta, com certeza bastaria que a cavalaria francesa desse uma única olhada neles para estacar, em pânico, apavorada demais até para fugir. Não que a situação fosse *algum dia* chegar a esse ponto, é claro.

Morgan não tinha tanta certeza em relação a nenhuma das duas possibilidades. Na véspera mesmo, Alleyne a alertara para o fato de que a situação começava a parecer séria e de que era bastante provável que os Caddicks logo decidissem retornar à Inglaterra. E, com certeza, pensou ela, anos de campanhas militares deveriam ter ensinado a todos na Europa que seria uma grande tolice subestimar Bonaparte e os soldados franceses que sempre haviam lutado por ele com incansável bravura. Muitos britânicos, é claro, não estavam dispostos a admitir que qualquer outro povo que não o inglês fosse capaz de mostrar bravura.

Ela guardou para si seus pensamentos.

Depois de terminada a revista, o capitão Gordon e vários outros oficiais cavalgaram até a carruagem aberta para cumprimentar o conde e a condessa e para conversar com as jovens damas. Morgan estava bastante consciente de que o espetáculo visual daquela tarde não era uma apresentação de circo. Era a realidade, homens de verdade se preparando para a guerra – para matar e serem mortos. Ela girou o guarda-sol acima da cabeça e fixou o olhar em cada um deles. Era difícil imaginar toda aquela vitalidade masculina em uma luta tão desesperada.

– O duque de Wellington está esperando ansiosamente pela chegada de mais tropas estrangeiras – explicou lorde Gordon a Morgan. Ele manobrara o cavalo para ficar ao lado da porta perto da qual ela estava sentada. – E dizem que está apavorado, com medo de que o restante das tropas experientes que lutaram com ele na Guerra da Península não consiga voltar da América a tempo de fazer os franceses recuarem, caso sejam tolos o bastante para atacá-los aqui. Mas é fácil ver que apenas a nossa cavalaria já é forte e brutal o bastante para alcançar esse intento sem maiores dificuldades.

Seus colegas oficiais aplaudiram, sorridentes.

– Não concorda comigo, Lady Morgan, depois de ter assistido à revista? – perguntou ele.

Morgan sabia muito bem – como todos deviam saber – que era sempre a infantaria que ganhava ou perdia uma batalha.

– Sem dúvida, os senhores parecem formidáveis – respondeu.

– E o regimento dos Life Guards? – perguntou ele. – É de conhecimento geral que somos a nata, por assim dizer, que todos os ingleses das mais altas patentes escolhem os Guards, considerando que possam pagar pela patente, e que temos os melhores cavalos. Já notou como o resto da cavalaria e todos os regimentos de infantaria e de artilharia olham para nós com inveja e admiração? Principalmente os jaquetas verdes.

Os companheiros dele voltaram a rir e a aplaudir, e Lady Caddick sorriu com complacência. Rosamond estava envolvida em uma conversa particular com o major Franks, que dera a volta até o lado da moça na carruagem.

Morgan desejou que eles não parecessem tanto, de um modo que chegava a ser desconcertante, um grupo de colegiais com a intenção de ganhar um jogo de críquete de uma escola rival. Ela não podia deixar de se perguntar, com certo desconforto, como tropas tão despreparadas se sairiam em batalha. A maior parte dos jaquetas verdes a quem lorde Gordon se referira era formada por atiradores. Muitos haviam lutado na Guerra da Península e eram de tropas experientes, treinadas em batalha. Vários deles talvez tivessem uma aparência menos abastada, mas Morgan percebera que os outros soldados se dirigiam a eles com um respeito considerável.

– O regimento dos Life Guards parece particularmente magnífico – concordou ela.

O capitão sorriu, satisfeito.

– Nada deve temer, Lady Morgan – disse ele. – Em primeiro lugar, nenhum francês em seu juízo perfeito lutará de novo por Bonaparte se puder evitar. Além disso, Bruxelas está cercada por nossas próprias tropas aliadas em uma fortaleza de proteção impenetrável. E, se todo o resto falhar, com certeza os Life Guards não falharão. A senhorita está totalmente a salvo de qualquer mal.

Houve mais aplausos bem-humorados.

– Não me sinto ameaçada – assegurou Morgan.

– Eu lhe garanto que não a manteríamos em Bruxelas se houvesse qualquer perigo, Lady Morgan – comentou Lady Caddick –, conforme garanti ao duque, seu irmão, antes de viajarmos para cá.

– De certo modo – continuou lorde Gordon, com sua ansiedade infantil, toda a atenção ainda concentrada em Morgan –, lamento que Bonaparte jamais se *aproximará* de Bruxelas. Nada me daria mais prazer do que uma batalha para ensinar a ele uma ou duas coisas sobre a cavalaria em geral e sobre o regimento inglês dos Life Guards em particular. Se Wellington nos tivesse junto a ele na Espanha, me arrisco a dizer que não teria demorado tanto a empurrar os franceses de volta para a França.

– Talvez não – disse Morgan. – Mas vocês estão aqui agora.

Morgan se sentia profundamente indignada. Até o ano anterior, o irmão dela, Aidan, fora um oficial da cavalaria. Lutara em Portugal, na Espanha e na França, combatendo na Guerra da Península com as forças de Wellington a cada passo lento do caminho. E Morgan nunca ouvira o irmão alegar que seu regimento – ou mesmo a cavalaria apenas – havia vencido a guerra. Aidan sempre falava com respeito de todas as forças militares com as quais lutara, fosse a cavalaria, a infantaria, a artilharia, os britânicos ou os aliados. E falava com mais respeito ainda dos franceses. Mas, é claro, Aidan era mais velho e mais experiente.

Àquela altura, os pensamentos de Morgan foram desviados quando seus olhos avistaram o conde de Rosthorn, a cavalo, a curta distância, ao lado de um cavalheiro que ela não conhecia. Morgan reconheceu imediatamente o conde. Não o via desde a noite do baile dos Camerons, mas não esquecera a valsa que haviam dançado – nem a conversa que tinham entabulado. Embora a honestidade a forçasse a admitir que se divertira, lembrou o momento com desaprovação. Ele a tratara com uma intimidade que a incomodara – e continuara a chamá-la de *chérie* mesmo depois de ela dizer que não o fizesse. E estivera determinado a chocá-la, ao contar sobre o motivo pelo qual fora banido da Inglaterra e ao usar aquela palavra – "erótica" – para descrever a dança deles. O conde pronunciara o termo duas vezes. E a segurara perto demais enquanto valsavam, chegando mesmo a aproximar a cabeça uma ou duas vezes para falar baixinho no ouvido dela. Ele era, é claro, um sedutor, e usara seus encantos com ela como se a considerasse uma moça imatura e, portanto, incapaz de perceber suas intenções.

Depois do baile, Morgan decidira que se o conde de Rosthorn voltasse a se aproximar dela, seria dura. Não iria mais dançar conforme a música dele. Afinal, era uma Bedwyn.

O conde a viu. O olhar dele sustentou o dela e a expressão em seu rosto não era exatamente sorridente – era mais uma mistura de zombaria e divertimento que iluminou os olhos indolentes e fez os cantos da boca se curvarem para cima. Morgan se recusou a ser a primeira a desviar o olhar. Ela ergueu as sobrancelhas no que esperou ser uma boa imitação de Wulfric quando o irmão queria acabar com a pretensão de alguém e quase congelava a pessoa com o olhar. Então lorde Rosthorn guiou o cavalo na direção da carruagem de Morgan, desviando-se das outras carruagens e dos cavaleiros ao redor.

Que chatice!

O grupo de oficiais abriu espaço para deixá-lo passar, alguns parecendo um tanto surpresos.

– Ah, Lady Caddick, madame – disse o conde, afastando os olhos de Morgan no último momento possível e tocando a aba do chapéu para cumprimentar a condessa. – Esperava encontrá-los aqui. Como vão?

– Lorde Rosthorn – disse Lady Caddick, toda amável. – Estava assistindo à revista? Nunca me entretive tanto e me senti tão orgulhosa na vida. Conhece Caddick?

Os cavalheiros, que ao que parecia de fato se conheciam, trocaram acenos amáveis de cabeça e lorde Rosthorn voltou a se dirigir a Lady Caddick enquanto o resto do grupo parava de conversar educadamente e observava.

Morgan estava mais do que um pouco irritada. Ansiava por alguma deixa para colocar o homem em seu devido lugar de forma bastante contundente.

– Estou planejando um piquenique na floresta de Soignes – comentou lorde Rosthorn – e preciso montar uma lista de convidados.

– Um *piquenique*! – exclamou Rosamond, afastando o olhar do major Franks e se voltando, animada, para Morgan.

– Um piquenique sob o luar – acrescentou lorde Rosthorn, sorrindo afetuosamente para Rosamond antes de voltar a se dirigir à mãe da moça. – Me daria um grande prazer, madame, se a senhora e lorde Caddick aceitassem o meu convite e levassem com vocês sua filha e Lady Morgan.

Rosamond levou as mãos ao colo.

– E o filho de vocês também – acrescentou o lorde –, assim como qualquer outro oficial do regimento dos Life Guards que desejarem incluir no convite.

– Isso é muito gentil da sua parte, lorde Rosthorn – disse Lady Caddick. – Ficaríamos encantados em comparecer, não é, Caddick?

Lorde Caddick grunhiu.

– Esplêndido! – retrucou o conde de Rosthorn. – Então darei a mim mesmo a honra de avisá-los em Bruxelas assim que tiver detalhes mais específicos, madame.

Ele não se demorou mais. Deu a volta com o cavalo e manobrou por entre a multidão mais uma vez para se juntar aos amigos que o aguardavam por perto. Mas, antes de ir, encarou Morgan diretamente, inclinou o corpo em uma reverência educada e voltou a brindá-la com um meio sorriso, como se os dois compartilhassem algum segredo divertido. Morgan quase esperou que o conde a chamasse de *chérie*.

– Ora! – exclamou ela, irritada, para ninguém em particular.

Estava bastante aborrecida. Como ele ousava? Não havia dirigido uma única palavra a ela. E mal a olhara depois de se aproximar. Ainda assim, Morgan tivera a forte impressão de que todos ali haviam sido convidados para o piquenique por causa dela.

O que o conde estava pretendendo?

Ela adoraria ter tido a oportunidade de avaliar o convite, girando o guarda-sol de forma despreocupada, para depois de algum tempo recusá-lo publicamente, com determinação, sem dar nenhuma desculpa. Um simples não. Em vez disso, tivera que ficar sentada em silêncio, apenas ouvindo, como uma criança cujos desejos não são consultados.

Seria bem-feito para o conde se realmente estivesse planejando aquele piquenique por causa de Morgan e ela não aparecesse.

O sotaque francês dele ficara claro durante toda a curta conversa. Mas o homem era britânico, não era? Será que ele esperava que ela achasse aquele sotaque irresistível só porque diziam que o francês – ou o inglês falado com sotaque francês – era o idioma do amor? Um libertino deveria ao menos ser mais sutil em sua abordagem.

É claro, pensou Morgan, que mostrar que podia ser mais esperta do que um sedutor barato qualquer animaria seus dias de algum modo – os dias dela realmente haviam se tornado bastante tediosos. E a ideia de um piquenique à luz do luar na floresta de Soignes, sem dúvida, era atraente.

– Quem aquele sujeito pensa que é? – perguntou lorde Gordon, irritado, uma das mãos tamborilando na porta da carruagem. – Ele espera que fiquemos impressionados com seu título, mas há anos não põe os pés na Inglaterra. Em vez disso, fica zanzando pelo continente, alimentando sua má reputação. Mas eu não deveria me espantar. O homem forçou sua presença no baile dos Camerons, anteontem, e dançou a primeira seleção de valsas com Lady Morgan, uma dança que *eu* já havia decidido que seria minha.

– Eu não havia prometido aquela dança a ninguém, capitão – lembrou Morgan com rispidez enquanto Rosamond se virava para interagir animadamente com o major Franks. Os outros oficiais também conversavam entre si e Lady Caddick estava fazendo um comentário com o marido. – Teria sido impróprio dançar de novo com o senhor logo depois da música de abertura do baile. O conde de Rosthorn foi devidamente apresentado a mim e me fez um convite formal para uma seleção de valsas, convite que eu aceitei.

– Peço perdão – apressou-se a dizer o capitão. – Apenas achei o sujeito abusado e não gostaria que ele forçasse suas atenções à senhorita, caso não estivesse disposta. Talvez não seja esse o caso.

– Se eu não estivesse disposta – retrucou Morgan –, teria recusado diretamente o convite do conde, ainda mais se ele houvesse mesmo sido abusado. Mas não posso encarar uma apresentação feita de forma apropriada como *forçar* atenções a mim. E hoje ele fez o convite para o piquenique também de forma muito apropriada, e ampla, à sua mãe.

– Peço perdão – disse o capitão mais uma vez, em um tom rígido.

Aquilo foi o mais próximo que ela já chegara de se desentender abertamente com ele. Mas a verdade, pensou Morgan, era que o capitão podia ser muito cansativo. E possessividade era algo que ela não toleraria em homem algum que não fosse seu marido – nem mesmo em seu marido, decidiu, corrigindo o próprio pensamento.

Mas era impressionante o que aquele homem a havia obrigado a fazer, cismou Morgan, voltando os olhos na direção de lorde Rosthorn, que se afastava. Ali estava ela, defendendo o conde, quando se sentia bastante irritada com ele.

O que ele *pretendia*?

CAPÍTULO III

Os preparativos para a guerra prosseguiram a passos largos na Bélgica. Todo dia chegavam novas tropas, suprimentos e artilharia – embora, de acordo com os comentários correntes, nunca em quantidade suficiente para satisfazer o duque de Wellington. Mas poucos acreditavam que Bruxelas corresse algum perigo. Apenas alguns tinham retornado à segurança das Ilhas Britânicas. A maior parte das pessoas se dedicava com entusiasmo cada vez maior a aproveitar as distrações que lhes eram oferecidas diariamente, determinadas a ficar perto de seus maridos, irmãos, filhos e amantes pelo tempo que fosse possível.

O piquenique noturno oferecido pelo conde de Rosthorn na floresta de Soignes acabou sendo mais popular do que qualquer outro entretenimento até aquele momento. Entre dezenas de convites enviados, houve apenas três recusas.

É claro que aquela fora uma ideia concebida inteiramente no calor do momento, admitiu Gervase para si mesmo depois de sua conversa com Lady Caddick no dia da revista das tropas. Ele fora até lá com o firme propósito de encontrar Lady Morgan Bedwyn mais uma vez. Waldane rira dele e dissera, com certa malícia, que Gervase despertaria a inveja de todas as anfitriãs de Bruxelas – desde que o evento não fosse prejudicado pela chuva. Mas Gervase não dera ouvidos ao amigo. Contratara profissionais na organização de eventos e deixara todos os detalhes dos preparativos em mãos experientes, inclusive a confecção da lista de convidados – apenas os instruíra a convidar todo mundo que fosse importante –, e seguiu com sua vida como se ele mesmo não passasse de mais um convidado.

Ao nascer do dia marcado para o piquenique, todos os preparativos estavam encaminhados e a única preocupação de Gervase era com as condições climáticas. Mas depois de uma manhã de chuviscos intermitentes e de uma tarde nublada, o céu clareou por volta da hora do chá e o sol brilhou até se pôr. A lua apareceu no céu antes mesmo que a noite caísse por completo e a escuridão trouxe consigo milhões de estrelas cintilantes. A noite estava quente e sem vento.

Enquanto examinava o lugar do evento, elogiava o chefe do pessoal responsável pela organização – que estava ali para anunciar os convidados e supervisionar pessoalmente o serviço de bufê e outros detalhes – e esperava a chegada dos primeiros convidados, pensou que agora só lhe restava torcer para que Lady Morgan Bedwyn não encontrasse alguma desculpa para não estar presente.

Ela se eriçara com uma irritação quase visível no dia da revista das tropas, quando Gervase praticamente a ignorara depois de tê-la encarado a distância por um longo momento e de ter se dirigido – com perfeita correção – à acompanhante da moça.

E Lady Morgan era uma jovem muito orgulhosa e arrogante. Poderia muito bem decidir puni-lo ficando em casa, alegando uma dor de cabeça ou qualquer outra breve indisposição.

Mas ele apostaria que a dama era orgulhosa demais para dar uma desculpa falsa, e ousada demais para não encarar de cabeça erguida o desafio dele. Ela provavelmente *reconhecera* o desafio. Gervase ficara encantado ao descobrir que Lady Morgan Bedwyn não era uma jovem tola.

Mesmo assim, admitiu ele, aquela era uma aposta extremamente alta.

Despertar a inveja de todas as anfitriãs de Bruxelas... por Deus!

Morgan usava um vestido de noite verde-claro que, por algum motivo, lhe parecera adequado à ocasião. Estava sentada na carruagem aberta ao lado de Rosamond, de costas para os cavalos e de frente para lorde e Lady Caddick. A noite não poderia estar mais agradável para um evento como aquele nem que a houvessem encomendado, pensou ela, e ergueu o rosto para o céu, que estava quase completamente visível por entre os galhos altos das árvores.

Morgan descobrira que o piquenique seria um evento grande e luxuoso, já que o conde de Rosthorn estendera o convite verbal para além de Dender. Todas as pessoas que ela conhecia haviam sido chamadas. Até Alleyne iria, assim como um grande número de oficiais – inclusive, é claro, o capitão Gordon.

Ela quase não fora. Chegara até mesmo a pensar na mensagem que mandaria pelos Caddicks – insistiria em que eles fossem, é claro. Pediria que informassem ao conde de Rosthorn que ela havia preferido permanecer em casa com um bom livro naquela noite, já que saíra em todas as noites por uma semana e estava um pouco cansada de tanta diversão. Mas Lady Caddick jamais transmitiria uma mensagem como essa, é claro. Ela certamente acabaria dizendo ao conde que Morgan estava com dor de cabeça ou algo semelhante.

Além do mais, Morgan desprezava a ideia de evitar o conde. Seria muito melhor, decidira, comparecer ao evento, confrontá-lo e fazê-lo entender que *se* aquele piquenique fora idealizado em função dela, então ele cometera um grande erro de julgamento. Deixaria claro que considerava as atenções libertinas dele um tremendo aborrecimento.

Ela nunca tivera que lidar com um libertino em Londres. Wulfric teria erguido apenas meia sobrancelha e isso já bastaria para apavorar qualquer um que sequer *imaginasse* a possibilidade de flertar daquela forma com ela. E tia Rochester pairaria ao redor dela como uma grande ave belamente emplumada.

No entanto, Morgan teve que admitir para si mesma, havia uma certa satisfação na perspectiva de uma guerra de vontades com um libertino experiente.

– O ar está quente agora – comentou Lady Caddick –, mas é possível que esfrie mais tarde. Talvez devêssemos ter vindo na carruagem fechada, Caddick.

Lorde Caddick grunhiu, e Morgan e Rosamond trocaram sorrisos. Elas preferiam a carruagem aberta.

O que acontecia em um piquenique noturno? Esta era uma pergunta que Rosamond fizera várias vezes ao longo dos últimos dias. Seria parecido com um vespertino? Os convidados se sentariam sobre mantas, comeriam coxas de galinha e tortas de lagosta e beberiam vinho? Haveria passeios na floresta depois? Mas não estaria escuro demais entre as árvores? Talvez, sugerira Rosamond, a escuridão garantisse uma boa desculpa para que uma dama se perdesse por alguns minutos com o cavalheiro de sua escolha.

Se isso acontecesse com ela, pensou Morgan secamente, o cavalheiro, sem dúvida, seria o capitão Gordon. Ou o conde de Rosthorn... Isso, sim, ao menos seria um desafio interessante.

A floresta de Soignes era como uma grande catedral, pensou Morgan, inspirando a fragrância fresca ao redor enquanto a carruagem seguia e lembrando o odor de um incenso. A vegetação rasteira era escassa por ali. De cada lado da estrada, as faias se erguiam acima deles, os troncos altos, maciços e prateados lembrando colunas. Os galhos das árvores se entrelaçavam como uma cúpula de desenho intrincado. A floresta inspirava assombro, como aconteceria em uma catedral gótica. Era como se estivessem bem no meio de algo poderoso, misterioso, além do mundano, do rotineiro, algo que elevava o espírito a outro plano.

De repente, Morgan sentiu uma vontade irresistível de pintar aquilo tudo – a floresta e a alma que ela guardava. De repente, a vida que vinha levando nos últimos meses pareceu extremamente banal. Sentia falta do campo ao redor de Lindsey Hall e das frequentes horas de solidão que tanto prezava.

– Eu me pergunto se a luz do luar passará por entre os galhos o suficiente para nos permitir ver o que comemos – comentou Rosamond, também olhando para cima. – Talvez a floresta não tenha sido a melhor escolha de lugar...

Mas, com certeza, o conde de Rosthorn – ou pelo menos quem quer que ele tenha contratado para cuidar do piquenique – teria previsto a possibilidade desse problema e encontrado uma solução. Morgan duvidava que o conde houvesse levantado um dedo na preparação. E estava certa, é claro. Conforme a carruagem se aproximava do lugar marcado para o piquenique, eles iam vendo mais lampiões – centenas deles, em todas as cores do arco-íris – pendurados nos galhos das árvores.

Subitamente, a floresta ganhou um tipo diferente de encanto – agora feito pelo homem, mais humano, mais íntimo, mais romântico. A seu modo, era tão atraente quanto a beleza natural na qual Morgan acabara de se perder.

– É mágico – disse Rosamond, os olhos brilhando. – Como os Vauxhall Gardens, o jardim de prazeres.

Pequenas mesas tinham sido arrumadas em meio às arvores, cada uma posta com uma toalha branca engomada, com a mais fina porcelana, copos de cristal e talheres de prata. Em todas elas havia um lampião colorido brilhando no centro.

Mas o esplendor não era só visual.

– Escutem! – exclamou Morgan, erguendo uma das mãos.

Conforme a carruagem parava e desaparecia o barulho das rodas rangendo e dos cascos dos cavalos, eles conseguiram ouvir música. Havia uma pequena orquestra posicionada sobre uma plataforma de madeira em meio às arvores. Um grande piso de madeira fora montado junto à plataforma.

– Vai haver *dança*! – comemorou Rosamond, apertando com força o braço de Morgan.

Quem quer que houvesse planejado aquilo para ele, pensou Morgan, obviamente fizera um trabalho fantástico. O piquenique seria o assunto geral por dias, talvez mesmo por semanas.

Outras carruagens se aproximavam pela mesma estrada por onde eles chegaram, os lampiões acesos para iluminar o caminho à frente. Mas vários convidados já estavam no local. E, entre eles, inúmeros oficiais de jaqueta escarlate.

– Este será o melhor evento da temporada até agora – declarou Rosamond.

Quando o cocheiro posicionou os degraus e abriu a porta da carruagem, Morgan viu o conde de Rosthorn se desvencilhar de um grupo de convidados e se dirigir para onde estavam os Caddicks e ela. Ele tinha uma aparência esplêndida, todo de prateado suave e branco. Seus trajes eram formais: calções na altura dos joelhos e meias brancas, percebeu Morgan. Era um figurino que lhe caía bem – as pernas dele eram longas, musculosas e bem-feitas. O conde tinha um sorriso indolente estampado no rosto e estava mesmo muito bonito.

Morgan pousou a mão na do conde, depois de ele ter ajudado Lady Caddick a descer.

– Parece uma cena de um idílio pastoril, lorde Rosthorn – disse ela. – Está muito bem-arrumado. Queira aceitar meus cumprimentos.

Havia um sorriso nos olhos dele quando a encarou, depois que ela já descera.

– Então meus esforços não foram em vão – retrucou, antes de se voltar para Rosamond.

Ah, pensou Morgan, então ela não havia se enganado. É claro que não havia se enganado.

– Estamos determinadas a nos divertir mais esta noite do que em qualquer outro evento da temporada, milorde – comentou Rosamond. – Não é, Morgan?

– Darei o melhor de mim para garantir que consigam fazer isso – respondeu lorde Rosthorn.

Mas era para Morgan que ele olhava enquanto falava.

O conde dispensou com um aceno um criado de aparência muito superior quando o homem tentou levar o grupo de Morgan para uma das mesas. Então ofereceu o braço a Lady Caddick e acompanhou pessoalmente os quatro até uma mesa próxima da orquestra e da pista de dança de madeira. Daquele lugar, eles teriam uma visão perfeita de toda a área do piquenique, que era como um amplo salão de baile, sustentado por pilares, com um teto de folhas verdes, o piso levemente irregular e ar puro para respirar, perfumado com o aroma da floresta e da terra. Lampiões coloridos acrescentavam uma aura de encantamento e romantismo a toda a cena.

Lorde Rosthorn se inclinou em uma mesura, mas não se demorou junto deles. Um garçom se adiantou na direção da mesa, trazendo nas mãos uma garrafa de vinho enrolada em um guardanapo branco engomado.

Durante a hora seguinte, Morgan ficou sentada com seu grupo. Depois que todos haviam chegado e sido conduzidos a seus lugares, foi servido o jantar, constituído por saladas sofisticadas, enquanto a orquestra tocava e um tenor cantava. A beleza da voz do cantor levou lágrimas aos olhos de Morgan. Depois da refeição, vários jovens oficiais se aproximaram da mesa deles e lorde Caddick pediu licença para se juntar a um grupo de conhecidos, reunidos sob uma faia próxima.

O capitão Gordon e o major Franks convidaram Morgan e Rosamond para dar um passeio ao redor da área do piquenique e cumprimentar conhecidos em comum. Lady Caddick, em resposta ao olhar ansioso que a filha lhe lançou, assentiu graciosamente, dando seu consentimento.

A orquestra estava no meio de um intervalo. As danças começariam quando eles voltassem, previu o capitão Gordon, dirigindo-se a Morgan. Ele achava a pista de dança de madeira um pobre substituto ao piso encerado de um salão de baile, em uma casa elegante, e acrescentou que a orquestra não era tão boa quanto algumas que ouvira em Bruxelas, mas que ainda assim esperava que Lady Morgan estivesse se divertindo.

– Imensamente – assegurou ela. – Com certeza, a magia destas árvores, a luz e a cor de todos estes lampiões mais do que compensam qualquer pequena perda. Afinal, a pista de dança de madeira precisou ser montada sobre o terreno irregular da floresta, e a orquestra tem que se contentar com condições acústicas muito abaixo do ideal.

– Ah, mas é claro, com certeza – falou o capitão. – Não poderia concordar mais, Lady Morgan. Estava apenas preocupado que não fosse do seu gosto. De fato, é um evento esplêndido.

E lá estava ela de novo, pensou Morgan, se vendo forçada a defender o evento do conde de Rosthorn. Na verdade, apesar da novidade de um piquenique à luz do luar, a noite fora organizada para ser muito parecida com quase todas as outras desde a sua apresentação à sociedade. Ao menos estavam todos ao ar livre, em um cenário adorável. Morgan se distanciou intimamente do seu eu social, que sorria e conversava como ditavam as boas maneiras, e ficou observando como se estivesse no coração tranquilo e silencioso da floresta.

Quem dera ela estivesse ali pintando, em vez de socializando.

O conde de Rosthorn estava parado diante da mesa deles, conversando com Lady Caddick, quando as moças voltaram. Ele se virou para Morgan, sorrindo.

– Ah, aí está a senhorita – disse. – Espero que o jantar a tenha agradado.

– Agradou, sim, obrigada – garantiu ela.

Morgan percebeu como as roupas claras dele contrastavam com as cores vivas dos uniformes usados pela maior parte dos convidados e achou que, de um modo que ela não conseguia definir direito, ele parecia muito mais másculo do que todos aqueles oficiais.

– Lady Morgan, estaria interessada em dar um passeio em minha companhia? – perguntou o conde.

Apenas ela. O convite não se estendia a Rosamond.

– Pode ir, Lady Morgan – autorizou Lady Caddick, com gentileza. – Mas permaneça à vista.

O capitão Gordon pigarreou, como se estivesse prestes a protestar. Mas se ele tinha a intenção de detê-la, seu gesto, é claro, provocou o efeito oposto. Além do mais, Morgan estava curiosa para saber como o conde se comportaria. Tinha quase certeza de que ele organizara tudo aquilo por ela. O homem *realmente* acreditava que ela se deixaria impressionar e ficaria suspirando diante de uma exibição tão exagerada de devoção?

– Obrigada – disse ela, brindando-o com um de seus sorrisos mais altivos enquanto aceitava o braço que ele oferecia. – Eu adoraria.

Era um braço firme, musculoso. O conde era quase uma cabeça maior do que ela, percebeu Morgan, que era bem alta. Ele era maior até do que o capitão Gordon. E agora abaixara os olhos na direção dela com aquele já familiar sorriso zombeteiro – como se *soubesse* que ela percebera seu jogo, mas continuasse disposto a ganhar de qualquer modo.

– Deve ter sido uma empreitada e tanto – comentou Morgan – planejar um piquenique à luz do luar.

– Eu arriscaria dizer que sim – respondeu o conde –, para monsieur Pepin, da agência Pepin. Mas a senhorita teria que perguntar a ele para ter certeza. Ele *até* tentou me envolver em uma ou duas decisões mais difíceis que precisou tomar, mas lembrei-lhe que estava lhe pagando uma belíssima quantia para que ele tirasse de meus ombros todo esse fardo tedioso. Agi certo? Ele era *mesmo* confiável? Uma das dúvidas de monsieur Pepin, seriíssima, na opinião dele, imagino, era se deveria conseguir que mesas fossem trazidas até aqui ou se seria melhor espalhar mantas pelo chão.

Agora, os olhos dele estavam claramente risonhos ao encará-la.

– Mesas e cadeiras são mais confortáveis do que mantas – comentou Morgan. – E compuseram um lindo cenário quando chegamos, arrumadas formalmente como estavam.

– Eu teria ficado arrasado se a senhorita tivesse preferido as mantas – disse o conde, levando a mão livre à altura do coração.

Morgan não conseguiu evitar sorrir.

– E outra dúvida de monsieur Pepin era se deveríamos permitir que a luz da lua e das estrelas fosse filtrada pelas sombras da floresta, presumindo que a noite não estivesse nublada, e só colocar lampiões sobre as mesas ou se seria melhor pendurá-los também nas árvores, interferindo assim na beleza natural. Temo não ter a mente filosófica necessária para lidar com questões tão torturantes. Àquela altura, deixei bem claro que *não* deveria ser consultado de novo a não ser no caso de uma emergência séria, como a lua se movendo para uma outra galáxia ou um exército de guardas florestais chegando para derrubar as árvores da floresta. A senhorita acha que monsieur Pepin fez a escolha certa?

– O modo como os lampiões foram pendurados valoriza a beleza da natureza em uma ocasião como esta – opinou Morgan.

– Eu teria ficado devastado se a senhorita pensasse de outro modo – falou o conde.

Morgan riu abertamente.

Como alguém poderia levar a sério um flerte tão óbvio, tão teatral? Ela não pretendia, pensou. Também achou que o conde de Rosthorn de algum modo era mais esperto do que esperara. Ele percebera, é claro, que ela notaria a intenção dele e, assim, não estava tentando esconder seus motivos. Escolhera fazê-la rir deliberadamente, e se divertir.

Ora, ela *estava* se divertindo também – e isso era melhor do que se sentir entediada. Mas era bom que o conde não tivesse ilusões de que isso a tornaria mais disposta a ceder aos planos dele, fossem quais fossem.

Os dois estavam passeando pela área do piquenique, bem à vista de Lady Caddick e de qualquer outra pessoa que se importasse em tomar conta do que Morgan fazia – Alleyne, por exemplo, que estava lá. Mas agora a maior parte dos convidados estava de pé, se misturando uns aos outros. Risadas e conversas animadas deixavam claro que o piquenique de lorde Rosthorn era um sucesso retumbante.

Morgan imaginou que, depois de um tempo decente, ele a levaria de volta à mesa de Lady Caddick – e que ficaria se distraindo até começarem as danças. Mas o conde não estava com pressa de deixar a companhia dela. Ele manteve a mão de Morgan enfiada na dobra de seu braço quando passou a circular entre os convidados, trocando breves cumprimentos com a maioria, parando para conversar com alguns.

Morgan conhecia quase todos que estavam ali, por isso sentia-se completamente à vontade. Mas percebeu que o conde mantinha o braço dela preso ao dele, de forma que Morgan não conseguisse soltá-lo mesmo que quisesse a não ser atraindo a atenção das pessoas ao redor para o gesto. Lorde Rosthorn tinha o firme propósito de conservá-la a seu lado, quase como se ela fosse a anfitriã da noite, ou a convidada de honra. Quase como se eles fossem um casal. Na verdade, não era exatamente apropriado da parte dele mantê-la só para si por tanto tempo e chamando atenção dessa forma. Morgan se perguntou se na manhã seguinte eles seriam o assunto do dia – Lady Morgan Bedwyn, que estava quase comprometida com o capitão Gordon, e o misterioso e ousado conde de Rosthorn. Era preciso tão pouco para se tornar objeto de especulação e fofoca indesejada... como, é claro, ele devia saber muito bem.

Mas Morgan estava achando divertido entrar no jogo dele, ao menos por ora. Apenas Lady Caddick, Rosamond e os oficiais estariam aguardando quando o conde finalmente a levasse de volta à mesa.

Morgan havia esperado por algo um pouco mais... perigoso, talvez, mas a noite ainda não tinha terminado.

No momento em que ela pensava isso, o conde inclinou a cabeça para se aproximar da dela e falou de modo que apenas Morgan ouvisse:

– O barulho das conversas e a quantidade de pessoas parecem excessivos, não? – perguntou ele, tocando com os dedos a mão de Morgan pousada em seu braço. – Talvez eu devesse ter instruído a agência a não convidar tanta gente assim. Seria muito agradável ter mais espaço para respirar e ter ao menos a ilusão de uma privacidade maior, não acha?

– Acredito, lorde Rosthorn, que é correto dizer que há segurança nos números – comentou Morgan, lançando um olhar demorado na direção dele.

O conde se encolheu, como se estivesse profundamente chocado.

– A senhorita achou que eu estava sugerindo algo impróprio? – perguntou. – Feriu a minha sensibilidade de cavalheiro. Tinha apenas a intenção de lhe mostrar o que monsieur Pepin *me* mostrou pouco antes da chegada dos convidados. É algo incrivelmente inteligente. Permita que eu lhe mostre também. Não vai se afastar por um instante sequer dos olhos de águia de sua acompanhante.

Morgan viu de relance que Lady Caddick estava no meio de um grupo de oficiais que, ao que parecia, faziam a corte de forma animada à filha dela. Era bastante provável que houvesse esquecido completamente a existência de Morgan.

– Muito bem – disse ela –, mostre-me.

Morgan tivera a impressão até aquele momento de que os lampiões haviam sido pendurados em uma espécie de círculo ao redor da área do piquenique. Mas, quando lorde Rosthorn lhe apontou, ela percebeu que, em certos lugares, mais lampiões haviam sido pendurados em caminhos tangenciais ao círculo, criando avenidas onde era possível passear por entre as árvores sem ficar cercado pela total escuridão e sem correr o risco de se perder. Cada trilha iluminada acabava retornando à área principal.

– Não é maravilhoso? – perguntou ele, com um brilho zombeteiro nos olhos. – Eu *quase* lamento não ter tido um papel ativo no planejamento desta festa, porque assim poderia reivindicar o crédito por isso... avenidas semiparticulares para os que desejam estar juntos de forma semiparticular.

Morgan parou quando o conde estava prestes a entrar com ela em um dos caminhos.

– Realmente maravilhoso – concordou. – Mas não preciso ir além daqui. De onde estou, posso ver muito bem a forma brilhante como tudo foi projetado.

Ele riu baixinho.

– Teme que eu queira sequestrá-la, *chérie*? – perguntou o conde. – Bem à vista de todos os meus respeitáveis convidados? Esta área central é visível de todos os pontos das avenidas, que não são, é claro, avenidas de verdade, mas apenas trilhas por entre as árvores. E está vendo? Mesmo antes de as danças começarem, outros casais descobriram por si mesmos esses caminhos mais tranquilos para passear. Permita que lhe mostre.

O sotaque francês dele se tornara mais pronunciado. E ele a chamara de *chérie* novamente. Morgan percebeu que o conde estava passando para o próximo estágio, mais perigoso, do jogo. Ela se perguntou por um instante por que ele a escolhera. Talvez por ela ser muito, muito rica? Libertinos não eram conhecidos por usar seus encantos com damas muito jovens sem um motivo desses, não é mesmo?

– Mas o senhor já fez isso – assegurou ela, erguendo os olhos para ele com uma expressão de estudada inocência.

– Ah – disse o conde –, teme que eu seja um lobo mau. Aceite minhas desculpas, Lady Morgan Bedwyn. Não forçaria minhas atenções a uma jovem dama que tivesse medo de mim.

Bem, o objetivo fora atingido, é claro. Embora soubesse muito bem que estava sendo manipulada como uma marionete, Morgan reagiu como ele esperava. Ela se eriçou.

– *Medo*? – repetiu ela, os dedos encontrando o leque que pendia de seu pulso. Ela o abriu e abanou o rosto vigorosamente. – Medo do *senhor*, lorde Rosthorn? Talvez não compreenda o que significa ser uma Bedwyn. Não tememos ninguém, posso lhe garantir. Mostre-me o caminho.

O conde sorriu para ela e Morgan notou a expressão de admiração em seus olhos quando ambos entraram em uma das avenidas delimitadas por lampiões e foram imediatamente cercados pela ilusão de privacidade e isolamento.

– Enfim começo a apreciar a noite do jeito exato que imaginei desde o princípio – comentou ele.

– Comigo? – Morgan abanou novamente o rosto e levantou os olhos para ele, agora com uma expressão arrogante, quase zombeteira. – Imaginou apreciá-la *comigo*?

– Sim, *chérie* – disse ele em voz baixa.

– *Tudo* isso foi para mim? – perguntou Morgan. – Toda esta noite?

– Imaginei que pudesse achar divertido – falou o conde.

Morgan parou de caminhar, fechou o leque e deixou-o cair novamente junto ao pulso.

– Por que, em nome de Deus?

– Por que imaginei que pudesse achar divertido? – indagou ele. – Porque é jovem, *chérie*, e os jovens apreciam piqueniques, música e a luz do luar. Não é verdade?

– Estou perguntando – disse ela em um tom frio – por que, lorde Rosthorn. Por que fazer algo tão absurdamente extravagante como este piquenique para mim, quando sou uma total estranha para o senhor? Foi uma presunção imensa da sua parte!

– Ah, *mais non* – retrucou ele –, não uma total estranha. Fomos apresentados formalmente. Valsamos juntos.

– Mas algo tão elaborado como este evento apenas por causa de uma apresentação e de uma dança? – falou Morgan, acenando com determinação para a área do piquenique. – Acredito, lorde Rosthorn, que me escolheu como objeto de seu flerte. *Acredito* que suas intenções não são respeitáveis.

– Respeitáveis. – Ele deu uma risadinha. – Não pretendo me ajoelhar e implorar que se torne minha condessa, se é a isso que se refere, *chérie*. – A luz bruxuleante de um lampião iluminou o sorriso nos olhos dele. – Mas, no baile dos Camerons, tive a impressão de que a senhorita é um espírito afim, que se irrita com a rigidez das regras sociais e anseia por liberdade e aventura. Estava errado?

– E qualquer anseio por liberdade e aventura que eu sinta necessariamente me levaria a flertar com o *senhor*, lorde Rosthorn? – perguntou Morgan em um tom zombeteiro. – É uma grande presunção.

– Acha mesmo? – O conde inclinou a cabeça para o lado e observou-a com atenção.

– O que planejou? – indagou Morgan. – Fez um extraordinário esforço para me trazer até aqui. Agora o que pretende fazer comigo? Roubar-me um beijo? Me *seduzir*?

Ela ergueu as sobrancelhas e se deu conta de que, de um modo perverso, estava se divertindo imensamente.

– *Seduzi-la*? – O conde levou a mão à altura do coração mais uma vez e se mostrou mortalmente chocado. – Acha que eu traria essas hordas de pessoas até aqui, *chérie*, inclusive todo um regimento de cavalheiros oficiais do Exército, se minha intenção fosse violá-la quase em público? Eu acabaria meu próprio piquenique de modo espetacular, enforcado em uma dessas árvores, ou atravessado por uma dezena de espadas.

– Mas não pode negar que planejou me roubar um beijo – sugeriu Morgan.

Ele se inclinou um pouco mais na direção dela.

– Eu questionaria o uso do passado – disse o conde.

Ser a mais jovem dos Bedwyns – além disso, também mulher – sempre deixara Morgan em enorme desvantagem durante as brigas familiares. Mas se havia uma tática que ela aprendera bem, fora que a melhor defesa costumava ser o ataque. E a surpresa.

– Sugiro, então, lorde Rosthorn – retrucou Morgan –, que saiamos desta avenida, que de acordo com o senhor mesmo é visível de todas as partes da área do piquenique, e entremos na floresta. Ou deseja ser visto me beijando? Ou tentando fazer isso?

Ele torceu os lábios e seus olhos dançaram de alegria. O conde se inclinou em uma breve cortesia e ofereceu o braço a Morgan.

– Desejo ver o contraste entre a floresta à noite e a área do piquenique, é claro – concordou Morgan, quando ele a guiou para longe do caminho delimitado pelos lampiões. – Entre a natureza em seu estado bruto e a natureza depois da intervenção do homem.

– Ah, então isto é apenas um passeio bucólico?

– Talvez eu permita que me beije antes de voltarmos, lorde Rosthorn, ou talvez não – respondeu Morgan, com um desdém estudado. – *Se* eu permitir, não será um beijo roubado, mas um que eu autorizei. Ou recusei.

Ele jogou a cabeça para trás e deu uma bela gargalhada.

– Não tem medo de que, então, eu roube um segundo e um terceiro beijos, *chérie*?

– Não. – A luz e os sons já estavam distantes o bastante para que Morgan conseguisse ver a floresta. Ela parou de caminhar e levantou os olhos para ele. – Não permitirei que faça isso. Provavelmente não permitirei sequer um único beijo.

– Talvez ninguém tenha mencionado minha reputação à senhorita – falou o conde, parando também e soltando o braço dela para que pudesse se apoiar despreocupadamente contra o tronco de uma árvore. Ele cruzou os braços. – Talvez eu seja perigoso, *chérie*. Talvez *deva* ter medo de mim.

– Que tolice está dizendo – retrucou Morgan. – Se tivesse a intenção de me fazer algum mal de verdade, manteria silêncio absoluto sobre seu passado ofensivo e torceria para que eu não tivesse ouvido a respeito dele em outro lugar.

Mas Morgan precisava admitir para si mesma que, parado como estava e *onde* estava, no meio da floresta escura com apenas ela por perto, o conde *parecia* muito perigoso.

Ele deu uma risadinha.

– Qual será o assunto desta noite em especial sobre o estudo da natureza? – perguntou ele, com a voz lenta e provocante.

Na verdade, era realmente prazeroso estar longe da multidão e do grosso do barulho. O céu ainda estava claro com a luz das estrelas e realçava os altos galhos das árvores. Morgan puniria o conde fingindo que não havia perigo algum, que ela o convidara até ali apenas pela companhia.

– Já pensou em como somos afortunados por termos sido brindados com tantos contrastes? – perguntou Morgan. Virou-se em um círculo completo, então fechou os olhos e inspirou profundamente para que nenhum aroma fosse ignorado.

– Masculino e feminino? – disse ele. – Perto e longe? Acima e abaixo?

Ela virou a cabeça para encará-lo com uma expressão de interesse, embora já não pudesse mais distingui-lo bem na escuridão. Se houvesse feito aquela pergunta a Rosamond, ao capitão Gordon ou a uma dezena de outros conhecidos, com certeza não teria recebido nada além de olhares vazios.

– Luz e sombra, som e silêncio, companhia e solidão – falou.

– Sagrado e profano, grande e pequeno, guerra e paz – acrescentou ele. – Beleza e feiura.

– Ah, não – protestou ela. – Não há contraste aí. Tudo o que é feio para nós, com certeza, é belo para alguém. A lesma mais viscosa provavelmente é bela para outra lesma. Uma tempestade, que traz chuva e frio para uma pessoa que pretendia aproveitar a vida ao ar livre, é linda para um fazendeiro ansioso por causa dos seus campos secos.

– E o que nos parece grande ou pequeno será completamente diferente da perspectiva de um elefante ou de uma formiga – completou o conde. – Opostos são apenas dois lados da mesma moeda. Um não existe sem o outro.

– Isso mesmo. – Morgan se aproximou mais dele. – Portanto, contrastes estão conectados de modo indissolúvel. São apenas uma forma de processarmos a informação, de entender, de apreciar. Passado e futuro, por exemplo, não existem realmente, concorda? Há apenas o presente. Mas se essas percepções contrastantes não existissem, não seríamos capazes de organizar nossa vida ou nossos pensamentos. Seríamos inundados por tudo acontecendo ao mesmo tempo e por milhares de decisões tendo que ser tomadas simultaneamente.

– Estaríamos morrendo enquanto estivéssemos nascendo. – Ele riu de repente. – Foi para *isso* que entramos na floresta?

– O flerte foi ideia sua – lembrou Morgan. – A minha intenção era escapar, ao menos por algum tempo, do tédio de um evento social muito concorrido.

– Estou arrasado – comentou o conde, levando a mão mais uma vez à altura do peito. – Tudo isto foi preparado para o seu prazer, *ma chère*, e é *tedioso*?

– De forma alguma. – Ela voltou a se aproximar um pouco mais. – É mágico, um banquete para os sentidos. Mas só agora, quando também consigo ter consciência da escuridão, do silêncio e da paz que a floresta guarda, posso apreciar de forma plena as luzes, a animação e as risadas. Fazer um piquenique aqui foi uma ideia inspirada, lorde Rosthorn, e eu lhe agradeço por isso.

Ela deu um sorriso propositalmente cintilante para ele. Seus olhos já haviam se acostumado à escuridão e ela pôde ver que o conde lhe oferecia um sorriso lânguido em resposta.

– A senhorita é uma feiticeira – disse ele. – Inverteu a situação, não é mesmo, Lady Morgan Bedwyn? Jogou meu próprio jogo e teve uma conversa filosófica comigo quando eu estaria flertando com a senhorita. Chegou mesmo a me instigar a conversar filosoficamente também. Mas não é tão fácil me distrair dos meus instintos básicos. Tenho que lhe roubar um beijo. E já que a senhorita, de forma tão corajosa, alegou que não permitirá que lhe roube um segundo ou um terceiro, devo fazer o melhor possível no primeiro.

Pela primeira vez, Morgan sentiu um leve arrepio de medo. Embora talvez *medo* não fosse a palavra certa, já que ela não acreditava de fato que o conde a agarraria e a seduziria contra sua vontade. Eles também estavam próximos o bastante da área do piquenique para que qualquer grito fosse ouvido de imediato e pessoas viessem correndo em seu socorro.

O que Morgan sentia, na realidade, era a respiração acelerada, os joelhos fracos, a impressão de que fora um pouco longe demais para o próprio bem. E a certeza de que, é claro, não era medo o sentimento que estava experimentando. De forma alguma.

Era desejo.

Ela *queria* que o conde a beijasse.

Consequentemente, quase recuou um passo. Quase se virou e saiu correndo. Porque havia, sim, brincado com fogo, e era provável que terminasse queimada. Além do mais, estava prestes a mostrar ao conde quão fácil seria flertar com ela, como era uma presa fácil para um libertino experiente.

Morgan sentiu uma onda de irritação vir em seu auxílio – junto do orgulho dos Bedwyns. Que absurdo! Ele não passava de um sedutor barato, no fim das contas.

Ela deu outro passo à frente e inclinou a cabeça para trás.

– Ah, o senhor não vai roubar nada – disse, em um tom frio, com a voz admiravelmente firme. – Vim até aqui com o firme propósito de ser beijada. O senhor não foi nada esperto, lorde Rosthorn, apenas ligeiramente divertido. Beije-me.

Por um instante, o conde não se moveu. Permaneceu encostado contra a árvore, os braços ainda cruzados, encarando-a com uma expressão descontraída. Morgan ergueu as sobrancelhas e sustentou seu olhar. Então ele descruzou os braços, afastou-se da árvore e segurou o rosto dela entre as mãos.

Morgan esperara algo mais agressivo, mais intenso, vigoroso, marcante. Algo, para ser sincera, que fizesse a terra estremecer. Mas os lábios dele, quando tocaram os dela, estavam quentes, macios, levemente entreabertos, e o toque foi leve como o de uma pluma. No entanto, se no primeiro momento Morgan ficou desapontada, logo mudou de ideia. Os lábios dela permaneceram imóveis, mas os dele, não. O conde roçou-os com delicadeza sobre os dela, lambendo-os de leve, mordiscando o lábio inferior com delicadeza, então passando a língua pela parte de dentro, explorando a região úmida e sensível. O calor do hálito dele acariciava o rosto dela.

Os efeitos do beijo, descobriu Morgan, não se restringiram à área dos lábios. Ela sentiu toda a cavidade da boca ansiando por mais, então o pescoço, os seios, o abdômen e a parte interna das coxas. Quando o conde enfim afastou a cabeça, Morgan compreendeu como um simples beijo podia ser perigoso. Ela sentia o calor do corpo dele se espalhar pelo próprio corpo, das sobrancelhas aos dedos dos pés. E estava tão consciente da masculinidade dele que chegava a ser chocante.

O conde deixou as mãos caírem ao lado do corpo.

– Muito bem, *chérie*. Muito bem, mesmo. Só desejaria que as florestas belgas fossem equipadas com colchões e que acompanhantes, mesmo as mais relapsas como a sua, fossem seres sem o menor sentido de tempo. Mas, infelizmente, devemos voltar aos meus convidados e à segurança dos números.

Ele ofereceu o braço a ela com uma mesura.

E assim, pensou Morgan, encarando-o com dureza antes de aceitar o braço, talvez ele houvesse ganhado aquele round de hostilidades, afinal. Já que, é claro, o conde não a beijara de forma apropriada, nem como era de imaginar que um libertino beijasse, nem, com certeza, como havia pretendido beijá-la.

Em vez disso ele havia brincado com ela.

Era um adversário ardiloso. Morgan se perguntou se lorde Rosthorn agora se cansaria do jogo e esqueceria a existência dela depois daquela noite enquanto saía em busca de outra presa.

Wulfric e tia Rochester teriam tido um ataque se a vissem naquele momento, pensou subitamente. E com razão. Ela havia se proposto a ser mais astuta do que um sedutor experiente, que por algum motivo desconhecido a escolhera como a vítima da vez. E não estava bem certa de qual dos dois vencera a disputa.

Talvez tivesse sido empate.

CAPÍTULO IV

Um número significativo de convidados reparou na volta deles à área principal de piquenique, notou Gervase, e na direção da qual haviam vindo. Essas pessoas teriam percebido que ele circulara com a mesma dama por entre elas mais cedo. Também se lembrariam de como ele permanecera com Lady Morgan Bedwyn em um evento no qual se esperava que nem maridos e esposas passassem tanto tempo na companhia um do outro.

Até o dia seguinte - ou mais tarde naquela mesma noite -, elas teriam comentado o que haviam visto com outras que talvez não houvessem percebido. Em pouco tempo, ele e Lady Morgan Bedwyn seriam o grande assunto, disso Gervase não duvidava.

Como ele planejara.

O problema era que ele descobrira que gostava dela. Lady Morgan Bedwyn não era, de forma alguma, uma atrevida afetada. E a moça tinha coragem. Fora uma adversária muito boa no jogo dele e Gervase ainda não conseguira decidir quem ganhara. Ele, é claro, havia pretendido beijá-la com muito mais lascívia do que fizera.

Mas acabara decidindo desestabilizá-la.

No entanto, ali estava a jovem, caminhando ao lado dele, parecendo muito fria e até mesmo um tanto entediada, destilando arrogância aristocrática por cada poro. Gervase poderia ter se ressentido de sua atitude se não estivesse quase certo de que, de algum modo, *conseguira* abalá-la.

– Infelizmente – disse ele, com um profundo suspiro –, há um dever do qual não pude fugir, por mais que tenha tentado me esconder de monsieur Pepin. Devo anunciar o começo do baile e preciso abrir a primeira dança com a dama de minha escolha, ou com a primeira que aceitar dançar comigo. E agora, deixe-me ver... Eu deveria saber, já que Pepin me mostrou o programa e sugeriu que o decorasse. Sim, sim, o primeiro conjunto de danças será de valsas. Precisa dançá-las comigo, *chérie*. Realmente precisa. A senhorita valsa bem e terei a certeza de que não vou passar vergonha diante de todos os meus convidados, pisando nos seus pés. *Aceita* o convite?

Ele a encarou com um sorriso zombeteiro e ficou satisfeito ao ver os lábios dela se torcerem.

– Ah, muito bem, aceito – disse Lady Morgan com óbvio desdém.

Era interessante que ela houvesse aceitado. *Muito* interessante, na verdade, embora ela tivesse feito questão de não demonstrar que estava *ansiosa* para valsar com ele, é claro. A dama era mesmo uma adversária de valor. Ele lamentava que o ódio o houvesse levado a ela e que o mesmo sentimento o mantivesse interessado na moça. Mas era um prazer irresistível pensar que a notícia da indiscrição de Lady Morgan Bedwyn naquela noite, passando tanto tempo na companhia dele, quase com certeza chegaria a Bewcastle, na Inglaterra.

Ele a conduziu na direção da pista de dança. Ajudou-a a subir no palanque, se juntou a ela e se dirigiu aos convidados no silêncio que se instalou. As danças iriam começar, anunciou. E com uma seleção de valsas. Gervase convidou todos a tomarem seus pares e se juntarem a ele e à *sua* parceira de dança. Então, sem esperar que a pista se enchesse, Gervase acenou na direção do maestro da orquestra.

A música começou no mesmo instante e ele pousou a mão na cintura de Morgan, tomou a mão direita dela e guiou-a nos primeiros passos.

Então eles valsaram praticamente sozinhos por um minuto ou dois, até que outros casais se juntaram ao seu redor. Durante esse curto espaço de tempo, eles ficaram mais uma vez expostos à visão de todos enquanto executavam a mais íntima das danças. Ele sorriu para ela, que – em vez de parecer chocada ou constrangida, como era de esperar – também o encarou com ousadia, as sobrancelhas perfeitas arqueadas acima dos olhos perfeitos.

Gervase concentrou a atenção nos passos e, mesmo contra a vontade, se viu contagiado pela empolgação do momento. Sorriu de novo para Morgan e valsou com ela por entre os outros casais. O ar livre era o cenário perfeito para uma valsa, pensou. Eles pareciam fazer parte da floresta, da noite, da própria dança da vida. Ela inclinou a cabeça para trás, levantou os olhos para as estrelas que giravam no céu, acima dos galhos que também giravam, e riu.

– Ah, *chérie* – disse ele em voz baixa. – Nós dois nos movemos juntos em perfeita harmonia... na pista de dança.

– O senhor é um mestre na arte de fazer uma pausa no discurso, não é mesmo? – comentou Morgan com altivez, o sorriso desaparecendo.

Ele riu baixinho.

A caça, pensou Gervase, duraria mais tempo do que imaginara. Mas não lamentava. Iria aproveitar cada passo do caminho.

Ele não teve a chance de levá-la de volta à mesa da acompanhante quando a dança terminou. Um cavalheiro pegou-lhe a mão e enfiou-a com determinação sob o braço antes mesmo que os pés da dama parassem de se mover.

– *Obrigado*, Rosthorn – disse o homem com uma mesura rígida. – Levarei Lady Morgan de volta à companhia de Lady Caddick.

Lorde Alleyne Bedwyn se parecia muito com o irmão mais velho, sobretudo naquele momento em que estava obviamente aborrecido. Gervase não fora apresentado ao rapaz, mas já o vira algumas vezes em Bruxelas e o cumprimentara quando ele chegara ao piquenique.

Gervase fez uma reverência para Morgan e sorriu antes que ela fosse levada.

Ah, a situação era promissora, pensou ele enquanto observava os irmãos com os olhos semicerrados. Se o Bedwyn mais novo percebera e ficara ofendido com o que vira, então outras pessoas também teriam reparado.

Que bom que a acompanhante da dama era tão relapsa.

– Ora, Morg – comentou Alleyne depois de levá-la com firmeza para uma das avenidas, quando os dois já não estavam mais cercados pela multidão –, você está se divertindo muito esta noite.

– Imagino que todos estejam verdes de inveja por não terem sido os primeiros a pensar em um piquenique à luz do luar na floresta de Soignes – disse ela.

– Concordo – retrucou Alleyne. – Mas você sabe muito bem do que estou falando. Não está, por acaso, se apaixonando por Rosthorn, não é? Achei que teria mais bom senso.

– Me apaixonando por... Está *louco*? – perguntou Morgan. – Não me apaixono por qualquer cavalheiro que se digna prestar alguma atenção em mim.

– Fico feliz por ouvir isso – disse ele, secamente. – Mas, sem dúvida, não sei onde poderia estar o bom senso de Lady Caddick ao permitir que você saísse andando sozinha com o sujeito depois do jantar, como se fossem casados há muitos anos, desaparecendo depois em uma avenida por tanto tempo que eu estive prestes a ir atrás de você. E, para culminar, ao deixar que você subisse à pista de dança e valsasse com ele quando estavam apenas os dois lá. Terá sorte se não for assunto das piores maledicências amanhã. E mais sorte ainda se essas fofocas não chegarem aos ouvidos de Wulf. Achei que Lady Caddick seria uma acompanhante confiável. E, ao que parece, Wulf também, já que permitiu que você viajasse para cá sob os cuidados dela.

– Lady Caddick não cometeu nenhuma irresponsabilidade – falou Morgan, irritada. – Nem eu. É absolutamente decente passear com um cavalheiro que se conhece. Nem mesmo tia Rochester questionaria isso. E tenho permissão para valsar. Lady Caddick não sabia que lorde Rosthorn tinha a intenção de começar a dança antes que outros casais se juntassem a nós. Nem eu.

– Me poupe, Morg. Você sabe muito bem que tia Rochester estaria cuspindo fogo se estivesse aqui, mesmo antes de você entrar naquela avenida e desaparecer de vista. E Wulf também. A esta altura você já estaria em casa, na cama, enquanto Rosthorn estaria cuidando das queimaduras causadas pelo olhar do nosso irmão.

– Ora, eles não estão aqui, e ninguém escolheu *você* para ser meu guardião, Alleyne. Não tem nada melhor a fazer do que ficar assistindo enquanto eu me divirto? Deve haver mais de uma dezena de damas caindo aos seus pés, ansiosas para dançar com você.

Até mesmo Morgan admitia que o irmão era de uma beleza devastadora: moreno, esguio... *ainda que* ostentasse o proeminente nariz dos Bedwyns. Ela, na verdade, era a única entre os irmãos que escapara dessa sina.

– Prometi a Wulf que ficaria de olho em você – disse Alleyne –, e começo a achar, Morg, que talvez seja melhor manter os *dois* olhos bem abertos. Rosthorn obviamente tem intenções com você.

– Bobagem! Apenas nos divertimos um pouco na companhia um do outro esta noite. E ele é um cavalheiro.

– Bem, aí é que você se engana – retrucou ele, atiçando a curiosidade dela e, por um momento, soando tanto como Wulf que chegava a ser desconcertante. – A não ser pela família de origem, o homem decididamente tem uma reputação duvidosa, Morg. Ele vem vagando pelo continente há anos, nem sempre nas melhores companhias, e antes de tudo dizem que saiu da Inglaterra deixando algum problema para trás.

Morgan diminuiu o passo.

– Wulf *não* o consideraria como pretendente para você, pode ter certeza – completou Alleyne.

– Pretendente? – perguntou Morgan em um tom arrogante. – Então todo homem está pensando em casamento quando convida uma dama para dar um passeio?

– É melhor não estar pensando em outras coisas – retrucou Alleyne com determinação. – Não quando a dama é minha irmã. Achei que você estivesse apaixonada pelo capitão Gordon.

– Ele se tornou tedioso – confessou ela. – É belo o suficiente para virar a cabeça de qualquer dama, mas gosta de se gabar, é presunçoso. Fico tentando atribuir isso à juventude, mas então lembro que o capitão é quatro anos mais velho do que *eu*.

Alleyne riu e voltou a se parecer consigo mesmo.

– Sei que posso confiar em você, Morg – disse, apertando a mão da irmã que estava sob seu braço. – Nós, os Bedwyns, podemos ser instáveis, mas sabemos o que é o quê. Só que você é inocente, entende, mesmo odiando ouvir isso. E a inocência às vezes pode ser algo terrivelmente perigoso. Prometa-me que terá cuidado quando estiver perto de Rosthorn. Eu terei uma palavrinha com ele, se você quiser.

– Se fizer isso – retrucou Morgan, muito irritada –, vou me inspirar em um dos famosos ganchos de esquerda de Freyja e darei um novo formato a esse seu nariz, Alleyne. É claro que serei cuidadosa. Não que haja necessidade. Lady Caddick é uma acompanhante perfeitamente adequada, e tenho cérebro.

Ele riu e deu um soquinho de brincadeira no queixo da irmã.

– Acho que manterei meu nariz como está, então, se não se incomoda. Posso levá-la de volta para a mesa de Lady Caddick? Me arrisco a dizer que Gordon está desesperado para dançar com você.

Ela assentiu e se perguntou o que o irmão diria – e faria – se ela lhe contasse que todo aquele evento havia sido concebido e organizado para ela. E que ela entrara deliberadamente na floresta com lorde Rosthorn e permitira que ele a beijasse – mesmo sabendo que as intenções do conde não tivessem ido além de um flerte.

Alleyne faria um espetáculo que rivalizaria com os fogos de artifício que haviam sido exibidos nos Vauxhall Gardens. E talvez arrancasse cada membro do conde de Rosthorn, deixando-os largados ao longo da floresta.

E o que *Wulfric* diria e faria? Era bom nem pensar a respeito.

Mas ela não iria começar a se sentir culpada. Nenhum mal havia sido causado. Muito pelo contrário. Um sedutor astuto e ardiloso tinha pensado em brincar com ela, que acabara usando as armas do sujeito contra ele mesmo e saíra da experiência intacta. Na verdade, Morgan estava muito orgulhosa de si mesma.

Talvez o conde de Rosthorn, que era mesmo um homem desprezível, agora pensasse duas vezes antes de voltar a perder o tempo e o dinheiro dele com uma dama jovem e imatura.

Dama imatura! Rá! Graças aos céus, ela era Lady Morgan Bedwyn.

Vários dias se passaram antes que Gervase falasse novamente com Morgan. Ele a vira na Salle du Grand Concert, na Rue Ducale, certa noite – a famosa soprano, madame Catalini, estava cantando ali, e o duque de Wellington tinha ido assistir –, mas não se aproximara da jovem, que se encontrava em meio a um grupo que incluía o irmão dela.

Realmente havia fofocas e especulações sobre os dois correndo pelas salas de estar de Bruxelas, o bastante para que várias pessoas incluíssem, sem dúvida, uma menção ao assunto nas cartas que mandavam para a Inglaterra. Isso faria com que eles se tornassem o assunto *do momento* também lá. A dama em questão era, afinal, Lady Morgan Bedwyn, irmã do duque de Bewcastle.

Gervase concluiu que seu esquema estava funcionando lindamente. E o conde não estava nem um pouco preocupado com a vagarosidade dos acontecimentos. Não tinha pressa.

Certa manhã, quando passeava a meio galope ao longo do Promenade Verte – uma ampla via gramada além dos muros da cidade, ladeada por fileiras de tílias, com um canal seguindo mais além, em um dos lados –, ele viu Morgan se aproximando, também a cavalo, com Lady Rosamond Havelock. O próprio Gervase estava sozinho, tendo acabado de se despedir de John Waldane e de alguns outros conhecidos.

Ela parecia realmente muito atraente em uma roupa de montaria azul-royal, com um chapeuzinho enfeitado com penas. Cavalgava com a sela lateral, com tanta graça e segurança que poderia muito bem ter nascido sobre ela. A uma discreta distância, atrás das damas, cavalgava um par de cavalariços robustos.

Gervase tocou a aba do chapéu e fez uma mesura de cima da sela. Morgan inclinou a cabeça com graciosidade em resposta – ela estava fazendo o papel da grande dama naquela manhã, talvez como reação a todos os boatos maldosos que ainda circulavam sobre os dois. A jovem teria passado direto, sem dizer uma palavra, se Lady Rosamond não houvesse falado.

– Bom dia, lorde Rosthorn – disse a moça, com animação. – Não está um dia adorável?

– Depois de dois dias de chuva, é realmente muito agradável estar de novo ao ar livre – concordou ele.

– Que sorte que o senhor tenha escolhido aquela noite para o seu piquenique – comentou Lady Rosamond, quando os três cavalos pararam e os cavalariços também se detiveram. – O tempo tem estado bem instável desde então.

– Posso crer, portanto, que o piquenique foi do seu agrado? – perguntou Gervase

– Foi *maravilhoso*! – assegurou a moça, com o entusiasmo genuíno de uma dama muito jovem. – Aproveitamos cada segundo, não é, Morgan?

Mas Gervase percebeu, ao voltar os olhos para a outra, que ela o encarava, muito séria.

– Recebeu alguma notícia da França, lorde Rosthorn? – perguntou Morgan. – Dizem que eles realmente estão a caminho daqui.

– Mas você ouviu o que Ambrose, o major Franks e o tenente Hunt-Mathers falaram ontem à noite, Morgan – protestou Lady Rosamond, antes que Gervase tivesse a oportunidade de responder. – Eles nos disseram para não nos preocuparmos com os franceses. Que eles jamais passarão por nossas defesas e nem sequer chegarão perto de Bruxelas. Ah, ali vêm o capitão Quigley e o tenente Meredith – animou-se a jovem ao ver dois oficiais dos Life Guards se aproximando para se juntarem ao grupo. – Vamos saber o que acham. Estamos em perigo de sofrer uma invasão francesa, capitão Quigley?

O oficial pareceu devidamente chocado.

– Em perigo, Lady Rosamond? Quando os Life Guards estão aqui para proteger a todos? O velho Bonaparte não colocará um dedo além da fronteira da Bélgica sem perdê-lo arrancado por um tiro, pode ficar descansada.

– Não deve preocupar sua linda cabecinha com essas questões, Lady Rosamond – acrescentou o tenente. – Ou com a segurança de seu irmão, ou de qualquer outro oficial que conheça. Bonaparte não ousaria nos atacar com os restos esfarrapados daquele exército desfeito que ele comanda. É de dar pena.

Os dois oficiais deram a volta com os cavalos para acompanhar as damas. Mas Morgan mal os olhara. Mantivera os olhos fixos em Gervase, a testa levemente franzida.

– Permite que eu cavalgue por algum tempo com a senhorita? – sugeriu ele.

Ela assentiu, mas Gervase achou que a moça parecia de certa maneira distraída.

Eles cavalgaram lado a lado, um pouco afastados de Lady Rosamond e dos oficiais, que conversavam alto e riam muito. Ao olhar para trás, Gervase notou que os dois cavalariços continuavam a segui-los de longe.

– Acho frustrante, insultante mesmo – disse Lady Morgan –, ter que ouvir vinte vezes por dia que não devo preocupar minha *linda* cabecinha com esses assuntos, embora eles obviamente digam respeito a mim, aos homens do meu país e a alguns militares conhecidos.

– É da natureza dos cavalheiros desejar proteger as damas do perigo e até mesmo da ansiedade – explicou Gervase.

– Então acontecerá mesmo, não é? Haverá guerra novamente.

– Sem dúvida – confirmou Gervase, decidindo, naquele instante, usar com Lady Morgan o mesmo tipo de honestidade que usaria para responder caso um homem tivesse perguntado. – Qualquer mínima esperança de que haveria uma recusa dos franceses em se arregimentarem ao redor de seu imperador caído foi destruída. Dizem que, na verdade, o exército francês está muito grande e bastante formidável. Todos os marechais mais famosos de Bonaparte correram para se juntar a ele, sem dúvida na esperança de verem restaurados a glória e o prestígio perdidos. Sim, ao menos mais uma batalha campal parece inevitável. Só podemos torcer para que *uma única* batalha seja suficiente. Se Bonaparte for o vencedor, não há como prever o futuro.

– Mas o que aconteceu foi completamente previsível – comentou Morgan. – Eu disse desde o início. As pessoas chamam Napoleão Bonaparte de *velho Napoleão* e presumem que um homem que é chamado assim deve ser um bufão. Mas, para ter alcançado o sucesso de que desfrutou ao longo dos anos, ele deve ser um homem genial e de grande carisma, não é mesmo?

– A batalha que está por vir será sangrenta e seu resultado é bastante incerto, por mais que Wellington não pareça preocupado. Mas acredito realmente que não haja nenhum perigo iminente para Bruxelas. As fronteiras estão muito bem guardadas. Se houvesse alguma ameaça real, a esta altura, a maior parte dos britânicos que estão em visita e todas as damas já teriam tomado o caminho de casa.

– Lorde Caddick quer que partamos sem demora – falou ela –, e meu irmão Alleyne apareceu ontem para saber por que ainda não fomos embora. Mas Lady Caddick se recusa a partir até que seja impossível permanecer aqui. Insiste em ficar perto de lorde Gordon, e só posso aplaudir sua decisão. As mulheres têm permissão para fazer muito pouco, lorde Rosthorn. Ao menos podemos ficar perto dos nossos homens.

– E lorde Gordon é o homem por quem a senhorita ficará? – perguntou Gervase.

Ela encarou-o diretamente.

– Essa é uma pergunta impertinente, lorde Rosthorn.

Ele sorriu.

Mas ao que parecia Lady Morgan não estava com disposição para brigar.

– Não é Bruxelas, nem mesmo a minha própria segurança, o que me preocupa – explicou a jovem. – Acho que quando o momento chegar se apressarão em me colocar a salvo antes mesmo que haja algum perigo real para mim. Mas os homens dos exércitos não podem ser colocados a salvo, podem? Eles precisam permanecer e lutar. E morrer.

– Nem todos os soldados morrem em batalha – retrucou Gervase, gentilmente. – Pense em todos os veteranos em Bruxelas. Eles lutaram várias batalhas terríveis na Guerra da Península, e muitos deles também na Índia antes disso, e viveram para contar.

– Meu irmão Aidan está entre esses veteranos – disse Lady Morgan. – Ele só abriu mão da patente depois da Batalha de Toulouse, no ano passado.

Mas pense, lorde Rosthorn, em todos os incontáveis, os milhares de veteranos que *não* estão em Bruxelas porque *estão* mortos. O irmão de Eve, minha cunhada, por exemplo.

Lady Rosamond estava rindo animadamente com os oficiais, mas Morgan parecia não prestar a menor atenção neles.

– Talvez Bonaparte *seja* detido na fronteira – cogitou ela –, mas não irá simplesmente virar as costas e voltar para casa, não é?

– Isso parece muito improvável – concordou ele.

– O que ele fará, então? – perguntou a jovem, voltando a fixar os olhos nos dele.

– Por uma questão de orgulho, ele terá que tentar forçar caminho através de Bruxelas. Os exércitos do duque de Wellington tornarão essa tarefa difícil, ou até mesmo impossível, é o que se espera. Mas Napoleão, é claro, tentará. Se eu estivesse no lugar dele, atacaria o ponto mais fraco da defesa, que é, talvez, a junção entre as forças defensivas de Wellington e as do marechal Von Blücher. Se ele conseguir impor sua passagem nessa altura, manobrar seus flancos e conseguir cortar a comunicação entre as duas forças, terá uma boa chance de vencer.

Aquele não era o tipo de previsão animadora que Gervase normalmente faria para uma mulher, ainda mais uma mulher tão jovem e bem-criada quanto Lady Morgan. No entanto, ele estava cada vez mais consciente de que ela não era como as outras damas.

– Obrigada – disse a jovem em um tom sério. – Obrigada por não fazer referências depreciativas à minha bela cabecinha, lorde Rosthorn, e por responder às minhas perguntas sem dourar as respostas. Às vezes, acho que os oficiais que conheço são como soldados de brinquedo em um jogo de guerra. Mas suponho que isso seja injusto. Eles apenas procuram tornar a realidade mais leve na presença de damas, porque nos acham delicadas demais para encarar a verdade. Acredito que entre si conversem com mais bom senso.

Um coro de gargalhadas vindo do grupo de Lady Rosamond ilustrou a preocupação de Morgan.

– Eles vão se sair bem se forem chamados à luta – tranquilizou-a Gervase.

– Se?

– Quando – concedeu ele.

Morgan parecia tensa e seus lábios estavam pálidos.

– Desde pequena, passei anos me preocupando com Aidan. A guerra me parecia sem sentido. Por que o irmão que eu adorava deveria ficar longe de mim e do resto da família por tanto tempo, quando precisávamos dele e o queríamos perto de nós? Por que a vida dele deveria ser posta em perigo a cada dia? Por que eu deveria viver com o medo constante de ver alguém em um uniforme militar atravessar os portões de Lindsey Hall, trazendo a notícia da morte de Aidan em batalha? Ainda acho que a guerra não tem sentido. Não concorda, lorde Rosthorn?

– É claro – disse ele. – Mas, de qualquer modo, é inevitável. Infelizmente, guerrear é da natureza humana. Sempre haverá guerras.

– É da natureza dos *homens*. As mulheres não lutam nas guerras. Se elas governassem os países, haveria muito mais bom senso nas relações entre as pessoas.

Ele sorriu.

– Acha a ideia divertida, lorde Rosthorn? – perguntou ela, irritada.

– Apenas porque acredito que as mulheres são bastante sensatas ao se manterem fora da política – retrucou Gervase. – Elas têm coisas melhores em que investir o tempo.

– Como se dedicar a trabalhos de agulha, suponho, e tomar chá com as vizinhas.

– E cuidar dos filhos – continuou ele. – E manter seus homens na linha. E se certificar de que o mundo não negligencie a beleza da arte, da música e da poesia.

– Eu me pergunto se não estamos condenadas a sermos sempre menosprezadas – falou Lady Morgan.

Os oficiais que acompanhavam Lady Rosamond estavam se preparando para partir e se viraram para se despedir de Morgan, e para se assegurarem de que ela realmente compareceria ao jantar do regimento naquela noite.

Gervase também se retirou e recebeu um amável aceno de cabeça de Lady Morgan como despedida.

Ah, pensou ele quando já se afastava cavalgando, retomando o caminho que seguia ao topar com as damas, aquele encontro fora muito diferente de qualquer ocasião para flerte que pudesse ter imaginado. Era um pouco desconcertante descobrir que Lady Morgan tinha uma mente pensante e que gostava de usá-la. Mas se ela escolhera tratá-lo como uma espécie de amigo, então que fosse.

Gervase acreditava que a cavalo dado não se olhavam os dentes.

Na manhã de 13 de junho, lorde Alleyne Bedwyn apareceu na casa da Rue de Bellevue e conversou em particular com o conde de Caddick antes de ser admitido na presença das damas, no solário. Encontravam-se todos em casa, já que o dia estava chuvoso e o céu ainda não clareara o bastante para permitir um passeio a cavalo, ou mesmo uma visita às lojas.

– Os Kieg-Densons, conhecidos de Sir Charles Stuart, partirão de Bruxelas ao raiar do dia de amanhã, madame – explicou Alleyne a Lady Caddick, depois que os cumprimentos de praxe foram trocados. – Eles têm uma filha e uma governanta que consideram determinada e sensata. O casal concordou em permitir que minha irmã viaje com eles até Londres. E Lady Rosamond também, se desejarem.

Morgan enrijeceu o corpo e Rosamond encarou a mãe com os olhos arregalados, consternada.

Lady Caddick abanou o rosto e pareceu perturbada.

– Não sei, lorde Alleyne – disse ela. – É extremamente correto da parte dos Kieg-Densons fazer essa oferta, mas não posso deixar de pensar que o lugar de Rosamond é junto da mãe e do pai dela. E não gosto da ideia de abandonar Gordon por sua própria conta. Além do mais, não acho que a situação seja tão desesperadora. Lorde Uxbridge e o próprio duque de Wellington avisariam se acreditassem que corremos algum risco grave aqui.

– Entendo seus sentimentos, madame – atalhou Alleyne. – Explicarei, então, à Sra. Kieg-Denson que apenas Morgan viajará com eles. Deve orientar sua camareira a arrumar sua bagagem o mais rápido possível, Morg.

Mas antes que Morgan pudesse abrir a boca para externar sua indignação, Lady Caddick falou por ela:

– Não gosto disso, lorde Alleyne. Lady Morgan foi entregue aos meus cuidados pelo próprio duque de Bewcastle. Não tenho autoridade para transferir essa responsabilidade a outra pessoa.

– Eu mesmo assumirei a responsabilidade por isso, madame – retrucou Alleyne. – E lorde Caddick concorda comigo que Bruxelas se tornou um lugar potencialmente perigoso... sobretudo para as damas.

Alleyne não explicou o comentário. E nem precisava. Morgan sabia tão bem quanto qualquer pessoa – embora ninguém houvesse dito explicitamente a ela – o que podia acontecer às mulheres em uma cidade caída quando o exército conquistador se espalhava. O perigo era mesmo tão grande, então?

Mas mesmo agora os medos de Morgan não estavam concentrados em si mesma. Por algum motivo, parecia covardia partir. E embora ela não estivesse apaixonada pelo capitão Gordon nem por qualquer outro oficial, ainda assim os conhecia e se preocupava com o que poderia lhes acontecer. Sentia-se mal só em pensar em ser mandada embora.

– Não irei embora, Alleyne – afirmou.

O irmão ergueu uma sobrancelha e encarou-a. Mas se dirigiu a Lady Caddick:

– Posso falar a sós com a minha irmã, madame?

A mais velha se colocou de pé obsequiosamente.

– Preciso de você em meus aposentos, Rosamond – falou.

Rosamond fez uma careta para Morgan enquanto seguia obedientemente a mãe para fora da sala. Morgan também se levantou e foi olhar pela janela. A chuva parara. A rua e as calçadas começavam a secar.

– Não vou, Alleyne – insistiu Morgan.

Ela podia ser muito obstinada quando se propunha a alguma coisa, como toda a família sabia muito bem.

Alleyne deixou escapar um suspiro alto.

– Vamos falar abertamente, Morg? – falou, caminhando na direção dela. – Não permitirei que minha irmã corra o risco de ser violada por um soldado francês. Isso é direto o bastante para você? Posso assegurar que Wulf também não permitiria.

– Quando o perigo estiver assim tão perto, eu partirei – retrucou ela. – Serei forçada a fazê-lo. Lorde Caddick insistirá nisso, e Lady Caddick entenderá que deve pensar em mim e Rosamond antes de se preocupar com lorde Gordon. Esperarei até esse momento, Alleyne. Confiarei neles para tomarem a decisão certa. Fui mandada para cá aos cuidados dos dois, afinal. Não. – Morgan levantou a mão com firmeza, para evitar que o irmão falasse. – Não banque o irmão mais velho. Seja apenas meu *irmão*. Não posso partir agora. *Não posso*.

Para seu constrangimento, Morgan percebeu que a voz tremia.

– Por causa de Gordon, eu suponho – sugeriu Alleyne, e passou a mão pelos cabelos escuros. – Há um entendimento entre vocês dois, então, Morg? É isso? Espero que não seja um noivado secreto. Wulf iria querer a cabeça do capitão.

– Não há entendimento algum – respondeu Morgan. – Mas, por favor, Alleyne, não insista em que eu parta amanhã. O baile do duque de Richmond será depois de amanhã, e esses planos não estariam sendo colocados em prática se houvesse perigo iminente, não é? Espera-se, inclusive, que o duque de Wellington apareça no baile. Vamos aguardar até depois desse evento e então decidiremos o melhor a fazer.

– A essa altura, os Kieg-Densons já estarão longe – argumentou Alleyne.

– Mas haverá outras pessoas partindo. Haverá outros com quem poderei voltar caso seja mesmo necessário. *Por favor*, Alleyne.

Ela piscou os olhos furiosamente. Nunca fora de choramingar ou de fazer manha, mas naquele momento estava bem perto de ambas as possibilidades. Não podia ir embora de Bruxelas. Não naquele momento. Haveria uma grande batalha e ela não teria nem conhecimento disso por dias e dias se estivesse em Londres. Os oficiais que conhecia talvez estivessem mortos e ela nem sequer saberia... mas imaginaria o pior a cada minuto, a cada hora de cada dia.

Alleyne deixou escapar um som exasperado.

– Morg, você é a mais nova de nós, a que todos mais adoramos. Por que também não pode ser a única dócil? Muito bem, então. Vamos ver o que acontecerá na manhã seguinte ao baile do duque de Richmond. Espero não me arrepender disso pelo resto da vida, porque vai totalmente contra o que julgo melhor.

Morgan correu na direção do irmão, passou os braços ao redor do pescoço dele e deu-lhe um beijo no rosto.

– Obrigada.

– Ao menos Gordon é um pretendente adequado, Morg. Wulf deve aprová-lo, ou não teria consentido que você viesse para cá com os Caddicks. Tem certeza de que não há um entendimento entre vocês dois?

– Absoluta.

Mas se o irmão escolhesse não acreditar no que ela lhe dissera na noite do piquenique, sobre lorde Gordon ser tedioso, ela não o contrariaria. *Precisava* ficar um pouco mais em Bruxelas.

– Talvez fosse melhor se houvesse – continuou ele. – Houve comentários depois daquele piquenique na floresta de Soignes, como tenho certeza que sabe. Você permitiu que Rosthorn a mantivesse presa ao braço dele por tempo de mais. Ele não se tornou um aborrecimento desde então?

– De forma alguma – retrucou Morgan. – Mal o tenho visto.

Aquilo não era exatamente verdade. Ela se lembrou de cavalgar ao lado dele ao longo do Promenade Verte alguns dias antes. Mas o conde não se comportara nem falara como um sedutor. Não a chamara de *chérie* nem uma vez, nem a encarara com aquele olhar indolente, com o sorriso meio provocante e meio zombeteiro. Ao contrário, fora gentil o bastante para tratá-la como uma *pessoa*, e não como uma moça tola e delicada. Ela estava *tão* cansada de ser tratada daquela forma... O conde fora o único homem em Bruxelas – com exceção de Alleyne – que se dispusera a admitir para ela a verdade sobre a situação militar.

– É bom ouvir isso – disse seu irmão. – É melhor torcermos para que essa fofoca não chegue aos ouvidos de Wulf. A chuva parou, pelo que vejo. Quer pegar seu *bonnet* e dar uma volta comigo no parque? Não consigo me livrar da sensação de tê-la negligenciado desde que chegamos aqui.

– Suponho que foi por você finalmente ter se tornado um homem trabalhador, Alleyne – falou Morgan, antes de deixar a sala –, que tem coisas melhores a fazer do que ficar correndo atrás da irmã o dia todo.

– Sempre fui assim, Morg.

Ele riu.

No dia 14 de junho, chegou a notícia de que o exército francês estava concentrado perto de Maubeuge, e que inclusive já havia cruzado a fronteira da Bélgica. Segundo a opinião geral em Bruxelas, os franceses estavam apenas se exibindo, aquecendo os músculos. Havia mais de 100 mil tropas prussianas guardando todas as estradas entre Ardennes e Charleroi, e uma força apenas um pouco menor de soldados britânicos e aliados protegia todas as estradas entre Mons e o Mar do Norte. Não havia como os franceses passarem.

Mas em 15 de junho houve uma grande revista das tropas aquarteladas em Bruxelas, no Promenade Verte, enquanto multidões de espectadores assistiam, talvez com um pouco mais de ansiedade e menos animação do que haviam demonstrado em revistas semelhantes levadas a cabo nas semanas anteriores.

E no fim daquela mesma tarde, embora poucas pessoas soubessem a respeito, o príncipe de Orange e o duque de Wellington receberam a informação de que a brigada prussiana havia sido atacada perto de Charleroi e que Thuin fora dominada. Mais tarde, naquele mesmo dia, Wellington ordenou que a segunda e a quinta divisões se reunissem em Ath e ficassem de prontidão para entrar em ação assim que recebessem a ordem.

Mas, para o britânicos em visita à cidade, ainda não havia nenhum extraordinário senso de urgência. Era sabido por todos que o baile do duque de Richmond aconteceria conforme fora planejado e que a maior parte dos oficiais baseados na cidade ou em seus arredores pretendia ficar ali. Diziam ainda que o próprio Wellington apareceria como convidado. Um grupo de sargentos e de soldados rasos do 42º Regimento Real de Highlanders e do 92º da Infantaria entreteria os convidados com uma apresentação de danças escocesas ao som de gaitas de fole.

Felizmente, talvez, para Morgan, Alleyne fora mandado, de súbito, para a Antuérpia, a fim de resolver um negócio da embaixada, e não deveria retornar antes do dia seguinte. Morgan *precisava* comparecer ao baile. Havia uma sensação de urgência, um senso histórico mesmo, vinculada àquela ocasião. Todos sabiam que seria a última oportunidade de se divertirem juntos.

Era possível, é claro, que a reunião das tropas fosse apenas uma manobra e que dentro de um ou dois dias eles estivessem de volta a Bruxelas, que Napoleão Bonaparte voltasse à França e que a vida prosseguisse como sempre.

No entanto, era mais provável que não fosse um alarme falso, que os exércitos estivessem mesmo se reunindo para o que provaria ser uma batalha sangrenta.

CAPÍTULO V

Diante das circunstâncias, era de esperar que poucos convidados comparecessem ao baile do duque de Richmond, na noite de 15 de junho. Mas, na verdade, a festa acabou sendo o evento com a maior concentração de pessoas em Bruxelas desde que os britânicos haviam começado a atravessar maciçamente o Canal da Mancha, mais de um mês antes. Surpreendente também foi o fato de oficiais de todos os regimentos baseados ali e nos arredores da cidade aparecerem em peso. Trajados com seus uniformes esplendorosos, com meias de seda e sapatos de dança em vez de botas, era como se marchar para uma batalha fosse a última coisa que passasse pela cabeça deles.

As damas brilhavam como se não houvesse nada mais importante na vida do que dançar e não houvesse nenhum outro lugar onde desejassem mais fazer isso do que no salão de baile dos Richmonds.

Mas as aparências enganam. Gervase, depois de cumprimentar o duque e a duquesa, procurou um grupo de conhecidos e descobriu que todos conversavam sobre a situação militar. Acreditavam que, pela manhã, o exército marcharia em direção à fronteira. A única incerteza era se haveria uma batalha campal ou se as fortes defesas dos aliados conseguiriam deter Bonaparte e persuadi-lo a recuar. Mas apostavam que não haveria recuo francês e que a batalha de fato aconteceria.

Os sons de conversas animadas e risos se erguiam acima da música da orquestra. O barulho ritmado de dezenas de pés seguindo os passos de uma quadrilha se misturava ao burburinho.

Gervase viu Lady Morgan Bedwyn, ruborizada e sorrindo com entusiasmo, adorável em um vestido branco que cintilava à luz das velas. Dançava com Gordon e parecia não ter olhos para mais ninguém que não ele.

O conde não esperara vê-la ali. Nos últimos dias, várias famílias britânicas, sobretudo as que tinham crianças e moças entre seus membros, haviam partido para a Antuérpia, onde era mais seguro, ou para casa. Ele imaginara que Caddick teria mais bom senso e não permaneceria ali com a esposa e duas jovens damas em casa, embora estivesse claro que era o jovem Gordon que fazia toda a família relutar em partir. Lady Morgan provavelmente também relutara. Mas era estranho, no entanto, que o irmão dela, ligado à embaixada, não houvesse insistido em que ela partisse.

Havia algo tenso, quase desesperado, no sorriso dela.

Gervase não falara com Lady Morgan desde o dia em que se encontraram no Promenade Verte e cavalgaram juntos por algum tempo. Mas pensara bastante nela. A jovem tinha a arrogância quase inconsciente dos Bedwyns, mas também era inteligente, direta e honesta. E muito atraente também, com sua beleza clássica. Apesar do modo inexperiente como o beijara na floresta de Soignes, ela conseguira aquecer o sangue dele.

Verdade seja dita, Gervase começava a se sentir culpado. O ódio dele por Bewcastle e seu desejo de fazer o duque sofrer não haviam sido nem um pouco aplacados pelo modo como expusera Lady Morgan ao flerte inconsequente e à maledicência. Mas Gervase sentia que talvez suas ações tivessem sido mesquinhas e começava a se arrepender delas. O melhor a fazer naquela noite, decidiu, era ficar longe da moça.

Morgan não havia percebido até aquela noite que seria capaz de sorrir, brincar, dançar, conversar e rir diante de uma tragédia iminente. Ela teria achado tal comportamento inapropriado, desrespeitoso, insensível, impossível. Ainda assim, não conseguiu agir de outro modo. E se lhe servia de algum consolo, todos os presentes estavam fazendo o mesmo – Rosamond, os oficiais que conheciam, *todo mundo*.

Era o baile mais animado a que comparecera em toda a temporada.

Também era o mais triste. Bem no fundo, ela estava consciente da terrível fragilidade, da natureza tragicamente efêmera da vida humana.

Morgan dançou o primeiro conjunto de danças com o capitão Gordon. Mais tarde, ficou parada ao lado dele enquanto ouviam as gaitas de fole e assistiam, deslumbrados, aos passos intrincados dos dançarinos escoceses e ao espetáculo visual de seus kilts. Depois, valsou com o capitão à meia-noite, bem no momento em que o duque de Wellington chegou, com uma expressão tão alegre e festiva quanto a dos outros convidados. Mas, àquela altura, já circulava pelo salão a notícia de que o príncipe de Orange, também presente ao baile, havia recebido uma mensagem durante o jantar informando-o de que Charleroi caíra. A cidade ficava a 30 quilômetros do território belga.

O sorriso de Morgan não se alterou. Nem o de ninguém.

Ela sentia uma ternura estranha, quase desesperada, pelo capitão – talvez porque todos esperavam vê-los juntos. Além disso, o rapaz era sempre muito atencioso, enquanto Morgan não sentia nada por ele a não ser uma leve irritação – às vezes nem tão leve – desde que chegaram a Bruxelas. No dia seguinte, o capitão Gordon se encaminharia para o perigo. Talvez caminhasse em direção à morte.

– Me arrisco a dizer, Lady Morgan, que começaremos cedo amanhã de manhã – comentou ele com animação, enquanto valsavam. – Mas fico feliz com isso. Fico satisfeito pelo fato de o velho Bonaparte ter ousado vir e, assim, nos dar uma nova chance de esmagá-lo de uma vez por todas no campo de batalha. Seremos heróis amanhã, ou no dia seguinte, ou quando a contenda enfim terminar. Eu a deixarei orgulhosa de mim.

Por trás das palavras prepotentes havia um terrível medo, pensou Morgan.

– Sua mãe, seu pai e todos os que o conhecem já estão orgulhosos do senhor – disse ela. – Tenho certeza de que não precisam que prove sua coragem numa guerra. Talvez seja possível até evitar uma batalha.

Mas Morgan não acreditara nisso nem por um momento.

– Perdoe-me por nem sequer haver mencionado esse assunto – falou Gordon, girando com ela com passos pequenos e uma precisão cautelosa. – Não deveria preocupar sua linda cabecinha com uma conversa dessas.

Morgan tentou ignorar a onda de irritação que sempre sentia quando ouvia essas palavras. Sorriu para o capitão e concentrou a atenção nele. Se o rapaz precisava de sua companhia e sua atenção naquela noite, ela não se negaria a oferecê-las. Havia tão *pouco* que as mulheres podiam fazer...

Eles chegaram à porta do salão de baile e o capitão Gordon parou subitamente de dançar. Pegou Morgan pela mão em um impulso e saiu apressadamente do recinto com ela. As pessoas se aglomeravam do lado de fora, mas o rapaz deu uma olhada rápida para os dois lados e seguiu com Morgan por um corredor à direita. Eles passaram pelas portas que levavam aos salões de jogos e de negócios e continuaram até o fim, onde o capitão puxou Morgan para a sombra de uma porta aberta.

– Lady Morgan – disse ele em um tom ansioso –, amanhã me juntarei ao meu regimento. Peço, por favor, que me dê um beijo antes de eu partir.

Ela talvez houvesse se negado, já que não tinha nenhum desejo de ser beijada pelo capitão Gordon, mas ele não esperou sua resposta. Puxou-a com mais força para si, abaixou a cabeça e beijou-a com determinação. Os lábios dele pressionaram os dela com urgência, fechados, quentes e secos, machucando-lhe a parte interna da boca ao fazer a pele roçar contra os dentes.

Um comportamento daqueles em geral teria feito com que Morgan repreendesse firmemente o rapaz e ainda lhe desse uma bela bofetada. Mas não naquela noite. Naquela noite, naquele momento, ela estava à beira das lágrimas, toda sua animação tendo desaparecido. Agarrou o tecido grosso do paletó dele e retribuiu o beijo com toda a ternura que sentia pelos homens que talvez estivessem mortos no dia seguinte, ou no próximo, naquele estúpido e mortal jogo de guerra masculino.

Ela estava terrivelmente consciente do corpo do rapaz, da juventude dele.

– Lady Morgan – disse o capitão, com intensidade e calor, quando se afastou dela –, permita-me a honra de lutar pela *senhorita* quando a hora da batalha chegar. Diga-me que esperará por mim, que se importa comigo.

Ele estava pedindo alguma promessa, algo que obviamente Morgan não poderia dar. Mas como ela conseguiria dizer um não firme, por mais tolas que as palavras dele pudessem ter parecido sob circunstâncias normais? No momento, as circunstâncias não eram normais de forma alguma.

– É claro que me importo com o senhor – respondeu ela, encarando-o com intensidade. – Ah, é claro que sim.

– Permita-me saber que sofrerá se eu morrer, que ficará de luto e usará negro por mim pelo resto da vida, que jamais haverá outro homem para a senhorita – pediu ele, agarrando a mão direita dela e levando-a ao coração.

– É claro que sofrerei – falou Morgan, começando a se sentir desconfortável. – Mas, por favor, não fale em morte.

O capitão puxou-a novamente para junto do corpo, com mais força ainda dessa vez. Mas antes que ele pudesse abaixar a cabeça sobre a dela, alguém segurou a maçaneta do outro lado da porta e fechou-a, acabando com a sombra que os protegia no corredor. O canto oculto deles já não estava mais oculto. O capitão soltou Morgan.

– Devemos retornar ao salão de baile – disse ela. – Sua mãe deve estar preocupada com o meu paradeiro.

Ele passou o braço de Morgan sobre o dele, pousou a mão livre sobre a dela e apertou com força.

– Obrigado – falou, enquanto a levava de volta para o salão de baile. – A senhorita me fez o homem mais feliz do mundo, Lady Morgan.

Ele acreditava, pensou Morgan, perplexa e desanimada, que os dois agora tinham um entendimento, que estavam a apenas um passo de um noivado. Mas ela não iria, não *poderia*, desiludi-lo. Haveria tempo bastante para isso quando o capitão voltasse da batalha. *Se* ele voltasse.

O barulho no salão de baile, embora tão alto quanto antes, estava diferente de quando eles saíram de lá, havia apenas alguns minutos. Já se viam bem menos uniformes. A maior parte dos oficiais que permanecia ali não estava dançando, embora a orquestra ainda tocasse valsas. Eles agora conversavam em grupos muito sérios, ou se despediam da família e dos amigos.

– Recebemos ordem de partir agora, sem demora – explicou o major Franks, segurando a manga do capitão Gordon. Ele sorriu e inclinou a cabeça na direção de Morgan. – Nada com que precise preocupar sua linda cabecinha, milady. Estaremos de volta para dançar novamente com as damas em uma semana.

Morgan ouviu soar uma campainha que não poderia estar vindo da orquestra ou de qualquer outro lugar que não a cabeça dela. O ar que inalou parecia subitamente muito frio em suas narinas. Mas manteve o controle com um esforço determinado. Aquela não era a hora de se permitir o primeiro desmaio da vida. Fora ela que quisera ir para Bruxelas, fazer parte da história, estar no centro da ação. Quisera saber tudo em primeira mão.

Agora ela mal conseguia suportar essa consciência. Imaginou se as futuras gerações saberiam sobre o baile dos Richmonds e se perguntariam como militares, suas mulheres, suas famílias, haviam conseguido dançar e se divertir numa noite de tamanha tragédia.

– Você precisa ir imediatamente até onde está a sua mãe – disse Morgan com brusquidão para o capitão Gordon, ao notar a absoluta palidez no rosto dele.

Por incrível que pudesse parecer, o baile continuou apesar de o duque de Wellington não ter ficado muito tempo mais, de aparentemente ter admitido que eles partiriam para a guerra no dia seguinte e de os oficiais começarem a sair discretamente para se juntarem aos seus regimentos até restarem apenas alguns poucos.

Gervase viu Lady Morgan Bedwyn se afastar, sozinha, para um dos cantos do salão de baile. Ela abanava o rosto e parecia quase tão pálida quanto o vestido que usava. O sorriso que ostentava mais cedo e o brilho haviam desaparecido. Depois de um instante de hesitação, ele foi na direção dela e lhe ofereceu o braço, sem dizer uma única palavra.

– Ah, lorde Rosthorn – disse a jovem ao levantar os olhos para ele, a expressão confusa por um instante. Então passou a mão esguia pelo braço dele. – Achei que Lady Caddick e Rosamond precisavam ficar a sós por um instante. Elas estão muito perturbadas.

– Permita-me acompanhá-la até o salão do bufê e lhe servir uma bebida.

– Uma limonada seria ótimo. Não, água. Água seria ainda melhor.

Gervase sentiu o perfume de violeta de novo. O cabelo dela estava enfeitado com pérolas e havia outras, pequenas, costuradas no vestido, ao longo do decote baixo, na barra das mangas e da bainha da saia. A aparência dela era adorável – e extraordinariamente frágil.

– Acha que todos eles serão mortos? – perguntou a jovem.

– Não – respondeu Gervase com delicadeza.

– Foi uma pergunta tola. Alguns deles serão. *Muitos* deles.

– Sim.

– Acredito que meu irmão, Aidan, tenha sido chamado para batalhas assim mais de uma dezena de vezes. Me sinto feliz, agora, por nunca ter estado por perto, embora ficar em casa sem saber de nada, apenas imaginando o pior, possa ser quase tão ruim. Achei que quisesse, até mesmo *precisasse*, estar aqui para ver isto. Promete ser realmente um evento histórico, não é mesmo? Se Napoleão Bonaparte vencer a batalha, a reaparição dele será mencionada com assombro por gerações. Se perder, a fama do duque de Wellington pode muito bem atravessar gerações também.

Gervase a guiou até a sala do bufê. Lá, serviu um grande copo com água e entregou à moça. Havia vários homens reunidos em grupos e conversando com urgência na voz. Gervase levou Lady Morgan até uma pequena antessala onde algumas mesas tinham sido arrumadas com cadeiras ao redor. Não havia mais ninguém ali e, obviamente, era impróprio que os dois ficassem sozinhos, sem o conhecimento e o consentimento da acompanhante. Mas o decoro, ou a ausência dele, era a última coisa na cabeça de Gervase naquela noite. Lady Morgan precisava de uma companhia, de alguém solidário, pensou ele. Parecia muito abalada. Ele a sentou diante da mesa, pousou o copo de água à sua frente e acomodou-se na outra cadeira.

– O capitão Gordon significa tanto para a senhorita quanto lorde Aidan Bedwyn? – perguntou.

A jovem o encarou, mas não o repreendeu pela impertinência, como já fizera em outras ocasiões.

– Ele é um jovem cheio de vitalidade, de sonhos e esperanças – respondeu, os olhos escuros brilhando. – É querido pela família... quer viver. E ainda assim foi pego no meio dessa loucura de que a humanidade é vítima. Lorde Gordon me beijou antes de partir e me implorou que o espere e que chore por ele caso seja morto.

– Ah – disse Gervase.

Ele se perguntou se Lady Morgan acordaria no dia seguinte constrangida por ter confidenciado algo tão íntimo a um cavalheiro que era pouco mais que um estranho para ela. Mas a verdade era que era pequena a probabilidade de ela dormir naquela noite.

– Como eu poderia ter negado isso a ele? – continuou ela. – Teria sido egoísta, cruel.

– A senhorita *quis* se negar? – indagou Gervase.

Ele se perguntava com frequência se Lady Morgan sentia alguma coisa pelo rapaz. Lorde Gordon não era digno dela. Era um jovem presunçoso, que não mostrava nenhum sinal da maturidade de um homem.

– Perguntas como essa não deveriam ser feitas ou respondidas em uma noite como esta – retrucou Morgan. – A emoção está reinando absoluta hoje, mas a escolha de um cônjuge é algo sério, não é mesmo?

– É? – falou Gervase em voz baixa.

Aquele era um assunto no qual ele não pensava havia anos.

– Casamento é algo para a vida inteira – disse Morgan. – Sempre estive determinada a não escolher com pressa e a não me permitir ser forçada a nada. É muito fácil se apaixonar, eu acho. É um estado altamente emocional. Não estou tão certa de que seja igualmente fácil *amar*.

– Amar não envolve emoções, então? – perguntou Gervase, sorrindo.

– Mas suas regras não são *ditadas* por elas. Amar é gostar, ser companheiro, respeitar e confiar. O amor não domina ou tenta possuir, mas se fortalece com compromisso puro, liberdade mútua. Por isso o casamento é tão traiçoeiro. Há a cerimônia, os votos, a necessidade de fidelidade, tudo isso sugerindo restrições, uma prisão mesmo. Os homens sempre comparam o casamento a uma prisão perpétua, a grilhões prendendo-os, não é verdade? Mas o casamento deveria ser exatamente o oposto... duas pessoas concordando em deixar livre uma a outra.

– Muitos cavalheiros casados que mantêm amantes e damas casadas, com seus acompanhantes ilícitos, aplaudiriam sua opinião, *chérie*.

Mas Lady Morgan o encarou, muito séria.

– O senhor não compreendeu. Qualquer um que não tenha a intenção de manter os votos sagrados não deveria fazê-los. Os casais ligados pelo matrimônio deveriam deixar seus parceiros livres para viverem, aprenderem, encontrarem crescimento pessoal. Eles não são dois lados de uma moeda, ou duas metades de uma alma. São duas preciosas almas individuais que uniram suas liberdades para fazer de suas vidas algo mais glorioso, mais desafiador.

Gervase não estava certo se a achava uma tola idealista ou uma mística, sábia. Mas *estava* fascinado por ela. Não esperara que, justamente em uma noite como aquela, os dois fossem ter uma conversa desse tipo.

– Então deseja amar dessa forma grandiosa o homem com quem se casar, *chérie*? – perguntou.

– Desejo. – Lady Morgan voltou a encará-lo. – Não preciso me casar para ter dinheiro ou posição social, lorde Rosthorn. Nem mesmo para ter segurança. Prefiro esperar mais cinco ou dez anos, ou para sempre, se for preciso, a me casar com o homem errado. Embora tenha a esperança de não precisar aguardar para sempre.

As jovens damas típicas fariam aquela distinção entre estarem apaixonadas e amarem?, se perguntou Gervase. Quantas mulheres de qualquer idade declarariam de forma categórica que amor e possessividade não poderiam coexistir? Ele mesmo não alcançara tamanha compreensão. Mas Lady Morgan estava certa, não estava? Haveria tantos casamentos infelizes se *não* houvesse tais distinções?

– É uma tradição na minha família que o amor seja a força mestra de nossos casamentos – explicou ela. – Não se espera que nossos homens tenham amantes depois de se casarem. – O olhar direto dela não vacilou.

– Espera-se que eles amem a esposa e permaneçam fiéis a ela. A mesma expectativa se aplica às mulheres Bedwyns.

Gervase sorriu.

– E algum de seus irmãos ou irmãs se casou? – indagou.

Ele achou que se lembrava de Lady Morgan ter mencionado uma cunhada certa vez.

– Três.

– O duque de Bewcastle é um deles? – perguntou Gervase.

Ele não ouvira falar de Bewcastle se casando. Mas como poderia? Não estava a par de todas as novidades e fofocas britânicas, apesar de ter reencontrado vários antigos amigos e conhecidos naquelas semanas que estava passando em Bruxelas.

– Não. Aidan, Rannulf e Freyja se casaram no ano passado.

– Todos eles motivados pelo amor?

– Agora sim – respondeu Morgan com convicção. – Rannulf e Judith têm um bebê recém-nascido.

Bewcastle amara Marianne?, perguntou-se Gervase. Estivera preparado para amá-la pelo resto da vida? Para permanecer fiel a ela? Gervase duvidava. Sempre lhe parecera que aquele homem era incapaz de amar.

– E a senhorita ama o jovem Gordon como desejaria amar um marido? – inquiriu Gervase. – Ainda assim, por acaso disse não a ele hoje à noite?

– Eu também não respondi exatamente que sim, mas duvido que ele tenha percebido. Terei que dizer um não firme quando o capitão retornar.

– Ele ficará desapontado.

– Ficaria ainda mais se eu de fato me casasse com ele – retrucou Lady Morgan. – Não acho que seria fácil ser meu marido, lorde Rosthorn, mesmo se eu o amasse de todo o coração. O capitão Gordon não me ama. Ele ama a *ideia* que faz de mim, a filha de um duque que acaba de ser apresentada à sociedade e é muito abastada. Nada mais.

Ela estava cometendo uma profunda injustiça consigo mesma, pensou Gervase. Mas a jovem levantou de repente os olhos para ele, abalada.

– Ele pode morrer – disse. – Como é *estúpido* tudo isso, lorde Rosthorn. Estúpido e mortalmente sério. Como eu poderia tê-lo mandado embora com a verdade ecoando nos ouvidos? Permiti que o capitão acreditasse que sinto o mesmo que ele, que o esperarei e que prantearei por ele pelo resto dos meus dias, caso ele não volte. E talvez faça isso mesmo. Quem sabe?

Os olhos dela se encheram de lágrimas repentinamente.

Gervase estendeu a mão por sobre a mesa e pousou-a na de Morgan. Ela virou a mão para cima e apertou a dele com força, enquanto usava a outra para secar as lágrimas.

– Não queria que isso estivesse acontecendo – disse ela com determinação. – Nada disso. Ninguém consegue entender que a guerra não resolve nada? Sempre haverá guerra, *sempre* em nome da liberdade e da paz. Como pode haver liberdade quando homens morrem de forma tão insensata? Como pode haver paz quando homens precisam lutar para consegui-la? A humanidade sempre perseguirá esses dois ideais e nunca conseguirá alcançá-los.

Ao terminar de falar, encarou-o com o rosto ruborizado e uma expressão apaixonada nos olhos.

Dois casais entraram no salão, olharam para Gervase e Morgan – e para as mãos entrelaçadas dos dois – e recuaram murmurando desculpas. Ela pareceu nem perceber.

– Acredito que Caddick vai tirá-las de Bruxelas pela manhã – disse Gervase. – Dentro de uma semana, mais ou menos, a senhorita estará de volta à Inglaterra, com sua família, e a vida voltará a parecer menos tumultuada.

– Isso não é verdade – disse a jovem. – Por favor, não me trate com condescendência, lorde Rosthorn. Não o senhor entre todas as pessoas. Eu prefiro *saber*. Prefiro sofrer com todo mundo. Mas, mesmo que o conde de Caddick não insista em que partamos de Bruxelas, Alleyne fará isso. Ele foi para a Antuérpia, mas retornará amanhã. E me falou, antes de ir, que insistiria em que eu fosse embora caso a situação não melhorasse. E, na verdade, tudo piorou. – Ela suspirou. – E o que o *senhor* fará, lorde Rosthorn?

– Ficarei aqui. Não sou militar, mas talvez haja alguma forma de ser útil.

– Era isso que eu gostaria de fazer – desabafou Morgan. – Gostaria de ser útil. Não pode imaginar como me sinto impotente sendo mulher em uma situação como esta... ou em milhares de outras situações, para ser sincera. Mas também acredito que partirei amanhã.

– Estou na Rue de Brabant – falou Gervase, e disse a ela o nome da casa em que estava. – Se, por algum motivo, precisar de mim, mandará me chamar?

Ela lhe deu um meio sorriso.

– Porque sou frágil demais para cuidar de mim sozinha? Mas é uma oferta gentil, e lhe agradeço. – A jovem abaixou os olhos para as mãos unidas dos dois, parecendo só perceber o gesto íntimo naquele momento. Retirou a mão e pousou-a no colo. – Acho que acabei falando sem parar. Tendo a fazer isso quando tenho opiniões acaloradas sobre um assunto. E tenho uma opinião bem forte sobre a guerra. Parece estranho, então, que eu tenha insistido em vir para Bruxelas apesar da resistência de meu irmão em consentir, não é mesmo? Não deveríamos estar aqui sozinhos, não é? Mas nada está sendo como deveria ser nesta noite. Pode me levar de volta à companhia de Lady Caddick?

Gervase se levantou e ofereceu o braço a ela.

– A guerra terminará – disse ele –, ao menos por algum tempo. E seu sonho de amor com certeza se concretizará, *chérie*. Milady será feliz de novo.

Ela riu baixinho.

– É uma promessa, lorde Rosthorn?

– Ah, mas sonhos não podem ser capturados com promessas – retrucou Gervase. – Eles são como a água, escapam por entre os dedos quando tentamos agarrá-los. Mas a água é a matéria da vida. *Acredito* que seu sonho se tornará realidade porque sei que a senhorita não fará concessões e não o deixará escapar com facilidade.

Ela riu de novo.

– E eu nem perguntei sobre os seus sonhos – falou ela. – Que falta de educação da minha parte!

– Estou velho demais para eles – disse Gervase enquanto a levava de volta ao salão de baile, quase vazio agora.

Era a pura verdade. Ele já tivera grandes sonhos quando mais jovem e esperara que a maior parte deles se realizasse. Mas sua juventude tivera um fim prematuro nove anos antes. E, desde então, Gervase vivera firmemente ancorado à realidade.

– Mas o senhor precisa ter sonhos – afirmou Morgan –, caso contrário a vida perde o foco, a paixão, o próprio sentido de ser.

Fora *isso* o que acontecera com a vida dele?, se perguntou Gervase.

Lady Caddick estava de pé e, com um ar distraído, os observava se aproximarem.

– Ah, aí está a senhorita, Lady Morgan – disse. – Estamos prontos para ir para casa.

Lady Rosamond Havelock estava ao lado da mãe, e parecia ter chorado. Ela se jogou nos braços de Morgan e as duas se abraçaram com força.

CAPÍTULO VI

Na manhã seguinte ao baile do duque de Richmond, houve um êxodo geral dos estrangeiros que não tinham conexão com o exército, de Bruxelas em direção à Antuérpia. Por volta do meio-dia, as estradas estavam cheias de carruagens, cavalos e carros de bagagem.

Os Caddicks e Morgan não se encontravam entre os que partiam. Rosamond acordara com uma de suas enxaquecas pouco frequentes, mas devastadoras. Era bem mais do que uma forte dor de cabeça – a moça ficava quase cega, nauseada e sem sentir direito o lado esquerdo do corpo, e mesmo a luz mais branda e o menor ruído eram intoleráveis. Apesar do perigo de permanecer em Bruxelas e da insistência do marido em que partissem – ele nunca sofrera daquele mal, que ela também conhecia, e não conseguia imaginar como era incapacitante –, Lady Caddick se mostrou irredutível. Rosamond deveria permanecer onde estava – absolutamente em silêncio, no próprio quarto –, até que o pior da indisposição passasse. Às vezes as crises duravam três, quatro, até cinco dias.

Lorde Caddick se ofereceu para encontrar alguém disposto a acompanhar Morgan e levá-la de volta em segurança, mas a jovem lhe assegurou que Alleyne logo estaria de volta da Antuérpia e faria pessoalmente os arranjos necessários.

O bom senso dizia a Morgan que ela deveria partir o mais rápido possível, mesmo que isso significasse viajar com quase estranhos. Mas era difícil se comportar com sensatez diante de circunstâncias tão desesperadoras. O fato era que Morgan não conseguia suportar a ideia de partir. Tinha conhecidos e até mesmo alguns amigos entre os oficiais do regimento dos Life Guards e suas esposas. A maior parte dessas mulheres permaneceria em

Bruxelas. Por que ela não poderia ficar, então? Como conseguiria ir embora e não saber o que aconteceria a todas essas pessoas?

Morgan dissera a verdade a lorde Caddick. Mesmo assim, torcia para que Alleyne não retornasse da Antuérpia a tempo de mandá-la de volta naquele dia. Talvez no dia seguinte houvesse mais notícias da frente de batalha. Talvez as hostilidades já houvessem terminado àquela altura e ela nem precisasse sair do país.

Ao meio-dia, Alleyne ainda não aparecera.

Durante a tarde, inquieta e querendo manter a casa o mais silenciosa possível por causa da pobre Rosamond, Morgan conseguiu permissão de Lady Caddick para visitar a Sra. Clark, esposa do major Clark, dos Life Guards. Ela morava a apenas dez minutos de caminhada da casa dos Caddicks, e Morgan prometeu que levaria a camareira junto.

Foi quando estava tomando chá com a Sra. Clark que Morgan ouviu o que, a princípio, pensou ser um trovão a distância. Mas a anfitriã deu um sorriso bastante tenso quando Morgan disse que torcia para que não caísse nenhuma chuva torrencial que aumentasse o desconforto das tropas.

– Esse som é dos canhões – explicou.

Morgan sentiu seu sangue parar de correr.

– Eles estão bem distantes – continuou a Sra. Clark. – É mais uma sensação, uma vibração, do que um som, não é mesmo? E quem sabe exatamente de onde estão vindo, ou quem está envolvido na ação? Ou mesmo se as armas são nossas ou dos franceses?

Morgan nutria esperanças de que Alleyne a procurasse antes que saísse da casa da Sra. Clark. Mas ela voltou para casa na companhia apenas da camareira.

Ao chegar à Rue de Bellevue, Alleyne ainda não aparecera. E continuou assim pelo resto do dia.

Durante a noite, eles foram mantidos acordados por um longo tempo pelo barulho quase incessante das rodas nas ruas, combinado com o som dos cascos dos cavalos e gritos ocasionais de algum homem. Tudo isso só fez piorar o sofrimento de Rosamond.

Elas não deveriam se alarmar, disse lorde Caddick do corredor, do lado de fora de seus aposentos. Toda aquela comoção era apenas um longo comboio de artilharia passando por Bruxelas, a caminho da frente de batalha.

Não se alarmar? Morgan, parada diante da janela do quarto com um xale nos ombros, estremeceu.

Onde estava Alleyne?

Onde estavam os oficiais que conhecia?

No dia seguinte, era tarde demais para deixar Bruxelas, ainda que Rosamond tivesse saído do próprio quarto, como um fantasma de olhos pesados, para assegurar aos pais que a crise de enxaqueca não era tão severa quanto as outras que já sofrera e que ela estava pronta para viajar quando eles quisessem.

De manhã cedo, uma tropa da cavalaria belga atravessara a cidade vindo da direção da frente de batalha – Morgan fora acordada mais uma vez pelo barulho –, gritando para todos os que passavam e para os que dormiam dentro das casas que tudo estava perdido, que haviam sofrido uma derrota esmagadora. Mas os homens não ficaram para responder às perguntas de ninguém.

Deixaram apenas o pânico em sua esteira.

Quase todos os estrangeiros em visita à cidade e muitos dos residentes fixos se apressaram para deixar Bruxelas, já que os temíveis franceses poderiam chegar a qualquer momento. Na casa dos Caddicks, todos os baús e malas estavam arrumados, tudo pronto para que partissem depois do café da manhã.

Mas houve uma complicação inesperada. Quando lorde Caddick mandou pegar a carruagem, os cavalos e o coche das bagagens, foi informado de que tudo o que tinha rodas fora requisitado pelo exército para o transporte de suprimentos para a frente de batalha. Não adiantou o conde se enfurecer, ameaçar, adular e se dispor até a subornar; logo ficou claro que não havia transporte para eles. Não havia meio de partir de Bruxelas naquele dia, a menos que estivessem dispostos a ir a pé, levando com eles apenas o que pudessem carregar nas mãos ou nas costas.

E aquilo, é claro, estava fora de questão, como declarou Lady Caddick em um tom que expressava mais indignação do que medo.

E, assim, eles ficaram presos na cidade.

Morgan, embora estivesse inegavelmente temerosa, ficou satisfeita.

Rosamond cambaleou de volta para a cama.

Começou a chover durante a tarde. À noite houve trovões terríveis – de verdade, dessa vez – e a chuva caiu torrencialmente por horas. Era impossível saber o ponto exato em que os exércitos estavam, ou o que significavam os tiros ouvidos a distância, na véspera. Mas enquanto permanecia deitada na cama, resistindo à vontade de puxar as cobertas por cima da cabeça para tentar bloquear qualquer som, Morgan descobriu que não era difícil imaginar a situação dramática de milhares de homens tentando encontrar abrigo e descanso onde não havia nada disso.

Ao menos, anunciou lorde Caddick animadamente no café da manhã, a chuva teria tornado a viagem, e mesmo as manobras mais fáceis, impossíveis. Não havia nenhuma chance de passar pelas estradas e, portanto, nenhuma possibilidade de uma batalha naquele dia.

Além do mais, acrescentou Lady Caddick, era domingo.

Morgan estava preocupada com Alleyne. E também com Rosamond, que ainda sofria muito com a terrível enxaqueca. Lady Caddick estava quase fora de si de preocupação, em parte pela indisposição da filha, em parte pela ameaça à própria segurança, mas principalmente pela incerteza em relação ao destino de lorde Gordon. Lorde Caddick se aventurou a sair para tentar conseguir alguma informação, embora parecesse haver disponíveis mais rumores do que notícias.

A chuva enfim tinha cessado e Morgan conseguiu permissão mais uma vez da distraída condessa para ir com a camareira até a casa da Sra. Clark. Morgan descobrira que era lá que as esposas dos oficiais do regimento costumavam se reunir e que, de um modo geral, elas eram mais sensatas do que a maior parte das outras pessoas. Aquelas mulheres não eram afeitas ao pânico e não acreditavam em cada história espetacular que lhes chegava aos ouvidos. Estavam todas reunidas naquela manhã. Morgan ficou aliviada ao ver que a receberam calorosamente, como se fosse uma delas e não uma intrusa indesejada.

Pouco depois do meio-dia, as armas de artilharia pesada começaram a atirar de novo. Estavam mais perto do que dois dias antes. Era impossível, depois de um primeiro momento impactante, confundir com trovões as explosões constantes.

As damas passaram algumas horas separando remédios e outros suprimentos que haviam reunido nas últimas 36 horas e enrolando ataduras. Elas conversavam tranquilamente e até riam durante o trabalho, mas Morgan, que se ocupara com as mesmas tarefas, podia sentir a tensão e o medo que pulsavam sob a animação enquanto todas tentavam ignorar o significado do que faziam.

Como devia ser difícil, pensou ela, ser uma esposa que seguia as tropas ano após ano.

Elas foram interrompidas no meio da tarde por uma agitação na rua. Várias mulheres se aglomeraram nas janelas, ao mesmo tempo que Morgan e a Sra. Clark corriam para fora. Cavalos espumando pela boca passavam a galope, carregando soldados da cavalaria com espadas desembainhadas. Eles vinham da direção dos portões de Namur, no extremo sul de Bruxelas – da direção da batalha.

– Eles são hanoverianos – disse a Sra. Clark. – Não são dos Life Guards.

Se aqueles soldados estivessem galopando por outras ruas em um número tão grande quanto naquela, pensou Morgan, com certeza deviam ser um regimento completo. Os homens gritavam em alemão, um idioma que Morgan não falava. Mas havia várias pessoas na rua dispostas a traduzir.

– Está tudo perdido! – gritou um homem.

– Os franceses estão nos calcanhares deles – disse outro.

O pânico se espalhou entre vários dos espectadores. Mas a Sra. Clark pegou Morgan firmemente pelo braço, levou-a de volta para dentro de casa e fechou a porta.

– Os feridos logo começarão a chegar – falou a Sra. Clark para as outras damas. – Se a informação estiver correta, a batalha foi perdida e os franceses logo estarão aqui. Mas eles também terão feridos. Podemos nos acovardar e entrar em pânico ou sair e fazer o que pudermos para ajudar aqueles que precisarem, sem nos importarmos com a cor do uniforme que estiverem usando, ou de que lado lutaram.

Morgan olhou para a mulher mais velha com renovados respeito e admiração e respirou fundo. Ela mesma não estivera tão longe assim do pânico alguns minutos antes, admitiu para si.

– Eu prefiro sair e fazer o que puder – disse Morgan.

A Sra. Clark foi até ela.

– Mas a *senhorita* não deveria, Lady Morgan. Deveria retornar à Rue de Bellevue. A condessa de Caddick ficará preocupada com a senhorita. O que estamos prestes a fazer é perigoso. Mais do que isso, a deixará horrorizada, perturbada. Não será uma visão bonita.

– Não espero que seja – retrucou Morgan. – E não devo ser mantida dentro de uma redoma apenas porque sou solteira e filha de um duque. Farei a minha parte. Por favor, não discuta comigo. Acredito que, em pouco tempo, precisaremos de cada par de mãos disponível. Quanto a Lady Caddick, ela tem que cuidar de Rosamond ao mesmo tempo que se preocupa com o capitão Gordon. Ela sabe que estou com a senhora.

A Sra. Clark não perdeu mais tempo com palavras. Apenas assentiu brevemente e apertou a mão de Morgan.

– Então iremos até os portões de Namur, se for necessário – falou.

Foi lá que lorde Alleyne Bedwyn encontrou Morgan cerca de uma hora depois. Não que ele esperasse vê-la. Alleyne imaginara que a irmã estivesse bem longe de Bruxelas àquela altura. Durante todo o caminho de volta da Antuérpia, ele a procurara em meio ao aglomerado de pessoas que seguia na direção oposta. Mas não se preocupara quando não a vira. Morgan provavelmente já estaria em um navio em direção à Inglaterra, convenceu a si mesmo.

Ele se reportara a Sir Charles Stuart sem nem mesmo pensar em primeiro passar na casa que o conde de Caddick alugara na Rue de Bellevue. E agora estava a caminho do sul, com uma mensagem para o duque de Wellington. Alleyne se oferecera para a tarefa. Poderia ser uma missão perigosa, Sir Charles o alertara, se os sons da artilharia pesada eram alguma indicação da ferocidade da batalha em curso. Mas Alleyne queria ver por si mesmo o que estava acontecendo. Além do mais, o irmão dele, Aidan, lutara na Guerra da Península. Por um acaso *ele*, Alleyne, iria se acovardar para simplesmente entregar uma carta no campo de batalha?

Os feridos nos últimos dias começavam a chegar a Bruxelas a pé, alguns com a cabeça enfaixada ou o braço em uma tipoia, a maior parte deles sem nada além de trapos cobrindo seus ferimentos ensanguentados. Alleyne olhou com compaixão para os homens conforme se aproximava dos portões de Namur, em seu caminho para o sul, e com admiração para o grupo de damas que já havia improvisado um atendimento de emergência ali.

Um dos feridos explicava à dama que levava um copo de água aos lábios dele que a luta naquele dia – uma batalha desesperada e sangrenta – estava acontecendo bem ao sul da floresta de Soignes, não muito distante da cidade de Waterloo.

A dama em questão era Morgan.

Alleyne saltou da sela do cavalo no mesmo instante em que Morgan abaixava o copo, levantava os olhos e o via. Ela então correu para os braços dele.

– *Alleyne*! – gritou. – Onde você estava? Tenho andado tão preocupada...

Ele segurou-a pelos ombros e sacudiu-a não muito gentilmente.

– Que diabo *você* está fazendo aqui? Por que não está na Antuérpia a esta altura, ou a caminho da Inglaterra?

– Você me disse que viria ao meu encontro na manhã seguinte ao baile dos Richmonds – lembrou-lhe Morgan.

– Diabos, Morg – disse Alleyne, exasperado –, fiquei retido na Antuérpia. Não me diga que você não teve bom senso suficiente para partir com os Caddicks. Terei uma palavrinha com...

– Eles também estão aqui ainda. Você não imaginou que eles partiriam sem mim, não é? Lady Caddick leva muito a sério suas responsabilidades em relação a minha pessoa.

Em seguida, Morgan explicou ao irmão a série de eventos que os mantivera em Bruxelas.

– Diabos – disse Alleyne novamente. – Eu mesmo terei que arrumar uma maneira de tirá-la daqui, Morgan. Você estará a caminho de casa assim que eu resolver essa pequena questão da embaixada.

– Sou necessária aqui! – protestou ela. – *Serei* necessária por algum tempo ainda. Farei a minha parte, Alleyne, mesmo que não possa lutar de verdade contra os franceses, como fez Aidan. Não precisa se preocupar comigo.

Ele apertou os ombros dela com mais força.

– Wulf vai arrancar a minha cabeça – disse –, e mal poderei culpá-lo por isso. Estarei de volta ao cair da noite, e então a tirarei daqui.

– Alleyne. – Morgan segurou os cotovelos dele. – Aonde vai? Por que está aqui nestes portões em particular?

– Tenho uma mensagem a ser entregue na frente de batalha.

Os olhos dela se arregalaram.

– Não se preocupe – tranquilizou-a Alleyne. – Não vou cavalgar para a batalha, Morg. Não haverá atos heroicos me aguardando. Estarei completamente a salvo.

– Cuide-se, então. – Ela deu um suspiro lento e profundo. – Alleyne, se por acaso puder saber notícias dos Life Guards...

Ela não completou a frase. Não precisava. Alleyne a puxou para seus braços e deu-lhe um abraço rápido.

– Verei o que consigo descobrir – prometeu ele antes de soltá-la e voltar a montar no cavalo.

Atrás de Morgan, duas carroças cheias de feridos passavam pelos portões. O cheiro acre de sangue tomou o ar, mais forte do que antes.

Ela se virou, distraída, sem se despedir, e Alleyne atravessou os portões em direção ao sul.

Morgan, pensou ele. A mais nova deles. Tão madura e se comportando com uma coragem tola, fazendo o que provocaria desmaios na maior parte das damas com o dobro da idade dela. Mas, na verdade, ele deveria ter esperado isso dela. Assim como Freyja – talvez ainda mais, até –, Morgan desprezava a imagem em voga da dama perfeita como uma violeta murchando. Ele suspeitava fortemente de que haviam sido as hostilidades iminentes, mais do que Gordon, que a levaram a Bruxelas. O rapaz, na opinião de Alleyne, não passava de um janota.

Alleyne se sentia muito orgulhoso de Morgan nas ruas, cuidando dos feridos, em vez de escondida dentro de casa na Rue de Bellevue. Mas, mesmo assim, ele tinha um assunto a resolver com a condessa de Caddick, que fora encarregada de ser responsável por sua irmã.

Wulf arrancaria a cabeça dele por não ter mandado Morgan para casa muito tempo antes.

Algumas horas mais tarde, Gervase encontrou Morgan no mesmo lugar. Àquela altura, inúmeros outros feridos haviam chegado, alguns em estado grave. Havia cirurgiões no local, fazendo o que podiam para cuidar do pior, trabalhando nas barracas improvisadas. Havia várias mulheres também, limpando ferimentos, fazendo curativos nos casos menos graves, oferecendo água e qualquer conforto possível aos homens.

Ficara claro para Gervase, assim que ele ouvira os tiros, que dentro de poucas horas o número de feridos se tornaria um enorme problema para a cidade, muito além da capacidade dos voluntários. Seria preciso o mínimo de organização: uma lista de casas e de seus ocupantes que pudessem e quisessem acomodar os feridos, um meio de transportar tanto os feridos quanto os cirurgiões e enfermeiras até essas casas e uma forma de oferecer--lhes os suprimentos de que precisassem.

Sem dúvida, havia outras pessoas conscientes da necessidade de coordenar a situação, pensou Gervase. Mas não havia um modo de organizar os esforços de todos. Ele só poderia cuidar da sua parte. Então reuniu o máximo de conhecidos que conseguiu e todos fizeram o que podiam: bateram nas portas das casas em todas as ruas, conversaram com boticários, donos de armazéns e qualquer pessoa que pudesse vender suprimentos para mais de mil feridos, e elaboraram listas intermináveis.

Por fim, o grupo estava pronto para se aproximar dos portões de Namur e organizar um posto com o objetivo de encaminhar portadores de feridos às casas onde encontrariam camas limpas, comida, água e um teto, lugares onde seriam tratados por médicos e enfermeiras de bom coração.

Havia muito poucos médicos e enfermeiras, é claro, mas era preciso se contentar com o que havia disponível.

Gervase reparou em uma dama muito jovem inclinada sobre o que parecia ser uma pilha de trapos ensanguentados no chão. A pilha de trapos, na verdade, era um jovem soldado raso coberto de sangue e lama, a perna direita arrancada na altura do joelho. Os cabelos da jovem estavam presos com um lenço sujo e ensanguentado. O vestido de musselina estava amassado, sujo e manchado de sangue. Ela murmurava baixinho para o rapaz enquanto limpava o rosto dele com um pano molhado. O soldado encontrava-se na longa fila à espera dos cuidados de um cirurgião.

Então a jovem se levantou e passou a parte de trás do punho sobre os olhos em um gesto de cansaço.

Santo Deus! Gervase ficou subitamente paralisado. A jovem dama era Lady Morgan Bedwyn.

Ele correu até ela e segurou-a por um dos cotovelos.

– A senhorita ainda está em Bruxelas? – foi a pergunta desnecessária que fez.

Por um momento, ela o encarou sem reconhecê-lo. Então piscou e se deu conta de quem estava à sua frente.

– Lorde Rosthorn – disse.

Gervase mal podia acreditar no que seus olhos viam.

– Os condes de Caddick não a levaram para um lugar seguro? – perguntou ele. – Nem lorde Alleyne Bedwyn?

– Não havia transporte no momento em que poderíamos ter partido – explicou ela. – E Alleyne ficou retido na Antuérpia, voltou apenas hoje. Ele seguiu na direção da frente de batalha, em uma missão da embaixada.

– O que a senhorita está fazendo *aqui*?

– Não é óbvio? – Lady Morgan deu um sorriso cansado. – Há tanto a fazer, lorde Rosthorn. Não posso ficar aqui conversando com o senhor.

Naquele momento, Gervase se deu conta de que ela era mesmo uma mulher por completo – uma mulher com um coração terno e com a força e a coragem necessárias para agir. Ele percebera, assim que a conhecera, que Lady Morgan não era uma mocinha afetada, mas agora tinha a prova irrefutável. Naquele dia, naquele momento, ela parecia mais linda do que em qualquer outra ocasião.

Gervase soltou o cotovelo da moça.

– Vá, então – disse. – Volte ao que estava fazendo.

Ele trabalhou ali por várias horas; chegou a perder a conta de quantas. Descarregou feridos e ajudou a separá-los em grupos – os que precisavam de cuidados, mas não dos serviços de um cirurgião; os que precisavam apenas de um copo de água e de uma mão caridosa que os ajudasse a morrer. Gervase se descobriu sendo aquela pessoa que oferecia a água e a mão caridosa vezes sem conta. Ao mesmo tempo, tentava seguir com a missão que o levara até ali. Tentou encontrar alojamento para todos os feridos que não poderiam simplesmente sair andando com as próprias pernas.

Por fim, em algum momento da noite, um dos amigos de John Waldane veio rendê-lo. Gervase apoiou as duas mãos nos quadris, esticou as costas e girou os ombros. É estranha a rapidez com que os olhos e os ouvidos de alguém conseguem se acostumar com certas visões, certos sons, e o nariz, com certos cheiros. Depois de pouco tempo, não lhe ocorrera nem por um instante sequer se sentir melindrado.

Lady Morgan Bedwyn encontrava-se ajoelhada ao lado de um sargento grisalho, de uniforme verde, mais suja e desarrumada do que antes. Amarrava uma tipoia com um nó firme atrás do pescoço do homem enquanto lhe dizia algo que o fez rir.

Gervase se aproximou e esperou que ela terminasse o que estava fazendo e se levantasse.

– *Chérie* – disse ele –, está na hora de descansar. Permita-me acompanhá-la até a Rue de Bellevue.

Mas ela balançou a cabeça.

– Não posso voltar até saber notícias definitivas. Aquele sargento – ela indicou o homem de quem acabara de cuidar – me contou que lorde Uxbridge esteve à frente de um ataque maciço da cavalaria esta tarde, e que eles varreram tudo o que estava em seu caminho e colocaram os franceses para correr. Mas eles seguiram longe demais, além das linhas inimigas, e foram atacados também. O homem não sabe qual foi o resultado.

Por um momento, ela pareceu prestes a ceder às lágrimas, mas logo se recompôs e sorriu.

– Nenhum deles chegou aqui ainda – disse. – Imagino que isso seja uma boa notícia. Ninguém sabe se a batalha foi ganha ou perdida. Mas logo estará escuro. Eles não podem lutar depois do anoitecer, podem?

– A senhorita precisa descansar um pouco – lembrou Gervase com firmeza. – Não será bom para ninguém se esforçar em excesso.

– A Sra. Clark abriu a casa para os feridos – continuou a jovem. – Estamos há uma hora querendo ir até lá, mas sempre aparece mais uma coisa para ser feita aqui. De qualquer forma, a casa está pronta. Eu concordei em assumir o turno da noite. Não conseguiria dormir, de qualquer modo.

Ela inclinou a cabeça de um lado para outro enquanto falava e semicerrou os olhos.

Gervase pousou a mão em seus ombros e virou-a de costas para ele. Então massageou com os dedos os músculos dos ombros e do pescoço dela, até a moça suspirar e deixar a cabeça pender para a frente.

– Alleyne ainda não retornou – disse ela. – Ele me falou que estaria de volta até o cair da noite, e a noite já está caindo. Com certeza, ele logo aparecerá.

– Deixe-me acompanhá-la até a casa da Sra. Clark – insistiu Gervase. – Alguém pode avisar ao seu irmão onde encontrar a senhorita. Se não houver muitos feridos lá, ou se houver bastante ajuda, talvez consiga repousar um pouco. Ou, no mínimo, tomar uma xícara de chá.

– Isso seria maravilhoso – admitiu a jovem.

– Ou um banho – disse Gervase.

Lady Morgan abaixou os olhos para a própria roupa com uma expressão triste.

– Este é um dos meus vestidos mais elegantes – falou. – Ou era. Duvido que consiga usá-lo de novo... ou que queira.

Gervase ofereceu-lhe o braço e ela aceitou. Era difícil agora se lembrar da impressão que tivera de Lady Morgan na primeira vez que pousara os olhos nela – absolutamente encantadora, mas também arrogante e aristocrática. Ele a vira como uma criança mimada. Gervase sentia-se envergonhado ao lembrar que buscara ser apresentado a ela apenas por ser irmã de Bewcastle... como se Lady Morgan não pudesse ter uma identidade própria.

– Estou feliz porque fiquei em Bruxelas – disse ela. – Por ter visto o que vi hoje. E, mais do que tudo, por ter conseguido ser útil de algum modo. Mas como tudo isso é sem sentido... Se perdermos essa batalha, de que terá adiantado tudo isso? E se ganharmos, de que terá adiantado para todos os franceses mortos e feridos? Não podemos fazer distinções, podemos? Os franceses, os ingleses, os belgas, os holandeses são todos homens tolos e corajosos. Embora talvez não sejam tão tolos. Afinal, não foram eles que decidiram lutar nessa batalha hoje. Foram seus líderes. Desculpe. Já me estendi nesse assunto antes, em sua companhia. Preciso deixar para lá e simplesmente encarar a realidade do que aconteceu e do que está acontecendo.

Gervase pousou a mão sobre a dela.

– Se me permitir, avisarei à condessa de Caddick de seu paradeiro.

– Ah, sim, por favor – pediu Morgan. – Foi negligente da minha parte não ter pensado nisso.

Os Caddicks, pensou Gervase duramente, deveriam ser pendurados pelos polegares. Afinal, haviam feito algum esforço durante o dia para descobrir onde estava Lady Morgan? E por que não haviam insistido, dias antes, em que ela deixasse Bruxelas, mesmo que eles não quisessem ir embora?

– Será um prazer, *chérie* – disse.

– Sua mãe é francesa – comentou a moça. – Já se descobriu sentindo compaixão em relação aos conterrâneos dela, lorde Rosthorn?

– Já, embora não costume admitir isso com frequência para um inglês. Mas meu pai era inglês, entenda. Minha lealdade se divide entre os dois países, o que talvez explique por que eu nunca senti grande inclinação para seguir a carreira militar.

Lady Morgan o encarou com uma expressão séria, porém não fez mais perguntas. Ela parou do lado de fora da casa que pertencia à Sra. Clark e se virou para agradecer a Gervase por tê-la acompanhado. Ele reparou que as portas da casa estavam todas abertas, e, lá dentro, tudo iluminado. Lady

Morgan ficaria acordada à noite fazendo o que pudesse para deixar os feridos confortáveis, cuidando para que os que haviam sobrevivido ao campo de batalha não morressem, agora, de febre ou por negligência.

Gervase segurou as duas mãos da jovem, se inclinou sobre elas e levou uma de cada vez aos lábios.

– Vá, então, *chérie*. Passarei por aqui pela manhã para me certificar de que está descansando.

– Obrigada. O que fará esta noite, lorde Rosthorn?

– Voltarei para os portões. Talvez entre na floresta a cavalo. Está ficando escuro. Os tiros cessaram, como deve ter percebido. A batalha já deve ter sido ganha ou perdida. Ou talvez esteja em um impasse e recomece pela manhã.

– Se por um acaso vir Alleyne, poderia pedir que venha para cá, lorde Rosthorn? E se souber de... mais alguém, poderia vir aqui nos avisar? – pediu ela.

Gervase não tinha certeza se ela se referia especificamente ao capitão Gordon ou a todos os Life Guards que conhecia. Mas ela poderia ter passado o dia todo preocupada na casa dos Caddicks, na Rue de Bellevue. Em vez disso, ficara nas ruas, cuidando dos feridos, mantendo os próprios sentimentos sob controle e escondidos. Mas Gervase sabia que esses sentimentos – o sofrimento, a preocupação – estavam ali.

– Farei isso, *chérie* – prometeu ele.

E ficou observando-a até ela entrar na casa, antes de se voltar na direção da Rue de Bellevue.

Gervase encontrou a condessa tão angustiada com a falta de notícias do filho que parecia não ter nem percebido que a moça sob sua responsabilidade não voltara para casa desde de manhã.

– Ela está com a Sra. Clark, não está, lorde Rosthorn? – disse Lady Caddick, depois que Gervase lhe deu o recado. – Uma boa mulher, embora o major pudesse ter conseguido coisa melhor. Imagino que ela e Lady Morgan tenham passado o dia todo de mãos dadas, confortando uma à outra.

Gervase não explicou o que as damas *de fato* estiveram fazendo. Ele se despediu, caminhou até o estábulo público onde guardava o cavalo e percorreu as poucas milhas até o sul da cidade, embora a noite já houvesse praticamente caído.

As notícias que ouviu conforme seguia eram cada vez mais encorajadoras. A batalha fora ganha, ao que parecia, embora ninguém parecesse ter certeza absoluta. Os prussianos haviam chegado mais tarde para ajudar as forças britânicas e aliadas, que tinham atingido seu limite, e os franceses tinham sido derrotados. Os aliados estavam indo atrás deles, preparados para persegui-los até Paris, se fosse necessário.

Gervase poderia ter continuado cavalgando para obter notícias mais definitivas, mas, quando passou lentamente pelas hordas de feridos, viu uma maca sendo carregada por dois soldados e imaginou que levassem um oficial ferido. Mesmo na escuridão, viu o uniforme dos Life Guards do homem ferido e se aproximou.

– Quem é? – perguntou.

– O capitão Gordon, senhor – respondeu um dos homens. – Ferido no ataque da cavalaria esta tarde, mas só descoberto recentemente.

– Gravemente ferido? – indagou Gervase.

Mas o capitão estava consciente e pôde responder por si mesmo:

– Uma maldita perna quebrada. É você, Rosthorn? Se eu tivesse tirado o pé do estribo, não teria sofrido nada e poderia ter usado minha espada em mais alguns daqueles sapos. Mas meu cavalo caiu e tive que me fingir de morto até a batalha terminar.

Ele pousou a mão sobre os olhos.

– A batalha está terminada, então? – perguntou Gervase.

– Por Deus, sim – disse Gordon. – Quebramos a espinha dorsal do ataque deles e, depois, foi apenas uma questão de tempo.

Ele praguejou com crueldade contra os homens que carregavam a maca, porque um deles tropeçara em uma pedra.

– Desgraçados! Imbecis! Ninguém parece compreender a extensão da minha dor. Poderia ser um bom homem, Rosthorn, e avisar à minha mãe que estou chegando, e também se certificar de que meu pai chame o melhor médico de Bruxelas?

– O que sabe sobre o destino do resto dos Life Guards? – inquiriu Gervase.

Mas ele teve que esperar um pouco pela resposta, porque Gordon cerrou os dentes contra um espasmo de dor.

– Muitos de nós morreram – disse o capitão, finalmente. – Os Life Guards nunca mais serão os mesmos. Mas salvamos a Europa e a Inglaterra de Bonaparte.

– E o major Clark? – perguntou Gervase.

– Ah, ele está vivo – assegurou o capitão Gordon. – Veio falar comigo enquanto me resgatavam. Está seguindo para Paris com o resto do exército. Desgraçado sortudo.

– Voltarei a Bruxelas, então – disse Gervase.

Ele foi primeiro à Rue de Bellevue para assegurar aos condes de Caddick que o filho deles estava vivo, embora ferido. Mas não esperou a chegada de Gordon, nem se ofereceu para ir em busca de um médico. Em vez disso, dirigiu-se à casa da Sra. Clark.

Uma criada atendeu a porta. Gervase percebeu antes mesmo de entrar que todos os espaços disponíveis estavam sendo usados para acomodar feridos. Só no pequeno saguão de entrada já havia três colchões de palha.

A própria Lady Morgan veio correndo de uma sala íntima menos de um minuto depois de a criada haver desaparecido. Ela parecia exausta e abatida, mas tinha lavado o rosto, penteado os cabelos, e sua postura ainda era altiva e orgulhosa.

– A batalha está terminada e os aliados venceram – contou Gervase, sem preâmbulos. – O major Clark está a salvo e o capitão Gordon está sendo carregado de volta para casa, vivo, mas com uma perna quebrada. Acredito que sobreviverá e se recuperará completamente.

Ele a viu arregalar os olhos e morder o lábio inferior. Então a jovem correu para ele, dando a volta em um dos colchões, segurou suas mãos e ficou na ponta dos pés para lhe dar um beijo no rosto.

– Obrigada por trazer notícias – disse, apertando as mãos de Gervase. – Obrigada, lorde Rosthorn. O senhor é muito gentil. E Alleyne?

– Não o vi nem ouvi nada sobre ele – falou Gervase, lamentando. – Mas ele, com certeza, estará de volta até amanhã ou, mais provavelmente, ainda esta noite.

– Sim – concordou ela. – Imagino que sim.

Um dos homens no saguão tossiu, gemeu e chamou por alguém. Lady Morgan soltou as mãos de Gervase e se inclinou imediatamente sobre o colchão do homem.

Gervase viu que a Sra. Clark descia, apressada, as escadas, os olhos fixos nele, uma das mãos na altura da garganta.

– Seu marido está a salvo, madame, e a batalha foi vencida – disse Gervase a ela.

CAPÍTULO VII

Não havia lugar para Morgan dormir na casa da Sra. Clark quando foi liberada do turno da noite na manhã seguinte, embora ela houvesse preferido ficar por perto, se pudesse. No entanto, a jovem também se sentia ansiosa para voltar à casa na Rue de Bellevue. O capitão Gordon estaria lá. Talvez ele tivesse mais novidades sobre a batalha e sobre outros oficiais que ela conhecia. Ao mesmo tempo, Morgan temia vê-lo novamente. O rapaz tentaria prendê-la às promessas que achara que ela havia feito no baile dos Richmonds? Ou estaria constrangido com a lembrança daquele momento e pronto para esquecê-lo?

O conde de Caddick e Rosamond estavam tomando o café da manhã. A jovem dama levantou-se ao ver a amiga entrar, abraçou-a com força e começou a chorar.

– A batalha foi ganha – disse ela, quando conseguiu –, mas ainda não sabemos quem viveu e quem morreu. Ambrose está vivo. Mamãe ficou acordada a noite toda com ele e, neste momento, está nos aposentos dele.

– E como está a perna dele? – perguntou Morgan, sinceramente preocupada com o rapaz.

Houvera tantas amputações...

– Quebrada em dois lugares – informou o conde. – A perna ficou presa embaixo do cavalo quando ele caiu. Mas estão cuidando das fraturas e o membro não precisará ser amputado. O médico acredita que ele se recuperará por completo e nem sequer mancará.

Morgan suspirou alto de alívio e Rosamond a abraçou outra vez, derramando mais algumas lágrimas.

– Estou terrivelmente arrependida por ter impedido que todos partissem em segurança dias atrás – confessou a moça. – Você deve ter ficado em pânico, Morgan. Mas tudo acabou da melhor maneira, não é mesmo? Não há mais ameaça a Bruxelas e temos Ambrose aqui conosco, e não em um hospital de campo em um lugar qualquer, com centenas de outros soldados. Não consigo suportar a ideia, e você?

Morgan balançou a cabeça, concordando com a amiga.

– Vamos levá-lo para casa, para a Inglaterra – continuou Rosamond. – Mamãe quer que ele seja tratado por nosso médico particular, em Londres. Papai conseguiu duas carruagens e vamos partir cedo amanhã de manhã. Não são notícias maravilhosas?

Morgan assentiu.

– Parece cansada, Lady Morgan – observou o conde. – De preocupação, imagino. Mas tudo terminou bem.

Rosamond, que já esgotara as novidades que tinha para contar, recuou um passo e só então pareceu notar a aparência nada arrumada da amiga.

– Há *sangue* em seu vestido – disse. – O que fez para se ferir, Morgan? Venha, sente-se. Achei que tivesse ficado na casa da Sra. Clark ontem à noite.

– E fiquei. – Morgan arriou em uma cadeira que um criado puxou apressadamente para ela. – Estava cuidando dos feridos que estão sendo acolhidos lá. São tantos, Rosamond... centenas e centenas. E me arrisco a dizer que ainda há milhares deles no campo de batalha, ou na estrada de volta a Bruxelas. Só na casa da Sra. Clark há vinte homens. Eram 21, mas um morreu durante a noite. Fui liberada por algumas horas, mas preciso voltar antes do meio-dia. Há tanto a ser feito, e tão poucas mãos...

Rosamond acomodou-se em uma cadeira ao lado da amiga e fitou Morgan com os olhos arregalados, uma expressão de pura fascinação.

– Cuidando dos feridos? – repetiu. – Que incrivelmente corajoso da sua parte! Irei com você quando tiver que retornar, embora a mera visão do sangue no seu vestido quase tenha me provocado um desmaio. Estou praticamente recuperada da minha enxaqueca.

– Não vai a lugar algum, mocinha – intrometeu-se o pai, com firmeza. – A batalha pode ter terminado, mas as ruas estarão cheias de rufiões hoje. Vai permanecer em casa, onde sua mãe e eu podemos ficar de olho em você. Não tenho dúvida de que Lady Caddick lhe dirá o mesmo, Lady Morgan. Fico surpreso pela Sra. Clark não ter tido mais responsabilidade.

A própria Lady Caddick entrou em cena naquele momento. Parecia exausta, mas, assim que viu Morgan, seus olhos se iluminaram de felicidade.

– Ótimas notícias, minha querida Lady Morgan! – exclamou. – Imagino que tenha ouvido que os franceses foram abatidos com rigor. Gordon se tornou um grande herói. Ele está terrivelmente ferido, o pobre rapaz, mas está enfrentando o sofrimento com coragem... e alegria também. Garantiu-me que seus ferimentos não passam de distintivos de honra. Pode imaginar uma mente assim tão nobre?

– Fico muito aliviada por ele estar a salvo, madame – comentou Morgan.

– Vamos levar meu rapaz de volta à Inglaterra amanhã – disse Lady Caddick. – Sei que ficará encantada por voltar ao seio de sua família, Lady Morgan.

– Alleyne apareceu por aqui ontem à noite? – indagou Morgan.

– Lorde Alleyne Bedwyn? – perguntou a condessa. – Acredito que não. Ele esteve aqui, Caddick?

O conde deixou escapar um grunhido que Morgan interpretou como um não.

– Assim como você – disse o conde à esposa –, Lady Morgan esteve de pé a noite toda. Sugiro que as duas tomem um chá, comam uma torrada e vão se deitar. Rosamond fará companhia a Gordon.

– Ele acaba de tomar outra dose de láudano – explicou a condessa, sentando-se à mesa –, e imagino que dormirá por algum tempo. Com certeza irá querer vê-la quando acordar, Lady Morgan. Ele falou várias vezes da senhorita durante a noite. Mas devo avisá-la que o estado dele talvez a deixe abalada. Meu filho teve vários outros ferimentos além da perna quebrada.

Morgan sentiu um aperto no peito. Ele falara dela. Desejava vê-la. Mas ao menos estava a salvo. E quanto a Alleyne? Além disso, havia vinte homens na casa da Sra. Clark, todos precisando de cuidados. Muitos corriam risco de morte. Naquele momento, no entanto, o que ela mais precisava fazer era dormir. Estava grata por lorde Gordon ter tomado láudano e não se encontrar em condições de receber visitas. Mais tarde ela teria que vê-lo, e também lidar com a perspectiva de voltar para casa e abandonar todo aquele sofrimento ali.

Morgan comeu uma torrada em silêncio e tomou uma xícara de chá, mais porque devia do que por sentir fome. Em seguida, Rosamond a tomou pelo braço e a levou para o quarto. A moça deu um beijo no rosto de Morgan antes de sair.

– Estou muito orgulhosa de você – disse –, por cuidar dos feridos. Ah, Morgan, torço para que venhamos a ser irmãs...

Morgan deu um sorriso cansado para a amiga, entrou no quarto e fechou a porta. A camareira a ajudou a despir o vestido e ela se afundou na cama e fechou os olhos. Mas antes de deixar que o sono a dominasse, lembrou-se de algo.

Havia beijado o conde de Rosthorn no rosto na noite anterior. Não porque eles estivessem flertando ou de namorico. Não porque ele a desafiara, ou porque ela se sentira desafiada. Beijara-o porque ele mostrara compaixão por ela e pela Sra. Clark. Porque estivera nos portões de Namur por horas, mais cedo naquele dia, tentando se certificar de que todos os feridos tivessem um lugar onde pudessem se recuperar e ficar confortáveis.

Porque ela sentira a bondade dele.

Porque, de algum modo, o conde se transformara aos olhos dela, de um perigoso sedutor em potencial, a cujos flertes fora difícil resistir, em um amigo.

Aquela seria uma ideia fantasiosa?

Morgan adormeceu antes que pudesse responder à própria pergunta.

Gervase apareceu na casa da Sra. Clark bem cedo, logo depois de tomar o café da manhã, com a intenção de acompanhar Lady Morgan de volta à casa da Rue de Bellevue. Chegara, no entanto, dez minutos depois de ela já ter partido. Ele passou o resto da manhã fazendo o melhor que podia para organizar o enorme fluxo de feridos que chegava do campo de batalha ao sul de Waterloo. As baixas haviam sido espantosas, e Gervase sabia que estava vendo apenas os que tinham sido removidos do campo. Ainda havia milhares lá.

Ele apareceu na casa de lorde Caddick ao meio-dia e pediu que fosse anunciado ao conde.

– Que bom que veio, Rosthorn – disse o nobre, indo ao saguão pessoalmente para apertar a mão do visitante –, sobretudo neste momento em que as ruas devem estar um caos e é mais seguro permanecer dentro de casa. Sei que ficará satisfeito em saber que meu filho está bem, na medida do possível. A perna dele foi tratada, assim como os outros ferimentos. Temos esperança de que conseguirá se recuperar por completo assim que chegarmos à Inglaterra.

– Partirão logo, senhor? – perguntou Gervase.

A melhor coisa para Lady Morgan era ser levada para longe de um cenário tão insalubre. No entanto, percebeu que sentiria falta dela. Que pensamento estranho...

– Amanhã de manhã, bem cedo – respondeu o conde.

Mas naquele momento a própria Lady Morgan apareceu, apressada, no saguão. Estava um pouco pálida, mas com os cabelos bem penteados e um vestido limpo.

– Lorde Rosthorn – falou quando ele se inclinou em uma reverência –, teve alguma notícia do meu irmão?

Para seu constrangimento, Rosthorn mal pensara em lorde Alleyne Bedwyn naquela manhã. Imaginava que o homem era capaz de cuidar de si mesmo.

– Lamento que não.

Parte da luz se apagou dos olhos dela.

– Acredito que ele tenha ficado tão ocupado com as emergências de ontem que acabou esquecendo que deveria vir para me levar embora daqui – disse Lady Morgan. – De qualquer modo, Alleyne sabe que, com a vitória, eu estaria a salvo aqui em Bruxelas e que não haveria mais grande pressa em partir.

– Eu não diria isso, Lady Morgan – opinou o dono da casa. – Lady Caddick tem medo de que, caso nosso médico não examine a perna de Gordon em no máximo uma semana e se certifique de que ela foi devidamente colocada no lugar, o rapaz acabe mancando pelo resto da vida.

Gervase manteve os olhos em Lady Morgan e percebeu o leve franzir de cenho dela.

– Permita-me ir em busca de Sir Charles Stuart para saber dele notícias sobre lorde Alleyne – falou. – Voltarei com qualquer novidade assim que for possível, para aliviar sua ansiedade.

– Quanta gentileza da sua parte – agradeceu ela. – Mas poderia, por favor, levar qualquer informação que consiga à casa da Sra. Clark? Preciso retornar para lá neste exato momento. Acabei dormindo mais do que pretendia.

– *Retornar*? – Caddick pareceu genuinamente chocado. – Para a casa da Sra. Clark, Lady Morgan? Quando há vinte homens feridos ocupando a casa dela? Aquele não é um ambiente adequado para uma dama.

– Para ninguém, milorde – concordou Lady Morgan. – Mas aqueles homens estão sofrendo da mesma maneira que lorde Gordon, a não ser pelo fato de não estarem sendo cuidados por uma mãe, um pai e uma irmã amorosos. Ontem, esses homens lutaram com tanta bravura quanto lorde Gordon. *Alguém* precisa cuidar deles.

– Mas não Lady Morgan Bedwyn – disse o conde. – Não é apropriado. Além do mais, partiremos amanhã bem cedo e a senhorita precisa descansar hoje.

– Já descansei de manhã, milorde – assegurou a moça, bruscamente. – Farei o que puder hoje na casa da Sra. Clark e voltarei à noite para estar pronta para viajar amanhã.

– Mas as ruas não são seguras – protestou Caddick.

– Não é verdade, senhor – garantiu Gervase. – Mas se isso for tranquilizá-lo, eu mesmo acompanharei Lady Morgan e a camareira e as trarei de volta esta noite.

Lady Morgan o encarou com uma expressão de gratidão e saiu rapidamente para pegar o chapéu enquanto Caddick resmungava, indeciso, que a esposa ainda estava dormindo.

Cinco minutos depois, Gervase e Lady Morgan estavam na rua, a camareira mais atrás, a alguma distância dos dois.

– Viu lorde Gordon? – indagou ele.

A jovem balançou a cabeça, negando.

– Ele estava dormindo quando cheguei em casa. Teve uma manhã agitada, mas já tinha caído no sono novamente quando acordei. Eu o verei esta noite.

Gervase se perguntou quanto Lady Morgan gostava do rapaz. Os sentimentos dela no baile dos Richmonds estavam confusos. Saber que o capitão tinha sido ferido talvez houvesse aumentado a afeição dela por ele. A moça o encarou com aquele característico olhar direto e pareceu adivinhar seus pensamentos.

– O capitão Gordon é apenas um entre milhares de feridos. Tem uma família amorosa, uma casa luxuosa, cheia de criados, para zelar por seu conforto. Sou mais necessária em outros lugares.

– Não anseia por vê-lo? – perguntou Gervase com um sorriso.

Ela franziu o cenho.

– Ele estava falando a respeito de mim na noite passada – contou –, e quer me ver. *Está* ferido, embora não tão gravemente quanto a maior parte dos homens na casa da Sra. Clark, e não devo dizer nada para aborrecê-lo, se puder evitar. Mas devo, é claro, vê-lo. – Ela suspirou. – Creio que deveria ter deixado meus sentimentos claros há mais tempo. Mas estava hospedada na casa dos pais e da irmã dele...

– Amanhã estará começando sua viagem de volta para casa – disse Gervase, dando um tapinha carinhoso na mão dela. – Voltará para junto de sua família e poderá mandar o jovem Gordon para o inferno, se desejar.

– E o que o senhor fará quando for embora daqui? – indagou ela. – Permanece banido da Inglaterra?

Ele riu baixinho.

– Meu pai está morto, *chérie*, e minha mãe me implorou que voltasse para casa. Talvez eu faça a vontade dela quando o verão terminar.

– O senhor tem apenas a sua mãe? – perguntou Lady Morgan.

– Tenho um irmão casado, que é ministro de uma igreja em Kent, duas irmãs, ambas casadas e vivendo longe da casa dos meus pais, e uma prima de segundo grau, que estava sob a tutela do meu pai quando era mais nova e ainda vive na Chácara Windrush com minha mãe.

– Fico satisfeita pelo senhor. Família é muito importante. Não sei o que faria sem a minha. Amo muito todos eles.

– Inclusive o duque de Bewcastle? – inquiriu Gervase. – Dizem que ele é um tirano sem humor.

Ela pareceu visivelmente incomodada.

– São acusações nada gentis – retorquiu –, e não traduzem de forma alguma a essência de Wulfric. Ele não sabe rir, é verdade. Mas carrega o peso de muitas responsabilidades nos ombros desde que herdou o título, com apenas 17 anos... mais jovem do que sou hoje. Ele leva seus deveres muito a sério e trata todos que estão sob seus cuidados, ou que trabalham para ele, com uma disciplina rígida.

– Inclusive a senhorita, *chérie*?

– Ah, nós, os Bedwyns, somos feitos de material bastante resistente – respondeu ela. – Não tememos Wulfric, embora o respeitemos. E o amamos.

Era difícil imaginar alguém amando Bewcastle, embora o próprio Gervase o houvesse admirado em determinada época e tivesse desejado fazer parte de seu estreito círculo de amigos.

Eles chegaram, então, à casa da Sra. Clark, e logo ficou claro pelas portas abertas e pela agitação no ar que estavam chegando novos feridos.

Gervase pegou uma das mãos de Lady Morgan e levou-a aos lábios.

– Trarei notícias de lorde Alleyne em uma hora – disse. – Não se canse em excesso, *chérie*.

Ela se virou e subiu correndo os degraus que levavam à casa.

Quando, Gervase se perguntou observando-a se afastar, Lady Morgan se tornara outra pessoa a seus olhos, e não apenas a irmã do duque de Bewcastle? Na véspera? E aquela pessoa era alguém de quem ele gostava e a quem admirava. Mesmo a diferença de idade entre os dois já não parecia tão enorme. Lady Morgan era uma mulher de princípios, cheia de compaixão – e uma compaixão sem sentimentalismos exagerados.

Ele se sentiu mais envergonhado do que nunca de seus flertes irresponsáveis com ela, assim que se conheceram. No entanto, a verdade era que não a teria conhecido se não fosse por isso, não é mesmo?

A única notícia que Gervase pôde levar a Lady Morgan depois de uma hora foi que lorde Alleyne Bedwyn não voltara a se reportar a Sir Charles Stuart na véspera – uma omissão séria, dado o fato de que lorde Alleyne deveria ter levado uma resposta imediata a uma carta importante que ficara encarregado de entregar.

E também não se reportara naquela manhã.

Os outros empregados da embaixada estavam meio irritados, meio preocupados – mas não preocupados o bastante, ao que parecia, para iniciar qualquer busca efetiva. Gervase anunciou sua decisão de atravessar a floresta a cavalo até Waterloo, para ver o que conseguiria descobrir sobre o paradeiro do homem.

– É possível que lorde Alleyne Bedwyn tenha marchado com as tropas em direção a Paris ontem à noite ? – perguntou antes de partir.

Mas recebeu apenas olhares perplexos e outras perguntas no lugar de respostas. Por que um oficial da embaixada faria uma coisa dessas? Com que propósito? Com que autoridade? Afinal, ele não era ligado a nenhuma embaixada em Paris.

Lady Morgan ficou bastante preocupada quando Gervase lhe deu essa notícia na casa da Sra. Clark.

– Ele *ainda* não retornou? Onde pode estar?

Gervase viu medo nos olhos dela. O rosto, já pálido, pareceu perder ainda mais a cor.

– Ontem, tudo estava muito confuso ao sul de Bruxelas – disse ele, pegando a pelo cotovelo e levando-a para fora da casa –, e, sem dúvida, continua da mesma forma hoje. Algum fato importante o atrasou, pode estar certa.

– Mas ele não é um cidadão agindo por conta própria como o senhor... ou como eu – comentou ela, o cenho franzido. – Tinha negócios a resolver e decerto era esperado de volta à cidade sem demora, para receber novas ordens. Alleyne jamais negligenciaria suas obrigações.

Gervase não falou nada sobre a resposta que Bedwyn deveria trazer de volta.

– Vou cavalgar até lá – afirmou. – Verei o que descubro e voltarei para lhe dar notícias. Tudo estará bem com seu irmão. Afinal, ele não é militar e não estava envolvido na batalha.

Mas lorde Alleyne Bedwyn *havia* se encaminhado para perto da batalha. Levava uma mensagem para Wellington, que era conhecido por estar sempre muito perto do campo de ação. Gervase percebeu, pelo olhar de Lady Morgan, que ela também sabia disso e que não se tranquilizara nem um pouco com as palavras dele. Puxou-a para si sem pensar e passou os braços a seu redor, como se assim pudesse protegê-la de todos os males do mundo.

– Eu o encontrarei – garantiu. – E o trarei para a senhorita.

Ela levantou a cabeça e encarou-o sem dizer nada. Gervase abaixou a cabeça e pousou os lábios na testa da jovem, sem se preocupar com a presença de vários pedestres na rua. Então segurou o rosto dela entre as mãos e sorriu.

– Coragem, *chérie*.

Mas fora uma promessa irrefletida a que ele fizera... se *fora* mesmo uma promessa. As cenas que Gervase vira à medida que seguia a cavalo para o sul, através da floresta onde menos de duas semanas antes ele mesmo recebera dezenas de convidados para um piquenique à luz do luar, eram horrorosas demais para serem descritas em palavras, ou mesmo em pensamentos. A estrada estava cheia, a maior parte das pessoas indo em direção ao norte – e muitos feridos estavam sendo carregados também. Havia cadáveres abandonados por toda parte, porque nenhum destacamento funerário chegara ali por enquanto. Muitos corpos haviam sido despidos por companheiros soldados em busca de uniformes em melhor estado do que os que usavam, ou por moradores locais em busca de algum espólio para compensá-los por tudo o que haviam perdido no inferno da véspera.

Quando Gervase parou pela que deveria ser a décima vez para perguntar sobre lorde Alleyne Bedwyn, uma mulher estava ajoelhada ao lado de um dos corpos nus, a curta distância na floresta. Ela ergueu os olhos em busca de ajuda.

– Ele está *vivo*! – gritou. – E é meu *marido*. Por favor, alguém me ajude!

Gervase hesitou e, nesse momento, um sargento com uma atadura envolvendo a cabeça e um dos olhos se afastou de um grupo que seguia com dificuldade pela estrada e se dirigiu à mulher com gentileza.

– Vamos, senhora. Ele está muito ferido?

Gervase não esperou para ver o desenrolar daquele pequeno final feliz – isto é, se *realmente* o marido daquela mulher tivesse sobrevivido. Mas o incidente serviu para lembrá-lo que ele não era, de modo algum, o único naquela estrada, ou no próprio campo de batalha, em busca de alguém desaparecido. Havia dezenas, talvez centenas, de outras pessoas, muitas delas mulheres, procurando desesperadamente entre os mortos e feridos por algum familiar ou ente querido.

Ele seguiu até Waterloo e continuou adiante, até a área surpreendentemente pequena onde uma terrível batalha havia acontecido no dia anterior. O ar ainda carregava o cheiro acre de fumaça, misturado com outro, mais pungente, de sangue e morte. As pessoas chegavam correndo, atravessando a lama macia e as plantações pisoteadas com um enorme senso de urgência – destacamentos funerários já eram uma preocupação.

Gervase andou por ali, tanto a cavalo como a pé, perguntando sem parar – em vão – se alguém conhecia ou havia visto lorde Alleyne Bedwyn. Olhou para os rostos do que lhe pareceram milhares de mortos, mas nenhum deles era quem procurava e temia ver. No fim, com a noite já prestes a cair mais uma vez, Gervase desistiu da busca e voltou a Bruxelas.

Talvez, pensou, esperançoso, ele houvesse se desencontrado de Bedwyn no caminho e, àquela altura, o irmão de Lady Morgan já estivesse em Bruxelas havia horas. Ou talvez o rapaz estivesse na cidade desde a véspera. Talvez houvesse passado a noite com uma mulher e esquecera tanto de entregar a mensagem para Sir Charles quanto de procurar a irmã, como havia prometido, para tirá-la da cidade em segurança. Talvez...

E talvez lorde Alleyne Bedwyn estivesse morto em algum lugar entre Bruxelas e o extremo mais distante do campo de batalha. Se aquilo fosse verdade, ele jamais seria encontrado, ainda mais se seu corpo houvesse sido saqueado. Era possível que até já estivesse enterrado em alguma cova comum.

Só restava a esperança de que houvesse alguma outra explicação, pensou Gervase.

Ele passou pela Rue de Bellevue e descobriu que Lady Morgan ainda não retornara. E lorde Alleyne Bedwyn também não passara por ali. Gervase partiu, assegurando ao conde – que estava agitado e um tanto irritado – que acompanharia a jovem para casa em uma hora.

Com 24 homens feridos na casa, vários deles com membros amputados e sofrendo da febre devastadora que era tão frequente depois de procedimentos cirúrgicos, Morgan mal teve tempo para pensar durante a tarde e a noite. Quando *enfim* parou por um instante, se deu conta de como era impressionante estar realmente fazendo aquilo – e sem se acovardar.

Era uma Bedwyn, isso era verdade, e todos os membros de sua família se orgulhavam de serem duros e intrépidos. Ainda assim, tinha apenas 18 anos. Àquela altura, no ano anterior – na verdade, seis meses antes –, ela estava em Lindsey Hall, em Hampshire, cuidadosamente protegida de qualquer mal e de tudo o que não fosse refinado, sob a vigilância atenta da Srta. Cooper, sua governanta e companhia constante nos últimos anos. Fora apenas em fevereiro que a Srta. Cooper partira, para morar com a irmã que acabara de ficar viúva, levando com ela uma generosa pensão de Wulfric.

Morgan imaginou o que o irmão mais velho diria quando soubesse como ela passara todo o dia anterior e aquele dia – e a última noite também. Nenhum dos homens na casa da Sra. Clark era sequer oficial. Havia dois sargentos e três cabos entre eles. Todo o resto era de soldados rasos, homens com modos de falar nada refinados que deixavam clara sua origem mais humilde.

Mas Morgan descobriu que aquilo simplesmente não importava. Todos precisavam dela. Sentia-se muito distante de seu mundo aristocrático e da sala de aula em sua casa.

A Sra. Hodgins tocou o ombro dela, que estava passando um pano frio no rosto de um homem delirante de febre.

– Deixe que eu faço isso – disse a mulher. – Descanse por alguns minutos, meu amor. Faz horas que você não faz uma pausa. Aquele cavalheiro que trouxe notícias sobre o major Clark ontem à noite está aqui. Deseja falar com você.

– O conde de Rosthorn?

Morgan se levantou e esticou as costas com cuidado. Só naquele momento se lembrou da missão a que o conde se propusera mais cedo naquela tarde. E só então percebeu também que Alleyne ainda não voltara. Ela passou apressadamente pelo saguão lotado, pegou o xale que estava pendurado em um gancho e foi falar com Gervase, que a esperava do lado de fora.

Respirou fundo o ar fresco e não pôde deixar de notar como o ar dentro de casa não era nada fresco. Naquele mesmo instante, também se deu conta de sua aparência desarrumada, toda manchada de sangue. Mas isso não importava. Nada disso importava. Ela foi na direção do conde, a expressão ansiosa.

– E Alleyne? – perguntou.

Ele fez que não ligeiramente com a cabeça.

– Não consegui encontrá-lo, mesmo tendo ido além de Waterloo... Na verdade, fui até o lugar da batalha de ontem. Mas a senhorita não pode imaginar a confusão que está lá, as pessoas e as carroças se misturando e apinhando as estradas. Teria sido um milagre se eu *houvesse* conseguido encontrá-lo.

Morgan o encarou com firmeza na escuridão.

– Lorde Rosthorn, o senhor me conhece bem o bastante para não falar comigo nesse tom.

– Que tom?

– Nesse tom propositalmente animado e cordial. Como se eu fosse uma criança.

Ele a encarou, muito sério, por um instante.

– *Chérie* – disse baixinho, por fim –, o que queria que eu dissesse?

– Apenas que não conseguiu encontrá-lo.

– Eu não consegui.

Morgan fechou os olhos e respirou profunda e lentamente. Sentia os joelhos bambos. Lutou contra uma onda de pânico e contra a histeria que ameaçava dominá-la.

Onde estava Alleyne?

– Ele ficou retido na Antuérpia quando a senhorita esperava que aparecesse e a levasse para casa, há alguns dias – lembrou Gervase, segurando-a com firmeza pelo cotovelo e fazendo-a se sentar ao lado dele no degrau da porta. – A senhorita mesma me contou. Acredito que tenha ficado preocupada na ocasião, não é verdade?

– Sim – admitiu ela.

– Mas ele voltou – continuou o conde. – Sem dúvida, é o que irá acontecer de novo. Quem sabe o que poderia atrasar um homem ontem? E hoje. Amanhã ele aparecerá e ficará surpreso que a senhorita tenha se preocupado tanto hoje.

Morgan percebeu de repente que sua mão estava firmemente presa à dele. Os dedos de ambos estavam entrelaçados.

– Acredita nisso? – perguntou.

– Acredito que é uma possibilidade.

Alleyne não poderia estar morto, pensou ela. Simplesmente não poderia. O mundo não existiria sem Alleyne nele... ou sem qualquer um dos irmãos dela, ou da irmã, aliás. Era um pensamento que a assombrara vezes sem conta quando era criança, sempre que a preocupação com Aidan ameaçava se tornar insuportável. E ela sempre estivera certa. Sempre chegara uma carta dele para provar que permanecia vivo. E em um dia glorioso no ano anterior, Aidan entrara cavalgando em Lindsey Hall, sem avisar antes, e ela saíra em disparada da sala de aula – sem nem mesmo aguardar pela permissão de Wulfric, ou da Srta. Cooper – e se jogara nos braços do irmão querido.

Alleyne estaria de volta no dia seguinte. Haveria alguma explicação simples para aquela ausência, para aquele silêncio.

E ela o *mataria* quando o visse.

– *Chérie.* – Gervase tinha passado o braço pelo ombro dela. Sua cabeça estava bem próxima e Morgan podia sentir no rosto o calor do hálito dele. As mãos dos dois ainda estavam unidas. – *Chérie*?

Era difícil se lembrar de quando ela se sentira ofendida por ele chamá-la daquela forma carinhosa em francês. Agora, aquilo a aquecia mais do que o xale que a envolvia. Morgan fechou os olhos e cedeu à tentação de inclinar a cabeça para o lado e se aconchegar no ombro dele. Ela sempre se orgulhara de sua força para cuidar de si mesma. Tinha quatro irmãos mais velhos para defendê-la. E nunca lhes pedira que fizessem isso.

Tinha *quatro* irmãos mais velhos...

– *Chérie.* – A voz era suave e rouca contra o ouvido dela, mas ainda assim parecia vir de muito longe. – Está cochilando no meu ombro há cinco minutos. Chegou a hora de levá-la para casa.

Morgan levantou a cabeça, envergonhada. Não havia realmente caído no sono, não é mesmo? E logo quando estava tão preocupada com Alleyne?

– Para casa – disse, em um tom melancólico. – Mas não posso sair daqui. Há muito a ser feito.

– Outra pessoa terá que fazer, então – afirmou ele. – Além do mais, prometi a Caddick que a levaria para casa sem demora.

O capitão Gordon estava na casa do conde de Caddick. Morgan teria que vê-lo quando voltasse para lá – a menos que, por algum milagre, ele estivesse dormindo mais uma vez. A vida podia ser *tão* cansativa...

– Vou entrar e dizer à Sra. Clark que estarei de volta bem cedo amanhã – falou.

– Mas estará partindo para a Inglaterra bem cedo amanhã, *chérie* – lembrou o conde.

– Antes de Alleyne voltar? – Ela ergueu as sobrancelhas com uma arrogância inconsciente. – Antes que eu descubra o que aconteceu com ele? Acho que não, lorde Rosthorn.

– Ah, não – respondeu ele, levantando-se e estendendo a mão para ajudá-la a fazer o mesmo. – A senhorita não sairia daqui nessas circunstâncias mesmo que a batalha ainda estivesse em curso e houvesse chegado aos portões da cidade, não é mesmo? Vamos, então, para que eu a acompanhe para casa antes da meia-noite. Eu mesmo a trarei de volta pela manhã, então irei de novo em busca do seu irmão.

Morgan estava de pé no degrau acima do dele. Ela pousou as mãos no ombro do conde e olhou dentro de seus olhos. Quando começara a achá-lo tão forte e confiável? Tão parecido com um amigo com quem realmente podia contar?

– Lamento muito por tê-lo julgado mal quando nos conhecemos – disse ela –, por ter pensado que o senhor não passava de um sedutor com uma mente vazia. *De fato* flertou comigo, lorde Rosthorn, e foi uma *enorme* extravagância da sua parte organizar aquele piquenique na floresta de Soignes apenas para o meu deleite. Mas agora sei que estava só entediado e buscando uma maneira de se divertir. Nos últimos dias, no entanto, quando a vida se tornou tão terrivelmente séria, o senhor tem mostrado ser o homem mais gentil e confiável do mundo.

– Ah, *mais non, mon enfant* – disse ele.

Então a beijou. Um beijo muito delicado, com os lábios quentes, macios e entreabertos. Foi muito parecido com o que tinha dado na floresta de Soignes, a não ser pelo fato de que a sensação agora era completamente diferente. Era menos lasciva, menos maliciosa, menos eletrizante. Mas, ainda assim, tomou conta de todo o corpo de Morgan e penetrou fundo em seu coração. Parecia... certo. Sim... parecia certo. Ela sentiu vontade de passar os braços ao redor do pescoço dele, apoiar o corpo no dele e se perder naquela força.

Mas aquilo seria um luxo e uma fraqueza que não poderia se permitir – nem naquele momento, nem nunca! Nem mesmo com o homem que ela finalmente amaria pelo resto da vida, fosse quem fosse. Morgan jamais deixaria que a própria força, a própria vontade e a própria identidade fossem subjugadas por qualquer homem – ou mulher.

Ela olhou, muito séria, dentro dos olhos indolentes de Gervase, então se virou e entrou correndo na casa em busca da Sra. Clark.

O conde era um amigo muito, muito querido, pensou Morgan. Apenas isso.

Era estranho chegar a essa conclusão depois do relacionamento inicial entre eles, tão tolo, cheio de flertes, até mesmo perigoso. Mas era verdade. Morgan o via como seu amigo mais querido em todo o mundo.

CAPÍTULO VIII

Morgan dormira muito pouco naquela noite. Como poderia? Sentia-se exausta depois das longas horas de trabalho e do desgaste emocional de estar entre os feridos. Estava tão preocupada com Alleyne que seu estômago parecia não parar de queimar. E ainda tivera que suportar uma hora desagradável com os Caddicks, depois que lorde Rosthorn a acompanhara até a casa deles.

Eles planejavam partir pela manhã. Todos os baús e malas já haviam sido arrumados e empilhados no corredor. Rosamond veio correndo abraçar Morgan e se desculpar por não haver se juntado à amiga na casa da Sra. Clark. O pai a proibira expressamente, explicou, e a mãe precisava de ajuda no quarto do doente.

Eram necessárias duas mulheres e uma casa cheia de criados para cuidar de um único homem ferido?, pensara Morgan, achando até divertido, mas não fizera nenhum comentário em voz alta.

– Você vai ver Ambrose agora – disse Rosamond, e pegou Morgan pela mão. – Mamãe está com ele. Meu irmão perguntou por você o dia todo.

Ela deu um sorriso caloroso para a amiga.

O conde também se encontrava no quarto do filho. O capitão Gordon estava deitado no meio de uma cama grande de dossel, a perna quebrada apoiada em almofadas sob as cobertas e a cabeça sobre uma pilha de travesseiros macios, com fronhas brancas. O rapaz usava uma camisola alva como a neve. O fogo queimava na lareira apesar do calor da noite de junho. As cortinas pesadas estavam fechadas. Em um primeiro instante, Morgan não pôde evitar fazer comparações com as condições nada ideais em que se achavam os pobres feridos de quem ela cuidara nos últimos dois dias.

E, ainda assim, aqueles homens eram mais afortunados do que centenas, talvez milhares de outros.

Mas foi apenas um pensamento momentâneo. Lorde Gordon fora inegavelmente ferido quando lutava no seio de uma batalha dramática. Poderia muito bem ter morrido. Havia hematomas feios em um dos lados do rosto dele e sua mão, pousada sobre as cobertas, estava enfaixada. O rosto estava levemente ruborizado pela febre, os olhos, brilhantes.

Ele parecia o perfeito herói e guerreiro romântico, e o coração de Morgan se condoeu. Ela o fitou com compaixão e os olhos do rapaz se iluminaram quando ele virou a cabeça no travesseiro.

– Estou vivo, Lady Morgan – disse. – Sobrevivi a um ataque de cavalaria que causou medo e admiração em todos os que assistiram. Retornei com uma vitória para dedicar em todas as pessoas que me são caras.

Ele não tirou os olhos dela enquanto falava, e Morgan sabia que as palavras do capitão eram dirigidas apenas a ela. Ele voltara para *ela. Ela* era a pessoa a quem ele dedicava a vitória.

Morgan sorriu para ele e sentiu o coração afundar no peito. O baile dos Richmonds parecia ter acontecido tanto tempo antes... Ela sentia que havia vivido uma vida inteira desde então. Ainda assim, apesar de tudo por que passara, o capitão estava falando naquele momento da mesma forma que se expressara no baile.

– Lorde Uxbridge liderou o ataque da cavalaria no momento em que parecia que a infantaria francesa subjugaria a nossa, romperia o centro e ganharia a batalha – explicou. – Ensinamos uma lição a eles, Lady Morgan, às infantarias de ambos os lados, quero dizer. Arrisco o palpite de que acabamos com centenas, talvez milhares, de sapos franceses. Gostaria que tivesse nos visto. Não foi um belo desfile como o que a senhorita assistiu no Promenade Verte, na semana passada. Foi um ataque de vida ou morte, contra armas de fogo e baionetas inimigas. Havia cavalos e homens caindo ao nosso redor. Mas seguimos em frente, galopando, sem nos intimidar. Acho que essa batalha será lembrada como a que foi ganha pela cavalaria.

Morgan estava se sentindo zonza de exaustão.

– Acredito que a coragem dos homens de ambos os lados será lembrada por muito tempo – comentou.

Morgan soubera de algumas coisas pelos feridos que estavam na casa da Sra. Clark. Vários daqueles homens, principalmente os veteranos, falavam com tanto respeito dos franceses quanto dos próprios soldados, da infantaria e da cavalaria.

– Homens maus a ponto de lutarem sob a bandeira da tirania não podem ser descritos como corajosos – comentou Lady Caddick, parecendo um tanto chocada. – Mas agora precisamos deixar Gordon descansar um pouco. Foi um dia longo e doloroso para ele. Pedi que minha própria camareira arrumasse sua bagagem, Lady Morgan, já que a sua estava com a senhorita. Verá que tudo já está pronto para sua partida pela manhã.

– Ah, por favor, madame, não poderíamos esperar um pouco mais? – pediu Morgan, virando-se para os condes. – Alleyne parece ter sumido. Ele cavalgou até a frente de batalha ontem, levando uma mensagem de Sir Charles para o duque de Wellington, e me disse que voltaria antes do cair da noite, mas ainda não apareceu. Lorde Rosthorn foi até Waterloo a cavalo esta tarde para saber notícias dele, mas não descobriu nada. Estou muito preocupada. Lorde Rosthorn prometeu continuar a busca amanhã de manhã.

– Ah, pobre Morgan! – exclamou Rosamond, correndo para o lado da amiga e passando o braço pela sua cintura em um gesto de conforto. – O que pode ter acontecido? É claro que esperaremos, não é mesmo, mamãe?

– Lorde Alleyne Bedwyn, sem dúvida, foi atrasado por negócios importantes – retrucou Lady Caddick. – Nesse meio-tempo, ele sabe que conosco a senhorita está em excelentes mãos, Lady Morgan, e que tomarei as decisões certas para garantir sua segurança e seu bem-estar. Vamos partir amanhã bem cedo, depois do café, como planejamos. Gordon precisa ser examinado com urgência por um bom médico inglês.

– Não posso sequer pensar em partir sem saber notícias do meu irmão.

Morgan encarou o conde com os olhos perturbados.

– Há várias outras irmãs, mães e esposas que não recebem notícias de seus entes desde ontem – disse o conde com a voz pomposa e brusca que costumava usar quando falava com mulheres. – Sua angústia é menor do que a delas, Lady Morgan. Afinal, Bedwyn não estava lutando, não é mesmo? A senhorita deve ser forte, minha cara. Acredito que vá receber notícias dele logo depois que voltar a Londres conosco.

– Acho que preciso de outra dose de láudano, mamãe – pediu lorde Gordon.

Morgan foi para a cama depois disso, sem continuar a discussão. Rosamond a acompanhou até o quarto, o braço ainda em sua cintura.

– Lorde Alleyne está em segurança – assegurou a moça. – Tenho certeza disso. Mas, ah, pobre Morgan, sei como deve estar se sentindo. Sei como eu me senti o dia todo, até receber notícias de Ambrose. Mas ele voltou para casa a salvo. Seu irmão também voltará.

Quando Rosamond saiu, Morgan caiu na cama, exausta, mas logo descobriu que simplesmente não conseguia dormir. Ela se levantou ao nascer do sol, lavou o rosto com água fria e se vestiu sem chamar a camareira – precisou procurar entre a bagagem já arrumada pelo vestido limpo mais simples que tivesse e ignorou as elegantes roupas de viagem que haviam sido separadas para ela.

Morgan tomara uma decisão durante a noite. Na verdade, não fora difícil.

O conde, a condessa e Rosamond já estavam tomando café da manhã quando ela desceu.

– Ah, Lady Morgan – disse a mais velha, sorrindo com gentileza. – Faça seu desjejum sem demora. Vamos partir em uma hora. Sei que ficará feliz em saber que Gordon teve uma noite razoavelmente tranquila.

Morgan não se sentou. Permaneceu de pé, segurando as costas da cadeira à sua frente com as duas mãos.

– Não posso partir, madame. Não até saber se Alleyne está bem. Peço que espere mais um dia. Ele com certeza voltará para Bruxelas em algum momento hoje, e assim poderei levar boas notícias sobre ele a minha família.

– Esperar mais um dia? Quando me preocupo a cada hora que passa se a perna de Gordon foi colocada da forma certa no lugar? – Lady Caddick era puro espanto. – Minha cara Lady Morgan, está sendo insensata, até egoísta, ao pedir uma coisa dessas. Não, não atrasaremos nossa partida por mais do que uma hora. Pode ficar certa de que lorde Alleyne Bedwyn é bem capaz de cuidar de si mesmo.

– Ah, mamãe. – Rosamond olhava para Morgan, consternada. – Sem dúvida, mais um dia não fará grande diferença. E se fosse *meu* irmão que ainda não houvesse aparecido?

– Gordon estava lutando na batalha, Rosamond – lembrou-lhe o conde. – Há uma enorme diferença entre a situação dele e a de Bedwyn.

– Não vou partir – anunciou Morgan com determinação.

O conde tentou intimidá-la. A condessa fez o mesmo, mas também a adulou. Lembrou a Lady Morgan que a jovem estava sob os cuidados *dela*, uma responsabilidade que lhe fora conferida pelo próprio duque de Bewcastle, que ficaria furioso com a irmã, com toda a razão, se soubesse que ela estava se comportando tão mal. Ela *ordenava* que Lady Morgan os acompanhasse naquela viagem. *Implorava*. A condessa derramou lágrimas copiosas e disse que Morgan era uma jovem terrível, teimosa e desobediente. Disse que sabia, que sempre soubera, que os Bedwyns eram um grupo extravagante, insubordinado, mas que achara que Lady Morgan fosse uma moça doce e obediente, diferente dos outros. Agora percebia como se enganara. O duque ficaria compreensivelmente furioso com a irmã se ela se recusasse a obedecer a uma ordem direta da pessoa a quem ele confiara seus cuidados e sua segurança. Era provável que confinasse Lady Morgan em Lindsey Hall ou em uma das propriedades mais remotas da família – não havia uma no País de Gales? –, e jamais permitisse que ela voltasse a frequentar a sociedade.

Mas Morgan era, de fato, uma Bedwyn.

Durante todo o discurso da condessa, ela se agarrou à cadeira e se recolheu atrás da fachada de arrogância fria que ela e os irmãos eram mestres em exibir. Permaneceu obstinada e irredutível. *Não* partiria de Bruxelas até que tivesse notícias de Alleyne. Logo ficou óbvio para Morgan que os Caddicks pretendiam partir naquela manhã de qualquer maneira, quer ela os acompanhasse, quer não. Mas se tinham a intenção de intimidá-la, ficaram profundamente desapontados. Morgan disse que ficaria na casa da Sra. Clark, ou na de qualquer outra esposa de oficial. Qualquer uma delas adoraria lhe oferecer um lar temporário. Assim, ela poderia continuar a ajudar os feridos.

– Nunca conheci uma jovem tão cheia de caprichos, obstinada e *desobediente*, Caddick – reclamou a condessa, abanando o rosto com um lenço. – Acho que vou desmaiar.

Quando Lady Caddick cumpriu a ameaça, Morgan saiu sem que ninguém percebesse e pediu à camareira que a acompanhasse até o quarto. Explicou à moça que elas teriam que arrumar um meio de transferir as bagagens de ambas para a casa da Sra. Clark. Mas um novo golpe aguardava Morgan. A criada começou a chorar desesperadamente quando soube que elas ficariam, e mais ainda ao se dar conta de que voltariam para aquela casa horrível, com todos aqueles homens, os curativos, os cheiros. Não conseguiria suportar. Enlouqueceria, sim, enlouqueceria. Ela fora contratada para vestir milady, não para cuidar da escória da artilharia. A camareira foi muito eloquente na própria defesa e exigiu voltar para casa.

Morgan deu dinheiro à moça para que comprasse uma passagem para a Inglaterra e para a viagem até Londres, assim como um mês de salário que lhe devia e um mês a mais, e a dispensou do serviço. Estritamente falando, a camareira estava a serviço de *Wulfric* e era paga por ele, mas Morgan achou que estava fazendo uma gentileza à moça, poupando-lhe o trabalho de ter que aparecer diante do próprio Wulfric para pedir o dinheiro que lhe era devido e ainda precisar explicar por que abandonara a patroa sozinha em Bruxelas.

Quando Morgan voltou a descer as escadas, com a intenção de caminhar até a casa da Sra. Clark e pedir que algum criado a ajudasse a carregar suas malas, havia duas carruagens e um coche de bagagem parados do lado de fora da casa, e o capitão Gordon estava sendo acomodado em uma das carruagens. Naquele momento, estava na companhia apenas de alguns cocheiros na calçada e de seu valete, que ele dispensou quando viu Morgan.

– Lady Morgan! – chamou.

Ela se apressou na direção da porta aberta da carruagem. Por que não pensara antes em apelar ao capitão? A mãe faria qualquer coisa que ele pedisse.

Os hematomas dele pareciam mais escuros à luz do dia, a pele mais pálida, a não ser pelo leve rubor causado pela febre. A perna com a tala, envolta em muitas ataduras, estava esticada ao longo do assento. Os olhos do rapaz estavam nublados de dor. Morgan sentiu uma compaixão sincera pelo sofrimento dele e pousou a mão sobre a que ele estendeu.

– Capitão – começou a dizer –, o senhor sabia...

Mas ele começou a falar quase ao mesmo tempo que ela:

– O que foi aquilo que ouvi? – perguntou, o cenho franzido no rosto muito belo. – A senhorita escolheu não vir conosco, Lady Morgan? Peço que reconsidere. É inimaginável para uma jovem dama de sua posição social permanecer sem acompanhante em uma cidade estrangeira. Aliás, em qualquer cidade.

– Não sei o que aconteceu com meu irmão – explicou Morgan. – Ele foi...

– Mas sabe o que aconteceu *comigo*, Lady Morgan – interrompeu Gordon mais uma vez. – Não sou tão importante para a senhorita quanto seu irmão? Não está preocupada com a possibilidade de eu mancar para sempre, caso minha perna não seja tratada de forma adequada em poucos dias?

Morgan o encarou, paralisada, em silêncio. *Aquele* era o homem que implorara pela honra de lutar por *ela*? Que pedira que ela ficasse enlutada o resto da vida, caso ele morresse em batalha? Mas o capitão estava com dor. Via isso nos olhos dele. Devia ter sido uma agonia terrível sair da cama e se espremer em uma carruagem.

– Se realmente se importa comigo, lorde Gordon – disse Morgan, em um tom ardente –, convença seus pais a continuarem na cidade por mais um dia. Por favor. Sem dúvida, então já terei recebido notícias de Alleyne. Não há mais perigo em permanecer aqui, não é mesmo? E seus ossos quebrados foram colocados no lugar por um médico de ótima reputação. Com certeza, mais um dia de descanso nesta casa será muito melhor para o senhor do que uma longa viagem de carruagem. *Por favor*, convença-os. Estou desesperada de preocupação.

Gordon a encarou com a mesma expressão ardente e, por um momento, Morgan acreditou que ele concordaria em fazer o que pedira. Ela sorriu para ele. Sua mão, percebeu, ainda estava na dele.

– Estou decepcionado – falou o capitão, por fim. – Achei que eu fosse mais importante para a senhorita do que um irmão. A *senhorita* é mais importante para mim do que a minha irmã. Se eu achasse que lhe faria algum bem ficar, intercederia a seu favor. Até mesmo lideraria a busca, de carruagem, se fosse necessário. Mas homens não precisam que damas se preocupem com eles quando estão envolvidos em assuntos oficiais, Lady Morgan. Lorde Alleyne Bedwyn ficará constrangido quando souber de todo o alarde que a senhorita causou pela ausência dele. Enquanto isso, mamãe está aborrecida, Rosamond, em prantos, papai, furioso, e eu, desapontado. Esperava ansiosamente pela sua companhia para me distrair durante a viagem, que, sem dúvida, será dolorosa para mim. Também esperava talvez procurar o duque de Bewcastle quando retornássemos. Está determinada a teimar? Mamãe diz que é um traço dos Bedwyns.

Morgan retirou a mão da dele.

– Tudo o que eu peço é um dia. *Um dia.*

Morgan ainda esperava que o capitão fosse olhar além do próprio sofrimento e ver o dela. E assim, de alguma forma, se redimir a seus olhos. Mas tudo o que ele fez foi olhar por cima do ombro de Morgan.

– Ah, é você, Rosthorn? – disse. – Preciso lhe agradecer por ter vindo à minha frente para Bruxelas para tranquilizar minha mãe. A ansiedade é algo terrível para mulheres sensíveis. Devemos fazer todo o possível para acalmá-las. Sei que ficará satisfeito em saber que estou bem. Mas, é claro, desejo consultar um médico inglês o mais rápido possível.

Morgan se virou para encarar o conde.

– Estão partindo esta manhã? – perguntou ele. – A senhorita também?

O conde fitou o vestido simples que ela usava.

– Vou ficar – disse Morgan –, até ter alguma notícia de Alleyne. Vou ficar com a Sra. Clark ou com uma das outras esposas do regimento, se me receberem.

– E como voltará para a Inglaterra? – indagou ele.

– Encontrarei uma companhia para a viagem. – Ela ergueu o queixo. – Ou Alleyne encontrará para mim.

– E sua camareira?

Ele olhou ao redor da calçada, e não havia outra mulher além dela.

Morgan percebeu que ruborizava.

– Ela não deseja ficar comigo, então eu a mandei para casa.

O conde ergueu as sobrancelhas.

– Chame-a à razão, se puder, Rosthorn – pediu Gordon com a voz cansada. – Diga a Lady Morgan que é impossível para ela permanecer aqui sem a minha mãe como acompanhante. É *impensável*. Diga que sua angústia é tola. Que não há outra opção a não ser vir conosco.

O conde de Rosthorn encarou Morgan com uma expressão indecifrável. Ela voltou a erguer o queixo. Se ele tentasse recomendar que ela partisse com os Caddicks, ficaria realmente furiosa, e todos na rua perceberiam.

– Por que Lady Caddick está deixando Bruxelas, se Lady Morgan não pode ir? – perguntou ele a lorde Gordon, sem tirar os olhos de Morgan.

Não pode. Ah, ele compreendia, então.

– Minha mãe está ansiosa para que um médico inglês me examine – explicou o capitão, a voz claramente irritada agora. – Lady Morgan está sob os cuidados dela. É um ultraje da parte dela contrapor a própria vontade à da condessa, deixando-a em uma posição tão constrangedora. Acredito que Bewcastle terá algumas coisas a dizer sobre o assunto, caso Lady Morgan permaneça tão irredutível. Foi ele quem designou minha mãe como acompanhante da irmã.

Morgan ficou espantada por algum dia já ter se sentido minimamente atraída por aquele rapaz.

A própria Lady Caddick saiu de casa naquele momento, com o marido e a filha.

– Ah, aí está a senhorita, Lady Morgan – disse ela, um brilho furioso nos olhos. – Preciso *insistir* em que nos acompanhe, quer a senhorita esteja com roupas de viagem ou não. O duque de Bewcastle será informado dos aborrecimentos que me causou. Ah, bom dia, Rosthorn. Ficará satisfeito em saber que Gordon é corajoso o bastante para viajar, embora ainda esteja sentindo bastante dor.

– Madame? – O conde fez uma reverência. – Vim para acompanhar Lady Morgan até a casa da Sra. Clark. Os pertences dela ainda estão aqui? Pedirei que alguém os recolha em uma hora. Desejo-lhes uma boa viagem.

O sotaque francês dele estava bastante pronunciado. O conde falava com charme, em um tom agradável, mas havia algo em sua voz que Morgan ainda não ouvira.

– Escute aqui, Rosthorn... – começou a dizer o conde de Caddick.

– Quando saiu de Bruxelas, anteontem, lorde Alleyne Bedwyn instruiu a irmã a esperar por ele – interrompeu lorde Rosthorn. – E prometeu levá-la pessoalmente para casa depois disso. Ela permanece aqui pela autoridade dele. Vou acompanhá-la à casa da Sra. Clark. Ela ficará em perfeita segurança lá. Eu mesmo me certificarei de que nenhum mal lhe aconteça.

– Lorde Rosthorn – atalhou Lady Caddick, em um tom débil –, o senhor é um homem solteiro, sem laço de parentesco com Lady Morgan. Seria impróprio e irresponsável da minha parte deixá-la aos seus cuidados.

– Então deve ficar, madame, para que ela permaneça aos *seus* cuidados – retrucou ele.

Morgan se virou e saiu caminhando. Não ficaria ali nem mais um instante discutindo ou, pior, ouvindo os outros discutirem sobre ela. A vida subitamente lhe pareceu muito cansativa. Estava quase cega de angústia por Alleyne e ainda assim as pessoas continuavam a tratá-la como se fosse uma moça desobediente, teimosa e cheia de caprichos por querer encontrá-lo. E o homem que, menos de uma semana antes, declarara um amor tão arrebatador por ela esperava que Morgan o colocasse acima de todas as pessoas – acima até mesmo do amor que ela sentia pela própria família.

Morgan daria qualquer coisa naquele momento para ver Wulfric caminhando em sua direção – ou Aidan, ou Rannulf. Ou Alleyne.

Alleyne estava morto. Só podia estar.

Ele não podia estar morto.

Morgan ouviu o som de passos correndo atrás dela. Rosamond a alcançou e abraçou-a com força.

– Sinto muitíssimo por tudo isso, Morgan – disse, as lágrimas escorrendo pelas faces. – Sinto muito de verdade. Gostaria de poder ficar com você, mas não posso.

E a moça voltou correndo para onde estavam as carruagens.

Lorde Rosthorn veio para o lado de Morgan e lhe ofereceu o braço, sem dizer uma palavra.

Não, ela não estava completamente só, pensou Morgan, se recompondo. Ainda tinha aquele amigo. E a Sra. Clark a receberia. Os homens feridos precisavam dela. Além de tudo, ela era Lady Morgan Bedwyn. Ela ergueu o queixo e, sem perceber, alargou o passo enquanto aceitava o braço do conde.

Alleyne sempre previra que Morgan um dia superaria os próprios Bedwyns. Ao que parecia, era o que estava acontecendo. Aos 18 anos, ela caminhava pela rua de uma cidade estrangeira de braço dado com um cavalheiro que mal conhecia, e acabara de desafiar as ordens da acompanhante a cujos cuidados Wulfric a confiara. E dispensara a camareira.

Mas Alleyne também estaria ali. Voltaria naquele dia e, no dia seguinte, ele mesmo a levaria para casa.

Ele não podia estar morto.

Já fizera algumas loucuras na juventude, pensou Gervase, coisas que o haviam colocado em inúmeras complicações desagradáveis. Mas aquilo não era uma complicação. Era um problema enorme. Que diabos acabara de fazer?

Ajudara e fora cúmplice de uma jovem dama a desafiar e abandonar a acompanhante que lhe fora designada, fora isso o que fizera. Não apenas por uma hora, ou por uma manhã. Nem mesmo por um dia. Os Caddicks estavam indo embora para a Inglaterra. Lady Morgan Bedwyn ficaria em Bruxelas. E ele defendera a decisão dela de permanecer sem eles. Prometera tomar conta dela pessoalmente.

Eu mesmo me certificarei de que nenhum mal lhe aconteça.

O que ele conseguira, a menos que tivesse muita sorte, fora um grilhão preso à perna. O que acabara de consumar, a não ser que encontrasse uma forma de se esquivar da situação, era a realização de todos os seus sonhos de vingança em relação a Bewcastle. Quando os Caddicks chegassem e espalhassem a história pelas salas de visita e pelos clubes de Londres, Lady Morgan estaria arruinada, *ou* seria forçada a se casar com ele – e qualquer uma das duas possibilidades seria uma cruel bofetada no rosto do irmão dela.

Gervase já não queria mais se vingar de Bewcastle daquela maneira. Não através de Lady Morgan. *Gostava dela.* Ele a respeitava e a admirava.

– Estou errada? – perguntou ela, a mão pousada delicadamente sobre o braço de Gervase, os olhos fixos no caminho à frente, com um brilho desafiador. – *Estou*?

Ele imaginou que fosse uma pergunta retórica, mas respondeu de qualquer modo:

– A senhorita não está errada. Os Caddicks estão ansiosos para garantir a plena recuperação do filho, é claro, e é compreensível o desejo deles de levarem o rapaz para a Inglaterra. Mas eles também assumiram um compromisso quando concordaram em trazer a senhorita junto da família para Bruxelas. Comprometeram-se a garantir à senhorita as mesmas atenção e consideração que mostrariam por alguém da própria família. E não cumpriram com esse dever hoje.

– Obrigada – falou a jovem. – É o que penso, também.

– Assim que chegarmos à casa da Sra. Clark – disse Gervase –, mandarei buscar seus pertences. Então voltarei a procurar Sir Charles Stuart e, se necessário, cavalgarei mais uma vez até Waterloo.

Talvez, pensou ele, conseguisse encontrar Alleyne Bedwyn ainda naquele dia. Talvez estivesse ferido e tivesse sido transferido para um hospital de campo. Ou talvez simplesmente aparecesse em Bruxelas depois de seus dois dias de sumiço, com alguma explicação razoável. Quem sabe, depois de tudo, ele se pusesse a caminho da Inglaterra com a irmã mais tarde, naquele mesmo dia, ou pelo menos assumisse a responsabilidade por ela.

Se isso acontecesse, decidiu Gervase, ele mesmo não demoraria a cavalgar em direção ao proverbial pôr do sol. Mas sabia que seria um milagre.

Tinha quase certeza de que lorde Alleyne Bedwyn estava morto.

– Obrigada – disse Morgan. – Acha que ele está morto, lorde Rosthorn?

– Não deve perder a esperança ainda, *chérie* – respondeu Gervase, pousando a mão sobre a dela. – Farei o melhor que puder para encontrá-lo.

– De nós, Alleyne é o que tem a natureza mais solar – comentou Morgan. – É o mais carismático, o mais inquieto. Tem tanta vitalidade para compartilhar com o mundo, tanta vida para viver ainda... Faz bem pouco tempo que decidiu tentar a vida de diplomata em vez de assumir o assento no Parlamento que Wulfric lhe assegurara. Esse é seu primeiro posto. Não é irônico? Alleyne não pode estar morto, lorde Rosthorn. Eu sentiria *aqui* se ele estivesse – concluiu, tocando o peito na altura do coração.

Gervase imaginou quantas centenas ou milhares de mulheres estariam pensando a mesma coisa naquele dia.

– Se ele estivesse morto, teria sido encontrado, não teria? – perguntou ela.

Gervase simplesmente apertou sua mão. Como poderia lhe dizer que centenas de mortos não identificados, sobretudo os mais bem-vestidos, haviam sido deixados nus, as roupas saqueadas, antes mesmo que a noite após a batalha tivesse terminado? A única possibilidade de um homem daqueles não ser enterrado como indigente em uma cova comum era ser rapidamente identificado por alguém.

– Tente evitar esses pensamentos – aconselhou Gervase. – Ao menos por enquanto.

Eles passaram por quatro conhecidos de Gervase – e de Lady Morgan – antes de enfim chegarem à casa da Sra. Clark. Ele acenou com amabilidade para cada um deles. Duvidava que Lady Morgan os houvesse notado, mas se perguntou quanto tempo demoraria até que um ou mais deles descobrisse que os condes de Caddick tinham partido para a Inglaterra naquela manhã. Então se seguiria um escândalo, tanto em Bruxelas quanto na Inglaterra.

Ele expusera Lady Morgan deliberadamente à fofoca e à especulação no piquenique que oferecera na floresta de Soignes, menos de duas semanas antes. Agora, quando já não tinha mais essa intenção, Gervase estava prestes a sujeitar a jovem a uma situação muito pior. Não que fosse tudo culpa dele, é claro. Ela teria ficado na cidade e ido para a casa da Sra. Clark de qualquer modo, com ou sem ele.

E, no fim das contas, apesar do perigo para si mesmo, Gervase preferia que Morgan estivesse *com* ele.

A Sra. Clark os recebeu na entrada da casa, abraçou Lady Morgan quando ouviu a história e se apressou a assegurar que a jovem era muito bem-vinda a ficar, desde que não fizesse objeções em dividir um quarto muito pequeno com a anfitriã.

Ninguém da equipe de Sir Charles Stuart na embaixada tivera notícias de lorde Alleyne Bedwyn. Ficou claro para Gervase que a irritação que haviam mostrado na véspera se transformara em preocupação. Não existia explicação lógica para ele não ter retornado, a não ser que houvesse sido ferido ou morto na ação ao sul de Waterloo. Ainda estavam tentando descobrir se a carta que ele levava para o duque de Wellington chegara a ser entregue. Gervase comunicou sua intenção de ir mais uma vez a cavalo ao local da batalha. Ele prometeu que daria notícias à equipe de Sir Charles Stuart quando retornasse e lhes repassaria qualquer informação que conseguisse.

Mas Gervase não descobriu nada, é claro. A estrada para o sul ainda se encontrava repleta de homens e carroças se movendo na direção oposta à dele, embora não estivesse tão abarrotada quanto no dia anterior. A floresta de Soignes ainda se achava cheia de destroços. O lugar onde ocorrera a batalha parecia mais do que nunca um descampado do inferno. Mas não havia informação alguma sobre o paradeiro de Alleyne Bedwyn, mesmo após Gervase ter falado com várias pessoas e checado nos vilarejos e fazendas ao longo do caminho. Procurou entre os feridos todas as vezes que encontrou um grupo deles.

Lorde Bedwyn parecia ter literalmente desaparecido da face da terra.

Foi com o coração pesado que Gervase voltou a Bruxelas. Que esperanças ainda podia dar a ela? Seria irresponsável ao menos tentar?

Mas ele já descobrira que Lady Morgan Bedwyn, apesar da extrema juventude, tinha força de caráter. Não cabia a ele dar esperança a ela, ou tirá-la. Tudo o que podia lhe oferecer eram os fatos.

Nem ele nem a equipe de Sir Charles na embaixada haviam sido capazes de descobrir qualquer pista do paradeiro do irmão dela. Havia apenas uma pequena peça do quebra-cabeça: a carta que lorde Alleyne Bedwyn levara para o duque de Wellington fora entregue nas mãos do homem.

CAPÍTULO IX

É estranho como o coração se agarra à esperança mesmo quando não há uma base razoável para isso, descobriu Morgan. A vida é assim.

Ela estava passeando no Parque de Bruxelas com o conde de Rosthorn. Eles observavam os cisnes deslizarem graciosamente pelo lago, deixando um grande V atrás deles na água azul. Era um lugar adorável, no coração da cidade, e aquele era um lindo dia de verão. Morgan sentiu parte da tensão das horas que passara cuidando dos feridos se desprender de seu corpo sob o calor do sol.

Eles não falaram sobre Alleyne. Não de forma direta. Na casa da Sra. Clark, quando uma das damas chamara Morgan à porta e ela vira quem a procurava, enxergara também nos olhos dele a resposta a todas as suas perguntas.

– Nada? – foi tudo o que disse.

Ele balançara a cabeça gravemente.

– Nada.

Talvez parecesse absurdo que eles não tivessem voltado a falar no assunto. Mas o que mais havia a dizer? O conde sugerira que Morgan fizesse um intervalo de cerca de uma hora e desse uma volta no parque com ele. A Sra. Clark, que acabara de se levantar depois de algumas horas dc sono, concordara que a jovem precisava de um pouco de ar fresco e a liberou de seus deveres. Talvez o fato de não haver ocorrido nem à Sra. Clark nem a Morgan que seria adequado que uma criada os acompanhasse se devesse ao tamanho da preocupação delas. De qualquer forma, não havia nenhuma criada que pudesse ser dispensada para essa tarefa.

Além do mais, a própria ideia de decoro e etiqueta parecia irrelevante naquelas circunstâncias.

Alleyne estava morto, supôs Morgan. Mas a mente dela não conseguia aceitar essa terrível realidade. Não ainda.

– Gostaria que Wulfric estivesse aqui – disse de repente, quebrando o longo silêncio.

– É mesmo, *chérie*?

O conde abaixou os olhos para ela daquele modo que a fazia sentir que contava com toda a atenção e a compaixão dele.

Ela pensou, então, que suas palavras talvez o houvessem insultado.

– O senhor tem sido incrivelmente gentil – comentou. – Mas não posso esperar que continue a dedicar seu tempo a mim e às minhas preocupações.

– Não consigo pensar em algo ou alguém a que preferisse me dedicar – retrucou ele, em um tom baixo e muito afrancesado.

Apenas uma ou duas semanas antes, Morgan teria interpretado tanto as palavras quanto o tom dele como provocadores. E teria, talvez, respondido à altura. Agora, estava preparada para entender as palavras do conde ao pé da letra, como uma expressão da estranha e inesperada amizade que parecia ter desabrochado entre eles.

– Wulfric saberia o que fazer – continuou ela. – Saberia o que decidir. Saberia quando a realidade não poderia mais ser evitada.

Saberia quando declarar Alleyne morto.

– Se for esse o seu desejo, eu a levarei até ele, *chérie* – ofereceu lorde Rosthorn.

– Ele está na *Inglaterra* – retrucou Morgan, levantando os olhos para ele, espantada.

– Eu a levarei até lá, se desejar.

Morgan o encarou em silêncio – o lago, os cisnes, a beleza do parque, tudo havia sido esquecido. A situação realmente chegara àquele ponto, então? Ela teria que voltar para casa, para contar a Wulf – e também a Aidan, Rannulf e Freyja o que acontecera? Seria tarefa *dela* fazer isso? Morgan tentou se imaginar dizendo as terríveis palavras.

Alleyne está morto.

– Esperarei mais alguns dias – falou, por fim. – Talvez ele acabe aparecendo, mesmo agora. Talvez haja uma explicação. Talvez...

Morgan não conseguiu pensar em mais nenhuma possibilidade para completar o pensamento.

– Vamos nos sentar por alguns minutos – sugeriu o conde, apontando para um banco sob a sombra de uma árvore.

Ela retirou a mão do braço dele quando se acomodou. Então pousou as mãos no colo, as palmas para cima, e ficou olhando para elas.

– Está se sentindo traída, *chérie*? – perguntou lorde Rosthorn.

– Por Lady Caddick? – Ela cruzou as mãos. – Não pensei nela o dia todo. Só sentirei falta de Rosamond.

– Eu estava me referindo ao seu jovem oficial – disse ele, com gentileza. – O capitão Gordon.

– Ele não é *meu* oficial – retrucou Morgan, apertando as mãos com força. – Nunca foi.

– Mas *ele* pensou que fosse – argumentou o conde –, e talvez a senhorita esperasse poder contar com o amor dele. Não seja tão dura com o rapaz. O capitão foi terrivelmente ferido há dois dias, e era óbvio que estava sentindo dor hoje de manhã.

– Vi uma grande quantidade de ferimentos e de dor nos últimos dias, lorde Rosthorn. E também vi muita nobreza. Vi um homem morrer sem deixar escapar um som, embora devesse estar em terrível agonia. Apenas porque, ele me contou, não queria perturbar os outros feridos. Vi homens em situação grave pedirem que atendêssemos outros que precisavam mais da nossa atenção do que eles. Tenho ouvido homens se desculparem conosco por nos darem trabalho de mais. Escutei um homem dizer à Sra. James que fosse descansar, porque ela estava quase dormindo de pé, embora o curativo dele precisasse ser trocado e ele provavelmente estivesse se sentindo muito desconfortável. Ouvi homens louvarem seus companheiros e outros regimentos e batalhões mais do que os próprios. Não escutei ninguém se gabar de seus feitos.

A não ser o capitão Gordon.

– Ele é muito jovem, *chérie* – disse lorde Rosthorn.

– Dois homens que estão na casa da Sra. Clark têm 14 e 15 anos de idade – retorquiu Morgan. – Não há homem mais corajoso que eles, embora um deles talvez morra em consequência dos ferimentos.

– Está determinada a ser dura com o jovem Gordon então? – perguntou Gervase, dando um tapinha carinhoso na mão dela.

Sem pensar, Morgan virou a mão para cima e entrelaçou os dedos nos dele.

– Ele tinha a ideia fantasiosa de enfrentar os franceses por mim – contou ela. – Acho que o capitão se imaginou como uma espécie de cavaleiro medieval lutando pela honra de sua dama. No entanto, hoje de manhã, quando ele poderia ter lutado por mim de uma maneira muito mais prática, só conseguia pensar no próprio conforto durante a viagem de volta para casa. Fico feliz por nunca ter sido tola o bastante para me apaixonar por ele.

– Acho que seria impossível para a senhorita ser tola, *chérie* – comentou o conde. – Mas fico feliz por saber que não está triste por um jovem que nunca esteve à sua altura. Ele não passa de um pavão, de um janota bobo.

Morgan não pôde evitar o riso.

Lorde Rosthorn pousou as mãos entrelaçadas dos dois, que estavam no colo de Morgan, em sua perna. Não ocorreu a ela ficar chocada, mesmo quando sentiu o tecido esticado dos calções de montaria dele e o calor dos músculos firmes da pele logo abaixo. Apoiou o ombro contra o braço dele e experimentou uma sensação de conforto.

– O capitão nunca me amou – afirmou. – É uma fraqueza comum nos homens. Eles veem uma mulher que consideram bela, desejável e adequada e se imaginam refletidos nos olhos dela. Não têm interesse em descobrir *quem* ela é.

– Ah, *chérie*, acha mesmo que isso só é válido em relação aos homens? – perguntou o conde em um tom suave. – Muitas mulheres não fazem o mesmo?

Morgan abriu a boca para negar, mas sempre tentava ser honesta consigo mesma. Seria verdade? As mulheres *também* deviam fazer isso – projetar o amor por si mesmas em um belo homem, em cujos olhos poderiam admirar a própria imagem? Será que *ela* já fizera isso? Afinal, não ficara encantada a princípio com as atenções do capitão Gordon? Não aceitara a amizade de Rosamond e conseguira um convite para ir a Bruxelas porque o capitão a tinha em alta conta e ela aprovava o seu bom gosto? Se isso fosse verdade – e Morgan era honesta o bastante para admitir que *em parte* era –, tratava-se de algo que a rebaixava.

– Acho que fazemos, sim – admitiu. – Quando admiramos um homem, estamos muito mais interessadas, pelo menos de início, em nossos sentimentos, no que ele diz e faz que nos leva a nos sentirmos bem em relação a nós mesmas. Mas amor é muito mais. É conhecer... e ser conhecido.

– E quem é Lady Morgan Bedwyn? – indagou o conde.

Morgan deu um sorriso melancólico e levantou os olhos para o rosto dele. Que estava muito perto do dela. Os olhos indolentes sorriram de volta e Morgan subitamente recordou que lorde Rosthorn a beijara nos lábios de novo na noite anterior, depois que ela acordara com a cabeça no ombro dele. Mas afastou a lembrança. Não queria pensar nele em termos sexuais – não quando precisava do conde como amigo. E também porque gostava dele como pessoa.

– Não há pergunta que me deixe mais sem resposta – disse ela. – Como posso explicar quem sou, lorde Rosthorn? Às vezes nem eu mesma sei. Eu sempre soube que sou dona de uma personalidade forte, uma *cabeça-dura*, como minha antiga governanta diria, e que sou obstinada, mas jamais teria imaginado que seria capaz de desafiar uma acompanhante a quem Wulfric me confiara, e depois permanecer sozinha em uma cidade estrangeira, sem nem mesmo uma camareira. Sei que não sou afetada ou cheia de melindres, mas eu não fazia ideia de que conseguiria cuidar de homens com ferimentos terríveis sem me encolher, ou ver um homem morrer sem me desfazer em pedaços. Não queria ser apresentada à sociedade na última temporada porque era absolutamente contra a ideia de me tornar um produto a ser comercializado no grande mercado de casamentos. E, ainda assim, me diverti no evento em que isso aconteceu e em outros que se seguiram. Não me acho romântica, mas fiquei encantada com a imagem dos oficiais em uniformes escarlate e teria implorado a Wulf para vir para cá, se implorar tivesse algum efeito sobre ele. Sempre fui contra a guerra, porém ao menos metade da minha vontade de vir para cá... não, mais da metade... era por causa da fascinação que sentia pela batalha histórica que estava prestes a acontecer às portas da Inglaterra. Teria me imaginado imune aos flertes óbvios de um sedutor experiente, mas não apenas não detive seus avanços quando o conheci, como os encorajei e respondi a eles. Teria achado impossível ficar amiga de um homem assim. Mas agora, neste momento, considero o senhor o amigo mais querido que já tive. Como pode ver, não me conheço de forma alguma. Então como poderia lhe dizer quem eu sou?

Ela riu.

Lorde Rosthorn riu também.

– A senhorita é muito jovem. Não deve ser dura consigo mesma. Mal começou a viagem de descoberta que é a fase adulta. Mas duvido que qualquer um de nós consiga se conhecer por completo. E como a vida seria tediosa se conseguíssemos... Não haveria lugar para crescermos. Jamais nos surpreenderíamos.

– Só o que sei ao certo é que não sou apenas uma dama – disse ela. – Sou uma mulher... e uma pessoa também.

– Nunca duvidei disso, *chérie* – retrucou o conde.

E lá estava ela, fazendo a mesma coisa que tanto deplorava nos outros. Estava tão concentrada em si mesma que ignorava o homem a seu lado. Morgan voltou a fitá-lo.

– E quem é o *senhor*, lorde Rosthorn? – perguntou.

Ele voltou a rir. Era de fato um homem muito bonito quando sorria, pensou Morgan – e mesmo quando estava sério, por sinal. Mas quando ria formavam-se linhas nos cantos de sua boca que sugeriam que era um homem bem-humorado. Ele envelheceria bem, concluiu ela, mesmo quando as rugas se espalhassem por todo o seu rosto.

– Não iria querer me conhecer, *chérie* – respondeu ele. – Tive a vida de um perdulário inútil.

– Tanto antes quanto depois de ser banido para o continente? – indagou Morgan. – Não aprendeu nada com os acontecimentos que levaram a tamanha catástrofe, então?

– Ao que parece, não.

Ele abaixou a cabeça para encará-la, o olhar indolente e risonho. Os lábios estavam entreabertos. Mesmo assim, Morgan não se sentiu ameaçada. Estava absolutamente tranquila ao lado dele. Apesar da reputação do conde e do fato inegável de que o pai o banira da Inglaterra nove anos antes, ela não conseguia acreditar que ele era um perdulário inútil, que vivera apenas uma vida de esbanjamento.

– Mas mesmo que eu soubesse de todos os detalhes sórdidos da sua vida – falou ela –, ainda assim eles não me diriam *quem* o senhor é. Por que me colocou sob suas asas, lorde Rosthorn?

– Como uma galinha? – Ele riu de novo. – Talvez porque seja a mulher mais linda que já vi, *chérie*, e admiro a beleza.

Ela o perdera. O conde se recolhera atrás da fachada de zombaria que apresentara durante os primeiros encontros dos dois, inclusive no piquenique na floresta de Soignes.

Mas por que *ficara* amigo dela? Não havia nenhuma razão real pela qual ele deveria fazer isso, havia? Morgan só poderia concluir que era por bondade, apenas. Pronto – ela finalmente sabia *alguma coisa* sobre ele.

Mas o conde a via como uma amiga ou como uma responsabilidade? Porque ela não era responsabilidade dele. Devia ser, então, a primeira opção.

– Um perdulário inútil... – disse Morgan, sorrindo para ele. – Que calúnia, lorde Rosthorn. – Ela recolheu a mão e deu um tapinha carinhoso na dele. – Preciso voltar. Vou dormir cedo para assumir o turno da madrugada.

O conde se levantou no mesmo instante e passou o braço dela pelo dele.

– Irei vê-la todos os dias, se me permitir – falou quando já caminhavam –, e levarei qualquer notícia que consiga. Se, em algum momento, a senhorita decidir que deseja voltar à Inglaterra, tomarei todas as providências para isso. Se precisar de mim por qualquer outra razão, sabe onde me encontrar, ou ao menos onde deixar uma mensagem para mim.

– Rue de Brabant – disse ela. – Onde fica?

– Eu a levarei até lá em nosso caminho de volta à casa da Sra. Clark – prometeu ele. – Não fica muito longe. Mostrarei qual é a casa.

– Obrigada – retrucou Morgan. – Mas não partirei até ter alguma notícia definitiva sobre Alleyne.

Ela se sobressaltou ao perceber que não havia pensado no irmão na última hora. Não, não fora exatamente assim. Sempre, por trás de cada pensamento, de cada emoção, estava a ansiedade opressiva por causa de Alleyne. Mas por uma hora ela falara de outras coisas, aproveitara a companhia de outra pessoa e conseguira absorver um pouco de paz das belezas naturais do parque.

E era grata ao conde de Rosthorn por isso.

Mas o que aconteceria se ela *nunca* recebesse nenhuma informação definitiva? Quando admitiria para si mesma?...

Não, mesmo se esse momento tivesse que chegar, ainda não chegara. Morgan acertou o passo com o do conde de Rosthorn.

Pelos quatro dias seguintes, Morgan cuidou dos feridos com tanta energia e devoção quanto antes. Haviam perdido mais um para a morte e lutavam para manter vários outros vivos enquanto a febre os consumia. Mas, aos poucos, quase todos começaram a se recuperar, alguns deles rapidamente. No fim do quarto dia, havia apenas dezessete feridos na casa da Sra. Clark.

Era como se o tempo estivesse suspenso para Morgan. Ela sabia que não poderia continuar como estava. Logo a maioria dos homens, ou todos eles, teria ido embora – de volta para seus regimentos ou para a Inglaterra. E sabia que a maior parte das outras mulheres, inclusive a Sra. Clark, estava apenas esperando notícias dos maridos para segui-los até Paris.

Morgan estava ciente de que logo teria que encarar a realidade. Não poderia haver nenhuma explicação plausível para a longa ausência de Alleyne, a não ser a óbvia. Wulfric tinha o direito de saber que o irmão desaparecera. Sir Charles Stuart com certeza logo o informaria, caso ela não o fizesse. Mas Morgan ainda não estava pronta. Sempre que o assunto lhe vinha à mente, ela o afastava com firmeza.

Fiel à sua promessa, o conde de Rosthorn aparecera todas as tardes para acompanhá-la em uma caminhada. Em geral, ele antes resolvia alguma pendência para a Sra. Clark, ou as ajudava a levantar um paciente muito pesado para elas. Em um desses dias, escrevera cartas para alguns homens que tinham amigos ou vizinhos letrados o bastante para transmitir a mensagem para suas famílias.

Todas as esposas estavam um pouco apaixonadas por ele, pensou Morgan com carinho. Todas acreditavam que a própria Morgan estava completamente apaixonada por ele. Mas isso não era verdade. Naquele momento, não conseguia sequer pensar no conde em termos de amor, de compromisso – ou de flerte. No entanto, não sabia o que teria feito sem ele. Supunha que teria conseguido se virar sozinha. Sim, com certeza teria. Mas era muito grata por sua presença.

Às vezes eles mal se falavam enquanto caminhavam. Ela costumava estar cansada demais para conseguir pensar direito. Sabia que lorde Rosthorn percebia isso e apenas seguia a seu lado enquanto ela respirava o ar fresco e sentia o calor do sol no rosto sem se sentir obrigada a conversar. Outras vezes eles discorriam sobre vários assuntos. O conde gostava de ler, descobriu Morgan, e tinha um vasto conhecimento de arte e música. Ele visitara algumas das galerias de arte mais famosas do continente e vira muitas de suas obras mais renomadas. Ele compartilhava com Morgan as próprias impressões a respeito delas com uma eloquência que a convenceu definitivamente da inteligência dele e da qualidade da educação que tivera.

Talvez, Morgan se pegava pensando às vezes, ela *estivesse* um pouquinho apaixonada por ele. Mas esse sentimento não era importante. Romance era a última das necessidades dela naqueles dias.

Então, na noite do quarto dia, ela enfim recebeu notícias.

Estava enfaixando o braço mutilado de um homem quando a Sra. Clark veio ficar em seu lugar.

– Você tem visita – disse a mulher mais velha. – Eu o levei para a cozinha.

Não havia outro lugar onde receber uma visita. Mas o homem não poderia ser lorde Rosthorn. Ele mesmo teria se anunciado, ou pedido a alguém que avisasse de sua chegada, e então esperaria do lado de fora. Algum instinto impediu Morgan de perguntar quem era. A Sra. Clark se debruçara rápido demais sobre o homem ferido que estava sendo enfaixado.

O visitante era um ajudante de ordens de Sir Charles Stuart. Ele se apresentou com uma reverência respeitosa. Morgan já o encontrara antes, mas não se lembrava de seu nome. E também não conseguiu guardá-lo dessa vez. Ela sentiu o sangue lhe fugir da mente e cerrou os punhos ao lado do corpo, obrigando-se a manter o controle.

– Sir Charles me enviou, milady – disse o homem, depois de pigarrear. – Ele está ocupado neste exato momento escrevendo uma carta para o duque de Bewcastle.

Morgan levantou o queixo e encarou-o diretamente.

– Sir Charles recebeu uma carta em mãos há cerca de uma hora – prosseguiu o enviado. – Estava suja de lama, amassada, e era datada de vários dias antes. Mas foi reconhecida, milady, como a missiva que Sua Graça, o duque de Wellington, ditou a seu ajudante de ordens, que, por sua vez, a deixou aos cuidados de lorde Alleyne Bedwyn.

Morgan continuou a encará-lo. Ele pigarreou mais uma vez.

– A carta foi descoberta hoje, mais cedo, na floresta de Soignes, ao norte de Waterloo.

A carta. Não quem a levava. O ajudante de ordens não disse isso. Não precisava.

– Sir Charles me autorizou a informá-la, milady, que é com muita tristeza que ele agora abandona qualquer esperança de que lorde Alleyne Bedwyn ainda esteja vivo – continuou o homem. – Ele oferece suas condolências mais sinceras e pergunta o que pode fazer por milady. Poderia, talvez, tomar as providências para seu retorno à Inglaterra?

Morgan o fitava, mas não o ouvia de fato.

– Obrigada – falou. – E, por favor, agradeça a Sir Charles por me informar. Agora desejo ficar só, por favor.

– Milady... – disse o homem.

Mas, por puro instinto, Morgan o encarou com a expressão de impressionante altivez dos Bedwyns.

– Agora – ordenou. – Por favor.

Então ela se viu sozinha, fitando uma réstia de cebolas que estava pendurada no teto da cozinha e ouvindo a chaleira assoviar na lareira. Não sabia quanto tempo havia se passado antes de ouvir o farfalhar de saias atrás de si. Duas mãos cálidas a seguraram pelos ombros.

– Minha pobre querida – disse a Sra. Clark. – Sente-se e eu lhe prepararei uma xícara de chá.

– A carta foi encontrada. – As palavras saíram em um sussurro. Morgan pigarreou. – Mas não Alleyne.

– Sim, querida – concordou a Sra. Clark, apertando os ombros de Morgan de forma quase dolorosa. – Tome uma xícara de chá. Vai ajudá-la a lidar com o choque.

Mas Morgan estava balançando a cabeça. Sentia algo muito semelhante a pânico crescendo em seu íntimo. Não poderia ficar sentada ali, bebendo chá. Com certeza explodiria. Precisava...

– Vou sair – falou. – Preciso caminhar. Preciso pensar.

– Está quase anoitecendo – observou a Sra. Clark. – Não posso liberar ninguém para ir com a senhorita. Venha, sente-se...

Mas Morgan a interrompeu:

– Vou sair – repetiu. – Não preciso de acompanhante ou de criada. Preciso ficar só.

– Mas, querida Lady Morgan...

– Lamento muito abandoná-la no meio do meu turno, mas... preciso sair. – Elas já estavam no saguão. Morgan pegou o xale que estava pendurado ali e passou-o pela cabeça e pelos ombros. – Ficarei bem. E voltarei logo. Preciso *respirar*.

Ela passou pela porta, então desceu correndo os degraus e seguiu pela rua, sem saber aonde estava indo, nem se importando com isso. Abaixou a cabeça e caminhou rápido, como se pudesse fugir do que ainda não admitira no mais profundo de seu ser.

Havia dias que sabia da verdade.

Praticamente desde o princípio não houvera esperança real.

Por dias ela achara que estava se preparando, mas não havia como se preparar para um momento como esse.

Alleyne estava...

Ela ofegava quando enfim parou de caminhar, como se houvesse corrido quilômetros. Nem sequer sabia onde estava. Mas quando olhou ao redor, a noite caindo cada vez mais rápido, percebeu que se encontrava do lado de fora da casa na Rue de Brabant que o conde de Rosthorn lhe mostrara quatro dias antes. Havia luz em uma janela no andar de cima.

Tivera a intenção de ir parar ali?, perguntou-se, perplexa. Ou fora pura coincidência?

Não importava.

Morgan subiu os degraus que levavam até a porta, levantou a aldrava de bronze, hesitou apenas por um instante e voltou a soltá-la, para que batesse contra a porta.

CAPÍTULO X

Quando ouviu a batida na porta, Gervase afastou a cortina da sala de estar e olhou para baixo. A proprietária da casa e a filha iriam passar a noite fora, assim como o valete dele, que teria sua noite de folga. Os criados provavelmente se encontravam na cozinha, nos fundos. Não havia ninguém no saguão, já que não eram esperadas visitas.

A cabeça dela estava coberta por um xale, mas Gervase a reconheceu no mesmo instante. Santo Deus! O que Lady Morgan Bedwyn estava fazendo na porta da casa dele àquela hora? A noite já havia quase caído – as velas até já tinham sido acesas. O primeiro pensamento dele, quando deixou o livro que estava lendo em uma cadeira próxima e saiu em disparada pela porta e pelas escadas, foi em relação ao decoro. Se alguém a visse ali... Mas antes que chegasse à base da escada, Gervase se lembrou de ter dito a ela que o procurasse caso precisasse de algo. Aquela, obviamente, não era uma visita social.

Um criado entrou apressadamente no saguão, vindo da parte de trás da casa.

– Eu atenderei – disse Gervase a ele em francês. – É uma pessoa amiga.

Por sorte, o criado não esperou para ver quem era essa pessoa. Apenas assentiu, se virou e voltou na direção de onde viera.

Gervase abriu a porta e bastou um olhar para o rosto de Lady Morgan, por mais oculto que estivesse pela escuridão, para afastar qualquer pensamento que pudesse ter tido de sair com ela dali, de afastá-la da casa. Em vez disso, ele a segurou pelo braço e puxou-a consigo.

– Vamos lá para dentro, onde teremos privacidade – falou. – Então poderá me dizer como posso servi-la.

A jovem estava pálida e obviamente perturbada. Ela não disse nada quando Gervase a levou pelas escadas até a sala de estar e fechou a porta. Na verdade, pensou ele, não era preciso ser muito inteligente para imaginar o que havia acontecido.

– A carta que Alleyne estava levando do duque de Wellington para Sir Charles Stuart foi encontrada – começou Lady Morgan, descobrindo a cabeça. – Estava largada no chão da floresta, entre Waterloo e Bruxelas.

A voz dela era vazia e inexpressiva. A moça o encarou com olhos que lembravam dois lagos enormes à noite.

– Ah, sim, *chérie* – disse Gervase.

Ele segurou as mãos dela e percebeu que pareciam blocos de gelo.

Lady Morgan deu um meio sorriso.

– Ele está morto, não está?

Então ela ainda tentava se agarrar a algum fio de esperança? Mas era hora de encarar a triste realidade. E Gervase percebeu que fora por isso que a jovem o procurara. Alguém da embaixada devia ter lhe levado a informação, mas tinha sido a ele que ela recorrera, instintivamente, para a interpretação final dos fatos. Gervase se perguntou o momento exato em que se tornara um amigo tão precioso.

– Sim, *chérie* – respondeu. – Precisa aceitar que ele está morto.

Lady Morgan olhou para Gervase, mas o olhar dela estava fixo em algo a milhões de quilômetros além. O xale escorregou lentamente de seus ombros e ficou largado sobre o tapete a seus pés. Gervase soltou as mãos dela e passou os braços a seu redor, um pela cintura, o outro pelos ombros. Então a puxou para si e Lady Morgan inclinou a cabeça para repousá-la sobre o lenço em volta do pescoço dele.

– Ele está morto. – Ela estremeceu.

– Lamento que sim.

A jovem chorou quase silenciosamente. Gervase mal teria percebido se não sentisse os tremores do corpo dela e o calor das lágrimas que umedeciam as camadas de tecido no pescoço dele. Gervase a abraçou com mais força. Não sabia como haviam acabado daquela forma, com aquela amizade mais profunda do que qualquer outra que ele tivera com um homem ou uma mulher. Foram as circunstâncias, imaginou, a distância do cotidiano que os levaram àquela relação tão incomum. Com certeza não fora algo que se desenvolvera nos primeiros dias após se conhecerem.

Continuou a enlaçá-la por um longo tempo, mesmo depois de Lady Morgan parar de chorar. E ela não fez nenhum movimento para se afastar. Se a jovem ainda precisava da ilusão de conforto, ele lhe daria isso pelo tempo que ela quisesse. Mas finalmente Morgan afastou a cabeça e o encarou sob a luz das velas. As lágrimas haviam secado, embora o rosto dela estivesse inchado, com uma expressão pesada de dor.

Foi a coisa mais estúpida do mundo a fazer. Gervase não conseguiria explicar nem naquele momento nem depois. Com certeza parecia ser a atitude mais inapropriada que ele já tomara – a não ser pelo fato de que ele não se convenceu, mesmo depois, de que não fora mútua.

Ele abaixou a cabeça e colou a boca à de Morgan.

Não foi como os outros dois beijos. Esse foi quente, urgente. Morgan abriu a boca, deixando a língua de Gervase entrar. Os dois se enlaçaram com força, como se seus braços fossem faixas de aço que os envolvessem. Foi um beijo profundo, louco, inexplicavelmente apaixonado. A vida fazendo seu protesto determinado, talvez, em face da morte? Mas não havia desculpa, na verdade, admitiria Gervase para si mesmo mais tarde.

Assim como não havia qualquer desculpa para o que se seguiu.

Ele manteve a boca a poucos centímetros da dela e fitou os olhos confusos e nublados de paixão.

– *Chérie*... – murmurou.

– Não. – A voz de Morgan estava rouca de desejo. – Ah, não.

Ela fechou os olhos e pressionou os lábios abertos novamente contra os dele. Manteve um dos braços ao redor de sua cintura enquanto entrelaçava a outra mão nos cabelos dele.

Gervase sentiu o luto, a agonia, o desejo dela. E sentiu a própria necessidade de confortá-la, de dar o que ela quisesse. Mas foi uma resposta emocional, de forma nenhuma raciocinada. Não estava pensando. Aquela não era uma ocasião para pensar, ou ponderar. Morgan precisava dele. Então Gervase a puxou de novo contra o corpo, beijando-a ainda mais profundamente, mais apaixonadamente do que antes.

Quando ela começou a abrir depressa os botões do casaco dele, e depois o colete, Gervase a ajudou, para que pudesse tê-la ainda mais perto, para que pudesse abraçá-la mais próximo ao calor do coração. Morgan passou os braços por baixo do casaco e do colete. Deslizou uma mão pela cintura dele e com a outra acariciou suas costas, apenas o tecido da camisa entre ela e a pele nua dele. Gervase segurou o traseiro dela e ergueu-a contra o corpo. Se pudesse tê-la puxado para dentro de si, ter tomado a dor dela para si e a aliviado do fardo, teria feito isso.

Gervase beijou os lábios dela, o queixo, o pescoço. Ela roçou o corpo no dele, os seios pressionados em seu peito, a barriga em sua ereção.

– Por favor. – A voz dela era rouca, os lábios se movendo contra os dele. – Por favor. Ah, por favor.

– *Chérie*.

Gervase recuou alguns passos e sentou-se no sofá, puxando-a junto. Mas em vez de se virar de lado e se acomodar no colo dele, Morgan se sentou de frente para ele, com as pernas abertas, e o frenesi da paixão dos dois continuou inabalado. Gervase levantou as saias dela para lhe dar mais liberdade de movimento, então passou a mão por baixo delas para acariciar a parte interna da coxa da moça, até encontrar o centro úmido e quente de seu prazer.

Lady Morgan agarrou a cabeça dele com as duas mãos e puxou-a para junto dos seios enquanto gemia, ofegava e se esfregava na mão dele.

Gervase desabotoou os calções, posicionou-a sobre o membro rígido, segurou-a pelos quadris e começou a deslizar o corpo dela com delicadeza. Mas Lady Morgan não o deixou ser gentil. Pressionou o corpo para baixo com força e gritou quando ele a penetrou por completo.

Alguma parte da mente dele registrou o fato óbvio de que ela era virgem, mas se ele estava determinado a ser gentil apenas por instinto, o instinto não havia adiantado de nada. A jovem o arrastou para seu próprio frenesi de paixão e os dois chegaram a um acordo tácito de alcançar juntos um estado de prazer, de paz e de esquecimento enquanto seus corpos latejavam e arfavam.

Por incrível que pudesse parecer – e teria sido incrível se Gervase estivesse conseguindo pensar –, Morgan ficou com o corpo tenso um instante antes de ele arremeter mais uma vez e se aliviar dentro dela, e gritou novamente. Mas agora, pelo abandono do clímax sexual em vez da dor e do choque da primeira penetração.

Eles permaneceram abraçados por mais um ou dois minutos até a Terra voltar a girar em seu curso normal.

O primeiro pensamento racional de Gervase pareceu surgir do nada. Mas foi claro e malévolo.

Agora, disse o pensamento, ele se vingara de Bewcastle à altura.

Ele estava sentado em um canto do sofá e ela se encontrava aconchegada no colo dele, as saias decentemente arrumadas ao redor das pernas mais uma vez. Um dos braços do conde a envolvia e ele repousava a cabeça no encosto do sofá. Por incrível que parecesse, Morgan percebeu que estivera cochilando. Mas não acreditava que lorde Rosthorn havia feito o mesmo. Achava que ele estava acordado, embora em silêncio.

O que acontecera entre eles fora algo de que ela precisara, e não se arrependia. Mas *ficaria* arrependida se aquilo mudasse a natureza da amizade dos dois. E como poderia não mudar? Procurara o conde porque ele era o amigo mais querido que tinha no mundo. Agora, mesmo que apenas dessa vez, lorde Rosthorn fora amante dela. Não, as coisas jamais voltariam a ser como antes entre eles.

– Não deve se culpar – disse ela sem se mover, pois poderia apostar que ele *estava* se culpando. – Isso não foi culpa sua de modo algum.

Morgan percebeu que uma das mãos dele se encontrava pousada em seus cabelos. Seus dedos acariciavam suavemente o couro cabeludo dela, provando que estava mesmo acordado.

– Talvez, *chérie* – disse ele –, não devêssemos pensar no que aconteceu em termos de culpa. Isso implicaria que houve algum erro. Não foi errado, apenas prematuro. Conversarei com o duque de Bewcastle quando a levar para casa.

Morgan então endireitou o corpo, se sentou e se virou para encará-lo com uma expressão consternada. Deveria ter imaginado que ele reagiria exatamente daquela maneira tola. Era um cavalheiro, afinal.

– Sobre se *casar* comigo? – perguntou ela. – Com certeza não vai fazer isso.

Ele sorriu languidamente para ela, sem levantar a cabeça.

– Vou pedi-la em casamento, *chérie*. Pode não aceitar, é claro, embora eu a aconselhe a não fazer isso.

– É claro que não aceitarei! – retorquiu ela. Morgan piscou os olhos com força quando eles se encheram de lágrimas. Ela quase *nunca* chorava. – Não estrague as coisas, lorde Rosthorn. Tem sido meu amigo mais precioso durante esses dias terríveis. Até mesmo esta noite foi meu amigo, me confortou da maneira que eu precisava. Não estrague tudo agora, acreditando que precisa me pedir em casamento.

– Mas talvez eu deseje fazer isso, *chérie* – ponderou ele. – Talvez eu a ame.

– O senhor *não* me ama – retrucou Morgan. – Sente compaixão por mim por causa de... por causa de Alleyne. E acredito que goste de mim, e me respeite, como gosto do senhor e o respeito. Há um certo tipo de amor nesses sentimentos, mas não é o mesmo tipo de amor que sentem duas pessoas prontas para se comprometer uma com a outra para o resto da vida.

– *Chérie*, eu estive dentro do seu corpo. Tirei a sua virgindade.

... *dentro do seu corpo*. Morgan sentiu o rosto quente.

– Esse é exatamente o meu argumento – falou. – Se houvéssemos apenas nos sentado neste sofá depois de eu ter aparecido para lhe contar a notícia que recebera, o senhor não estaria agora me dizendo que teria que conversar com Wulf. Estaria?

Ele continuou a sorrir para ela, mas não respondeu.

– Está vendo? Não pode dizer que estaria. Não consegue mentir. Não me casarei com o senhor, lorde Rosthorn, apenas porque tivemos relações íntimas.

– *Chérie*. – Ele segurou o rosto dela com a mão em concha. – Não vamos brigar por causa disso. Não esta noite. Lamento por lorde Alleyne Bedwyn. Mais do que posso lhe dizer.

As lágrimas antes reprimidas voltaram aos olhos dela.

– Achei que se negasse a verdade por bastante tempo, estaria mais bem preparada para quando *finalmente* tivesse que admiti-la – comentou Morgan. – Imaginei que minhas emoções já estariam prontas para o pior do sofrimento. Só que não estavam. E então hoje, quando vim até aqui, pensei... acho que pensei... Mas o sofrimento não passou. Acho que, na verdade, nem sequer começou ainda.

– Suponho que não tenha mesmo começado. – Ele puxou a cabeça dela para si e beijou-a suavemente nos lábios mais uma vez. – E desejaria confortá-la. Mas *não há* conforto, *chérie*. Um luto assim precisa ser vivido. Você precisa ir para perto de sua família. Tem que voltar para a Inglaterra.

Morgan sentiu uma enorme saudade de Wulfric... e de Freyja e dos outros irmãos. Os irmãos que lhe *restavam*.

– Sim – disse.

– Eu a levarei – falou o conde. – Partiremos amanhã.

– Mas não posso lhe pedir uma coisa dessas – respondeu Morgan, fitando-o com o cenho franzido.

– E não pediu – disse ele. – Vamos partir cedo. Eu a acompanharei de volta à casa da Sra. Clark agora e poderá arrumar seus pertences.

O conde a colocou de pé e estava se inclinando para pegar o xale dela.

Não poderia voltar sozinha para a Inglaterra, pensou Morgan. Não importava como gostava de pensar em si mesma, havia certas coisas que não tentaria fazer sem um acompanhante. Viajar de um país para outro era uma dessas coisas. Ela se esquecera completamente da oferta de Sir Charles Stuart de tomar as providências necessárias para mandá-la para casa.

– Obrigada – falou, envolvendo o corpo com o xale e estremecendo, apesar de a noite estar quente.

Os braços de Gervase já não estavam mais envolvendo-a.

Ele manteve o braço dela junto a seu corpo enquanto a levava à casa da Sra. Clark. Não deveria precisar de tal apoio, pensou Morgan, mas sentia-se grata por ele. Sua mente enfim se dera conta da realidade – e da dor. Alleyne estava morto. No dia seguinte ela iria para casa. Teria que dar a notícia a Wulfric.

E, naquela noite, tivera relações íntimas com o conde de Rosthorn. Não era de espantar que suas pernas estivessem bambas.

Havia muito em que pensar, muito a sentir. Morgan não falou durante o caminho. Nem o conde. Ela não reparou em nenhuma das pessoas por que passaram nas ruas. Não percebeu sequer que lorde Rosthorn havia dito boa noite duas vezes a conhecidos.

– A Sra. Clark com certeza está esperando a senhorita – disse ele ao se aproximarem da casa. – Entre agora, *chérie*, e descanse, se conseguir. Será uma longa viagem.

– Sim, obrigada.

Ele subiu os degraus da entrada com ela. Mas, mal levantara a mão para bater, a porta já foi aberta pela Sra. Clark, que tinha no rosto uma mistura de preocupação e alívio.

– Ah, graças a Deus! – exclamou com fervor. – Já estava quase enlouquecendo de preocupação. Estou tão feliz que a tenha encontrado, milorde.

– Vou acompanhar Lady Morgan de volta à Inglaterra amanhã, madame – avisou o conde. – Voltarei aqui o mais cedo possível pela manhã. Mas, antes, terei que contratar uma camareira para acompanhá-la.

– Essa será a melhor solução, mesmo que não seja a ideal – concordou a Sra. Clark –, já que não posso ir com ela. Venha, minha querida. – Ela passou o braço pelos ombros de Morgan. – Venha até a cozinha e lhe prepararei aquela xícara de chá que prometi mais cedo.

Morgan cedeu à tentação de ser cuidada, ao menos por algum tempo. Os pensamentos e as emoções, naquele momento, tinham-na esgotado.

Foi uma longa e tediosa viagem de volta para casa, embora Morgan, mais tarde, não fosse capaz de dizer se durara um dia ou uma semana. Ela procurou manter o sofrimento escondido no fundo da mente e do coração, para não precisar lidar sozinha com tamanha dor – ou para não acabar agindo de forma inapropriada mais uma vez, como fizera com o conde de Rosthorn, nos aposentos dele. Estava muito envergonhada por tê-lo forçado a tamanha indiscrição e por tê-lo feito se sentir culpado, achando que devia pedi-la em casamento.

Morgan tinha uma nova camareira, uma jovem que quase não falava inglês e que sabia muito pouco sobre os deveres do cargo. Mas a moça fora contratada, é claro, apenas para que o mínimo de decoro fosse observado. Ilse voltaria a Bruxelas assim que Morgan chegasse a Londres. O conde de Rosthorn lhe explicara isso.

Morgan mal o viu no trecho entre Bruxelas e Ostend. Ele cavalgou ao lado da carruagem alugada enquanto ela permaneceu sentada lá dentro, em silêncio, com Ilse. Mas isso mudou durante a travessia marítima até Harwich, na Inglaterra. Ilse ficou terrivelmente enjoada e não conseguiu deixar a cabine que dividia com a patroa. Morgan, por outro lado, não suportou permanecer abaixo da linha do convés. Precisava caminhar pelo deque do navio, ou ficar parada na amurada, ou se sentar em algum lugar aberto, onde pudesse sentir a maresia no rosto, respirar seu frescor e deixar o olhar se perder na eternidade.

Ela não dava a menor importância às normas de decoro.

Sentia-se abatida pelo fardo solitário de ser a única na família que sabia da terrível verdade. Tentou ensaiar mentalmente o que diria, mas nem na imaginação encontrou as palavras. Ela mesma mal conseguia acreditar no que tinha acontecido. Não havia corpo, nem qualquer outra prova tangível de que Alleyne estava morto. Se fechasse os olhos, Morgan conseguia ver o rosto belo e sorridente do irmão, e ouvir a voz leve e brincalhona, como se ele estivesse bem ali, ao lado dela. Às vezes ela se pegava abrindo os olhos de repente, como se fosse surpreendê-lo encarando-a e rindo da ótima peça que lhe pregara.

O conde de Rosthorn era a única e constante companhia de Morgan no deque do navio, embora houvesse outras pessoas a bordo que ambos conheciam. Mas ela não conseguia ser sociável e, portanto, se revestia de sua expressão mais altiva e distante e permanecia sentada longe de todos. O conde estava sempre a seu lado. Normalmente os dois permaneciam em silêncio. Às vezes, conversavam sobre assuntos dos quais Morgan não se lembrava depois. Certa vez, quando estavam na amurada do navio e o vento mais parecia uma ventania, todos desceram para a linha abaixo do convés, mas ele permaneceu ao lado dela, ajeitou-lhe a capa e passou o braço a seu redor, em um gesto de conforto. Os dois ficaram daquele jeito por uma hora ou mais.

Mesmo procurando manter o coração entorpecido, Morgan estava muito consciente de que agora conhecia o conde de um modo muito diferente de antes. Mas ele não fez referência ao incidente, e ela não conseguia obrigar a própria mente a lidar com o presente. Apenas se sentia grata por eles terem encontrado um modo de retomar a amizade que haviam desenvolvido desde o baile dos Richmonds.

Se houvesse ocorrido a Morgan que era impróprio estar sozinha no deque com ele sem a presença da camareira, que tanto isso quanto a proximidade dela com o conde podiam muito bem suscitar comentários entre os outros passageiros, e que esses comentários poderiam se espalhar rapidamente quando todos desembarcassem, ela teria afastado esses pensamentos com desprezo. A vida dela não era da conta de ninguém a não ser ela mesma – e Wulfric, mas *ele* entenderia assim que a irmã explicasse a situação.

Mais do que qualquer coisa no mundo, Morgan queria estar em casa – em Lindsey Hall, ou na Casa Bedwyn, em Londres, *em qualquer lugar* onde estivessem seus irmãos e sua irmã. Em qualquer lugar onde estivesse Wulfric. Ele tiraria o fardo dos ombros dela. Saberia o que fazer. Ainda assim,

Morgan temia voltar para casa mais do que já temera qualquer coisa na vida. Como ela os encararia? O que *diria*?

Eles desembarcaram em Harwich em uma tarde chuvosa, com muito vento. Mais parecia um dia de outono do que de verão. Ficariam na estalagem Harbour Inn, perto do cais, explicara o conde de Rosthorn, apontando na direção do lugar, e continuariam a viagem para Londres pela manhã.

– Eu lhe conseguirei um quarto em um instante – prometeu ele. – Então procurarei uma carruagem para alugar enquanto a senhorita descansa. Mais um dia e estará em casa.

Morgan segurou a aba do chapéu para que ele não voasse com o vento e o encarou com o cenho franzido.

– Tenho sido muito egoísta – falou –, pensando apenas em mim durante toda a viagem. O senhor está na Inglaterra pela primeira vez em nove anos.

– É verdade, *chérie* – retrucou o conde, com um sorriso. – E, até agora, sobrevivi ao choque.

Pela primeira vez, Morgan se deu conta de que aquela viagem, aquela chegada, devia ser um desafio tão grande para ele quanto para ela. O conde teria que se encontrar com pessoas que não via fazia nove anos. Se veria forçado, de certo modo, a retomar as rédeas de uma vida que abandonara quando era ainda muito jovem. Será que ela o tinha forçado a fazer isso antes que ele estivesse realmente preparado? Morgan o encarou, agora com um profundo remorso. Poderia ter conversado com ele sobre essas coisas durante aquelas horas silenciosas no navio. Em vez disso, estivera absorta em si mesma. Mas resolveu que seria *ele* o assunto dos dois durante o jantar.

– Espero que seja um retorno feliz para o senhor – disse.

Lorde Rosthorn passou a mão enluvada dela por seu braço e sorriu.

Ilse, recuperada da indisposição agora que estavam em terra firme, caminhava atrás deles enquanto seguiam na direção da estalagem, os rostos abaixados para se protegerem da chuva e do vento. Foi um grande alívio quando enfim entraram no prédio e viram o fogo aceso na enorme lareira do salão de recepção. Morgan foi na direção da lareira, sacudindo as gotas de chuva da capa, enquanto o conde de Rosthorn seguia até o balcão.

Como se sentia diferente, então, do que na última vez em que estivera em Harwich, menos de dois meses antes... Com certeza, na época, sentira-se dez anos mais nova do que se sentia naquele momento. Se ao menos pudesse voltar no tempo, fazer com que tudo transcorresse de outra maneira... Mas como? Dando um chilique nos portões de Namur e insistindo em que Alleyne parasse o que estava fazendo e a levasse de volta à Inglaterra naquele mesmo instante?

Morgan estendeu as mãos para o calor do fogo e virou a cabeça para observar lorde Rosthorn fazendo os arranjos necessários para o pernoite deles. De repente, pegou-se olhando para um cavalheiro alto, vestido com elegância, que atravessava o salão na direção da porta de saída.

Wulfric!

Por um instante, Morgan ficou tão chocada que não conseguiu se mexer, ou chamar o irmão.

Ele não a vira. Mas *vira* o conde de Rosthorn. Wulf parou abruptamente, o rosto uma máscara de frieza, os olhos semicerrados, as narinas dilatadas.

Mas Morgan não percebeu isso. Acabara de reencontrar a própria voz e a agilidade das pernas.

– Wulf! – gritou, e correu na direção dele, o pânico impulsionando-a. – *Wulf!*

Wulfric não era o tipo de homem em cujos braços alguém normalmente pensaria em buscar conforto. Mas, naquele momento, ele representava para Morgan solidez, segurança e carinho. Ela se jogou nos braços dele e sentiu o conforto da presença do irmão quando ele a envolveu com os braços.

Mas o momento foi breve. Wulfric a segurou com firmeza, afastou-a e a encarou brevemente antes de se voltar para o conde de Rosthorn. A expressão dele poderia ter feito estalactites estremecerem.

– Sem dúvida, alguém vai me dar uma explicação – disse Wulfric em seu tom mais suave, que com certeza era também o mais perigoso.

Ele decerto tinha ouvido uma coisa ou duas por aí, uma parte da mente de Morgan disse a ela. A condessa de Caddick certamente andara ocupada contando histórias. Mas não era isso que assombrava Morgan. Ela nem sequer parou para se perguntar o que o irmão estava fazendo em Harwich. O pânico tinha dado um nó em seu estômago, provocando ânsias de vômito.

– Wulf – falou com a voz tão trêmula que as palavras saíram truncadas. Ela passou a mão pela capa do irmão e esqueceu qualquer ideia de dignidade, e também os discursos que havia ensaiado. – Wulf, Alleyne está morto.

Então tudo o que Morgan conseguiu ouvir foram os próprios dentes batendo.

Os olhos prateados e frios mudaram. Algo – alguma luz – se apagou, deixando-os opacos e inexpressivos. As mãos dele pareciam faixas de aço nos braços dela. Então Wulf assentiu com a cabeça uma vez, duas, depois outra, e mais outra, de forma lenta e quase imperceptível.

– Ah – disse ele com a voz tão distante que Morgan mal escutou.

Foi um momento realmente apavorante – Wulfric sem palavra ou ação. Morgan nunca presenciara uma cena assim. De repente, o irmão mais velho era um ser humano que poderia, a qualquer momento, mostrar uma vulnerabilidade da qual nunca o julgara capaz. Ela *não queria* que ele fosse um ser humano. Queria que continuasse a ser seu irmão mais velho, Wulfric, o invencível duque de Bewcastle. Naquele momento, não queria ter 18 anos e ser uma mulher. Queria voltar a ser criança e estar orbitando em segurança ao redor do poder imutável de Wulf.

Mas o momento de quase vulnerabilidade passou. Os olhos frios voltaram a se concentrar em lorde Rosthorn e ele voltou a ser o Wulfric de sempre. Suas mãos soltaram os braços de Morgan. Ela abriu a boca para fazer as apresentações necessárias, mas Wulfric falou primeiro.

– Ora, *Rosthorn* – disse, com uma leve ênfase no nome.

– Bewcastle – falou o conde. – Minhas mais sinceras condolências. Estou acompanhando Lady Morgan e a camareira de volta a Londres. Que tal encontrarmos uma sala onde possamos conversar com mais privacidade? Você merece uma explicação.

Morgan olhou de relance para o conde. Seu modo de falar parecia diferente, as palavras mais bem marcadas, precisas, o sotaque francês quase imperceptível. Ele encarava Wulfric com um olhar duro e o maxilar cerrado. Wulfric certamente *ouvira* alguma coisa, e lorde Rosthorn sabia disso. E agora ela ficaria presa entre o orgulho e o infernal senso de honra de dois cavalheiros.

Apenas um momento depois de ela ter contado a Wulf que Alleyne estava morto.

– Acredito que possamos dispensar as explicações – retrucou Wulfric. – Depois da visita que Lady Caddick me fez ontem, eu estava a caminho de Bruxelas para encontrar Lady Morgan e trazê-la pessoalmente para casa. Agora parece que o motivo original da viagem já não existe mais, embora talvez eu precise prosseguir com ela, para cuidar das providências necessárias para trazer o corpo do meu irmão para casa. – Morgan observou a mão do irmão se fechar ao redor do cabo do monóculo, os nós dos dedos muito brancos. – De qualquer modo, sua companhia pode ser dispensada, Rosthorn. Cuidarei da segurança de Lady Morgan de agora em diante. Um bom dia para você.

Morgan olhou para ele, espantada. Wulfric nem sequer iria ouvir uma explicação? Não iria agradecer a lorde Rosthorn por tê-la acompanhado de volta para casa? Nem mencionaria exatamente do que Lady Caddick o acusara? E era imaginação dela ou os dois homens se *conheciam*?

Ela virou a cabeça para olhar para lorde Rosthorn. A expressão dele ainda era tensa, o maxilar muito cerrado, os olhos duros. Mal conseguia reconhecê-lo. Mas ele a olhou de volta e fez uma reverência profunda e formal.

– Adeus, *chérie*.

– Está *partindo*, então? – perguntou Morgan.

Simples assim?

Mas ele já tinha dado as costas a Morgan e Wulfric e se encaminhava com longas passadas em direção à rua. Não poderia deixá-lo simplesmente ir embora, pensou Morgan. No entanto, antes que pudesse dar um passo para ir atrás dele, Wulfric voltou a segurá-la pelos braços e voltou-a, de olhos arregalados, para que o encarasse.

Ele não achara necessário encontrar uma sala particular quando lorde Rosthorn sugerira. Mas devia ter feito algum sinal para alguém na recepção, porque em um instante os dois irmãos estavam sendo conduzidos, cheios de mesuras, para um cômodo privado, e a porta logo foi fechada para deixá-los a sós.

Morgan sentiu as pernas bambas de novo quando percebeu mais uma vez a enormidade do momento. O amigo mais querido que tinha se fora, tão rápida e inesperadamente que ela não tivera sequer a chance de dizer adeus. Mas estava em casa. Wulfric encontrava-se ali e ela já se aliviara do fardo do terrível segredo que guardava.

O irmão agora a encarava com os pálidos olhos cor de prata. A mão, em um gesto familiar, já estava ao redor do cabo do monóculo.

– Você agora vai me contar, Morgan, se puder – disse ele –, como Alleyne perdeu a vida.

Ela o encarou com firmeza, ignorando o latejar nos ouvidos, a frieza na cabeça e a fraqueza das pernas.

– Ele morreu na Batalha de Waterloo – respondeu ela.

CAPÍTULO XI

A chuva fina ainda caía e o vento ainda soprava, frio. Mesmo assim, Gervase seguiu com seu cavalo alugado a um passo próximo do galope, sem levar em consideração o perigo ou o desconforto.

Fora sumariamente dispensado. Bewcastle, que decerto ouvira o bastante de Lady Caddick para que se pusesse a caminho de Bruxelas, primeiro pedira uma explicação, mas logo se recusara a ouvir qualquer esclarecimento. Apenas mandara o antigo inimigo embora como se ele não fosse nada ou ninguém.

Gervase fervilhava com um ódio que voltara à tona assim que colocara os olhos em Bewcastle. Era uma ira em que ele ainda não parara para pensar. Um sentimento que o cegava, que fazia sua mente latejar e embotava seu julgamento. Mas uma coisa o satisfizera: apesar de todo o seu controle frio, Bewcastle ficara claramente abalado. E ficaria ainda mais, jurou Gervase. O assunto entre eles ainda não terminara.

Ah, não, não estaria terminado por muito tempo.

Gervase desviou o cavalo para a beira da estrada para dar passagem a um coche de correspondência que seguia na direção oposta, levantando água e lama. Então retomou o caminho, em um ritmo mais cauteloso e prudente.

Logo faria uma visita ao duque de Bewcastle, em Londres. Mas não *tão* rápido. Mesmo sentindo tanto ódio, ele reconhecia a necessidade de alguma decência. A família Bedwyn precisava de tempo para lidar com o luto por um irmão.

Ela precisava de tempo. Tolamente, Gervase tentava não associar um nome ou um rosto à única pessoa que poderia abalar sua determinação. E era a mesma pessoa que lhe dera a abertura de que precisava para causar um prejuízo duradouro.

Nesse meio-tempo, as fofocas de Bruxelas e do navio se espalhariam por Londres, e os Caddicks, sem dúvida, atiçariam o fogo – que logo chegaria a tal proporção que se tornaria um enorme escândalo na capital inglesa.

Não voltaria de imediato a Londres, decidiu. Já estava na hora de ir para casa, para a Chácara Windrush, em Kent. Estava na hora de dar um jeito de retomar sua vida do ponto em que a deixara, nove anos antes. Mas se perguntava se isso seria possível. Não era mais o homem que fora na época, ou o que estivera prestes a se tornar.

Gervase prosseguiu cavalgando, plenamente consciente de que estava mais uma vez na Inglaterra, e também de que sua recepção não estava sendo calorosa. O cenário em que se encontrava era sombrio e cinzento, com nuvens baixas e pesadas. Gotas de chuva pingavam da aba de seu chapéu e escorriam-lhe pelo pescoço. A estrada à frente cintilava com lama e poças que podiam indicar pequenas depressões no terreno ou buracos fundos – não havia como saber a menos que se fosse imprudente o bastante para pisar em uma delas. Talvez, pensou Gervase, fosse mais inteligente permanecer em Harwich e conseguir uma passagem no primeiro navio de volta ao continente.

Mas ele tinha negócios a tratar ali, na Inglaterra. Já estava na hora.

Continuou em frente.

E, sem conseguir evitar, pensou em Lady Morgan Bedwyn – preciosa em sua adorável juventude no baile dos Camerons; altiva, inteligente e atraente no piquenique na floresta de Soignes; desarrumada, linda e inabalável nos portões de Namur, inclinada sobre os trapos sangrentos de um ferido; com os olhos arregalados de dor nos aposentos dele na Rue de Brabant; dominada pela paixão enquanto buscava conforto em seus braços. Uma mulher fascinante, de muitas facetas.

– Maldição! – Gervase puxou as rédeas do cavalo quando percebeu que havia voltado a colocar o animal a galope. – Maldição!

Como poderia usá-la...

Mas já fizera isso, é claro.

Já a usara.

Por dez dias, Morgan pareceu viver em uma bruma fora da realidade. Ela explicou tudo a Wulfric, a maior parte em um jorro de palavras naquele cômodo privado da Harbour Inn, o resto em resposta às perguntas determinadas que o irmão lhe fizera ainda na estalagem e também durante a interminável viagem de volta a Londres, no dia seguinte.

Ela contara a Wulf sobre o desaparecimento de Alleyne e sobre a carta que reaparecera mais tarde, que parecia ser a prova incontestável de que ele fora morto. Contara sobre os Caddicks e sobre a determinação deles de voltar para casa, sobre sua recusa a ficar em Bruxelas com ela. Contara sobre o abrigo temporário que recebera na casa da Sra. Clark e sobre todo o trabalho que as duas, assim como as outras esposas do regimento, haviam tido cuidando dos feridos.

Morgan logo percebeu que a história que Lady Caddick, muito indignada, contara quando aparecera na Casa Bedwyn fora bastante diferente da dela. A mulher não fizera qualquer menção ao desaparecimento de Alleyne, ou ao fato de Morgan estar cuidando dos feridos. Na versão da condessa, Morgan simplesmente se comportara como uma jovem cabeça-dura, desobediente e cheia de caprichos, que se recusara a abrir mão dos prazeres da cidade e da companhia de cavalheiros inapropriados – mais precisamente, o conde de Rosthorn – que voltavam suas atenções para ela.

– E você acreditou que eu fiquei em Bruxelas por motivos tão frívolos, Wulf? Me conhece tão pouco assim? – perguntou Morgan com altivez, virando a cabeça para olhar pela janela da carruagem.

– Parece que sim – admitiu ele. – Eu não esperava que você fosse ser tão ousada a ponto de dispensar uma acompanhante como se fosse um chapéu velho. No entanto, também não imaginei que sua acompanhante fosse abandoná-la. Tive uma conversinha com Lady Caddick sobre o assunto antes que ela partisse de Londres.

Morgan adoraria ter sido uma testemunha invisível daquele encontro em particular, que, sem dúvida, deixara a condessa se sentindo do tamanho de um verme.

Ela tentara várias vezes falar com o irmão sobre a bondade com que o conde de Rosthorn a tratara, mas Wulfric sempre ouvia sem comentar e logo mudava de assunto. Ele não conseguiria compreender, é claro, que as duas últimas semanas haviam sido completamente diferentes do normal, que as regras usuais de decoro tinham se tornado irrelevantes no julgamento dela. Mas havia, e não era possível negar, a grande culpa em relação ao que acontecera entre ela e o conde naquela última noite em Bruxelas. Era difícil acreditar que qualquer um dos dois tivesse mesmo permitido que aquilo ocorresse.

– Você já conhecia o conde de Rosthorn? – perguntara Morgan a Wulfric em determinado momento da viagem.

– O bastante para saber que não é um acompanhante adequado para você – retrucara ele. – Acredito que essa estalagem da qual estamos nos aproximando é a que foi determinada para a nossa próxima troca de cavalos. Vou precisar de uma explicação para o fato de estarmos meia hora atrasados.

Nove anos antes, Wulf tinha 24 anos. Sem dúvida, conhecera o conde. E sem dúvida, também, sabia do escândalo que o mandara para um longo exílio. Morgan estava prestes a perguntar ao irmão sobre esses sórdidos eventos, mas ficou quieta. O conde de Rosthorn nunca dera a informação voluntariamente. Ela não tentaria agora arrancá-la de Wulfric, que já deixara clara sua hostilidade em relação ao homem.

Morgan sentia saudades dele. A despedida dos dois havia sido tão súbita, tão abrupta... O conde deixara um vazio na vida dela. Morgan se perguntava se ele apareceria, como dissera que faria, para pedir a mão dela ao irmão. Esperava que não. Mas quando ele simplesmente não apareceu, quando nem sequer fez uma visita para saber como ela estava, ou para oferecer suas condolências oficiais, Morgan ficou bastante desapontada, magoada mesmo.

Tentava não pensar nele. O conde não lhe devia nada, afinal – apesar de que o senso de honra dele talvez lhe dissesse o contrário. Na verdade, era exatamente o contrário. Era *ela* quem estava em débito com *ele*.

Freyja e Joshua ainda se encontravam em Londres – o Parlamento ainda estava em sessão. Mas não eram apenas as obrigações políticas de Joshua que os mantinham ali. Freyja havia acompanhado, em sua apresentação à sociedade, tanto Morgan como Lady Chastity Moore, prima e tutelada de Joshua, que estava morando na casa deles em Londres. A jovem ficara noiva, havia pouco tempo, do visconde de Meecham, e estava muito feliz com isso. Mas, mesmo sem esses outros compromissos, era provável que o casal tivesse atrasado sua volta a Penhallow, na Cornualha, para que Freyja pudesse consultar um médico renomado. Ela se encontrava nos primeiros meses de gravidez.

Aidan viera de Oxfordshire com Eve e os filhos adotivos, Davy e Becky. Rannulf e Judith vieram de Leicestershire, embora William, seu filho, tivesse apenas pouco mais de dois meses de vida. Todos acorreram em resposta imediata às cartas que Wulf lhes escrevera e mandara por um mensageiro especial.

Deveria ser muito reconfortante para Morgan estar cercada pela família. E, em vários sentidos, era mesmo. Mas Wulfric, depois de ter explicado os fatos básicos, estava mais reticente do que o normal e passava a maior parte do tempo na biblioteca. Assim, acabava recaindo sobre Morgan a responsabilidade de responder às inúmeras perguntas que todos faziam.

Era terrível testemunhar o sofrimento dos irmãos, em geral tão inabaláveis. Freyja manteve-se firme e animada, ao menos aparentemente, embora seu rosto parecesse uma máscara de mármore, o que fazia com que Joshua permanecesse quase o tempo inteiro a seu lado, com linhas de preocupação marcando-lhe a expressão normalmente bem-humorada. Rannulf – o sincero e cordial Ralf – se retraiu quase por completo e passava a maior parte do dia no quarto das crianças, embalando o filho mesmo quando o menino estava dormindo. Aidan – o severo e austero ex-oficial de cavalaria – chorou enquanto abraçava Morgan com força, deixando escapar soluços altos e sofridos que tentou, em vão, engolir.

Havia um vazio terrível na família, uma ferida aberta no lugar antes ocupado por Alleyne.

Talvez o pior aspecto de toda aquela tragédia fosse não haver um corpo pelo qual prantear, para velar. Nada para enterrar e, assim, ter um túmulo onde deixar flores, para que as lembranças fossem se suavizando gradualmente, conforme o tempo passasse. Nenhum corpo – apenas o vazio.

Wulf organizou um serviço fúnebre que aconteceu no 11º dia depois da volta de Morgan, na Igreja de St. George, na Hanover Square. Muitas pessoas compareceram. Morgan se sentou ao lado de Wulf, no primeiro banco, e teria segurado a mão dele se ele houvesse dado entrada para isso. Mas o irmão estava mais frio, mais distante do que nunca, como se congelado dentro de um enorme iceberg. Talvez apenas uma irmã conseguisse entender que ele *realmente* estava sofrendo. Mas compreender isso era de pouco consolo para Morgan. Aidan tinha Eve, Rannulf tinha Judith e Freyja tinha Joshua. Ela não tinha ninguém, e passou toda a cerimônia com as mãos cruzadas no colo, os olhos fixos nas mãos.

O conde de Rosthorn não apareceu. Morgan perdeu as esperanças de que isso fosse acontecer quando a cerimônia terminou e a maior parte das pessoas permaneceu do lado de fora da igreja, aguardando que a família Bedwyn fosse embora primeiro. O conde não estava em nenhum lugar à vista, embora ela o tivesse procurado. E também não apareceu na Casa Bedwyn, como quase todos os que estiveram na igreja, para tomar chá.

Talvez ele não estivesse em Londres, pensou Morgan. Talvez houvesse voltado para a Bélgica, ou para algum outro lugar no continente - Paris, quem sabe. Ou podia estar no interior, na propriedade dele. Mas ela estava magoada com sua ausência. Mesmo sem contar aquela noite em Bruxelas, Morgan realmente pensara que eles eram amigos. Ele nem sequer escrevera. Não poderia ter escrito apenas para ela, é claro - não teria sido nada apropriado. Mas poderia ter enviado uma carta de condolências para toda a família.

Outras pessoas que Morgan preferiria não ter visto foram tomar chá na Casa Bedwyn depois da cerimônia. Os condes de Caddick apareceram com Rosamond. E o capitão Gordon foi junto, a aparência extremamente romântica com o uniforme completo - faltava-lhe apenas a bota de um dos pés, pois a perna ainda estava com a tala. O capitão andava com a ajuda de muletas, o valete segurando seu cotovelo, enquanto recebia olhares de admiração de vários dos presentes, na posição de herói e sobrevivente da Batalha de Waterloo.

Rosamond abraçou Morgan e relutou em soltá-la.

- Não me importo com o que os outros acham, Morgan - falou. - Sempre digo a todos que estejam dispostos a ouvir como você foi corajosa. Sinto muito por lorde Alleyne.

Ela estava engasgada demais com o choro para dizer mais.

Já a mãe de Rosamond não sofreu esse impedimento.

- Fico encantada em saber que está a salvo e em casa novamente, Lady Morgan - disse ela, com uma nota de irritação na voz. - Foi bom para a senhorita ter voltado para casa trazendo notícias tão tristes, ou ouso dizer que Bewcastle teria deixado claro o desprazer que sentiu por sua desobediência e seu egoísmo em relação a mim, de um modo que a senhorita não apreciaria nem um pouco. A princípio, ele pareceu inclinado a culpar a *mim* por partir sem a senhorita, imagine uma coisa dessas. Mas acho que percebeu o erro que estava cometendo. Na verdade, não sei como não perceberia.

Morgan apenas ergueu as sobrancelhas, encarou a antiga acompanhante com um desdém silencioso e passou para outro grupo.

Ela teria preferido evitar o capitão Gordon, mas ele se interpôs em seu caminho e pediu que conversassem em particular. Morgan se sentou com o jovem em um canto da sala de visitas, um pouco afastados dos outros. Ela o perdoaria, pensou, mas seria necessário um esforço para conseguir pronunciar as palavras. Só o perdoaria porque o capitão não tinha mesmo nenhuma importância para ela.

Os hematomas no rosto dele haviam clareado e ele parecia tão belo como sempre. No entanto, continuava difícil acreditar que, por um instante, não fazia muito tempo, ela tivesse se sentido ligeiramente atraída por ele.

– Lady Morgan – disse o capitão –, espero sinceramente que me perdoe.

– Foram dias difíceis, capitão – retrucou ela. – Acho que nenhum de nós se comportou como deveria, ou como teria se comportado em circunstâncias normais. É melhor esquecer.

– A senhorita é muito generosa – comentou ele, visivelmente aliviado. – Eu estava prestes a lutar minha primeira batalha, entende, e não estava pensando ou falando de forma racional.

Prestes a lutar a batalha? Morgan franziu o cenho.

– Por que está pedindo perdão, capitão? – perguntou ela.

Ele ficou ruborizado e não a encarou quando falou:

– Achei que talvez pudesse ter criado expectativas que não deveria, que talvez houvesse dado alguma esperança quando não tinha a intenção de sugerir nada de natureza permanente.

Morgan se deu conta de que ele não se referia ao último encontro dos dois, do lado de fora da casa da Rue de Bellevue, mas a sua conversa no baile da duquesa de Richmond.

– Achou, lorde Gordon, que eu tivesse a esperança de estarmos comprometidos? – inquiriu Morgan, com a voz muito suave.

– E-eu... – Ele pareceu envergonhado.

– Pois eu não tinha – esclareceu ela. – Se o senhor houvesse sugerido diretamente um compromisso naquela ocasião, eu teria recusado. Qualquer pedido da minha mão deve, é claro, ser feito de maneira formal e correta. Eu *jamais*, lorde Gordon, perderia a razão a ponto de me comprometer em um noivado clandestino com um homem que não houvesse se dirigido primeiro ao duque de Bewcastle. No entanto, mesmo que o senhor *houvesse* agido dessa forma, e mesmo que ele *houvesse* dado sua aprovação, eu com certeza teria recusado o pedido.

O rosto do capitão ficou ainda mais vermelho.

– Sou um ótimo partido, Lady Morgan – comentou ele, irritado. – Serei o conde de Caddick um dia.

– Não me importaria nem se viesse a se tornar príncipe de Gales – falou Morgan, levantando o queixo e olhando-o como se ele fosse algum espécime particularmente repulsivo. – O senhor não é um cavalheiro que eu julgaria merecedor da *minha* mão, capitão Gordon. Agradeço o fato de o senhor não estar pedindo perdão por seu comportamento na manhã em que partiu de Bruxelas. Em um momento de fraqueza, talvez eu o houvesse perdoado.

Ela se levantou.

– Mamãe está absolutamente certa a respeito da senhorita – disse ele, ferino. – Assim como todos.

– É mesmo? – desafiou Morgan, encarando-o com um de seus olhares mais frios.

– É arrogante demais, milady, para alguém cujo nome está sendo falado em todos os clubes e salas de visitas de Londres como o de uma mulher perdida – atacou o capitão. – Ou acha que não foi vista por toda Bruxelas de braço dado com o conde de Rosthorn e até mesmo *abraçando-o* em público na rua, ou sozinha em um navio com o braço dele nos ombros, a mão na sua, durante todo o caminho até Harwich? Até mesmo para uma Bedwyn, seu comportamento foi chocante demais para ser posto em palavras.

Ele soava como um garotinho vingativo revidando um insulto.

– E, mesmo assim – falou ela, olhando-o de cima a baixo com desdém –, o senhor encontrou palavras suficientes para ser bem eloquente, capitão. Meus parabéns.

Ela continuou a encará-lo friamente por mais algum tempo. Mas, por dentro, estava chocada. Seria mesmo verdade o que ele dissera? Haveria mesmo toda aquela *maledicência* em torno do nome dela? Porque permanecera em Bruxelas para cuidar dos feridos e para esperar notícias de Alleyne, e porque o conde de Rosthorn fora gentil o bastante para olhar por ela e acompanhá-la por Bruxelas quando ela precisara relaxar um pouco? Porque ele fora gentil o bastante para acompanhá-la até a Inglaterra quando ela precisara voltar? Havia uma camareira com ela!

Quando eles tinham sido vistos abraçados? Morgan conseguia se lembrar de apenas uma ocasião, do lado de fora da casa da Sra. Clark, quando estava tão exausta de tanto trabalhar com os feridos que dormira no ombro dele por alguns minutos. Ela ficara no degrau acima do dele depois disso e o beijara.

Sempre havia pedestres naquela rua.

Deveria ter imaginado que haveria fofoca em Londres, é claro. Os Caddicks trariam muitas com eles. E aquelas outras coisas, tão sem importância durante aqueles dias em Bruxelas, teriam mesmo parecido chocantes para as pessoas na Inglaterra, que não haviam estado lá e não sabiam como tinha sido.

E ela não era inteiramente inocente, não é mesmo? Nada inocente, na verdade. Não havia por que se indignar.

O capitão Gordon deve ter ficado fora de si de medo por, de algum modo, ter se prendido a um compromisso com ela durante o baile da duquesa de Richmond, e por Morgan poder não estar disposta a liberá-lo do acordo. Ele não teria gostado nada de ter que claudicar – literal e figurativamente – através de um escândalo sórdido de braço dado com Morgan, um herói de guerra que vencera praticamente sozinho a Batalha de Waterloo. Morgan sorriu com um desprezo frio para ele e lhe deu as costas sem dizer mais nem uma palavra.

Fora por *isso* que o conde de Rosthorn não aparecera na Casa Bedwyn durante os últimos dez dias, ou na cerimônia fúnebre daquele dia?, se perguntou. Ele se afastara de Londres – talvez até mesmo da Inglaterra – por causa das fofocas? Isso seria terrivelmente injusto.

Mas se *houvesse* sido por isso, Morgan sabia que não deveria esperar vê-lo de novo algum dia. E essa era uma ideia deprimente. Ainda mais naquele dia em especial, em que ansiava tanto por isso, por ver mais uma vez aquele sorriso preguiçoso se acender nos olhos dele, por ouvir o atraente sotaque francês, por ouvi-lo chamá-la de *chérie*. Morgan queria ter ao lado de si alguém que estivesse ali só por causa dela – um amigo querido. Mas como aquilo pareceu desprezível quando ela pensou... Não precisava dele. Não precisava de ninguém. Morgan endireitou os ombros e se juntou a outro grupo de pessoas.

Finalmente, todos partiram. O tio Rochester foi para casa com a tia, assim como Freyja e Joshua, que levaram Chastity e lorde Meecham com eles. Aidan com Eve e Rannulf com Judith haviam subido para o quarto das crianças para verem os filhos. Morgan se sentiu muito solitária, apesar de toda a sua determinação – e apesar de ter recusado o convite de Joshua para passar aquela noite na casa deles, e o de Eve e Judith para subir até o quarto das crianças. Decidiu ir à biblioteca, para ficar com Wulfric. Não o perturbaria. Queria apenas se enrodilhar em uma das poltronas de couro daquele aposento e se sentir protegida pela mera companhia do irmão.

Não bateu na porta. Abriu-a sem fazer barulho, pois pretendia se esgueirar para dentro da biblioteca sem chamar atenção para si.

Wulfric encontrava-se parado diante da lareira apagada, com os olhos fixos na abertura onde era aceso o fogo, de costas para Morgan. Os ombros dele tremiam. Uma das mãos cerradas estava apoiada no console da lareira enorme, acima da cabeça dele. E ele chorava, abafando os soluços como fizera Aidan, alguns dias antes.

Morgan ficou observando a cena, horrorizada, por um instante em que não foi capaz de se mover.

Então fechou a porta ainda mais silenciosamente do que abrira e subiu correndo as escadas até o quarto.

Se Wulf estava chorando, o fim do mundo parecia mesmo próximo.

Ela se jogou de bruços na cama e agarrou as cobertas com força.

Alleyne estava morto.

Ele se fora para sempre.

Pela primeira vez desde aquela noite em Bruxelas, Morgan se entregou ao sofrimento pela perda do irmão.

CAPÍTULO XII

O sol estava finalmente atravessando as nuvens na tarde em que Gervase chegou em casa. O cascalho que pavimentava o caminho de entrada da construção – que seguia através da floresta e acima das colinas ondulantes do parque que cercava a Chácara Windrush – estava úmido, mas não encharcado. A água pingava das folhas e as gotas cintilavam na relva. Havia um intenso aroma de verde no ar.

Gervase se lembrou de como sempre amara Windrush, como sempre se sentira grato por ser o filho mais velho, que iria herdar a propriedade, enquanto seu irmão, Pierre, era o filho destinado à igreja. Aproximar-se de lá sempre o animara.

Mas haviam se passado nove anos desde que ele estivera ali pela última vez. Na época, seu pai ainda estava vivo e as duas irmãs moravam na casa. O próprio Gervase era um jovem despreocupado, ansioso por aproveitar os prazeres da cidade e a companhia de seus pares, mas ávido também por aprender tudo o que fosse necessário saber como herdeiro do pai. Ele era basicamente um rapaz feliz, calmo, cuja vida progredia com tranquilidade por um caminho mapeado desde a infância.

Então o desastre se abatera em uma série de eventos terríveis, que mais pareceram um pesadelo, sobre os quais ele parecera não ter qualquer controle.

Ele se sentiu como se estivesse indo reivindicar a vida de outra pessoa.

Em um dos lados da casa de tijolos vermelhos havia um grande jardim, com uma treliça em arco, trilhas de pedra e um banco de ferro fundido instalado sob um antigo salgueiro. Havia três mulheres no jardim, percebeu Gervase, ao se aproximar – duas delas estavam inclinadas sobre as flores, com grandes cestas nos braços para guardar os botões, e a terceira, que só observava as outras, tinha uma criança apoiada no quadril. Um homem achava-se sentado no banco.

Uma das mulheres endireitou o corpo ao ouvir o som dos cascos do cavalo de Gervase e levantou a aba do chapéu de palha. Então ela gritou, largou a cesta no chão e correu na direção dele, segurando a barra da saia com uma das mãos. Era miúda, ainda esguia como uma jovem, os cabelos ainda escuros. O rosto mostrava o enorme prazer que sentia em vê-lo.

– Gervase! – gritou ela. – Gervase, *mon fils*.

– *Maman*!

Ele a levantou nos braços, girou com ela e voltou a colocá-la no chão.

– Você está em casa. – Ela se afastou e levou a mão ligeiramente trêmula ao rosto do filho enquanto o devorava com os olhos. – Ah, meu menino amado, e está mais lindo do que nunca.

– Enquanto a senhora continua com a mesma idade, *maman* – disse Gervase com um sorriso. – Não passa de uma menina.

Não era exatamente verdade, é claro. Havia mechas prateadas nos cabelos dela, e linhas de expressão no rosto. Mas a mãe envelhecera bem em nove anos. Ainda era encantadora.

O homem se apressou atrás dela. Ele ainda era um garoto quando Gervase o vira pela última vez. Agora era um cavalheiro de óculos, vestido com roupas sóbrias, alto, esguio e calvo.

– Pierre?

Por um instante, pareceu que os dois irmãos se abraçariam. Mas ambos hesitaram e o momento passou. Gervase estendeu a mão e Pierre apertou-a.

– Gervase – disse ele. – É bom que tenha voltado para casa. Estou feliz. Permita-me apresentar minha esposa. Emma, minha querida, este é Rosthorn.

A jovem fez uma mesura. Seus cabelos eram castanhos e ela não tinha grandes atrativos. Gervase segurou sua mão e se inclinou.

– Sra. Ashford. É um prazer. E este é o filho de vocês?

A criança o encarou com belos olhos cinzentos. Havia um halo de cachos louros ao redor do rosto gorducho.

– Este é Jonathan, milorde – apresentou Emma.

– Jonathan.

Sobrinho dele. Gervase tinha mais um sobrinho e três sobrinhas, filhos das irmãs. A vida seguira adiante em nove anos, como se ele nunca houvesse existido.

– E aqui está Henrietta para cumprimentá-lo, Gervase – disse a mãe dele.

Henrietta era prima de segundo grau de Gervase e vivia com a família desde que seus pais morreram, deixando-a sob a responsabilidade do pai de Gervase. Ela estava mais ou menos com a mesma aparência que sempre tivera – pequena e robusta, os cabelos escuros, o rosto quadrado, nem feia, nem bonita. Nunca se casara. Devia estar com 27 ou 28 anos.

– Henrietta. – Ele sorriu e fez uma cortesia para ela.

– Gervase. – Ela também fez uma mesura, mas não sorriu.

Não fora uma recepção fria, pensou Gervase enquanto a mãe o pegava pelo braço e o levava na direção da casa e um cavalariço aparecia para cuidar do cavalo dele. Não havia sinal de hostilidade ou ressentimento da parte de nenhum deles. Mas havia um certo retraimento, um certo constrangimento, como se fossem todos desconhecidos – como, na verdade, eram.

Entre outras coisas, pensou Gervase, ele fora roubado de sua família. A proximidade que sempre caracterizara a relação entre eles voltaria em algum momento? Poderia ser recuperada? Ele sentiu a dura ausência do pai, que fora o seu grande herói.

Até que o pai o rejeitara. Completamente. Preferira escutar as mentiras e intrigas de outros a ouvir os protestos de inocência do filho que sempre alegara amar.

Fora uma terrível traição.

Pior do que a de Marianne.

Pior do que a de Bewcastle.

Fora devastador.

Durante os dias que se seguiram, havia criados com que se reunir e um capataz com quem falar – quase todos estranhos para ele. Tinha que inspecionar a fazenda e explorar o parque – ambos conhecidos, mas, de algum modo, totalmente diferentes. Precisava visitar arrendatários e receber os vizinhos – depois que a notícia de sua volta se espalhou, as pessoas começaram a aparecer para cumprimentá-lo. Se sabiam o motivo da rápida partida dele para o continente e de sua demora em voltar, nada foi mencionado. Na verdade, um ou dois pareceram presumir que ele fora morar por algum tempo com parentes da mãe. Quase todos eram familiares a Gervase, e mesmo assim era como se fossem desconhecidos.

Ele se sentia desconfortável e pouco à vontade na própria casa. Sempre que pensara em voltar, imaginara que tudo e todos fossem estar exatamente como os havia deixado. Pensara que ele mesmo voltaria a ser como era antes.

Mas tudo mudara, ele mais do que tudo.

E Gervase se ressentia disso. Muito. Porém, depois de alguns dias, percebeu que não poderia simplesmente voltar para o continente e continuar com a vida perdulária que tivera nos últimos anos. Como voltara para casa, não conseguiria retornar àquela rotina. Era, naquele momento, um homem no limbo, que não pertencia a ninguém ou a lugar algum.

Não que houvesse alguma razão concreta para reclamar. A mãe era bastante devotada a ele.

Certa manhã, Gervase perguntou-lhe pelos vizinhos que estavam ausentes. Várias famílias encontravam-se em Londres, para a temporada social. Na verdade, Gervase escapara por pouco de encontrar a casa vazia. A mãe e Henrietta planejavam partir para Londres também em poucos dias, para fazer algumas compras, ir ao teatro e, talvez, comparecer a alguns eventos selecionados da aristocracia.

A mãe o encheu de histórias sobre os vizinhos, atualizando-o sobre o que perdera naqueles anos. Ele percebeu que houve algumas mudanças significativas, muito poucas perdas nas famílias, muito poucas novidades.

– E o marquês de Paysley? – perguntou Gervase. – Ele tem vindo muito a Winchholme nos últimos tempos, *maman*?

Esperava que o homem não estivesse lá naquele momento. Haveria todo um dilema para decidir se ele deveria ir fazer uma visita ou não. Mas Winchholme era uma das menores propriedades do marquês. Ele nunca passava muito tempo ali.

– Ah, mas o marquês de quem você se lembra morreu há algum tempo, Gervase – contou a mãe, afastando-se um pouco para o lado para que o mordomo pudesse lhe servir uma segunda xícara de café. – Não lhe contei isso em uma das minhas cartas, *mon fils*?

Ela dirigiu um rápido sorriso ao filho, mas logo voltou a se concentrar em mexer o açúcar na bebida.

– Não – respondeu Gervase.

A mãe sabia que não havia contado, é claro. Não era algo que ela teria mencionado.

– O novo marquês não é proprietário de Winchholme – continuou ela. – Não foi passada automaticamente como herança para ele. O antigo marquês a deixou para a filha, em testamento.

Gervase encarou a mãe, muito sério. O marquês tivera uma única filha.

– Para Marianne? – perguntou. – E ela mora lá?

– Sim, mora – respondeu a mãe. – Talvez você devesse ir até lá e conversar com ela. Seria muito desagradável para vocês ficarem se evitando pelo resto da vida, quando moram a poucos quilômetros de distância um do outro, não é mesmo? Tudo aconteceu há tanto tempo...

Gervase encarou a mãe, em silêncio. Sim, fazia muito tempo, era verdade – tempo que ele passara todo no exílio. A mãe esperava mesmo que ele pudesse perdoar e esquecer, deixar tudo para trás? Gervase conhecera Marianne ainda criança. As irmãs dele e Henrietta brincavam com ela. E ele também, de vez em quando. Então ela o traíra da forma mais terrível.

– Henrietta e ela ainda são amigas – continuou a mãe, quando ficou óbvio que o filho não faria nenhum comentário. – Você não pode ignorar inteiramente a existência de Marianne.

– Quem é o marido dela? – indagou Gervase.

– Ela nunca se casou. Linda como é, nunca encontrou um homem que a agradasse. Prometa-me que vai visitá-la.

– Não! – exclamou Gervase, com mais rispidez do que pretendia. – Não, eu não farei isso, *maman*. Não consigo pensar em Marianne com o mínimo de gentileza.

Na verdade, magoava-o ver que a mãe aceitava Marianne como vizinha com tamanha complacência, e que não desencorajara a amizade entre ela e Henrietta. E também o magoava saber que a prima não rompera com a antiga amiga. Ninguém se importava com o fato de ele ter sido privado da própria vida quase como alguém que leva um tiro no coração? O que haviam imaginado, que ele estava se *divertindo* no continente?

Mas mesmo nos recônditos de sua mente, aquelas reclamações começavam a soar a Gervase como uma autopiedade irritante. Ele se levantou, beijou a mão da mãe e pediu licença para ir cuidar dos negócios do dia.

A antiga vida se fora, jamais seria recuperada. Os anos dele de vagar pelo mundo, os tempos de esbanjamento haviam passado. Estava na hora de criar uma nova vida para si mesmo. E aquela nova fase, é claro, envolveria uma viagem a Londres em um futuro próximo. Ele só não sabia exatamente quando.

Gervase estava em casa havia uma semana quando Horace Blake foi visitá-lo. Blake era um dos vizinhos que estavam em Londres quando ele chegara, e tinha voltado na véspera. Era alguns anos mais velho do que Gervase, mas mesmo assim os dois se davam bem antes do exílio do conde. Agora, eles trocaram um aperto de mãos e se acomodaram na biblioteca, um de cada lado da lareira, cada qual com uma bebida na mão.

– Ora, Rosthorn, pelo que ouvi dizer, você continua o mesmo demônio de sempre – comentou Blake com um sorriso, depois de falarem um pouco sobre amenidades.

Gervase ergueu as sobrancelhas. Nunca fora exatamente um demônio.

– Você é o assunto de Londres – continuou o amigo. – Há até apostas em todos os clubes sobre se você vai pedi-la em casamento ou não... e se Bewcastle aceitará o pedido mesmo que você o faça. Houve algum tipo de altercação com ele antes de você ir embora, não houve?

Ah. *Acontecera*, então, certo? Eles não tinham escapado das línguas ferinas da aristocracia.

– Pode-se dizer que sim – retrucou Gervase. – Presumo que esteja se referindo a Lady Morgan Bedwyn, Blake. Eu tive a honra de acompanhá-la em sua volta de Bruxelas até a Inglaterra. Ela precisava retornar rápido ao país, pois trazia a notícia da morte de um dos irmãos.

– Ah, sim – disse Blake. – Lorde Alleyne Bedwyn. Uma tragédia. Pobre rapaz. Haverá uma grande cerimônia fúnebre na Igreja de St. George, na Hanover Square, daqui a alguns dias. É bom que Lady Morgan tenha a desculpa do luto para ficar em casa até essa história estar terminada. Você realmente dançou sozinho com ela no meio de uma floresta à noite, Rosthorn? Manteve-a em sua companhia quando os Caddicks deveriam tê-la trazido de volta para a Inglaterra? Beijou-a no meio de uma rua de Bruxelas? Ficou sozinho com ela no deque do navio, com o braço passado sobre os ombros da moça? E então abandonou-a assim que pisou em solo inglês? Ela terá sorte se Bewcastle não deixá-la trancada em casa pelas próximas duas décadas, a pão e água.

Blake parecia estar achando a ideia divertida, e riu enquanto abaixava os olhos para o copo, girava a bebida e acabava de sorvê-la em um só gole.

Era tudo tão sensacional quanto Gervase imaginara que seria – talvez ainda mais. Dançar sozinho com ela no meio da floresta... realmente! Beijá-la no meio da rua! Levá-la com ele...

Então ele se perguntou quanto Lady Morgan deveria estar sofrendo com o escândalo. Seu palpite era de que ela estaria desdenhando de tudo aquilo, mantendo o queixo erguido, as sobrancelhas arqueadas com arrogância, desafiando a situação a ficar ainda pior. Mas, é claro, a jovem precisava lidar com Bewcastle agora, e aquele cavalheiro não era nada divertido.

Gervase mudou de assunto e a visita continuou por mais meia hora antes que ele acompanhasse o convidado até os portões do parque, a cavalo. Então voltou sozinho para casa, perdido em pensamentos.

Estava na hora, percebeu.

Deixou a montaria com um cavalariço nos estábulos e apressou o passo para chegar em casa. Subiu dois degraus de cada vez e encontrou a mãe sozinha em sua sala íntima, como esperava. Ela deixou de lado o bordado em que trabalhava e sorriu com carinho para o filho.

– *Maman* – disse Gervase. – Acho que a senhora deveria retomar seu plano de passar uma semana fazendo compras e socializando em Londres. Levará um ou dois dias para que a Casa Pickford esteja preparada para recebê-la, mas posso mandar uma mensagem para que comecem a arrumá-la imediatamente. Quando a senhora e Henrietta estariam prontas para partir? Daqui a três dias?

A mãe se levantou de um pulo, as mãos no peito, os olhos brilhando.

– E você também irá, *mon fils*? – perguntou. – Nunca me senti mais feliz na vida! Serei vista em Londres de braço dado com o cavalheiro mais lindo da cidade.

Gervase apareceu na Casa Bedwyn no dia seguinte à cerimônia fúnebre em memória de lorde Alleyne Bedwyn. Bateu a aldrava de bronze contra a porta, pediu que o mordomo o anunciasse especificamente ao duque de Bewcastle e esperou no saguão.

A casa estava silenciosa. Durante os cinco minutos em que esperou – ou em que foi mantido esperando –, não viu sinal de ninguém à exceção do criado de libré que se manteve parado, em silêncio, de guarda. Então o mordomo retornou, acenou regiamente com a cabeça e convidou lorde Rosthorn a acompanhá-lo. O homem abriu caminho até uma biblioteca no primeiro piso, um cômodo de decoração masculina, com suas quatro paredes cobertas de estantes do chão ao teto, uma escrivaninha grande de carvalho, com o topo forrado em couro, que ocupava a extremidade oposta à porta, poltronas de couro e um sofá, dispostos perto da lareira alta de mármore.

Bewcastle estava sentado atrás da escrivaninha. Ele não se levantou quando Gervase atravessou o cômodo, mas ficou observando cada passo do visitante com os olhos cor de prata velados. A biblioteca fora arrumada daquela forma de propósito, pensou Gervase, de modo que os criados ou membros da família chamados ali para responder a algum malfeito, pessoas que aparecessem para fazer pedidos ou ainda visitantes indesejados sentissem que não tinham nenhum poder ali dentro, conforme se aproximavam da augusta presença do homem que, ao contrário, era a autoridade em pessoa.

Gervase supôs que se encaixava na categoria de visitante indesejado. Conforme se aproximava, foi forte a tentação de abaixar os olhos para o tapete persa sob seus pés, mas ele os fixou no antigo amigo. Não se acovardaria antes de ao menos pronunciar uma palavra.

– Bewcastle – disse ele rapidamente, acenando com a cabeça.

– Rosthorn. – A mão do duque envolveu o cabo do monóculo que ele trazia pendurado no pescoço em uma fita preta de seda. – Sem dúvida, você me explicará o propósito desta visita.

Ele não convidou o visitante a se sentar. Era, é claro, um artifício deliberado para fazer com que Gervase se sentisse menor e também indesejado. Gervase demonstrou que havia compreendido o ardil dando um meio sorriso.

– Você tem andado ocupado com o luto pelo seu irmão nas últimas semanas – falou. – Mesmo assim, duvido que tenha lhe escapado que Lady Morgan Bedwyn se tornou alvo de uma terrível fofoca.

– Há poucas coisas referentes à minha família que me escapam – retrucou Bewcastle. – Se veio até aqui para me informar sobre os temas atuais de conversa nas salas de visita de Londres, pode se poupar o trabalho. Desejo-lhe um bom dia.

Gervase riu e apoiou as mãos na escrivaninha. Ele já invejara o modo frio e aparentemente sem esforço com que Bewcastle exercia o poder e presumia estar acima de todos os que cruzavam seu caminho. Já quisera ser como o duque e até tentara imitá-lo. Na época, era como um cãozinho tolo observando o outro homem. Eles nunca haviam sido amigos íntimos. Gervase sempre fora o rapaz muito jovem que ainda não descobrira suas forças e fraquezas, a própria identidade, e que ficava fascinado pelo outro, mais velho. Mas agora ele não se permitiria mais ser intimidado por alguém que, no fundo, não passava de um homem comum.

– A fofoca diz respeito à sua irmã e a *mim* – continuou Gervase. – Passei algum tempo na companhia de Lady Morgan em Bruxelas, primeiro porque frequentávamos os mesmos círculos sociais, depois porque ela foi abandonada tanto pela acompanhante quanto pela camareira, e precisava da proteção de alguém que pudesse garantir sua segurança.

– Garantir a segurança dela – repetiu Bewcastle em um tom muito suave. – Você?

– Eu a acompanhei de volta à Inglaterra porque ela precisava vir, e porque não havia mais ninguém para trazê-la – disse Gervase. – Sim, por algumas semanas estive com ela com frequência suficiente para alimentar as línguas maledicentes de quem se deleita com essas aparentes indiscrições.

– Devo, então, lhe agradecer por ter tomado conta de Lady Morgan e pela fofoca a que a expôs? – perguntou Bewcastle, erguendo a sobrancelha com arrogância. – Você vai ter que esperar muito tempo por esse agradecimento, Rosthorn. Sem dúvida, Sir Charles Stuart cuidaria de Lady Morgan se você não assumisse a tarefa. E ele o teria feito de forma muito mais adequada.

Por estranho que parecesse, Gervase não pensara nessa possibilidade, na época. Mas era verdade. Afinal, Lady Morgan era irmã de um integrante da equipe de Sir Charles Stuart. E também era irmã de um duque. Ele deu um sorriso um tanto melancólico.

– O passado, é claro, não pode ser mudado – disse Gervase. – Estou aqui para pedir a mão de Lady Morgan em casamento, para combinar um acordo de matrimônio com você e para conversar sobre meu pedido com a dama em questão.

Nove anos antes, Gervase se perguntara se a bela e austera fachada de Bewcastle guardava um coração ou se em suas artérias e veias corria água gelada no lugar de sangue. Voltou a pensar a mesma coisa naquele momento em que estava sendo alvo de um olhar muito frio e inexpressivo. O duque ergueu o monóculo a meio caminho dos olhos.

– Lady Morgan Bedwyn não será sacrificada no altar das maledicências, Rosthorn – disse ele em voz baixa, quebrando o longo silêncio que se seguiu. – Nem irá, *sob qualquer circunstância*, ser sacrificada a você.

Gervase endireitou o corpo e cerrou os lábios.

– Talvez a dama tenha outra opinião sobre o assunto – falou.

– A dama não será consultada – retrucou o conde. – Tenha um bom dia, Rosthorn.

Gervase não se moveu. Bewcastle devia se irritar até mesmo por se ver obrigado a recebê-lo. Como devia atormentá-lo saber que a irmã era alvo de uma onda de fofocas que ligava o nome dela ao de Rosthorn. Por um momento, Gervase saboreou a própria satisfação e brincou com a leve tentação de desferir o golpe de misericórdia.

Eu me deitei com ela. Sua irmã já mencionou isso, Bewcastle? Não? Ah, então talvez você queira reconsiderar sua decisão.

Mas ele não estava preparado para ir tão longe. Lady Morgan não merecia isso. Ninguém jamais saberia daquele fato por ele.

– Você não se preocupa com a mancha na reputação de sua irmã? – perguntou. – Não leva em consideração que está sendo oferecida a ela uma chance de silenciar as línguas maledicentes? Ou que o pedido de casamento é adequado, mesmo para uma dama de posição social tão elevada quanto Lady Morgan? Ou que ela poderia querer considerar a proposta?

– Lady Morgan Bedwyn está sob minha tutela – respondeu Bewcastle, o monóculo agora no olho, observando o visitante. – E assim permanecerá pelos próximos dois anos e meio. Eu lhe desejo novamente um bom dia, Rosthorn.

– Durante o tempo que convivi com sua irmã, tive a forte impressão de que ela pensa com a própria cabeça – observou Gervase. – Gostaria de ouvir a opinião de Lady Morgan sobre meu pedido. Ela pode muito bem rejeitá-lo. Na verdade, me disse que faria isso quando a informei de que falaria com você a respeito, quando voltássemos à Inglaterra. Mas eu gostaria que ela tivesse a oportunidade de decidir por si mesma.

– Até Lady Morgan alcançar a maioridade – disse Bewcastle, estendendo a mão para a corda que pendia de um sino e puxando-a –, é minha responsabilidade decidir quais pedidos de casamento, e já houve vários, eu acredito que ela deva considerar. E o seu eu *não* acho que ela deva considerar. Fleming. – Ele olhou por cima do ombro de Gervase. – O conde de Rosthorn está de saída. Leve-o até a porta.

Gervase assentiu e deu um meio sorriso para o duque antes de se virar e se retirar da biblioteca a passos largos, passando pelo mordomo, que permaneceu parado a um lado da porta. Não havia sinal de mais ninguém no saguão. Gervase se perguntou se Lady Morgan seria informada da visita dele e do pedido de casamento. Imaginava que não.

Colocou o chapéu na cabeça, calçou as luvas, saiu e aguardou enquanto o criado que acabara de contratar trazia sua pequena carruagem nova que deixara parada em um canto, à beira da calçada gramada, no centro da praça.

Agora deveria pensar em seu próximo movimento.

Não precisava haver um próximo movimento, é claro. Bewcastle ficara irritado e encontraria um modo de lidar com o escândalo que ainda era o assunto das salas de visita de Londres. Ele recusara um pedido de casamento para a irmã. Assim como ela, pois Lady Morgan fora bastante firme a respeito do assunto quando Gervase o mencionara em Bruxelas.

Mas a história não estava terminada, pensou enquanto se acomodava no assento alto da carruagem e pegava as rédeas dos cavalos.

Não com Bewcastle.

E muito menos com a própria Lady Morgan Bedwyn.

CAPÍTULO XIII

Judith e Rannulf estavam planejando voltar para casa, em Leicestershire, e convidaram Morgan a ir com eles. A perspectiva atraiu a jovem por várias razões. Ela veria a avó, com quem o casal morava. Poderia passar mais tempo com William, o bebê, que adorava. E se afastaria de vez dos eventos da temporada social, já que não compareceria mesmo à maior parte deles por estar de luto. Não que *quisesse* comparecer. Até era verdade que a primeira temporada da qual participara fora bem menos tediosa do que ela imaginara, mas Morgan estava pronta para deixá-la para trás.

Um único fato isolado, no entanto, a fez decidir ficar em Londres até o amargo fim, até Wulfric estar pronto para voltar a Lindsey Hall para passar o verão. Esse fato foi a descoberta de que o capitão Gordon falara a verdade e realmente havia uma avalanche de fofocas sobre ela e o conde de Rosthorn. A opinião geral parecia ser mesmo a de que Morgan caíra em desgraça e que deveria se afastar do convívio social e esconder sua vergonha, já que o homem que a arruinara não se oferecera para restaurar sua reputação correndo com ela para o altar.

Morgan descobrira essa informação repulsiva durante o chá na casa de Freyja e Joshua, no dia seguinte ao serviço fúnebre. Ela perguntara e os membros da família presentes - Wulfric não estava - confirmaram. Todos haviam escondido isso dela porque Morgan estava abalada pela morte de Alleyne e não precisava de mais aborrecimentos.

A verdade era que ela provocara aquilo, agitando uma bandeira vermelha na frente do touro.

Não deixaria Londres e também não evitaria o convívio social apenas porque todos esperavam que fizesse exatamente isso. E a família de Morgan, é claro – com a costumeira exceção de Wulfric, que nem sequer sabia a respeito –, aplaudiu a decisão da jovem.

E, assim, a jovem foi cavalgar com todos eles no Hyde Park, na manhã seguinte. Lady Chastity Moore e o visconde de Meecham também faziam parte do grupo. Era um dia lindo e Morgan precisava se exercitar depois de ter se entregado a um atípico período sedentário nas últimas duas semanas. No entanto, mais do que um lugar para se exercitar, Rotten Row era o lugar da moda para cavalgadas matinais e, portanto, o local perfeito para aparecer com sua expressão mais desafiadora. Também era um lugar ao qual mesmo as pessoas de luto podiam ir.

Morgan manteve um semblante orgulhoso enquanto cavalgava com seu grupo pela pista, encarando todos os que passavam e inclinando a cabeça em cumprimento a todas as pessoas que conhecia. Ninguém fingiu não vê-la, percebeu a jovem com interesse. Mas, também, ela era Lady Morgan Bedwyn e estava cavalgando com pessoas extremamente respeitáveis. Quem passava por eles poderia dirigir um cumprimento geral ao grupo e fingir que nem sequer havia notado a presença dela.

Não era bom o bastante.

– Quem quer apostar corrida comigo até o fim do Row? – perguntou.

– Você tirou as palavras da minha boca, Morg – disse Freyja.

– Se eu a proibisse de fazer isso por causa do estado em que se encontra, meu bem – disse Joshua com um suspiro exagerado –, suponho que você se sentiria obrigada a cavalgar até o outro extremo *e* voltar. Sim, foi o que imaginei.

Freyja dirigiu seu olhar mais altivo para o marido – e tinha a óbvia vantagem do nariz proeminente dos Bedwyns acima do qual olhá-lo.

As duas então partiram no mesmo instante. Morgan inclinou o tronco por cima do pescoço do cavalo e sentiu toda a empolgação provocada pela velocidade e pelo perigo em potencial. Não que Rotten Row fosse assim tão perigoso, é claro. A pista era mantida em condições impecáveis. Os Bedwyns, que cavalgavam de forma destemida, estavam acostumados a circunstâncias muito piores em seus frequentes galopes no campo. Mas era *tão* bom estar novamente ao ar livre!

Elas seguiram ao longo do Row, quase pescoço a pescoço durante todo o caminho, até que Freyja assumiu a dianteira quando se aproximaram dos portões de Hyde Park Corner e venceu a disputa por uma cabeça de vantagem. Ambas estavam rindo quando puxaram as rédeas das montarias.

Um pequeno grupo de cavalheiros entrava no parque a cavalo, pelos portões perto dali. Morgan olhou na direção deles e ergueu o queixo, para forçá-los a decidir entre reconhecer sua presença e ignorá-la de maneira franca. Mas seus olhos acabaram pousando em um dos cavalheiros e se fixaram nele. O homem também a encarava, com um sorriso indolente no olhar, e parecia tão adoravelmente familiar que Morgan quase esqueceu por um instante que estava aborrecida com ele.

Lorde Rosthorn se afastou do grupo e guiou o cavalo até ela.

– Lady Morgan – cumprimentou, tirando o chapéu e inclinando a cabeça em uma mesura.

– Lorde Rosthorn.

Ela estava ofegante daquela forma por causa da corrida, disse a si mesma.

Freyja subitamente ficou muito atenta e eriçada.

– Freyja – disse Morgan, virando-se para a irmã com os olhos brilhando. – Esse é o conde de Rosthorn. Milorde, apresento-lhe minha irmã, a marquesa de Hallmere.

Gervase voltou a inclinar a cabeça num cumprimento e Freyja fez o mesmo, com uma altivez rígida.

– Não sabia que o senhor estava na cidade – comentou Morgan.

– Ah, sim, estou – disse ele. – Cheguei de Windrush anteontem.

No dia da cerimônia fúnebre. Aquilo explicava por que ele não estivera presente, então – e por que não aparecera para uma visita nas duas semanas anteriores. De qualquer forma, já estava na cidade havia dois dias. Morgan lamentou ter sorrido para ele com tanto entusiasmo um momento antes.

– Acredito que esteja tudo bem em sua casa, com sua família – falou ela, com uma atitude mais altiva.

– Sim, na verdade, está.

Ele tinha um ar sorridente, como se os dois compartilhassem uma brincadeira particular, e Morgan se lembrou da primeira vez que haviam se encontrado, quando concluíra que ele não passava de um libertino.

O resto do grupo de Morgan os alcançou e ela fez as apresentações. Os homens todos ficaram agitados, é claro, como Morgan teria esperado – *aquele*, afinal, era o homem que causara todas as fofocas nas quais ela estava envolvida. Eve foi calorosa e gentil – também como era esperado. Judith e Chastity foram educadas. Lorde Rosthorn foi encantador.

Os cavalheiros com quem ele viera agora já estavam bem distantes ao longo do Row e o próprio grupo de Morgan não tinha mais o que fazer a não ser voltar pelo caminho por onde tinha vindo. O conde se posicionou ao lado de Morgan enquanto eles seguiam, a família dela formando um poderoso anel de proteção em torno dos dois. Foi só então que Morgan se deu conta de que o encontro deles estava provocando um interesse considerável nas outras pessoas a cavalo, que, sem dúvida, se sentiam encantadas com a possibilidade de contar a cena pelas salas de visita londrinas ao longo daquele dia.

Havia a possibilidade de uma conversa quase particular entre os dois.

– *Chérie* – disse o conde em voz baixa –, sentiu saudades de mim?

– *Saudades* do senhor? – Sim, mais do que admitira para si mesma. Vê-lo novamente estava deixando-a atordoada, fazendo-a... *lembrar*. O conde estava com uma bela aparência, atraente, viril. Parecia um amigo querido da família. Mas a sensação que lhe provocava era a de estar encontrando um amante há muito perdido. O ar entre os dois parecia palpável. – Tenho andado muito ocupada com outras questões para ter tempo de lhe conceder mais do que um rápido pensamento, lorde Rosthorn.

– Ah. – Ele levou a mão à altura do coração. – Assim me magoa. *Eu* senti saudades da senhorita.

Morgan o encarou com uma expressão arrogante e desconfiada. Ele voltara a flertar com ela, a provocá-la, como se tudo o que acontecera desde o malfadado piquenique na floresta de Soignes simplesmente não houvesse acontecido.

– É mesmo? – perguntou ela, a voz fria, até mesmo um pouco entediada. – Voltou para Londres anteontem, lorde Rosthorn? Imagino que eu estivesse ausente quando apareceu ontem na Casa Bedwyn, então.

– Acho que estava, *chérie* – retrucou ele. – Sem dúvida, não a vi por lá, mesmo tendo esperado por cinco minutos antes que seu irmão me recebesse na biblioteca.

Ela esqueceu toda a arrogância e o encarou com espanto visível.

– Esteve com *Wulfric* ontem?

Exatamente como ele dissera em Bruxelas que faria? Para *pedi-la em casamento*?

– Estive. Mas, infelizmente, ele fez com que aquele mordomo pomposo me colocasse para fora pela orelha. Ou teria feito isso se eu não houvesse fugido, apavorado, antes que o homem tivesse a chance de arregaçar as mangas. Bewcastle não permitiu nem que eu me dirigisse à senhorita, *chérie*.

– Não? – As narinas de Morgan se dilataram de raiva e ela esqueceu completamente que *não queria* que ele a procurasse. – E ele explicou o motivo? É porque o culpa por toda essa maledicência idiota, imagino.

– Talvez. – O conde sorriu para ela. – E talvez seja porque minha reputação foi de algum modo abalada, antes mesmo de eu envolvê-la em um escândalo.

– Que tolice tudo isso – comentou Morgan, olhando ao redor e se dando conta de que eles estavam em um lugar público e que haviam cavalgado por quase toda a extensão de Rotten Row. – Tudo isso.

– Me preocupo com a mancha em sua reputação, *chérie* – disse ele. – Eu a resgataria, se pudesse.

– Isso é tolice – repetiu ela. – Nenhuma dessas pessoas sabe como o senhor foi meu amigo em Bruxelas.

– E mais do que isso também, *ma petite* – lembrou ele, abaixando a voz.

– Seria melhor se esquecêssemos isso, lorde Rosthorn.

– Ah, está pedindo o impossível, não é?

Foi um alívio ver que haviam chegado ao fim do Row. Os poucos minutos de relativa privacidade dos dois tinham acabado. Rannulf encarava o conde abertamente e Aidan se aproximou de Morgan. Os companheiros de lorde Rosthorn aguardavam a uma curta distância.

Ele se dirigiu a Freyja.

– Lady Hallmere, talvez concorde com minha mãe em que, com frequência, o ataque é a melhor defesa contra o escândalo e as fofocas. Ela ficaria encantada em recebê-la para o chá amanhã à tarde, com Lady Morgan e Lady Chastity. E também com Lady Aidan e Lady Rannulf. Acredito que conheça minha mãe. Estou certo, madame?

Freyja o encarou com um olhar avaliador.

– Sim, conheço. E, por mais desprezo que eu sinta por fofocas, concordo com ela nesse caso específico. Morgan tem apenas 18 anos e foi apresentada à sociedade recentemente, como tenho certeza que sabe, lorde Rosthorn. Iremos à Casa Pickford amanhã, para o chá.

– Eu também irei – disse Eve. – Por favor, agradeça à condessa de Rosthorn pelo convite tão gentil, milorde.

– Rannulf e eu voltaremos para Leicestershire amanhã – avisou Judith. – Por favor, peça desculpas por mim à sua mãe, lorde Rosthorn.

Morgan manteve-se em silêncio.

– Vou seguir meu caminho, então. Desejo a todos um bom dia – disse Gervase, acenando com simpatia para todo o grupo. – Até logo, Lady Morgan.

Ele tocou a ponta da aba do chapéu e se juntou aos amigos sem olhar para trás.

Por que Wulf lhe negara o pedido da mão dela?, pensou Morgan. Ele era, afinal, o conde de Rosthorn. Não era um joão-ninguém. E *havia mesmo* aquele escândalo idiota cercando os dois.

– Vamos passar o resto da manhã parados aqui olhando o conde de Rosthorn se afastar? – perguntou Freyja.

– Ele esteve com Wulf ontem – contou Morgan, ainda observando Gervase. – E pediu a minha mão em casamento, mas Wulf recusou.

Sobre *aquilo* todos os Bedwyns tinham algo a dizer, é claro.

– Ele acaba de subir em minha estima, então – opinou Rannulf.

– Rosthorn ou Wulfric? – perguntou Joshua.

– E Wulf nem sequer *comentou* com você, Morg? Típico dele – disse Freyja em um tom zombeteiro.

Eve sorriu.

– Ele é muito charmoso.

– Adoro o sotaque francês – acrescentou Chastity.

– Ele é mesmo muito bonito, não é? – falou Judith, dando um sorriso travesso na direção de Rannulf.

– É velho demais para Morgan – observou Rannulf, com firmeza. – Ele não a agrada, não é mesmo, Morg?

– Você não entende – respondeu Morgan. – *Ninguém* entende. Ele foi... é meu amigo.

Mesmo assim, ela não conseguia afastar da memória o modo forte e apaixonado como buscara conforto nos aposentos dele naquela noite, e a intensidade com que lorde Rosthorn oferecera aquele conforto. Não era romance, ternura ou amor – ou mesmo amizade. Mas havia *alguma coisa*, e ela não podia simplesmente ignorar isso. Fora apenas quando sua menstruação descera, uma semana antes, que Morgan se dera conta de que poderia ter engravidado durante o encontro íntimo dos dois. *Nesse caso*, a vida dela teria sido transformada para sempre.

Por mais absurdo que pudesse parecer, Morgan se sentia à beira das lágrimas.

– Cavalgue comigo novamente pelo Row, Morgan – sugeriu Aidan –, e me conte mais sobre o tempo que passou em Bruxelas. Me conte por que Rosthorn é seu amigo.

– Você vai me *ouvir*? – perguntou ela, irritada.

Ninguém jamais ouvia, ainda mais quando quem falava tinha 18 anos.

Mas ela fora injusta com Aidan. Ele sempre fora rígido, até mesmo severo, em seu comportamento. Quase nunca sorria, mesmo agora que encontrara Eve e tinha um casamento feliz com ela. Morgan não convivera muito com ele quando era mais nova, porque o irmão estava sempre longe, com o regimento do qual fazia parte, lutando contra os franceses. Mas ela sempre o adorara, talvez mais do que aos outros. Sempre que Aidan ia para casa, ele fazia questão de passar algum tempo com ela, acompanhando-a nas atividades de que Morgan gostava, como pintar ao ar livre sem a presença intrusiva da governanta pairando acima de cada pincelada. E ele sempre a ouvia, tratando-a como uma pessoa de verdade, e não uma irmã mais nova que só o atrapalhava.

Gervase voltou para casa para tomar o café da manhã em vez de ir ao White's Club, como havia planejado. A mãe dele e Henrietta já se encontravam à mesa. Ele beijou o rosto da mãe e apertou o ombro da prima antes de se sentar e permitir que o mordomo lhe preparasse um prato.

– A senhora receberá algumas damas amanhã para o chá, *maman* – avisou Gervase, depois de trocar algumas amabilidades com as duas mulheres.

– Receberei, *mon fils*? E saberei com antecedência quem são?

– A marquesa de Hallmere com a irmã, Lady Morgan Bedwyn, a cunhada, Lady Aidan Bedwyn, e uma prima, Lady Chastity Moore – disse ele.

– Ah, um grupo formidável de damas, Gervase – comentou a mãe. – E acredito que uma delas seja a dama a quem seu nome tem sido vinculado de forma nada lisonjeira, certo?

– A senhora ouviu as maledicências, então? – perguntou ele, cortando um pedaço de linguiça. – É lamentável. Tive a honra de oferecer proteção à dama quando ela permaneceu em Bruxelas após o retorno da acompanhante que lhe fora designada. Lady Morgan ficou cuidando dos feridos e aguardando notícias do irmão, depois que ele partiu para o front durante a Batalha de Waterloo, para entregar uma carta urgente ao duque de Wellington, e não retornou. Tive a honra de acompanhá-la, junto a uma camareira, de volta à Inglaterra, depois que a jovem recebeu o comunicado de que o lorde Alleyne Bedwyn estava morto.

– Ainda assim, as fofocas são ferinas – observou a mãe. – Ninguém diria nada a *mim*, é claro, mas Henrietta teve acesso a todos os sórdidos detalhes no concerto da Sra. Ertman ontem à noite, não é mesmo, *ma chérie*?

– Eu jamais acreditaria que você agiu de forma desonrosa, Gervase – adiantou a prima. – E o defendi da melhor forma que pude, mesmo sem saber dos fatos.

– Obrigado. – Ele sorriu para Henrietta. – Minha ideia é acabar com a maledicência mostrando a todos que a senhora está em bons termos com Lady Morgan Bedwyn e a família dela, *maman*. Talvez possa convidar algumas outras damas para o chá, também.

– Como as matronas do Almack's? – sugeriu a mãe, secamente. – Gervase, por que não pediu a jovem em casamento? Me parece a coisa mais honrada a fazer, já que comprometeu o nome dela, mesmo sem querer.

– Eu *pedi*. Bewcastle rejeitou a proposta e nem sequer permitiu que eu conversasse a respeito com Lady Morgan.

– Por que ele faria isso? – A mãe encarou Gervase com severidade por algum tempo, a torrada esquecida no prato. – E você gostou de tê-lo confrontado, Gervase? E ele gostou de rejeitar você? Nada mudou, nada foi resolvido?

Gervase vinha tentando compreender os próprios motivos desde a véspera. Ele não esperara encontrar Lady Morgan de novo tão cedo, mas *tivera* a intenção de vê-la. E, com isso, pensara em um modo de talvez aumentar a intensidade do escândalo. Era inteligente fazer com que a mãe fosse vista recebendo Lady Morgan e a irmã. Mas, ao mesmo tempo, aquilo irritaria Bewcastle, que se veria diante do dilema de permitir a visita ou de afrontar abertamente uma dama do calibre da mãe dele na sociedade.

Gervase sentira uma onda de ternura por Lady Morgan no parque. E também uma forte consciência física que ia além da mera atração. Possuíra aquele corpo. Estivera dentro dela. Ele a *conhecia*. Nenhum desses sentimentos era bem-vindo. Gervase gostaria de ter usado Lady Morgan sem parar para pensar, apenas para se vingar de Bewcastle. Mas ela era uma *pessoa* e, independentemente de qualquer outro sentimento que pudesse nutrir pela jovem, gostava dela. Admirava-a.

– Fiz o pedido porque havia comprometido a dama – retrucou Gervase. – Bewcastle recusou por razões que não quis compartilhar comigo.

A mãe continuou a olhar com severidade para ele.

– E você gosta dessa moça? – perguntou. – O que sente por ela vai além de um simples dever de honra? Tem afeto por ela?

– Afeto, sim – admitiu ele. – Mas a senhora não deve fazer disso um grande romance, *maman*. Lady Morgan é muito jovem, e eu, muito enfastiado. Desenvolvemos uma amizade em Bruxelas, por força das circunstâncias. Não é algo que possa ser transportado para a Inglaterra, agora que ela está com a família dela, e eu, com a minha. Meu único desejo é restabelecer a reputação dela.

Mas a mãe havia levado a mão ao peito e estava sorrindo para ele.

– Você não sabe o que diz, Gervase. Como os homens são tolos! Gosta de Lady Morgan, uma moça que eu nunca vi na vida. Mas verei. Amanhã eu a receberei e direi se acho que ela é digna do meu filho. Eu teria escolhido qualquer uma, menos uma Bedwyn, se tivesse tido a oportunidade, mas o amor nem sempre é uma escolha racional. Minhas preces serão atendidas e vou conseguir ver o filho que me restou, o mais velho, também casado e feliz.

Gervase olhou para a prima em um apelo mudo. Mas ela também estava sorrindo.

– Não vou constrangê-lo com uma demonstração emocionada de entusiasmo, Gervase – falou Henrietta –, mas gostaria que soubesse que nada me faria mais feliz do que, finalmente, ver *você* feliz.

Chastity e lorde Meecham foram tomar o café da manhã com a irmã dele, mas Freyja e Joshua voltaram para a Casa Bedwyn com os outros. Wulf se juntou a eles à mesa do desjejum antes que começassem a comer.

– Encontramos o conde de Rosthorn no parque – anunciou Freyja, que nunca fora de rodeios –, e ele nos transmitiu o convite da condessa de Rosthorn às damas para o chá amanhã à tarde, na Casa Pickford. Levarei

Eve e Morgan na minha carruagem, Wulf, assim você não precisará chamar uma.

– É muita gentileza da sua parte, Freyja – disse o duque, abrindo o guardanapo no colo. – Joshua e Aidan, sem dúvida, deram permissão para que você e Eve aceitassem esse delicado convite, mas não me lembro de ter dado a minha para que Morgan as acompanhe.

– Como se eu precisasse da autorização de Joshua para fazer qualquer coisa! – retorquiu Freyja, olhando, irritada, para o marido, como se fosse ele que houvesse acabado de mencionar uma ideia tão disparatada. – E por que você pensaria em negar sua permissão a Morgan, Wulfric?

– Presumo – começou a dizer ele, indicando ao mordomo com apenas um erguer de sobrancelhas que deveria lhe servir o café – que essa seja uma pergunta retórica, certo, Freyja? O conde de Rosthorn não é adequado para se relacionar com ninguém desta família. Ele tem a reputação de não ser um cavalheiro de bom-tom, e o modo imprudente como envolveu Morgan em um escândalo desnecessário apenas prova isso. Eu preferiria que você mandasse uma mensagem recusando o convite da condessa.

– Me parece, Wulf – atalhou Rannulf quando Morgan se preparava para falar –, que seria melhor para Morgan ser vista em bons termos com Lady Rosthorn. Se souberem que a condessa a recebeu, então as fofocas acabarão morrendo por falta de combustível. Logo algum assunto mais interessante ocupará seu lugar.

– Preciso concordar – opinou Joshua. – E devo lembrar que Freyja ainda é a acompanhante de Morgan durante essa primeira temporada social dela. Se Freyja acredita que é adequado aceitar o convite e acompanhar Morgan à Casa Pickford, então é isso que deve ser feito.

Wulf continuava a se dedicar ao grande prato de comida à sua frente, como se eles estivessem conversando sobre algo sem muita importância. Como se discutissem se faria frio ou calor naquele dia.

– Ressinto-me do fato – começou Morgan, pousando a faca e o garfo na mesa ruidosamente, sem ter comido nada – de todos estarem falando em meu nome, como se eu não estivesse aqui para responder por mim mesma. Se você tem alguma objeção concreta ou pessoal ao conde de Rosthorn, Wulf, então seja claro. Se não tem, só pode se opor ao fato de que, em vez de me abandonar, como fizeram os Caddicks quando partiram de Bruxelas, ele tenha me acompanhado até a casa da Sra. Clark e tomado as providências para que meus pertences fossem levados para lá. Ou ao fato de o conde ter gasto seu próprio tempo e sua energia para tentar descobrir o que acontecera a Alleyne. Ou, ainda, ao fato de ter me acompanhado sempre que eu precisava respirar um pouco de ar fresco e fazer algum exercício depois de cuidar dos feridos, para que eu não fosse sozinha. Ou, finalmente, ao fato de, depois que recebi a notícia de que tinham achado a carta que Alleyne estava encarregado de levar, lorde Rosthorn ter contratado uma camareira para mim e me trazido pessoalmente para casa, embora eu acredite que não estava nos planos dele voltar tão cedo à Inglaterra. É por *isso* que diz que ele não é um cavalheiro, Wulf? Foi por *isso* que o mandou embora ontem e nem sequer permitiu que ele conversasse comigo?

– Bravo, Morg – disse Rannulf.

Judith cobriu a mão de Morgan com a sua sobre a mesa e deu-lhe um tapinha carinhoso.

– Ah – comentou Wulfric, levantando brevemente os olhos do prato –, ele lhe contou isso na conversa que tiveram hoje de manhã, então?

– Contou – respondeu Morgan. – Eu teria recusado, Wulf. Compreende? Eu não forçaria ninguém a se casar comigo apenas porque acredita que é seu dever de honra. E não me uniria a nenhum homem que eu não amasse de todo o coração. Mas me ressinto por você não ter me dado sequer a chance de escolher meu próprio futuro. Me ressinto profundamente.

O duque encarou a irmã por um instante, em silêncio, com as sobrancelhas erguidas.

– Talvez tenha se esquecido, Morgan, de que tem 18 anos e de que até alcançar a maioridade sou eu que tomo as decisões importantes relativas ao seu futuro – falou ele, por fim, enquanto levava a xícara de café aos lábios com a mão muito firme.

– E como eu poderia esquecer? – retorquiu ela, jogando o guardanapo na mesa e desistindo de fingir que estava se preparando para comer. – Estou proibida de ir tomar chá amanhã, então? Serei trancada em meu quarto, a pão e água?

Wulfric pousou a faca e o garfo na mesa e olhou friamente para a irmã.

– Sempre achei ataques de pirraça tediosos – comentou. – Mas, como Joshua argumentou, você está sob a responsabilidade de Freyja durante sua primeira temporada. Se ela acha que é um relacionamento adequado, então não direi mais nada.

– Acho, com toda a sinceridade, que é uma sábia decisão, Wulfric – observou Eve, fazendo com que o cunhado voltasse os olhos, surpreso, para ela. – É claro que você está preocupado que Morgan se torne vítima de um homem sem princípios, mas o mais importante no momento é dispersar de algum modo esse escândalo tolo que foi criado.

– Exatamente – concordou Wulfric.

– Além do mais – continuou Eve –, Morgan é tão sensata quanto qualquer um de nós e devemos confiar nela para que se comporte de forma condizente com sua família e sua posição social.

– O que não é dizer grande coisa, Eve, se realmente pensarmos a respeito, não é mesmo? – comentou Rannulf, com um sorriso brincalhão.

– Estamos planejando levar as crianças para conhecer os principais pontos da cidade hoje – disse Aidan. – Becky quer ver o pagode chinês em Kew Gardens e Davy quer ver os leões na Torre de Londres. Alguma sugestão de como podemos agradar aos dois?

A conversa passou para outros assuntos e Morgan, depois de lançar um olhar de agradecimento para Aidan, que piscou de volta para ela, finalmente pegou a faca e o garfo e se dedicou ao café da manhã.

CAPÍTULO XIV

Gervase decidiu que precisava assumir seu lugar de direito na Câmara dos Lordes no ano seguinte. Todos os seus pares estavam lá e pareciam inclinados a tratá-lo com uma cordialidade distante, na melhor das hipóteses – talvez como alguém que não levava as próprias responsabilidades a sério. Os cavalheiros com quem ele atualmente mais convivia eram os companheiros que restaram de sua juventude, que ainda eram ociosos, mas agora também enfastiados, entediados – e que achavam Gervase uma ótima companhia, por suas escapadas ao continente e pelo modo como ele voltara à Inglaterra. Gervase se declarara enfastiado à mãe na manhã em que encontrara Lady Morgan no Hyde Park. Também se sentia entediado e fora ocioso por nove longos anos. Ainda assim, considerava-se muito mais experiente do que aqueles homens e já não os via como amigos.

Estava na hora, supôs Gervase, de ele se assentar e ganhar o respeito de seus pares. Ressentia-se profundamente do fato de precisar conquistar essa consideração, de ter tido seu bom nome e nove anos de sua vida roubados. Mas a verdade era que estaria apenas roubando mais tempo de si mesmo se permitisse que a amargura o dominasse.

Mas Bewcastle era o seu calcanhar de aquiles. Gervase parecia não conseguir arrancar de dentro de si o profundo desejo de fazer mal ao homem.

A mãe de Gervase convidara algumas damas de suas relações para tomar chá na Casa Pickford na mesma tarde em que as convidadas dele iriam. A princípio, Gervase não tivera a intenção de aparecer, mas a mãe o fizera mudar de ideia.

– É importante que vocês sejam vistos juntos – dissera ela –, nos termos mais cordiais um com o outro e sob o olhar benevolente de sua *maman*.

Assim, Gervase apareceu na sala de visita enquanto o chá estava sendo servido. O cômodo estava cheio de damas vestidas segundo a última moda – era bastante intimidante ser o único homem no meio delas. A mãe encontrava-se sentada em um sofazinho perto da lareira, com Lady Morgan ao lado, parecendo incrivelmente jovem e linda de preto. Gervase se inclinou em uma mesura para as duas, beijou a mão da mãe, perguntou a Lady Morgan como ela ia passando e se afastou para trocar amabilidades com as outras convidadas.

Embora não tenha havido nenhuma pausa perceptível nas conversas, Gervase imaginou que todos os olhos na sala haviam observado sua aproximação de Lady Morgan e todos os ouvidos tinham se esforçado para ouvir cada palavra que disseram um ao outro. A visita daquela tarde, sem dúvida, animaria as conversas nas mesas de jantar, nos teatros, salões de baile e salas de visita naquela noite.

O escândalo agora teria um fim?

Ou todos estavam esperando que um noivado fosse anunciado para que isso acontecesse?

Durante a meia hora seguinte, Gervase teve o cuidado de interagir com cada uma das presentes. Ele descobriu que gostava da marquesa de Hallmere por todo o ar de altivez dela e por sua aparência estranha, mas bela – era uma mulher pequena, com uma massa de cabelos louros, sobrancelhas mais escuras e o nariz proeminente característico dos irmãos. Falava de forma direta sobre os mais variados assuntos e não escondia o fato de que o estava avaliando por causa da irmã. Lady Aidan Bedwyn era gentil, amável e bonita – e surpreendeu Gervase ao agradecer à criada que retirou a bandeja do chá e sorrir calorosamente para ela. Lady Chastity Moore era uma jovem dama bela e sensata.

As Bedwyns foram as últimas a ir embora.

– Gervase, você, Henrietta e eu fomos convidados para um baile que o marquês e a marquesa de Hallmere oferecerão daqui a três dias – disse a mãe dele. – Não é adorável?

Ele olhou com certa surpresa para a marquesa. Não havia esperado que, depois daquele chá para silenciar as fofocas, qualquer um dos Bedwyns fosse encorajar novos encontros entre ele e Lady Morgan.

– O baile é em homenagem ao noivado de Chastity com o visconde de Meecham – explicou a marquesa. – Os dois queriam que cancelássemos o evento por ser tão próximo à morte do meu irmão, mas Hallmere e eu decidimos que não seria justo. Portanto, o baile vai acontecer.

– Ficarei encantado em comparecer, madame – respondeu Gervase, olhando de relance para Morgan, que estava encarnando o papel de grande dama altiva, como fizera durante toda a tarde.

Ele deu um meio sorriso para ela.

– É claro que nenhum dos membros da minha família poderá dançar, já que estamos de luto – acrescentou a marquesa, encarando Gervase.

Aquele olhar devia ser um traço de família.

Ela se levantou para partir e a irmã, a cunhada e Lady Chastity fizeram o mesmo. Gervase percebeu que a mãe deu o braço à marquesa, enquanto Henrietta se colocava entre Lady Aidan e Lady Chastity. Achando muito divertida a manobra nada sutil, ele ofereceu o braço a Lady Morgan.

E concluiu que a mãe tinha aprovado a jovem.

Durante uns dois minutos, os dois foram deixados totalmente sozinhos, já que a mãe de Gervase parara no topo da escada para apontar alguém em um dos retratos pendurados ali.

– Vai achar ruim, *chérie*, se eu comparecer ao baile oferecido por sua irmã e seu cunhado? – perguntou ele.

– Não, por que deveria?

Ela levantou os olhos cintilantes para ele e Gervase percebeu que provavelmente houvera uma discussão acalorada na família por conta dele.

– Qual foi a opinião do duque de Bewcastle sobre a sua vinda aqui hoje? – indagou Gervase.

– Estou aqui, não estou? – retrucou Lady Morgan.

– E o que ele diz sobre eu comparecer ao baile?

– Até onde eu sei, ele não tem conhecimento disso. Por que deveria? Não será ele que oferecerá o baile.

– Mas talvez eu acabe não indo – disse Gervase. – Não poderei sequer valsar com a senhorita, *chérie.*

– Por que Wulfric se opôs com tanta determinação a que o senhor me visitasse, lorde Rosthorn? – perguntou a jovem, virando-se para ele e encarando-o. – O senhor é um conde e, de acordo com os padrões da sociedade em que vivemos, teve uma atitude decente, honrada, ao me pedir em casamento. Por que meu irmão o odeia tanto?

– *Chérie*, talvez o duque odeie o homem que tornou a irmã dele alvo de maledicência. Ou talvez ele apenas me desaprove. Ficou assim tão desapontada? Teria aceitado minha proposta?

– Sabe que não – respondeu Morgan com um olhar de desdém.

Gervase sorriu para ela.

– Então Bewcastle fez um favor a nós dois. Ele a salvou do constrangimento e a mim de ter o coração partido. Como o pedido não foi feito oficialmente, nem respondido oficialmente, ainda posso ter esperança.

– Está sendo ridículo – disse Morgan, franzindo a testa. – Preferia quando era meu amigo querido.

Àquela altura, eles estavam na calçada e as outras damas os alcançaram. Gervase ajudou Morgan a entrar na carruagem do marquês de Hallmere, que as aguardava, e se virou para fazer o mesmo com as outras damas.

– *Mon fils* – comentou a mãe dele, dando o braço ao filho enquanto o veículo se afastava com as convidadas –, ela é encantadora. Abriria mão do meu título com o maior prazer para Lady Morgan Bedwyn.

– Posso lhe assegurar, mamãe, que não será preciso fazer tal sacrifício – retrucou Gervase, dando um tapinha carinhoso na mão dela e piscando para Henrietta. – Bewcastle recusou meu pedido, caso não se lembre.

Mas *ela* não o recusara. Ainda não. E ele estaria com ela novamente diante de toda a aristocracia. Em nada menos que um baile.

Gervase estreitou os olhos na direção da carruagem que se afastava. Acabara de dizer a Lady Morgan que eles não poderiam valsar porque ela estava de luto?

Era o que veriam...

Morgan andava a cavalo todas as manhãs. Certo dia, também fora à igreja com a família. Passeara por algumas galerias com Aidan e Eve e fora à Gunter's com eles uma tarde, para as crianças tomarem sorvete. E, é claro, tomara chá na Casa Pickford, onde ficara surpresa ao descobrir que havia outras convidadas além da família dela.

Em nenhum desses lugares tinha sido ignorada como uma pária. As damas no chá pareceram um tanto distantes, mas foram educadas. E não houvera muitas oportunidades para tratar Morgan com desdém, já que a condessa de Rosthorn a mantivera a seu lado por toda a tarde. Morgan achara encantadora a mãe de Gervase – que tinha o mesmo leve sotaque francês do filho.

Um baile seria uma questão completamente diferente, é claro. Ela descobriria, então, se o escândalo afetara sua posição no chamado *beau monde.* Não que se importasse de verdade. Se a aristocracia inglesa estava cansada dela, ela também estava mortalmente entediada com eles – ao menos foi o que disse a si mesma. Mal podia esperar que a temporada terminasse para poder voltar para casa, para a sanidade de Lindsay Hall.

A não ser, admitia Morgan para si mesma nos momentos em que não estava na defensiva, que a vida em casa também parecesse sem graça e tediosa depois de tudo o que acontecera desde que ela saíra de lá, na primavera.

Morgan se vestiu com cuidado para o baile. Não poderia usar nenhum de seus vestidos mais bonitos, é claro – de qualquer modo, a maioria deles era branca e ela os detestava. E além disso ela não teria permissão para dançar. No entanto, nunca a atraíra muito a ideia de dançar com todos os jovens imaturos que costumavam dominar os bailes de Londres. Morgan observou enquanto a nova camareira arrumava seus cabelos em um coque alto, do qual saíam cachos que lhe desciam pelo pescoço e pelas têmporas, e decidiu que gostava do trabalho da moça.

Não poderia dançar. Morgan se lembrou com saudade da valsa sob os lampiões e as estrelas na floresta de Soignes e se sentiu culpada por ter vontade de valsar novamente quando fazia tão pouco tempo que Alleyne se fora. Ele estivera presente naquele piquenique, e a repreendera com veemência por ter permitido que o conde de Rosthorn lhe dedicasse atenção tão particular.

Morgan ainda não conseguia acreditar que nunca mais veria o irmão.

Eve e Aidan sentaram-se de costas para os cavalos na carruagem do duque enquanto Morgan se acomodou ao lado de Wulfric no assento em frente. Ela se perguntou, enquanto os outros três conversavam, se Wulf sabia que lorde Rosthorn fora convidado para o baile daquela noite.

Nos últimos dias fora obrigada a admitir, com relutância, que estava levemente apaixonada pelo conde. Não, talvez até mesmo isso fosse mentir para si mesma. Sentira-se atraída por ele desde o princípio. E então descobrira um homem inteligente e solidário por trás da fachada de libertino. E, por fim, quando fora procurá-lo, devastada pela dor da perda de Alleyne, os dois haviam compartilhado a maior de todas as intimidades. Não foi isso que a fez se apaixonar por ele, mas com certeza a fez perceber que estava se enganando ao pensar no conde apenas como um amigo. Ele era muito mais do que isso.

A carruagem parou atrás de uma fila de outras que deixavam os convidados na porta da mansão de Joshua, na Berkeley Square.

– Freyja e nossa tia Rochester, sem dúvida, devem se certificar de que vários jovens cavalheiros sejam apresentados a você esta noite, Morgan – comentou Wulfric. – Nossa importância na sociedade é, obviamente, grande demais para que uma pequena maledicência a torne uma noiva indesejada. Você não pode dançar, mas tem permissão para caminhar com eles, ou conversar.

– Desde que nenhum deles seja o conde de Rosthorn, suponho – disse ela.

O duque virou a cabeça para a irmã e encarou-a com as sobrancelhas erguidas.

– Ele *foi* convidado – avisou Morgan –, junto da condessa e da prima, Srta. Clifton.

– Ah – retrucou Wulfric em um tom suave. – É interessante que ninguém tenha achado conveniente me informar desse fato até agora.

– E por que alguém deveria fazer isso? – indagou Morgan. – O baile é de Freyja e Joshua.

– Exatamente – disse o duque, com a voz ainda mais suave.

O conde de Rosthorn não respondera à dúvida dela, percebeu Morgan, apenas dera voltas e mudara de assunto. Ela havia perguntado por que seu irmão mais velho o odiava.

– Wulf, é bom que Rosthorn e Morgan sejam vistos juntos em um evento desta natureza, assim o escândalo talvez se disperse por completo – comentou Aidan.

Um criado abriu a porta da carruagem e posicionou os degraus. Wulfric ajudou Morgan a descer até o tapete vermelho que fora estendido sobre os degraus e seguia pela calçada. Ela evitou fitar os olhos duros e prateados do irmão. Ergueu o queixo e sorriu enquanto ele a conduzia para dentro, ao longo da fila de recepção e até o salão de baile, onde a deixou em segurança ao lado da tia deles, Lady Rochester, que parecia ainda mais formidável do que nunca em um vestido de cetim preto, com um gigantesco turbante também preto e plumas na cabeça. Até o cabo do *lorgnon* cravejado de pedras da velha dama era negro.

Morgan se acomodou para o que tinha certeza de que seria uma noite profundamente tediosa. E, de fato, não começou bem. A tia a apresentou de uma só vez a dois rapazes que eram exatamente o tipo de jovens balbuciantes, desengonçados e cheios de espinhas que ela temera conhecer durante aquela sua primeira temporada – cavalheiros da idade dela, senão um ou dois anos mais velhos, com quem esperavam que ela se sentisse à vontade e a quem queriam que considerasse a sério como possíveis maridos.

Era o bastante para Morgan ter vontade de gritar, sobretudo porque ela não poderia dançar para fazer o tempo passar mais rápido e se viu forçada a ficar sentada em um sofá com um dos rapazes de cada vez, falando sobre assuntos tediosos e sem nenhuma importância. Em duas ocasiões, Morgan esqueceu o que estava dizendo no meio de uma frase. Mesmo assim, a educação a impelia a sorrir, abanar o rosto e olhar para todos como se nunca houvesse ficado tão interessada em outra coisa na vida.

O conde de Rosthorn chegou com a mãe e a prima no meio do segundo conjunto de danças. Ele estava com uma aparência esplêndida, percebeu Morgan, de cinza, prata e negro. Mas ela não podia sequer se permitir o luxo de deixar que seus olhos se deleitassem com a visão do conde. Estava bastante consciente do burburinho de interesse que cresceu no salão quando ele entrou. Acontecera a mesma coisa quando ela chegara, mas agora os dois protagonistas do recente escândalo estavam juntos. O baile de Freyja, sem dúvida, seria declarado um retumbante sucesso no dia seguinte.

O conde desapareceu do salão enquanto a mãe e a prima se juntavam a um grupo de convidados. Mas, no fim da dança, ele reapareceu e atravessou o salão com a mãe para cumprimentar tia Rochester.

– Ah, é você, não é, Lisette? – disse tia Rochester, levando o *lorgnon* a um dos olhos enquanto lorde Rosthorn se inclinava em uma reverência. – Ainda não a havia visto durante esta temporada. Imagino que estava em Windrush. Como consegue se manter com uma aparência tão jovem?

– Gentileza da sua parte – retrucou Lady Rosthorn. – Mas não deve olhar muito de perto, *mon ami*, principalmente à luz do dia. Posso me sentar ao seu lado? Henrietta está com amigos. Lady Morgan, *mon enfant*, até mesmo vestida de negro a senhorita ofusca o brilho de todas as outras damas do salão. Deixe-me lhe dar um beijinho. – Depois de fazer isso, ela tornou a se virar para Lady Rochester. – Posso ter o prazer de lhe apresentar meu filho, lorde de Rosthorn?

Tia Rochester o observou através do *lorgnon* e as plumas em seus cabelos ondularam levemente para a frente.

– Você é o patife que contratou uma camareira para a minha sobrinha sem perguntar à moça se ela sofria de enjoo no mar, não é? – perguntou a velha dama. – E então ficou no deque com a minha sobrinha enquanto a camareira botava o estômago para fora na cabine?

– Infelizmente, madame, sou culpado da acusação – retrucou ele. – Mas o que eu poderia fazer? Permanecer na cabine e fingir que também sofria de enjoo? Deixar Lady Morgan em Bruxelas, aos cuidados de uma dama que logo seria chamada a se juntar ao marido em Paris? Lady Morgan precisava voltar ao seio da família.

– Lorde Rosthorn foi muito gentil comigo, tia – falou Morgan, mais uma vez consciente de que, embora ninguém parecesse prestar qualquer atenção em particular ao pequeno grupo deles, na realidade todos estavam se deleitando com os detalhes.

Aquele era um talento do qual membros da aristocracia eram particularmente adeptos: conseguir fazer duas coisas ao mesmo tempo. Era assim que as fofocas eram alimentadas.

– Madame. – O conde fez uma mesura para a tia de Morgan. – Com sua permissão, gostaria de convidar Lady Morgan para passear pelo salão comigo.

Wulfric não estava no recinto, percebeu a jovem com uma rápida olhada ao redor. Ela prendeu a respiração enquanto abanava o rosto despreocupadamente com o leque. Tia Rochester era uma acompanhante muito mais temível do que fora Lady Caddick.

– Muito bem, meu jovem – disse ela, depois de avaliá-lo outra vez através do *lorgnon*, que usava por pura afetação, é claro, assim como Wulfric fazia com seu monóculo. Mesmo sem os acessórios, os olhos deles perdiam muito pouco do que acontecia. – Estarei observando.

– Lady Morgan?

O conde se inclinou para ela. A expressão dele era séria e educada, mas Morgan o conhecia bem o bastante para perceber o riso no olhar.

– Obrigada, lorde Rosthorn.

Ela fechou o leque e deu o braço a ele, tomando cuidado para manter a expressão fria, levemente entediada e altiva.

– Está se divertindo, *chérie*? – perguntou ele.

– Estou prestes a morrer de tédio – respondeu ela. – Divirta-me.

– Lamento muito, mas temo estar prestes a partir seu coração em vez disso. A próxima dança é uma valsa.

– Ah... – Morgan suspirou. – Que crueldade...

Depois do enfado profundo e da pasmaceira da última hora, os pés de Morgan coçavam de vontade de dançar.

– Vamos passear como um par de octogenários que sofrem de gota – disse o conde – e comentar um com o outro como a valsa é uma dança escandalosa.

Morgan sorriu.

– Gostei da condessa de Rosthorn – observou. – É encantadora e simpática.

– E ela gostou da senhorita, *chérie*. – Ele aproximou um pouco mais a cabeça da dela. – Agora que voltei para casa, minha mãe está ansiosa para me ver estabelecido com uma esposa, enchendo de filhos o quarto das crianças.

– É mesmo?

Morgan sentiu o rosto corar. Ele estava flertando de novo com ela? E escancaradamente?

– Sim, é mesmo. Estou descobrindo que pode ser muito incômodo para um cavalheiro se manter perto da mãe. A minha acredita que 30 anos é uma idade avançada demais para um homem com um título e uma fortuna permanecer solteiro.

– Não diga.

Ele tinha 30 anos. Era, portanto, doze anos mais velho do que ela. Aquilo deveria ter parecido uma diferença de idade grande demais.

– E ela não acha que uma noiva de 18 anos é muito jovem para um cavalheiro desse tipo – acrescentou o conde.

– Lorde Rosthorn, falta muito pouco para sua conversa se tornar imprópria – alertou Morgan.

– Falta mesmo, *chérie*? – Ele aproximou um pouco mais a cabeça. – Só porque seu irmão recusou meu pedido? Mesmo nós dois tendo sido amigos queridos? E amantes?

Subitamente o sotaque dele pareceu muito francês.

– Seria melhor dirigir sua atenção para onde ela seja mais bem-vinda, lorde Rosthorn – disse Morgan com rispidez. – E para uma dama a quem possa amar.

– Ah, mas minha mãe acredita que amo a senhorita – retrucou ele. – E Henrietta compartilha da mesma opinião. Começo a acreditar que talvez elas estejam certas, *chérie*.

Morgan sentiu o coração bater descompassado no peito e latejar em seu ouvido. Viu que os dançarinos já ocupavam a pista de dança e que a música estava prestes a começar. Chastity valsaria com lorde Meecham. Eles sorriam carinhosamente um para o outro, olhando-se nos olhos, esquecidos de tudo ao redor. Morgan estava muito feliz por Chastity ter encontrado o amor na última primavera. Ela fora uma jovem solitária, que passara por situações difíceis.

– Não é hora nem lugar para esse tipo de conversa, lorde Rosthorn – falou Morgan. – Como eu *gostaria* de dançar...

A música começara.

– Pode fazer isso – disse o conde, parando perto das portas. – Se desejar, *chérie*, dançaremos.

– Não. Sabe que não posso.

– Não aqui, em público – retrucou ele. – Mas em particular...

Ela o encarou com as sobrancelhas erguidas e abriu o leque mais uma vez quando os dançarinos passaram girando.

– Há uma antessala ao lado do salão do bufê que não está sendo usada – disse Gervase. – Poderíamos valsar ali sem que ninguém soubesse. Se nossa ausência for notada, vão presumir que fui pegar um copo de limonada para a senhorita.

– Mas tia Rochester sentirá minha falta – argumentou Morgan.

No entanto, ela estava terrivelmente tentada. Não apenas porque ansiava por dançar, e não apenas porque ele era o conde de Rosthorn e ela havia percebido que talvez estivesse se apaixonando por ele. Também se sentia entediada e tolhida mais uma vez pelas regras de decoro, por uma vigilância rígida, depois da liberdade e da sensação de ter um objetivo, uma responsabilidade na vida, que conhecera em Bruxelas. As últimas semanas, de luto pesado, pareceram intermináveis. E seria por tão pouco tempo... Ninguém jamais saberia.

Ela poderia *valsar* de novo. Naquele momento. Com o conde de Rosthorn.

– Venha, *chérie* – chamou ele, aproximando a cabeça da dela pela terceira vez, com o sorriso de sempre nos olhos indolentes. – Venha valsar comigo.

Ela aceitou o braço dele e o conde levou-a pela porta antes que Morgan pudesse se convencer a ser mais decorosa.

Era uma sala quadrada, não muito grande, com um sofá e algumas cadeiras arrumadas ao redor. Gervase a descobrira mais cedo e imaginara que servisse para os convidados que quisessem descansar em paz por algum tempo. Ele apagara as velas e fechara a porta. Fora uma descoberta fortuita. Um cômodo privado seria melhor do que a varanda, a escolha original dele.

Agora ele acendeu as luzes e se virou para Lady Morgan. Tinha deixado a porta da sala entreaberta. O que deveria mesmo fazer, pensou ao ver Morgan sorrindo para ele, era levá-la de volta ao salão de baile naquele exato momento, antes que alguém abrisse a porta e fosse tarde demais. Gostava muito dela para expô-la àquela situação. A jovem não fizera nada para merecer aquilo.

– Escute – falou em vez de seguir seu instinto, estendendo os braços para ela. – Não é uma melodia de andamento acelerado. Acho que conseguiremos dançá-la aqui sem derrubar a mobília e esbarrar nas paredes.

Morgan se aproximou mais, rindo baixinho. Ele envolveu a cintura dela com a mão esquerda e lhe ofereceu a mão livre. A jovem a aceitou e pousou a outra mão no ombro dele. A intimidade natural da posição da valsa parecia duas vezes mais íntima naquele ambiente privado. Gervase sentiu o aroma de violeta e se lembrou da última vez que os dois tinham ficado sozinhos em um cômodo.

Eles dançaram em silêncio, as luzes, a música, as vozes e risadas se misturando atrás da porta entreaberta. Dentro do cômodo, a iluminação era baixa e íntima. Morgan afastou a cabeça para trás e sorriu para Gervase. Ele retribuiu. Talvez ninguém aparecesse. Talvez ele acabasse não tendo que arcar com as consequências de sua atitude terrível.

Depois de alguns minutos, Gervase a puxou mais para perto, pousou a palma da mão dela sobre o peito, à altura do coração, e cobriu-a com sua própria mão. Sentiu a outra mão dela deslizar pelo seu ombro e repousar em sua nuca. Morgan virou o rosto e, com um suspiro baixo, descansou-o nas dobras intrincadas do lenço de pescoço dele. Eles continuaram dançando, os corpos unidos.

Ela era tão esguia, tão feminina e cálida... Ele a conhecia tão bem... e gostava tanto dela...

– *Chérie* – murmurou Gervase no ouvido dela alguns minutos depois.

Morgan afastou a cabeça e levantou o rosto para ele. Os olhos dela tinham uma expressão sonhadora, com as pálpebras pesadas por causa da música, da luz das velas e do calor compartilhado pelos corpos deles.

– Sim – sussurrou, entreabrindo os lábios.

Ele abaixou a cabeça e a beijou, parando de dançar. Envolveu ainda mais a cintura dela, e Morgan pressionou o corpo contra o dele, abrindo mais os lábios. Então o calor e a urgência envolveram-nos. Ele enfiou a língua no interior da boca convidativa e ela o envolveu ainda mais com os braços, deixando escapar um murmúrio de encorajamento. Uma das mãos dele encontrou um seio e se fechou sobre ele.

Foi nesse momento que ele sentiu um súbito pânico. *Não!* Estava se perdendo na paixão enquanto, ao mesmo tempo, avançava na traição a Morgan. Ela não fizera *nada* para merecer aquilo dele. Gervase não podia continuar. Tinha que tirá-la daquela sala sem que ninguém percebesse e voltar rápido com ela para o salão de baile, antes que alguém descobrisse que eles haviam sumido do salão e que também não estavam no bufê. De repente ele ficou desesperado para salvar Morgan... e a si mesmo.

Ele a soltou e levantou a cabeça.

Tarde demais.

A porta agora estava mais da metade aberta e alguns convidados ou espiavam abertamente para dentro da sala ou passavam devagar na frente do cômodo, educados demais, talvez, para ficarem parados olhando.

O duque de Bewcastle já adentrara no recinto e agora fechava a porta com firmeza.

CAPÍTULO XV

A primeira sensação de Morgan foi de culpa. Ela estava usando preto e havia restringido suas atividades sociais em respeito à memória de Alleyne, mas acabara cedendo à tentação de valsar. A segunda sensação foi de profundo constrangimento. Wulfric e metade da alta sociedade a tinham visto em um abraço intenso com o conde de Rosthorn. A terceira sensação foi de euforia. O conde *devia* nutrir sentimentos por ela, como ela nutria por ele. E a quarta sensação foi de raiva. Como Wulfric ousava se fechar ali com eles como se os dois fossem crianças desobedientes e travessas? Na verdade, as quatro sensações se abateram sobre Morgan quase ao mesmo tempo.

– Nunca bate à porta, Wulf? – perguntou, encarando-o com irritação e arrogância.

O duque estava com o monóculo colado ao olho, encarando através dele o braço do conde, que permanecia ao redor da cintura dela, em atitude protetora. Lorde Rosthorn não recolheu o braço. Wulfric ignorou a pergunta de Morgan.

– Eu já lhe pedi a mão de Lady Morgan uma vez, Bewcastle – disse Gervase. – Estarei na Casa Bedwyn amanhã de manhã para repetir o pedido. Acho que você concorda que não é a hora nem é o lugar para levarmos esta conversa adiante.

A voz dele era fria, e o tom, contido. Quase não havia traço do sotaque francês. O rosto de Wulfric era uma máscara de controle.

– Devo parabenizá-lo, Rosthorn – falou. – Você conseguiu me manipular direitinho. Por enquanto.

– Ah, mas isso é um absurdo! – gritou Morgan, afastando-se do toque do conde. – Estávamos apenas valsando juntos aqui e então nos beijamos. Mutuamente, devo acrescentar.

Wulf se virou para ela. Se o olhar dele já não fosse desconcertante o bastante, o monóculo continuava colado ao olho. Ela realmente dissera que eles estavam *apenas* valsando e se beijando?

Apenas?

Antes que Wulfric pudesse se pronunciar, a porta se abriu de novo e Freyja entrou. Ela olhou para cada um deles com as sobrancelhas erguidas.

– Esperava encontrar no mínimo um duelo em andamento, e Morgan desmaiada em um canto – comentou. – Nosso baile, ao que parece, está fadado a ser o principal assunto das conversas de amanhã e de vários dias depois. Mas o que se poderia esperar de um evento organizado por Josh e por mim? Lorde Rosthorn, o senhor realmente foi visto *beijando* a minha irmã aqui? Isso é bastante chocante e estou tendo que fazer um enorme esforço para não desmaiar eu mesma. Wulf, você está com a expressão de quem engoliu um iceberg. E, Morgan, você parece a própria Lady Macbeth. Gostaria de lembrar a todos vocês que este baile é em homenagem a Lady Chastity Moore e lorde Meecham e que *não* vou permitir que se torne um espetáculo de circo.

– Eu estava apenas informando à Sua Graça, madame – disse Gervase, fazendo uma cortesia –, que tenho a intenção de fazer uma visita formal à Casa Bedwyn, amanhã de manhã, para pedir a mão de Lady Morgan Bedwyn em casamento.

– Tanto Wulf quanto Morgan, sem dúvida, terão algo a dizer a respeito disso quando o senhor aparecer – retrucou Freyja. – Mas isso será amanhã, não esta noite.

– Isso tudo é um absurdo – falou Morgan.

– É claro que sim – concordou Freyja, atravessando a sala e dando o braço à irmã. – Mas, ao mesmo tempo, é mortalmente sério. A aristocracia estará pronta para jogá-la na mais absoluta desgraça depois do que aconteceu aqui e, infelizmente, a aristocracia é um monstro que até mesmo os Bedwyns precisam apaziguar de vez em quando. Está na hora de encarar esse novo fato. Vamos entrar juntas no salão de baile como se nada fora do normal houvesse acontecido. É uma pena que você não tenha o nariz dos Bedwyns. É uma grande vantagem em situações como esta. Mas você sabe sorrir. Faça isso.

Sempre fora difícil não ser arrastado por Freyja quando ela estava em sua disposição mais formidável. Naquele momento, Morgan nem tentou. Deixou a sala sem olhar de novo para nenhum dos dois homens e sorriu.

E percebeu de relance que Wulfric saíra atrás das duas e que as seguia de perto.

Morgan viu o conde de Rosthorn chegar de carruagem na manhã seguinte, seguir pisando firme até a porta da frente e entrar na casa depois de bater e aguardar um instante. Ela estava sentada no sofá colado à janela de seu quarto, com as pernas dobradas, abraçando os joelhos. Havia se recolhido ali de propósito, para ficar sozinha e se preparar para o que teria que enfrentar.

Precisava se preparar. Sua mente e suas emoções estavam uma confusão. Todos tinham algo a falar com ela, ou na noite anterior ou naquela manhã. Todos tinham uma opinião, algum conselho a oferecer ou ambos.

Tia Rochester, obviamente furiosa, havia encontrado um momento em particular na noite da véspera para informar à sobrinha que ela era uma mancha no nome Bedwyn. Os membros da família, informara a tia, sempre haviam tido a reputação de serem ousados e pouco convencionais, mas nunca foram conhecidos pela vulgaridade. Agora Morgan se arrependeria de ter agido de forma tão escandalosa e teria que se casar com um sedutor velho demais para ela, que, sem dúvida, a negligenciaria e desfilaria diante dela com seu harém de mulheres de vida fácil. Ela teria sorte se alguma das pessoas mais tradicionais da alta sociedade se dispusesse a recebê-la nos próximos cinquenta anos.

Freyja dera sua opinião durante aquela terrível caminhada de volta ao salão de baile, quando Morgan teve a sensação de que seus lábios se partiriam de tanto sorrir.

– Alleyne sempre dizia que você faria coisas mais ultrajantes do que um Bedwyn já tivesse feito. Na verdade, eu fiz bem mais com Joshua no ano passado do que valsar em uma antessala e beijá-lo com a porta aberta para que todos vissem. Embora tenha havido bem mais do que isso no seu caso, é claro. Você foi terrivelmente indiscreta durante todo o último mês, não foi? E hoje foi a cereja do bolo. Alleyne estava certo. Mas vou lhe dar um conselho, Morg. O homem é muito atraente, admito isso. Mas seja uma Bedwyn até o fim. Não aceite o pedido de casamento amanhã a não ser que tenha certeza absoluta de que ele é o único homem com quem você imaginaria passar o resto da vida.

Chastity também deu sua contribuição na noite anterior:

– Lorde Rosthorn é um homem encantador e também muito bonito. E foi gentil com você na Bélgica. Não posso culpá-la por querer valsar com ele esta noite, Morgan. Sei que não teria suportado se estivesse proibida de dançar com Leonard. Você o ama? Acho que sim, já que permitiu que a beijasse. Como anseio por vê-la tão feliz quanto eu...

– Quando eu me casei com Aidan, no ano passado, contrariando o conselho de todos os que me amavam, fiz isso por todos os motivos errados. – Essa foi Eve, depois que eles voltaram do baile. – Foi uma enorme sorte que tenhamos nos apaixonado tão profundamente um pelo outro, e tão rápido. Poderíamos muito bem ter sido infelizes pelo resto de nossas vidas. Caso resolva se casar com lorde Rosthorn, Morgan, certifique-se de estar fazendo isso não por causa do escândalo em torno do seu nome, mas por saber que não vai conseguir ser feliz com nenhum outro homem.

– Esqueça o escândalo, Morgan. – Era a vez de Aidan. – Se não quer se casar com Rosthorn, diga isso a ele e o mande embora. Venha passar o verão conosco e vá para Lindsey Hall no inverno. Na próxima primavera, você será lembrada apenas como uma daquelas Bedwyns cabeças-duras e ousadas. – Ele a observara detidamente com os olhos escuros e intensos. – Por outro lado, se você o ama, diga isso a ele e todos nós o perdoaremos pela indiscrição de hoje e o acolheremos na família por você.

Wulfric esperara para falar com ela pela manhã, depois de Morgan ter passado uma noite inquieta, quase sem dormir. Ele a chamara à biblioteca antes de ela descer para o café da manhã. Morgan atravessara toda a extensão do recinto com os olhos do irmão mais velho fixos nela enquanto ele permanecia sentado atrás da escrivaninha. E, é claro, ela retribuiu na mesma moeda, encarando-o durante todo o caminho.

– Sente-se – disse o duque, e Morgan se acomodou na beirada de uma cadeira dourada enquanto ele se recostava, apoiava os cotovelos nos braços da própria poltrona e entrelaçava os dedos. – Nada é irrevogável neste momento, Morgan, embora dessa vez eu de fato me sinta obrigado a discutir os termos do casamento com o conde de Rosthorn, e então a atender ao pedido dele de se dirigir pessoalmente a você. Sua concordância com o que aconteceu ontem à noite, que você mesma admitiu, me força a tomar essas atitudes desagradáveis. No entanto, minha importância social é grande, assim como a sua. Eu a aconselharia a responder um não firme e definitivo.

Se fizer isso, nem mais uma palavra será dita a respeito entre mim e você. Eu a acompanharei de volta a Lindsey Hall daqui a cerca de uma semana, ou você poderá ir para Oxfordshire com Aidan antes disso.

Não haveria maiores recriminações então? Nenhuma repreensão furiosa? Morgan torceu as mãos no colo, quase desapontada. Era mais fácil lidar com Wulf quando podia desafiá-lo de algum modo.

– Vou responder ao pedido de lorde Rosthorn como eu achar adequado – falou ela.

Durante toda a noite ela se perguntara se o conde a amava. Porque ela estava quase certa de que o amava.

– Você foi enganada, Morgan – falou Wulfric depois de encará-la em silêncio por longos e enervantes minutos. – Rosthorn não a ama. Ele *me* odeia.

– Que bobagem! – exclamou ela, irritada. – É *você* que *o* odeia simplesmente por ele ter feito o que você teria aplaudido se fosse Sir Charles Stuart. Está sendo irracional, Wulf.

Os olhos cor de prata a encararam.

– Eu lhe perguntei antes e você não me respondeu – continuou Morgan. – Perguntei ao conde de Rosthorn e ele mudou de assunto. Por que o odeia? Na verdade, não tem nada a ver comigo, não é mesmo? Vocês se conheciam antes... antes do exílio dele.

Longos silêncios nunca pareceram desconcertar Wulfric. Morgan também se recusou a ficar desconfortável. Continuou encarando o irmão e esperou.

– Ele violou uma dama e a roubou – disse Wulfric, por fim. – Rosthorn, o pai, o expulsou da Inglaterra e o proibiu de retornar para sempre.

– *O quê?*

Morgan estendeu a mão e segurou a beirada da mesa como se fosse cair se não fizesse isso.

– Ele foi descoberto no quarto da dama, na cama dela, durante um baile – continuou Wulfric. – Nada muito diferente do que aconteceu ontem à noite e provavelmente por um motivo similar.

Morgan sentiu a boca seca. Tentou umedecer os lábios, mas a língua também parecia seca.

– Como você sabe que a dama não estava com ele por vontade própria? – perguntou. – *Eu* estava ontem à noite.

– Ela *não* estava com ele por vontade própria – afirmou Wulfric. – Seu noivado com outro homem seria anunciado naquela noite. A jovem se sentiu envergonhada demais para seguir com o noivado, embora o futuro noivo ainda a quisesse. Ela se afastou do convívio social e nunca se casou, apesar de sua posição, sua riqueza e sua beleza. Sua vida foi arruinada.

– Não acredito nisso – falou Morgan, ficando de pé. – Todos sabemos como as histórias podem ser distorcidas e exageradas ao serem contadas. Como você sabe que o que está me dizendo é verdade?

– Eu era o futuro noivo da dama em questão – respondeu Wulfric, suavemente. – Fui um dos três homens, junto do pai da jovem e do pai dele, que o encontrou no quarto dela. Tarde demais, como ficou provado.

Morgan ficou encarando o irmão, perplexa. *Wulfric* já quase fora noivo? E fora terrivelmente magoado? Pelo atual conde de Rosthorn? Era absurdo demais para ser digerido de uma vez.

– Talvez você tenha compreendido mal o que estava vendo – disse ela.

– Acho muito difícil.

– Aconteceu há nove anos.

– Sim.

Eles ficaram se encarando, os olhos dela carregados, os dele, cor de prata e gelados.

– Um homem desses não deveria ter permissão para sequer se aproximar de uma irmã minha – disse Wulfric depois de mais um longo silêncio. – Mas ele manipulou a situação de forma muito inteligente para ganhar seu afeto e a colocou em uma posição que me obriga a permitir que ele se dirija a você para propor-lhe casamento. Como não vou proibi-lo de pedir a sua mão, não posso proibi-la de aceitá-lo. E se eu tentasse, tenho certeza de que você me desafiaria e arruinaria a própria vida para sempre fugindo com ele. Mas o que posso fazer é confiar em você para tomar a decisão certa em relação ao que vai fazer com o resto de sua vida.

Depois de continuar fitando Wulfric por algum tempo, Morgan saiu da biblioteca sem falar nem uma palavra mais.

Foi se acomodar no assento da janela do seu quarto, sabendo que lorde Rosthorn chegara e que naquele exato momento estava na biblioteca discutindo um contrato de casamento com Wulfric. Ela nem imaginava quanto tempo demoraria. Mas em algum momento, dali a meia hora, uma hora, no máximo, alguém bateria à porta e ela teria que forçar as próprias pernas a levarem-na de volta à biblioteca. Teria que encarar o conde.

O homem que violara a mulher que Wulf amara. Eles haviam sido pegos juntos na cama. As palavras da dama e suas ações subsequentes pareciam confirmar que ela não se entregara de livre e espontânea vontade.

O homem que flertara com Morgan de forma tão imprópria e extravagante antes da Batalha de Waterloo.

O homem que a apoiara e lhe dera proteção, que lhe fizera companhia, que fora seu amigo nos dias que se seguiram à batalha.

O homem com quem ela fizera amor depois de saber que não havia mais esperança de Alleyne ter sobrevivido.

O homem que a levara de volta para casa, para o seio da família.

O homem que ela tinha começado a amar, o homem que ela havia acreditado estar começando a amá-la.

O que acontecera nove anos antes anulava tudo o que o instinto de Morgan lhe dizia sobre o conde, sobre os sentimentos dela por ele? Ele *violara* uma mulher. Ela não conseguia acreditar nisso. Mas como poderia não acreditar? Wulf *estivera* presente, e não era o tipo de homem que distorceria os fatos.

Morgan nunca se sentira tão confusa na vida.

Ela foi chamada por uma criada quarenta minutos depois. Morgan se sobressaltou, alarmada, então se levantou, alisou a saia do vestido preto, endireitou os ombros e levantou o queixo.

O conde de Rosthorn teria que lhe dar algumas explicações.

O duque de Bewcastle mantivera Gervase aguardando em uma sala de espera destinada aos visitantes por longos vinte minutos antes de recebê-lo na biblioteca. Então os dois tiveram uma reunião breve e fria na qual discutiram negócios como se não houvesse nenhum elemento pessoal envolvido nos termos. Bewcastle não hesitara em deixar claro que aconselhara Morgan a recusar a oferta. Depois, finalmente o duque se levantou e saiu da biblioteca, deixando Gervase com os olhos perdidos nos pedaços de carvão apagados na lareira.

Durante toda a noite, o conde sentira uma satisfação fria.

E também tentara ignorar um pesado sentimento de culpa. Em sua obsessão para se vingar de Bewcastle, ele se tornara quase tão mau quanto imaginaram que houvesse sido nove anos antes. *Quase* tão mau? Pior. Marianne havia buscado a própria ruína. Lady Morgan não.

Ele se virou e entrelaçou as mãos nas costas quando a porta foi aberta novamente. Morgan passou pelo criado e entrou na biblioteca.

Parecia calma, pensou Gervase, embora seu rosto estivesse muito pálido. Os ombros estavam eretos, e o queixo, erguido. Ele franziu a testa ao se lembrar do beijo da noite anterior. Não pretendera fazer aquilo. Não fora parte do plano. A intenção dele era de que fossem pegos valsando juntos em uma antessala privada. Teria sido o bastante para reacender as chamas do escândalo que começava a arrefecer.

O beijo acontecera por si mesmo.

– Bem, *chérie* – falou. – Aqui estamos.

Ela continuou a caminhar e parou a menos de um metro dele, encarando-o com firmeza. Ele esperara timidez? Rubores?

– Se está prestes a se ajoelhar e fazer disso uma bela cena – disse Morgan –, pode poupar seu tempo, lorde Rosthorn. Quero saber o que aconteceu há nove anos.

Ah, então Bewcastle contara a ela? A versão dele, pelo menos. Era bem provável. Que modo mais eficiente de persuadi-la a rejeitar o pedido de casamento!

– Houve uma indiscrição com uma dama, *chérie* – falou Gervase. – Diria que não é nada com que deva preocupar sua linda cabecinha se eu achasse que adiantaria.

Ele sorriu para ela.

Mas Morgan não achou graça da antiga brincadeira entre os dois.

– Responda a uma pergunta primeiro. O senhor a violou?

Sim, pelo visto Bewcastle estivera bastante ocupado. Gervase se virou na direção da lareira.

– Quer a resposta direta? Eu lhe darei, então. É não. Não, eu não a violei.

– Acredito querer mais do que a resposta direta, lorde Rosthorn – retrucou a jovem, a voz um pouco trêmula. – Se não houve violação, o que aconteceu então? O senhor foi pego com a dama em circunstâncias irremediavelmente comprometedoras. Ela o acusou de tê-la forçado. Recusou sua oferta de casamento. Retirou-se para sempre do convívio social. Conheço os fatos, como vê. Quero que me explique como pode *não* ter se sentido culpado.

Gervase suspirou e voltou a cruzar as mãos nas costas. Lady Morgan agora sabia o pior, o que era bom para ele. Não queria mesmo se casar com ela, queria? E com certeza ela também não queria se casar com ele. Gervase atingira o objetivo a que se propusera... E, para dizer a verdade, a vitória lhe trazia uma sensação de vazio. Vingança era um motivo tolo e imaturo para qualquer ação. Nunca resolvia nada, apenas aprofundava o ódio. Bewcastle também fora uma vítima. Às vezes Gervase se esquecia disso.

Ele percebeu, mesmo sem se virar, que Morgan se afastara dele e fora para trás da escrivaninha, onde estava de pé, olhando pela janela.

– Eu conhecia a dama havia muito tempo – contou. – Tinha sido nossa vizinha em algumas temporadas e era amiga das minhas irmãs e da minha prima. Acho que eu até nutria uma paixonite por ela quando éramos crianças. Era uma menina encantadora. Mas nunca considerei seriamente a possibilidade de cortejá-la. Além do mais, eu era amigo de Bewcastle, ou pelo menos fazia parte do círculo mais afastado de amigos dele, com a esperança de um dia ser admitido no grupo de amigos íntimos. E Bewcastle começou a cortejar Marianne quando ela fez sua entrada na sociedade.

– Eu nunca soube, até hoje, que Wulf havia sequer considerado se casar – comentou Morgan. – Imagino que ele deva tê-la amado.

– O pai dela era marquês – continuou Gervase. – Aquele seria, é claro, um excelente casamento para a filha dele, e o homem promoveu a ideia agressivamente. O noivado dos dois seria anunciado em um grande baile que o marquês ofereceu naquela temporada.

– Nenhum de nós jamais soube disso – disse ela.

Quando Gervase virou um pouco a cabeça, viu que Morgan estava sentada na cadeira de Bewcastle.

– Mas havia um problema – prosseguiu ele. – Marianne não desejava se casar com *ele*. Mas o duque era um homem poderoso, e o pai dela também. O marquês não considerou nenhuma das objeções feitas por Marianne e a ameaçou com todo tipo de consequências terríveis caso ela não se comportasse como deveria quando Bewcastle a cortejasse, e caso não aceitasse o pedido de casamento quando ele o fizesse.

– Como sabe disso?

Os olhos de Morgan encontraram os dele, arregalados, com uma expressão que poderia ser de raiva.

– Marianne me contou – disse o conde. – Ela dançou comigo naquela noite e então, no meio de uma música, me arrastou para fora do salão de baile, falando que precisava conversar comigo. Me levou para sua sala íntima e abriu o coração para mim. Estava desesperada. Me contou que o noivado seria anunciado após o jantar e que, então, não poderia mais escapar do casamento com o duque. Disse que preferiria morrer e me implorou que a ajudasse.

– O que o senhor respondeu?

As narinas de Morgan estavam dilatadas e ela espalmou as mãos na escrivaninha.

– O que eu *poderia* responder? – Ele deu de ombros. – Nem me recordo direito o que falei. Acho que a aconselhei a ir procurar o pai e Bewcastle imediatamente, e dizer a eles com toda a firmeza possível que não se casaria. Até me ofereci para conversar com Bewcastle, embora não fosse um amigo próximo o bastante para isso. Depois, só lembro que acordei sobressaltado quando a porta do quarto dela foi aberta de repente e Bewcastle entrou, furioso, seguido pelo pai de Marianne e pelo meu pai.

– No *quarto* dela?

– Eu estava deitado na cama, vestido, na verdade, despido, da forma mais chocante e comprometedora. Assim como Marianne. As cobertas estavam jogadas por toda parte como se uma grande orgia houvesse acontecido ali. Marianne chorava histericamente. Acho que minha expressão devia ser de total perplexidade, como a de um palerma.

Gervase voltara a se virar na direção da lareira e não tinha como dizer se ela acreditara nele ou não. Era uma história muito difícil de engolir, sem dúvida. Fora por isso que ninguém acreditara nele na ocasião. Não que ele tivesse se defendido de imediato – ficara paralisado pelo choque e por seu maldito código de honra. Um cavalheiro não contradizia abertamente uma dama e ponto final.

– Se foi algo que aconteceu por acordo mútuo ou por violação? – disse ele, com uma risada baixa. – Acho que, na ocasião, Marianne estava histérica demais para dar qualquer resposta coerente aos berros do pai, e eu não falava nada. Estava consciente demais do choque do meu pai e da frieza nos olhos de Bewcastle.

– Bem, o que *houve*? – perguntou Lady Morgan, com rispidez.

– Para mim, não foi nenhuma das duas opções – respondeu Gervase. – Eu não tinha bebido muito, mas, mesmo se fosse o caso, não teria esquecido por completo um acontecimento desses, teria? Além do mais, se eu houvesse bebido tanto assim, imagino que, ainda que quisesse, não teria conseguido fazer nada. Acho que fui dopado.

– Por Marianne?

Ele deu de ombros.

– Não se acusa uma mulher de uma coisa dessas – falou. – Nem de mentir. Então, quando ela finalmente conseguiu falar e declarou que eu a possuíra à força, não me defendi. Mas, se ela me drogou, foi um plano espetacular. Não houve, é claro, nenhum anúncio de noivado naquela noite, nem depois.

Gervase levantou um braço e apoiou-o no console da lareira, acima da cabeça. Era um pedido de casamento estranho aquele. Mas ele se deu conta de que, de certa forma, já esperava por isso. E havia um certo alívio em esclarecer aquele assunto entre os dois.

– Tudo isso poderia explicar muito bem por que Wulf o odeia, lorde Rosthorn – comentou Morgan, levantando-se, dando a volta na escrivaninha e indo até ele. – Mas ele diz que o *senhor* o odeia. Meu irmão acredita que o senhor teria feito aquilo por ódio a ele, não por amor a ela.

Gervase riu baixinho e se virou para encará-la. Pobre jovem – era apenas uma criança quando tudo aquilo acontecera. Não deveria ter sido arrastada para o meio daquela história tanto tempo depois. Ele algum dia se perdoaria? Duvidava.

– A cena foi bastante melodramática mesmo – disse ele. – Bewcastle saiu do quarto enquanto o marquês de Paysley ainda gritava com a filha e ameaçava me matar. Ao mesmo tempo, meu pai garantia a ele que eu faria uma visita formal à casa da família pela manhã, para fazer o *meu* pedido de casamento. Deixei o quarto e fui atrás de Bewcastle, com a intenção de explicar a situação a ele sem chamar Marianne de mentirosa na frente dela. Mas ele desceu as escadas correndo à minha frente e Henrietta me deteve na base da escada. Ela estava muito pálida e perturbada, e queria saber o que havia acontecido. Quando consegui alcançar Bewcastle novamente, ele estava no saguão, prestes a ir embora. Estava cercado por vários amigos em comum e, é claro, por vários criados e alguns outros convidados. Eu estava fora de mim de atordoamento, raiva e vergonha. Mantive a pose e, no tom mais nobre que consegui, convidei Bewcastle a me enfrentar se quisesse explicações.

– Vocês duelaram? – perguntou Morgan, os olhos arregalados.

– Ele me encarou daquele jeito que só ele consegue, como se eu estivesse abaixo de um verme na cadeia alimentar – disse Gervase, com outra risadinha. – Levou o monóculo ao olho e respondeu que tinha como regra duelar apenas com cavalheiros. Ainda falou que me açoitaria com o chicote do cavalo dele se me visse novamente depois daquela noite. Então foi embora e todos os outros permaneceram, me encarando com expressões variadas de acusação.

Lady Morgan o fitou em silêncio por um longo tempo.

– Então seu pai o baniu – disse Morgan. – O senhor se recusou a se casar com Marianne, então?

– Não me foi dada a chance. Assim como não foi dada a ela a chance de recusar meu pedido. Meu pai me procurou na manhã seguinte, quando eu ainda estava em meu quarto de vestir. Trazia uma carta aberta na mão e estava furioso como eu nunca o vira, nem na noite da véspera. Era uma missiva de Paysley exigindo a devolução de um broche que eu supostamente tirara do quarto de Marianne na noite anterior. Era uma herança de família de valor inestimável, ao que parecia, que quase nunca era tirada do cofre. Mas o pai dera a joia a Marianne para que ela a usasse na noite de seu noivado.

– Não. – Morgan franziu a testa. – Isso, entre todo o resto, é um absurdo. O senhor não teria feito uma coisa dessas.

– Obrigado, *chérie*. – Gervase sorriu para ela. – Mas eu *tinha visto* o broche no chão, quando estava prestes a sair do quarto. Bewcastle quase pisou nele. Ele parou, pegou a joia e a colocou sobre uma mesa, então eu o segui para fora. Contei isso ao meu pai na manhã seguinte e o convenci a me deixar procurar Bewcastle, para que ele pudesse confirmar a minha inocência. Ele não estava na Casa Bedwyn. Fui encontrá-lo no White's, cercado basicamente pelo mesmo grupo de amigos da noite anterior. Pedi, na frente de todo mundo que estava ali, que seu irmão confirmasse o que eu vira. Ele apenas levou o monóculo ao olho e perguntou se alguém conhecia o cachorrinho abusado que estava parado na porta. Depois disso, Bewcastle me ignorou e eu fui embora. Eu era muito jovem e tolo naquela época, *chérie*. Meu pai escreveu para Bewcastle, mas ele respondeu em poucas linhas, alegando que não sabia nada sobre broche algum. Então, como pode imaginar, minha desgraça se agravou ainda mais. Fui acusado e condenado como violador de inocência e como um ladrão vil. Meu pai fez o que achou que tinha que fazer.

Morgan voltou a encará-lo por um longo tempo.

– Acredito no senhor – falou. – Também acredito em Wulf. Ele viu e ouviu o que lhe pareceu uma prova incontroversa de culpa, embora *realmente* tenha sido vil da parte dele ter se recusado a lhe fornecer o álibi de que precisava na questão do broche. Imagino que a intenção tenha sido puni-lo pelo que o senhor havia feito a ele. Mas acredito na sua inocência.

– Obrigado, *chérie*.

Ela não resistiu quando Gervase pegou uma de suas mãos e levou-a aos lábios. Morgan foi a única pessoa até então a acreditar nele. Gervase se sentiu estranhamente próximo às lágrimas. Ela também era a mulher que ele traíra.

– Então – disse Gervase – voltemos à razão desta minha visita.

– Prefiro que não faça o pedido.

– Prefere, *chérie*? Não deseja se casar comigo?

– Não devemos considerar a ideia de casamento quando o senhor está sendo forçado a pedir e eu estou sendo forçada a aceitar. Não devemos permitir que a sociedade nos diga o que fazer com o resto de nossas vidas. Isso é um absurdo.

– Mas talvez a sociedade e eu concordemos nesse ponto.

– Tudo está acontecendo rápido demais – falou Morgan, com a testa franzida. – Passamos por muitas coisas nos últimos dois meses. O senhor tem sido meu amigo, mesmo que em certa ocasião nós dois tenhamos passado dos limites. Sinto afeto pelo senhor, lorde Rosthorn, e me parece que talvez o sentimento seja recíproco. Mas quero mais de um casamento.

– Amor? – Ele deu um sorriso melancólico para ela.

– Quero ir para casa, para Lindsey Hall, passar o verão – disse Morgan, sem dar seguimento ao assunto anterior. – Acredito que o senhor deseje voltar à Chácara Windrush para retomar a vida que lhe foi roubada há nove anos. Nós dois devemos fazer o que desejamos, sem estarmos presos a um compromisso do qual podemos nos arrepender.

Ela o estava deixando livre? Onde estava a empolgação que ele deveria sentir?

– E na próxima primavera? – perguntou Gervase. – Nos encontraremos de novo?

– Talvez. Devemos permitir que o futuro siga seu rumo. Agradeço por ter vindo, lorde Rosthorn, mas lhe peço que não me proponha casamento. Eu não suportaria lhe dizer não, já que gosto tanto do senhor, mas seria obrigada a fazer isso, mesmo a contragosto.

– *Chérie.* – Ele ainda segurava a mão dela. Levou-a novamente aos lábios e a manteve ali. Então apertou-a com mais força e fechou os olhos. – Assim parte meu coração.

E o mais ridículo de tudo era que ele tinha a sensação de que estava sendo sincero.

Antes que qualquer um dos dois pudesse dizer mais alguma coisa, alguém bateu de leve à porta da biblioteca. Era Lady Aidan Bedwyn, parecendo constrangida e pesarosa.

– Me desculpem – disse ela. – Wulfric estava determinado a voltar para cá, já que vocês estão sozinhos há mais tempo do que ele considera apropriado. Eu o convenci a me deixar vir em seu lugar. Posso me sentar no canto mais distante de vocês com um livro e ficar cega e surda. Por favor, ignorem a minha presença.

Lady Morgan retirou a mão da dele.

– Não há necessidade, Eve. Lorde Rosthorn está de partida.

Lady Aidan olhou para ele com curiosidade.

– Ele não virá à sala de visita para comer alguma coisa? – perguntou.

Gervase fez uma mesura.

– Não, madame, obrigado. Preciso ir.

– Ah – disse ela –, lamento muito.

– Não é necessário – assegurou Morgan. – Nos despedimos em termos amigáveis, Eve. Lorde Rosthorn e eu somos amigos.

Não havia nada a fazer a não ser se inclinar mais uma vez em uma reverência para as duas e partir. Alguns minutos depois, quando saía da propriedade dos Bedwyns como um homem novamente livre, Gervase duvidava que tivesse se sentido mais arrasado em muitos anos.

CAPÍTULO XVI

Ninguém sequer mencionou o nome do conde de Rosthorn. Era como se ele nunca houvesse aparecido ali, como se ninguém esperasse que fizesse um pedido de casamento.

Todos estavam determinadamente animados. Eve e Aidan planejavam voltar para casa em poucos dias e queriam que Morgan os acompanhasse.

– Devemos passar umas semanas em Lake District – acrescentou Eve. – Você deve lembrar que queríamos ter ido no ano passado, Morgan, mas acabamos indo para a Cornualha, porque Joshua parecia precisar do nosso apoio. Este ano vamos tentar de novo. Adoraríamos que você nos acompanhasse, não é, Aidan?

– As crianças também adorariam, Morgan – disse ele.

Freyja e Joshua apareceram à tarde. De algum modo, eles já sabiam que não haveria noivado.

– Vamos voltar para casa assim que a sessão no Parlamento terminar – falou Freyja. – Nenhum médico daqui teve sucesso em me convencer de que sofro de enjoo matinal ou qualquer um desses outros prazeres que certamente acompanhariam a minha condição se eu fosse uma dama refinada. Além do mais, estamos com saudades de Penhallow. E ainda temos que cuidar dos preparativos para o casamento de Chastity. Venha conosco, Morgan. Pode pintar mais, como queria tanto fazer no ano passado.

– Concordo, Morgan – acrescentou Joshua, com um sorriso. – Talvez você possa exercer alguma influência sobre a minha esposa, que, de outro modo, acabará escalando penhascos ou remando em barcos de pescadores, deixando-me em uma ansiedade terrível e permanente. É preciso lembrar que ambos nos encontramos em um estado delicado esses dias.

Wulf anunciou que retornaria a Lindsey Hall assim que a sessão terminasse.

– Agora que você já foi apresentada à sociedade – disse ele –, poderá fazer e receber visitas e me aliviar de parte do meu fardo social... a menos que queira passar o verão em Lake District ou na Cornualha, é claro.

– Tenho tantas opções que parece que vou acabar paralisada pela indecisão – disse Morgan.

Mas ela percebeu que todos os planos envolvendo-a em atividades animadas eram para o futuro. Não houve menção a passeios a cavalo no Hyde Park, ou a tardes de compras na Oxford Street ou na Bond Street, ou a visitas à biblioteca ou a qualquer outra atividade que seria normal mesmo em seu período de luto.

Caíra, era óbvio, em absoluta desgraça. Não apenas se comportara mal em Bruxelas, e com uma indiferença notória ao seu nome e à sua posição social ali em Londres – como dissera tia Rochester –, como agora também se recusara a tentar se redimir da única maneira socialmente aceitável. Ela se negara a se casar com o conde de Rosthorn.

Por que fizera isso?

Passou o resto do dia tentando responder a essa pergunta. Acreditava que o amava. Depois de ouvir o relato do conde sobre o que acontecera nove anos antes e perceber a terrível injustiça sob a qual ele vivera por todo aquele tempo, ficara ainda mais certa de seus sentimentos.

Por que recusara o pedido, então?

Esperara que lorde Rosthorn houvesse sido mais persuasivo, que a assegurasse com mais determinação do seu amor por ela? Mas Morgan não jogava esse tipo de jogo.

Talvez ela tivesse razão, pensou, depois de pedir licença e se retirar cedo da sala de estar, onde estava com a família. Permitiu que a camareira lhe preparasse a cama, então se acomodou no assento junto à janela de seu quarto com as pernas dobradas, como fizera pela manhã.

Talvez tivesse razão em fazer o que fizera. Sua vida tinha sido muito confusa naquela primavera. Como ela poderia tomar uma decisão racional sobre algo tão importante quanto o casamento? E talvez ela não o amasse de verdade. Talvez fosse apenas amizade, afinal, e gratidão – e simpatia.

Morgan mal conseguia se lembrar do encontro dos dois nos aposentos dele, em Bruxelas. Fora selvagem, apaixonado e chocante, mas intenso e prazeroso também. E ela ainda ficava arrepiada ao lembrar que estivera com ele daquela forma. Mas aquilo fora amor? Não, certo? Ela precisava de conforto e o conde lhe dera isso, porque eles eram amigos – talvez um pouco mais do que amigos.

Mas agora ela o *dispensara*. Podia nunca mais vê-lo de novo. E, mesmo que se encontrassem, no ano seguinte ou nos outros, talvez apenas acenassem com a cabeça um para o outro, de forma polida e distante, como estranhos.

Não conseguiria suportar aquilo.

Por que o dispensara?

Abaixou a cabeça até encostá-la nos joelhos, fechou os olhos e fez o que descobrira, anos antes, ser capaz de acalmar sua mente e suas emoções: ouviu a própria respiração, concentrou-se apenas nela, como se não houvesse mais nada a fazer ou a pensar. E talvez não houvesse mesmo. Havia tomado uma decisão e agora o rumo de sua vida era desconhecido. O passado se fora, o futuro ainda não chegara e o momento presente era como uma bênção entre os dois. Era, de fato, a única realidade.

Mas, às vezes, o problema de bloquear os pensamentos era que o efeito amortecedor deles sobre a mente também era suspenso, abrindo espaço para que a verdade se impusesse e fosse ouvida, como aconteceu assim que Morgan perdeu a concentração na respiração.

Ela o impedira de pedi-la em casamento porque ainda não terminara de fazer as perguntas que precisava, mas acabara ficando com medo de enunciá-las. Com tanto medo, na verdade, que até aquele momento não admitira nem para si mesma.

Levantou a cabeça e encarou a escuridão pela janela.

Talvez, pensou, porque já soubesse as respostas, mas poderia ignorá-las desde que nunca fossem expressas em palavras.

Mas desde quando ela temia encarar a verdade? Desde Bruxelas, quando negara por uma semana inteira a realidade da morte de Alleyne?

Quando nascera aquele medo de fazer perguntas, mesmo sabendo que as respostas a arrasariam? Desde aquela manhã?

Em que momento se tornara uma covarde, escondendo-se naquele quarto, preparando-se para voltar para Lindsey Hall, ou para fugir para Lake District ou para a Cornualha, fingindo que tinham sido o bom senso e a maturidade que a haviam impedido de se comprometer com um noivado naquela manhã?

O amor era algo vazio – e essencialmente inexistente – quando o seu objeto não era o que se pensava dele, quando nunca havia sido.

Morgan ainda demorou um bom tempo para ir para a cama. Depois ficou deitada ali, olhando para o baldaquino acima de sua cabeça, certa de que aquela seria uma noite tão insone quanto fora a anterior. O que ela queria mesmo fazer, pensou, consciente do silêncio ao redor e percebendo que todos os outros já deveriam estar na cama também, era ter um ataque de pirraça.

Mas, infelizmente, não era mais criança.

Morgan observou Eve durante todo o desjejum na manhã seguinte. A cunhada podia ser dócil e tranquila, mas Morgan sabia que ela havia desafiado Wulf, tia Rochester e Aidan no ano anterior, exigindo que a cor de seu vestido de apresentação à corte fosse alterada para preto, a fim de que ela honrasse a memória do irmão, recentemente morto em batalha, em vez de usar um traje colorido, como decretara o irmão mais velho. Então Eve o desafiara mais uma vez, insistindo em voltar para casa para lidar com uma crise na própria família, quando ele havia lhe ordenado que ficasse para um jantar importante na Casa Carlton. E o mais interessante de tudo era que agora Wulf tinha um profundo respeito por Eve, embora ela fosse filha de um mineiro de carvão galês. Aquilo dizia alguma coisa sobre a força do caráter da cunhada.

Ainda assim, Morgan rejeitou a ideia de pedir a Eve que a acompanhasse. Precisava fazer aquilo sozinha.

Então, menos de uma hora depois, quando Wulfric já partira para a Câmara dos Lordes e todos os outros estavam concentrados em suas tarefas diárias, Morgan saiu pela porta da frente, com a camareira alguns passos atrás, e percorreu a pé a distância que a separava da Casa Pickford. Se encontrasse alguém conhecido no caminho, decidiu, inclinaria a cabeça com altivez, daria um bom-dia e deixaria a pessoa se comportar como desejasse.

Não se importaria se passasse por uma dúzia de pessoas e todas a ignorassem abertamente.

Mas a pessoa que ela acabou encontrando, é claro, foi Lady Caddick, junto de Rosamond. O peito de Lady Caddick se elevou quando ela inspirou fortemente e se virou para falar com a filha bem no momento em que Morgan se aproximava das duas.

– Estou sentindo cheiro de peixe podre, Rosamond – disse a mulher. – É lamentável que mesmo em uma área distinta como esta não possamos evitar os piores odores.

– Bom dia, madame – cumprimentou Morgan. – Bom dia, Rosamond.

A jovem lançou um olhar aflito a Morgan e provavelmente teria parado para falar com ela se a mãe não a houvesse agarrado pela manga e a arrastado para longe.

Morgan teria achado divertido todo o episódio se não houvesse se lembrado do que estava fazendo na rua. Então se apressou e bateu na porta da Casa Pickford antes que perdesse a coragem.

Foi informada de que a condessa de Rosthorn não estava em casa, mas que a Srta. Clifton, sem dúvida, ficaria feliz em recebê-la. Morgan seguiu o mordomo pela escada enquanto a camareira que a acompanhara desaparecia nos fundos da casa. O criado levou Morgan a uma sala de estar menor do que a sala de visita onde fora tomar chá poucos dias antes e a anunciou. Henrietta Clifton se levantou imediatamente, com uma expressão de surpresa.

– Lady Morgan – falou. – Por favor, entre e sente-se. Lamento que tia Lisette não esteja aqui para recebê-la. Ela também lamentará.

A Srta. Clifton devia estar perto dos 30 anos, avaliou Morgan. Era uma moça sem atrativos, ligeiramente acima do peso, mas tinha modos agradáveis, e Morgan gostava dela.

– Sou a última pessoa que a senhorita deve ter imaginado ver hoje – comentou Morgan, sentando-se.

– Ficamos surpresas e um tanto desapontadas quando Gervase voltou para casa ontem e nos contou que a senhorita recusou o pedido de casamento – disse a Srta. Clifton. – Pensei sinceramente que vocês dois se acertariam, e desejo muito a felicidade do meu primo. Mas acredito que a senhorita tenha tido uma boa razão.

– A senhorita não se voltou contra ele há nove anos, então? – perguntou Morgan.

A Srta. Clifton ficou ruborizada.

– Ah, então sabe a respeito? Não, nenhum de nós culpou Gervase, exceto meu tio. Nenhum de nós esperava que titio reagisse daquela forma. Me sinto muito mal a respeito disso desde então. Posso lhe oferecer alguma coisa para beber?

– Na verdade, vim falar com lorde Rosthorn – retrucou Morgan. – Esperarei pelo retorno dele, se for possível.

– Com Gervase?

A Srta. Clifton pareceu surpresa mais uma vez, como era de esperar.

– Há algo que me esqueci de dizer a ele ontem – explicou Morgan. – Por favor, não me diga que ele só deve voltar para casa à noite...

– Ele nem saiu de casa – retrucou a Srta. Clifton, se levantando. – Gostaria de falar com meu primo a sós?

– Sim, por favor.

– Vou chamá-lo, então.

Ela saiu da sala antes que Morgan pudesse mudar de ideia. De qualquer maneira, agora era tarde demais.

Gervase apareceu menos de um minuto depois. Entrou a passos largos na sala e logo em seguida um criado que Morgan não tinha visto fechou a porta. As mãos dele estavam estendidas para ela e sua testa estava franzida.

– O que aconteceu? – perguntou. – Qual é o problema? Alguém está atormentando sua vida? É Bewcastle?

– Não há problema algum. – Morgan se levantou e ficou atrás da cadeira, de modo a deixá-la entre os dois. – Lorde Rosthorn, por que me convidou para dançar no baile do visconde de Cameron?

Ele a encarou por um instante.

– A senhorita era, de longe, a dama mais adorável daquele baile, *chérie*. Eu a vi e soube que precisava ser apresentado à senhorita.

– Tente de novo – disse Morgan, sem desviar o olhar do dele. – E tente ser honesto desta vez. O senhor não dançou com mais ninguém naquela noite. Tenho 18 anos. Estava vestida de branco, como toda moça que acaba de ser apresentada à sociedade. Devo ter parecido uma criança aos seus olhos de sedutor experiente. Sabia quem eu era antes de sermos apresentados?

Um meio sorriso se insinuou nos lábios e nos olhos dele.

– Sabia.

– E não sentiu repulsa ao saber que eu era irmã do duque de Bewcastle?

– Não. Eu valsei com a senhorita, não foi?

– E *por que* fez isso?

Mesmo àquela altura, havia uma parte de Morgan que desejava estar errada. Mas ela sabia que não estava. Só precisava ouvi-lo admitir.

– Teria sido melhor se não tivesse vindo aqui hoje, *chérie* – disse Gervase em voz baixa, a cabeça inclinada para o lado. – Teria sido melhor se, mesmo agora, aceitasse a explicação mais fácil. Mas não vai fazer isso, não é? Desconfio que nunca optará pelo caminho mais fácil na vida. Eu valsei com a senhorita, *ma petite*, porque é irmã do duque de Bewcastle.

Morgan segurou com força o encosto da cadeira e ergueu o queixo.

– E o piquenique na floresta de Soignes?

– Porque é irmã de Bewcastle.

– Tinha a intenção de me arruinar ali?

– Ah, não – respondeu Gervase. – Minha intenção era apenas lhe dedicar uma atenção especial e, talvez, cometer uma pequena indiscrição, de modo que os aristocratas ali reunidos falassem a respeito de nós e os comentários chegassem a Londres e aos ouvidos de Bewcastle.

Era quase como se ela não houvesse imaginado a verdade, como se estivesse se dando conta daquilo pela primeira vez. A mágoa quase a entorpeceu. Lembrou-se de ter deixado que o conde flertasse com ela no piquenique, e de também ter flertado com ele, de sentir-se no controle da situação, no controle dele. Recordou o beijo que havia permitido.

Não entendera o jogo. E não chegara nem perto de ganhá-lo.

Não passara de uma marionete nas mãos dele.

Mesmo assim, Morgan sentiu vontade de parar as perguntas ali. Mas Gervase continuou a encará-la, parado no meio da sala, com aquele meio sorriso que ela vira com tanta frequência em Bruxelas, e que achava provocante e atraente.

Agora sabia que era um sorriso de desdém pela juventude dela, por sua ignorância, pela sua linhagem.

– E o baile dos Richmonds? – perguntou Morgan, seguindo adiante com dificuldade. – Esperou que todos os oficiais se afastassem e foi me confortar. Estava preparando o terreno para um escândalo mais escancarado?

– Ah, *chérie* – disse ele. – Você precisava ser confortada.

– E então eu precisei de alguém pra me acompanhar até a casa da Sra. Clark e depois, voltando de lá – continuou ela, fuzilando-o com os olhos. – Depois, precisei de alguém para encontrar Alleyne para mim. E alguém para me apoiar quando os Caddicks disseram que não ficariam em Bruxelas. O senhor me defendeu deles com tanto empenho e tanta firmeza, lorde Rosthorn... Ainda precisei de companhia para andar por Bruxelas, quando não estava cuidando dos feridos. Durante todo esse tempo, o escândalo sobre nós crescia, e durante todo esse tempo o senhor foi meu *amigo*. Meu amigo tão querido... O engraçado é que eu me achava madura para a minha idade. Ficava impaciente com os jovens da mesma faixa etária e até com os mais velhos, que eram menos ousados e tinham menos controle sobre o próprio destino. Fui enganada pelo senhor. Wulfric usou essa palavra ontem, antes de o senhor aparecer na Casa Bedwyn, e eu não lhe dei ouvidos.

Ela agora segurava o encosto da cadeira com as duas mãos.

– Como posso me defender? – perguntou o conde. – Eu me sinto terrivelmente culpado no que diz respeito à senhorita. Mas não *sobre tudo*. Não depois de Waterloo.

Ela deu a volta ao redor da cadeira e foi na direção dele quando percebeu que o conde podia achar que ela estava se escondendo.

– E naquela noite – falou Morgan, os punhos cerrados ao lado do corpo –, quando fui procurá-lo, perturbada e em choque pelo que descobrira sobre Alleyne...

– Ah, *non, ma chère* – adiantou-se Gervase, levantando as mãos como se para se defender de um golpe.

– Achei que *eu* havia iniciado o que aconteceu ali – continuou ela. – Ainda acho, mas apenas porque o senhor me induziu e me manipulou para que eu gostasse do senhor e confiasse no senhor mais do que já confiara em qualquer pessoa no mundo. Deve ter ficado *exultante*.

– *Non, ma petite.*

Ela ergueu a mão direita e desferiu uma bofetada no rosto dele.

– Ah, sim! – gritou. – Não negue. Sim, sim, sim, *oui, oui, oui*. Em qualquer língua, é inútil mentir para mim.

– Como quiser – falou ele, deixando as mãos caírem ao lado do corpo enquanto as marcas dos dedos dela apareciam vermelhas contra a face esquerda dele.

– O senhor me *usou* – acusou Morgan. – Me caçou, me odiou e fingiu se preocupar comigo. É o pior tipo de vilão.

– Sim – concordou ele. – Talvez eu seja.

A mão de Morgan estava quente e ardida, mas ela teve a satisfação de saber que a sensação no rosto dele provavelmente era pior.

– O encontro no Hyde Park – prosseguiu ela – e o chá aqui, com sua mãe, foram parte de um plano inteligente, eu suponho, para constranger Wulfric ainda mais e forçá-lo a permitir que o senhor falasse diretamente comigo. E o baile... como sabia que havia uma antessala perto do salão? Como a porta acabou ficando entreaberta depois que entramos? E por que fomos dominados pela paixão enquanto valsávamos e fomos encontrados convenientemente nos braços um do outro? O senhor *planejou* tudo.

Ele continuou a fitá-la.

– Planejei – admitiu.

Ela levantou a mão e desferiu-lhe outra bofetada, agora na outra face. Então o encarou quando ele se encolheu mas não fez nenhum movimento para se defender. As narinas de Morgan estavam dilatadas, os lábios, curvados em um sorriso de desdém.

– E ontem foi o golpe de misericórdia – disse ela. – O senhor me contou a sua história e angariou minha compaixão. Não há forma melhor de despertar a piedade de alguém do que contar sobre erros cometidos e injustiças sofridas. E suponho que me encaixei em seu esquema com perfeição quando não permiti que pedisse a minha mão. Eu o liberei. O senhor transformou a minha vida, a de Wulfric e a da minha família em um caos e eu o liberei para que se regozijasse com a lembrança de sua vitória.

– Certo, *chérie* – retrucou Gervase, em voz baixa, quando Morgan esperou que ele respondesse.

– *Errado*, lorde Rosthorn. – Ela o encarou com ódio e apontou para o chão. – Pode ficar de joelhos. Mudei de ideia. Faça o pedido. E saiba que, caso se recuse, não pouparei esforços para que Londres inteira, a Inglaterra inteira, saiba que é um homem sem honra e sem decência. Eu ainda tenho *alguma* influência. Tenho parentes poderosos.

O conde inclinou a cabeça para o lado novamente e o meio sorriso voltou aos seus olhos.

– Deseja que eu a peça em casamento? Depois de tudo isso? Para que possa ter a satisfação de recusar? Seria monstruoso da minha parte lhe negar isso, eu suponho. Muito bem, então.

Ele se apoiou em um dos joelhos e ergueu os olhos para ela ao mesmo tempo que segurava suas mãos. A expressão divertida se fora de seu rosto e ele a fitava com o que Morgan, apenas no dia anterior, talvez houvesse interpretado como ternura.

– Lady Morgan Bedwyn, me daria a grande honra de aceitar meu pedido de casamento?

Morgan reuniu toda a considerável altivez de que era capaz e abaixou os olhos, sem tentar esconder o desprezo que sentia. E o manteve esperando. Saboreou o momento.

– Obrigada, lorde Rosthorn – disse, por fim. – Eu aceito.

Ele a encarou com uma expressão confusa.

– Deixei de compreender alguma coisa? – perguntou.

– Duvido que seja surdo, e acredito que tenha compreendido tudo. Pode se levantar agora.

Ele ficou de pé lentamente. O ar risonho tinha voltado a seus olhos.

– Vai me punir, *chérie*, casando-se comigo e deixando que eu nunca esqueça o vilão que sou? – indagou.

– Errado de novo, lorde Rosthorn. Aceitei seu pedido de casamento. Não tenho a menor intenção de me casar com o senhor.

O riso cresceu nos olhos dele.

– Ah, agora está tudo perfeitamente claro.

– Pensou que estava livre, que sua vingança havia sido belamente aplicada contra todos nós e que eu me recolheria ao campo em desgraça – falou Morgan, fitando-o com altivez. – Nada disso, lorde Rosthorn. Deve ter esquecido que sou uma Bedwyn. Nosso assunto não está terminado. Não sairei de fininho, com a cabeça baixa, apenas porque fui tola e inocente demais para reconhecer um patife. O senhor é meu noivo. Vai me cobrir de atenções e da mais terna devoção até eu resolver me liberar.

– Ah, *chérie*, fica magnífica quando está furiosa. Vou cortejá-la até que mude de ideia sobre me abandonar – disse ele, cruzando as mãos nas costas e se inclinando um pouco mais para perto.

– Errado mais uma vez. *Eu* vou cortejá-lo, lorde Rosthorn. Farei com que se apaixone por mim, então partirei seu coração.

– Já estou apaixonado, *ma petite*, e com certeza partirá meu coração se não mostrar misericórdia por mim.

– Ou talvez eu o faça me odiar e me case com o senhor, no fim das contas – falou Morgan. – Nunca conhecerá meus sentimentos, ou minhas intenções. Mas dançará conforme a música que eu tocar durante o tempo que *eu* quiser. E se recusar, se o *senhor* romper nosso noivado, tomarei todas as providências para que seja banido deste país novamente, e desta vez pelo resto de sua vida.

Os olhos dele sorriam.

O peito dela arfava.

A porta foi aberta.

– Lady Morgan, *ma chère*! – exclamou a condessa de Rosthorn, entrando, apressada, na sala. – Henrietta me disse que estava aqui com Gervase, sem sua camareira. Aconteceu alguma coisa que a aborrecesse? Já repreendi meu filho com veemência depois do baile dos Hallmeres, pode ter certeza. Não fiquei nem um pouco satisfeita com o comportamento dele.

– *Maman* – disse o conde, passando o braço de Morgan pelo dele e sorrindo para ela de um modo que a teria deixado com as pernas bambas apenas um ou dois dias antes –, Morgan acaba de me fazer o homem mais feliz do mundo.

– É verdade, madame – concordou Morgan, com um sorriso ofuscante. – Gervase acaba de me pedir em casamento e eu aceitei.

Ela levantou os olhos para ele, e ali mesmo, com a mãe dele observando, comemorando em francês e levando a mão ao peito, o conde abaixou a cabeça e beijou-a nos lábios.

Para não se deixar vencer, Morgan correspondeu ao beijo.

CAPÍTULO XVII

Gervase se perguntou se Morgan havia se dado conta, quando insistiu no noivado deles, de que a temporada estava quase terminada. Talvez ela houvesse imaginado que eles apareceriam juntos em vários eventos, ela altiva e triunfante, ele sorrindo para ela, antes que ela o desprezasse publicamente e completasse sua vingança.

Gervase sabia que o fato de isso acabar envolvendo-a em um novo escândalo não a deteria.

Mas, é claro, a temporada social *estava* quase no fim. O anúncio do noivado foi feito nos jornais da manhã, e foram oferecidos chás e jantares pelas famílias dos dois. Eles andaram juntos a cavalo no parque algumas vezes de manhã e Gervase a levou para passear de charrete no Hyde Park em um horário de alta frequência da nobreza. Mas não havia muito mais a fazer. Quase todas as famílias já haviam partido para o campo.

A mãe de Gervase e Henrietta ficaram encantadas diante da mudança inesperada no rumo dos acontecimentos, a mãe bastante empolgada mesmo. A família de Morgan também parecia satisfeita e, sem dúvida, estava sendo educada. Bewcastle manteve uma cortesia gelada.

Morgan mostrava-sc radiantc, mcsmo na maior parte do tempo em que os dois se encontravam sozinhos – apesar de eles estarem quase sempre à vista até nesses momentos. Se Gervase não soubesse dos planos dela, talvez houvesse imaginado que estava perdidamente apaixonada por ele – embora não estivesse convencido de que isso não era verdade, ou de que ele mesmo não estava apaixonado por ela. Mas Gervase sabia que o brilho de Morgan era como um escudo invisível que ninguém percebia, no qual ele não conseguia penetrar.

Ele se perguntou o que o verão traria. Morgan deixava claro a todos que perguntavam que os dois não tinham planos de se casar imediatamente. Queriam aproveitar o noivado por algum tempo, explicou. Foi Gervase que arrumou um modo de fazerem isso mais plenamente. Ele, a mãe e Henrietta tinham sido convidados para jantar na Casa Bedwyn e Lady Aidan Bedwyn acabara de mencionar os planos dela e do marido para a viagem que fariam a Lake District.

– Morgan estava pensando em vir conosco – disse Lady Bedwyn. – Ainda está considerando a possibilidade, Morgan? – perguntou, lançando um olhar de curiosidade para Gervase.

– Ah, não – disse ele. – Eu não conseguiria suportar uma longa separação da minha noiva, e sei que Morgan concorda comigo. – Ela estava sentada ao lado dele. Gervase virou-se para ela e sorriu. – Não irá a Lake District, não é, *chérie*? Irá conosco para Windrush, em vez disso?

– Mas é claro que ela irá – respondeu a mãe dele no outro extremo da mesa, como se tudo houvesse sido combinado com muita antecedência. – Não vejo a hora de apresentar minha futura nora aos nossos amigos e vizinhos. Já escrevi às minhas filhas dando a feliz notícia. Tenho certeza de que elas irão a Windrush para conhecer Morgan e rever Gervase. Organizarei alguma grande celebração de noivado. Uma festa ao ar livre, ou um baile, ou talvez ambos.

– Talvez, *maman*, a família de Morgan queira se juntar a nós e nos ajudar a celebrar – sugeriu Gervase.

– Mas que ideia encantadora, *mon fils*! – disse a condessa, levando as mãos ao peito e sorrindo para todos ao redor da mesa. – Se me desse mais um minuto, eu mesma teria pensado nisso. Lady Aidan? Lady Hallmere? Bewcastle? Concordam em se juntar a nós na chácara?

Gervase virou a cabeça e sorriu novamente para Morgan enquanto tocava a mão dela sobre a mesa.

– Isso a agradará, *chérie*? – perguntou em voz baixa. – Passarmos o verão juntos em nossa futura casa, para que você possa conhecer toda a minha família e seus futuros vizinhos e amigos?

– Nada me agradaria mais.

Os olhos dela brilhavam.

Gervase percebeu que se divertia imensamente. Estava muito feliz por Morgan ter decidido enfrentá-lo. Sentia-se muito culpado no que dizia respeito a ela. Embora nem todas as acusações de Morgan contra ele fossem justas, ele *de fato* a usara de forma deliberada e abominável. Vira-se imerso em uma profunda tristeza depois que ela o mandara embora da Casa Bedwyn, quando fora pedi-la em casamento. Embora estivesse livre e tivesse a impressão de que a jovem não suspeitava das verdadeiras intenções dele, Gervase ficara arrasado com a traição que levara a cabo e com o fato de tê-la arrastado para um escândalo.

Mas Morgan estava revidando de um modo totalmente inesperado e intrigante. Ela prometera que o usaria até estar pronta para descartá-lo. Que o faria se apaixonar por ela e partiria o coração dele. Ou que o faria odiá-la e então o forçaria a se casar com ela de qualquer modo.

Gervase não conseguia evitar: estava achando aquilo divertido. Ao mesmo tempo, agradecia aos céus por ter uma chance de se redimir de algum modo. Ainda não sabia muito bem como faria isso. Talvez só precisasse permitir que Morgan fizesse exatamente o que ameaçara. Mas não se rebaixaria, decidira. Não iria permitir que ela o punisse apenas porque ele precisava ser punido.

Ela não teria prazer nisso.

Gervase estava disposto a entrar no jogo de Morgan. Se ela ganhasse de forma justa e honesta, então ele teria que aceitar a derrota com graciosidade. Mas não iria *deixá-la* vencer. Morgan, sem dúvida, o desprezaria se ele fizesse uma coisa dessas.

Portanto, Gervase participaria do jogo de amor dela para ganhar.

Ele ainda não se perguntara o que significaria exatamente a vitória.

Lady Aidan explicou, com uma risada, que eles já haviam adiado a viagem a Lake District no ano anterior para irem a Penhallow, na Cornualha, quando Freyja ficara noiva. Fariam o mesmo este ano, então. Aidan concordava com ela? Ao que parecia, sim. E como Lady Hallmere não sabia quando poderia sair da Cornualha de novo depois que voltasse para lá, já que estava esperando um bebê, seria uma pena não conhecer o futuro lar de Morgan enquanto ainda tinha oportunidade. Hallmere concordou que seria muito agradável passar uma semana em Kent.

Bewcastle declinou do convite, com um agradecimento cortês à mãe de Gervase.

E então estava tudo acertado. O verão seria passado na Chácara Windrush.

– Imagino que você ache que me constrange ao convidar nossas famílias para irem juntas a Windrush e ao planejar pródigas celebrações de noivado na sua casa – disse Morgan a ele na manhã seguinte enquanto cavalgavam pelo Rotten Row, um pouco mais à frente de lorde e Lady Aidan. – Não me constranjo facilmente, Gervase.

– Sei disso, *chérie* – retrucou ele. – Mas sou eu que devo parecer constrangido, não é? São a minha família e os meus amigos, arrendatários e vizinhos que devem testemunhar minha profunda paixão por você e então se apiedar e zombar de mim quando você me descartar.

– Exatamente.

– A menos que eu consiga persuadir *você* a ter pena de mim, meu encanto – continuou ele, sorrindo e chegando o cavalo um pouco mais perto do dela, o joelho quase tocando o de Morgan.

– Isso não vai acontecer – retrucou ela, sorrindo de modo arrebatador e chegando a cometer a ousadia de estender a mão e tocar levemente a coxa dele.

– Vou levá-la às compras no fim da manhã – avisou Gervase. – Preciso lhe dar joias de presente, *chérie*. Que tipo de noivo eu seria se não lhe comprasse um presente de noivado?

– Não estou interessada em joias. O que eu faria com elas depois que rompêssemos? Sentiria desprezo até em olhar para elas.

– O que eu posso lhe dar então? – perguntou ele. – Ainda não posso lhe comprar roupas. Faria o escândalo renascer.

– Tintas e material de pintura – respondeu Morgan após pensar por um instante. – Não trouxe os meus para Londres e estou morrendo de vontade de pintar de novo. Farei isso em Windrush. Pode me comprar um cavalete, tintas, pincéis, telas, papéis, carvão e o que mais eu puder pensar na próxima hora.

– Você *realmente* pinta? – indagou Gervase. – É boa pintora?

– Que pergunta tola – retrucou ela. – Como posso saber se sou boa ou não? E que importância isso tem? Pinto porque adoro, porque *preciso*, porque assim posso penetrar a realidade, ir além da superfície, buscar significados. Não sou uma amadora, uma dama que pinta belos cenários para encorajar algum admirador a cair de amores por ela.

– Ah. – Ele riu. – Então precisarei ter muita força de vontade, *chérie*, para não cair de amores por você. Está decidido: eu a presentearei com tintas e material de pintura. Tudo da melhor qualidade e em grande quantidade, para que o mundo saiba quanto amo você.

Morgan encarou-o com um sorriso, os olhos brilhando com um calor que vinha do mais íntimo dela – ou assim parecia.

– Obrigada, Gervase. Ah, *obrigada*. Como eu o *adoro*!

Por um instante, ele a encarou, paralisado. Morgan era linda e vibrante, e toda aquela beleza e vibração estavam concentradas nele. Parecia quase impossível acreditar que ela não falava a verdade.

Então Morgan começou a rir.

Wulfric voltaria para Lindsey Hall no mesmo dia em que Morgan partiria para Windrush com Aidan, Eve, Freyja e Joshua. Ele pouco falara sobre o noivado. Quando retornara da Câmara dos Lordes, no dia em que tudo acontecera, e soubera a respeito, tinha se limitado a levar o monóculo ao olho e encarar Morgan em silêncio pelo que pareceu um longo tempo, embora provavelmente nem um minuto houvesse se passado.

Mas ele tivera uma conversa em particular com a irmã antes de ela sair em direção a uma das carruagens que esperavam.

– Nada é irrevogável – disse Wulfric –, até que a cerimônia nupcial esteja encerrada. Eu lhe peço, Morgan, que considere se não está fazendo isso apenas porque eu a aconselhei a fazer o contrário.

– Como você é tolo, Wulf – retrucou ela, irritada. – Vou me casar com Gervase porque *desejo* fazer isso. E você está errado sobre ele. Gervase não violou Marianne. Ela o colocou em uma armadilha porque não queria se casar com *você*.

Morgan desejou não ter colocado as palavras daquela forma, mas já era tarde demais para voltar atrás. Wulfric a encarou com olhos frios e duros.

– Achei que você fosse menos crédula. Às vezes esqueço como é jovem.

– E foi *cruel* da sua parte fingir que não tinha visto o broche que você mesmo colocou sobre uma mesa quando estava saindo do quarto de Marianne, seguido por Gervase – acrescentou ela.

O duque assentiu lentamente.

– Você está mesmo enfeitiçada, então. Só posso torcer para que ele tenha mudado durante esses nove anos, embora até agora as evidências sugiram o contrário. Mas quero que saiba de uma coisa antes de partir, Morgan.

Sua felicidade é mais importante para mim do que a minha necessidade de estar certo. Pense na própria felicidade, sem nenhuma referência a mim.

Ela sempre amara Wulf. Não conseguia se lembrar do pai nem da mãe. Wulfric fora sua figura paterna durante toda a vida e ela sempre se sentira maravilhosamente segura e protegida sob as regras e a orientação do irmão. Nunca duvidara de que ele desejasse o melhor para ela. Ao mesmo tempo, nunca pensara que Wulfric a amava – ou a Freyja, ou a qualquer dos outros irmãos. Sempre o vira como um homem incapaz de qualquer emoção inflamada, inclusive a raiva.

Por isso foi com certo choque que ela se deu conta de que talvez ele se importasse, afinal – não apenas com a segurança dela, sua posição social e sua reputação, mas com *ela*. Isso quase fez com que Morgan, para tranquilizar o irmão, deixasse escapar a verdadeira natureza do seu noivado, prometesse que logo tudo aquilo estaria acabado e que ele enfim poderia esquecer tudo relacionado a Gervase Ashford, conde de Rosthorn. Mas se ela contasse alguma coisa, Wulfric provavelmente a proibiria de ir para Windrush, de se expor mais uma vez a um escândalo – ainda pior do que o anterior.

Morgan se adiantou em um movimento impulsivo e abraçou o irmão.

– Vou ser feliz – prometeu ela. – E vou fazê-lo se sentir feliz por mim. Você verá.

– Sim, bem... – O tom de Wulfric era frio... e talvez um pouco envergonhado? – Eve e Aidan estão esperando você, Morgan.

No fim da tarde, eles se aproximaram da Chácara Windrush, em Kent, e Morgan olhou pela janela com grande interesse. O parque era enorme. A carruagem seguiu por uma entrada arborizada e continuou por 2 ou 3 quilômetros antes que a casa ficasse à vista. Era uma mansão de aparência romântica, com tijolos vermelhos e cumeeiras, cercada de gramados bem-cuidados e jardins de flores coloridas.

– É magnífico, Morgan – comentou Eve, do assento oposto da carruagem. – Como este momento deve ser empolgante para você!

– É, sim – concordou ela.

Fazia uma semana desde a última vez que vira Gervase. Durante aquele tempo, o ultraje e o ressentimento que Morgan sentia por ele tinham crescido. Se não tivesse havido aquela semana em Bruxelas, depois da Batalha de Waterloo, talvez não o odiasse tanto agora, pensara ela inúmeras vezes. Afinal, antes e depois daquele período, ele não fizera muito mais do que flertar com ela. Mas durante aquela semana fatídica, Gervase se tornara o amigo mais querido que ela já havia tido, e Morgan se sentia terrivelmente traída.

No entanto, a semana que acabara de passar sem vê-lo também fora terrivelmente sem graça. Ela sentira falta dele, do sorriso irônico, do sotaque francês atraente e zombeteiro. E o odiava ainda mais pelo fato de em algum momento nos últimos meses ter acabado se apaixonando, e agora ser obrigada a ajustar suas emoções à realidade do caráter de Gervase e à verdadeira natureza do relacionamento deles.

As portas duplas acima do lance de degraus em forma de ferradura estavam abertas, conforme viu Morgan quando a carruagem passou por um arbusto florido e parou no terraço amplo, calçado com pedras, diante da casa. Dois criados de libré desceram os degraus, um de cada lado, enquanto um terceiro – vestido de preto, que devia ser o mordomo – permanecia parado do lado de fora das portas, muito atento, e o que pareceu uma multidão de pessoas, entre elas Gervase e a condessa, saía da casa e descia correndo as escadas, atrás dos criados.

Então fora aquilo que ela colocara em ação, pensou Morgan com uma mistura de empolgação e nervosismo. Respirou fundo para se acalmar e sorriu.

Era tudo vertiginoso. Gervase ajudou-a a descer da carruagem e logo estendeu a mão para Eve. As outras carruagens – uma trazendo Freyja e Joshua, e a outra, as crianças, Becky e Dave e a ama – pararam atrás da primeira e seus ocupantes saltaram. Morgan se viu envolvida no abraço da condessa e então foi apresentada ao reverendo Pierre Ashford e à sua esposa, Emma, a lorde e Lady Vardon – Lady Vardon era irmã de Gervase, Cecile – e a Sir Harold Spalding e sua esposa, a outra irmã de Gervase, Monique. Os cavalheiros se inclinaram em uma reverência e Emma fez uma cortesia. As irmãs, com o mesmo entusiasmo galês da mãe, abraçaram Morgan e fizeram observações entusiasmadas sobre sua beleza.

Enquanto isso, Gervase cumprimentava os parentes de Morgan e os apresentava aos seus.

Crianças – hordas delas, ao que parecia – corriam ao redor sem nenhum sinal de ama a não ser a babá Johnson para conter sua alegria.

Houve muito barulho e risadas. Os criados descarregaram os coches de bagagem, que também já tinham chegado. O sol de verão iluminava a cena de alegre confusão. Gervase pegou uma das mãos de Morgan e em seguida a outra.

– A semana pareceu interminável, *ma chère* – disse, levando as mãos dela aos lábios, uma de cada vez. – Seja bem-vinda a Windrush. Seja bem-vinda ao lar.

Enquanto as irmãs soltavam exclamações de prazer e várias outras pessoas não identificadas murmuravam com satisfação, Gervase se inclinou para a frente e beijou Morgan nos lábios.

– Cada dia sem você pareceu uma eternidade, Gervase – declarou ela, apertando as mãos dele com força. – Estou tão feliz por enfim estar aqui!

Era ótimo que ele ainda flertasse desavergonhadamente com ela, pensou Morgan quando Gervase lhe ofereceu o braço e os dois subiram os degraus para entrar na casa. Se ele houvesse se tornado triste, arrependido e abatido desde que ela forçara o noivado entre eles, Morgan talvez o tivesse perdoado e liberado do compromisso, mas com certeza o teria desprezado – mais do que já desprezava, é claro.

E cada dia *realmente* havia parecido uma eternidade, admitiu ela para si mesma.

A semana parecera mesmo interminável. Gervase tentara se ocupar com os negócios da propriedade e passara boa parte do tempo com o capataz – que também trabalhara com o antigo conde –, tanto no escritório quanto ao ar livre, andando pela fazenda. Mas o pai, como Gervase sempre soubera, fora um administrador fantástico, que sempre tivera as rédeas da propriedade. E o capataz claramente admirava muito o antigo chefe. O nome do pai de Gervase com frequência surgia na conversa – o patrão dele costumava fazer isso, o patrão dele acreditava naquilo, o patrão dele jamais permitiria que fosse de outra forma –, até Gervase estar prestes a gritar para o homem que *ele* era o patrão agora.

Mas não podia competir com o pai. Sabia tão pouco... Levaria um tempo enorme para aprender. Enquanto isso, dependia do capataz.

Gervase tivera uma discussão com Henrietta e, de menor seriedade, com a mãe. Quando perguntara casualmente à prima onde ela estivera certa tarde e a moça o informara de que fora visitar Marianne, ele perguntara, bastante irritado, se Henrietta considerava leal a ele continuar com essa amizade. E quando a prima lembrara a ele que já haviam se passado nove anos desde o que acontecera entre Gervase e Marianne, ele perdera a calma e assegurara a Henrietta que sabia *muito bem* quantos anos haviam se passado, porque vivera exilado todo aquele tempo. Henrietta acabara saindo correndo para o quarto aos prantos e a mãe de Gervase sugerira gentilmente que talvez estivesse na hora de deixar o passado para trás.

A questão era que ele não conseguia perdoar o pai.

Não conseguia perdoar Marianne.

Não conseguia perdoar Bewcastle.

E agora estava achando difícil perdoar Henrietta.

Não estava bem, percebeu Gervase. Sentia-se consumido por uma amargura que, até muito recentemente – até pousar os olhos em Lady Morgan Bedwyn no baile dos Camerons, em Bruxelas, na verdade –, pensara ter superado.

Por isso ficou feliz por ter a distração de tantos hóspedes em casa. E estava sinceramente feliz por ver Morgan de novo. Talvez ela o atormentasse – sem dúvida, faria isso –, mas ao menos estimularia o raciocínio e os sentidos dele. E o faria rir.

Gervase fez uma grande cena para entregar a ela os presentes de noivado, na noite da sua chegada. Todos observaram enquanto ela abria um embrulho após outro e exclamava, encantada, ao ver o que guardavam. Morgan escolhera todo o material em Londres, mas Gervase cuidara para que fosse embrulhado e mandado para Windrush. Quando ela terminou de abrir tudo, foi até ele, passou os braços ao redor do seu pescoço e lhe deu um beijo no rosto.

Se a família de Morgan ficou chocada com um comportamento tão indiscreto, não deu nenhum sinal. A família de Gervase, por sua vez, mostrou-se encantada. Ele estava se divertindo. E torcia para a noiva permitir que fosse vista pintando.

O dia seguinte amanheceu tão quente e ensolarado quanto o da chegada de Morgan. Gervase sugeriu um piquenique à beira do lago durante a tarde e foram todos para lá em um grupo barulhento, levando as crianças junto. Pierre e Emma haviam vindo da casa paroquial com Jonathan. Eles começaram com um animado jogo de esconde-esconde, e logo Joshua – todos os Bedwyns haviam pedido que os chamassem pelo primeiro nome – e

Harold pegaram os barcos e levaram quem quis em um passeio, enquanto Emma e Eve brincavam na beira da água com algumas das crianças. Eles se deleitaram com o chá servido por alguns criados, então a maior parte dos adultos se acomodou preguiçosamente sobre mantas embaixo da sombra de um grande carvalho, enquanto os pequenos brincavam por conta própria.

– Aceita dar uma caminhada comigo, *chérie*? – sugeriu Gervase a Morgan.

Ela deu o braço a ele, que a guiou por uma avenida gramada, ladeada por árvores, perpendicular ao lago.

– O que é aquilo a distância? – perguntou Morgan, apontando.

– Um caramanchão – disse Gervase. – É um refúgio tranquilo em um dia chuvoso, com uma vista adorável para todas as direções. Talvez, com o passar dos anos, você passe a gostar de se sentar lá, com um livro.

– Para escapar de todos os pequenos que encherão o quarto das crianças, eu suponho.

– Ou das exigências constantes de um marido amoroso – sugeriu ele.

– Mas o marido amoroso não saberia onde estou?

– Acredito, *chérie*, que ele a perseguiria até lá e a convenceria de que na verdade você quisera mesmo escapar dos visitantes que haviam chegado para atrapalhar a privacidade de vocês.

– Encantador – comentou Morgan. – Há outros refúgios assim no parque? Seria muito tedioso se eu não pudesse ao menos mantê-lo em dúvida sobre qual deles escolheria no dia em questão.

– Há a gruta. Fica no fim da trilha de terra, mas não tão à vista para quem não sabe que ela existe. Eu a levarei até lá um dia desses. Talvez você goste de pintar ali.

– Ah, mas você não iria querer que eu fizesse isso – disse Morgan enquanto eles andavam por entre as árvores que os protegiam do sol direto. – Fico *muito* concentrada quando estou pintando.

– Mas eu tenho toda a paciência do mundo. Sentarei-me e esperarei, e, quando você tiver terminado, a ajudarei a relaxar e então levarei suas coisas de volta para casa para você.

– É mesmo?

– E faremos amor lá – continuou Gervase –, e no caramanchão, e também nas áreas mais reservadas em volta do lago.

– Acho que os barcos também parecem uma ideia interessante – sugeriu Morgan.

– Sim, nos barcos também – concordou ele. – Nos dois. Vamos decidir qual deles é mais confortável e que pedras são mais agradáveis.

Ela virou a cabeça para fitá-lo ao mesmo tempo que ele virava a dele para olhar para ela. Os dois riram.

– Já me perdoou, *chérie*? – perguntou Gervase.

Mas Morgan apenas riu de novo e olhou ao redor com um suspiro alto, que parecia de contentamento.

– Como é lindo tudo isto – falou. – Adoro o verão.

Eles chegaram ao caramanchão. A intenção de Gervase não era pararem ali, e sim voltarem para se juntar aos outros. Mas não havia razão para isso. Estavam oficialmente noivos. Assim, tanto a família dele quanto a dela tinham se tornado indulgentes em relação aos dois ficarem sozinhos por longos períodos. Gervase abriu a porta e se afastou para que ela entrasse primeiro.

Estava quente lá dentro, embora não demais, já que o lugar ficava protegido pela sombra de duas árvores altas. Era uma estrutura redonda, com uma parede de pedra que chegava à altura da cintura, janelas de vidro e um teto de madeira pintada. Um amplo assento de couro circundava a parede e havia uma mesa redonda de carvalho no centro.

Morgan não se sentou imediatamente. Olhou para trás, para a avenida por onde tinham ido até ali, então se virou para a outra avenida, mais estreita, ladeada por flores, que levava à casa principal, depois para a pequena fileira de árvores que dava na trilha de terra e, em seguida, para o rio que corria na direção do lago.

– Tão lindo... – comentou Morgan, e se sentou.

– Lindo mesmo, *chérie*.

Gervase sorriu para ela antes de sentar-se ao seu lado. Morgan abandonara o luto. Ele percebera isso na véspera, quando ela chegara. Estava usando um belo vestido azul-claro de musselina, com um *bonnet* de palha, decorado com flores.

– Qual é a sensação de ter toda a família ao seu redor de novo? – perguntou ela.

– Estranha. Monique e Cecile eram apenas meninas na última vez que as vi. Agora são damas casadas, com filhos. Pierre era pouco mais que um garoto. E tenho dois sobrinhos e três sobrinhas.

– Sente amargura por ter perdido tanto da vida deles?

Gervase pensou antes de responder. Mas não havia por que negar, havia?

– Sim. É quase como se eu tivesse voltado dos mortos e esperasse que todos houvessem passado os anos em que estive ausente lamentando a minha perda. Mas logo descobri que todos continuaram com suas vidas, provando que, no fim das contas, eu não era indispensável para eles. É uma tolice. Por que sempre presumimos que somos tão importantes para os outros? Ninguém é insubstituível, mesmo para as pessoas mais próximas.

– Há um membro de sua família que não está mais aqui – comentou Morgan. – Como se sente em relação ao seu pai, Gervase?

Ele deixou o olhar se perder na avenida que levava à casa.

– Ele foi um modelo de marido e pai – respondeu. – E também um modelo de proprietário de terra, ao que parece. Eu o admirava muito. Éramos bem próximos. Sempre acreditei que era o filho favorito, ainda que ele fosse bastante carinhoso com todos nós. Nunca fui rebelde como eram outros jovens, nem dado a loucuras, apesar de gostar de me exibir em Londres e de cultivar a amizade de homens influentes como Bewcastle.

– A rejeição do seu pai deve ter sido devastadora para você.

– Pode-se dizer que sim. – Ele olhou para ela de relance e deu uma risadinha, mas quase sem nenhum humor. – Nenhum de nós jamais havia feito nada que o desapontasse até então. Éramos uma família particularmente sem graça, *chérie*. Imagino que tenha sido por isso que meu pai reagiu ao que pensou que eu havia feito com toda a fúria implacável de um homem que nunca precisara lidar com algo semelhante antes.

– Ainda o odeia? – perguntou Morgan.

– Ah, é tarde demais para isso. Ele está morto.

– Onde foi enterrado? No cemitério da igreja do vilarejo?

– Sim.

– Já esteve lá?

Gervase balançou a cabeça, negando. A casa paroquial ficava ao lado da igreja e do cemitério no pátio da capela, e ele estivera lá várias vezes. Também estivera na igreja. Mas sempre havia desviado o rosto do cemitério.

– Iremos juntos – disse Morgan, pousando a mão sobre a dele.

– Iremos? – Ele riu de novo.

– E quanto a Marianne? – perguntou Morgan. – O que aconteceu com ela, você sabe?

– Mora a menos de dez quilômetros daqui. Deve perguntar a Henrietta, se quiser saber mais sobre Marianne. As duas continuaram amigas.

– Ah... Isso também deve magoá-lo.

– Por que deveria? Nove anos é um longo tempo, e as duas são vizinhas. Sempre foram amigas.

– Gervase, tudo isso deve ter sido terrivelmente difícil para você. Mais do que se dá conta – falou Morgan.

A mão dela ainda estava na dele. Gervase pousou a mão livre sobre a dela.

– Mas não serei visto como uma vítima, *chérie*. Construí uma vida para mim no continente. Estive em lugares a que nunca teria ido se não houvesse partido, conheci pessoas interessantes e fiz coisas que jamais teria feito se minha vida houvesse continuado seu curso banal e inocente. Conheci *você*.

– E isso é algo de que irá se arrepender – falou Morgan. – Mas acho que essa é a única forma de você conseguir tornar sua existência tolerável de novo, não é? Acreditar que tudo o que nos acontece serve a um propósito positivo, que nenhum tempo é perdido, a menos que nos recusemos a aprender a lição contida naquele tempo aparentemente perdido. Você pode ser uma pessoa melhor do que era.

– Ou pior.

Eles ficaram sentados ali por um longo tempo, depois voltaram para casa em um silêncio surpreendentemente confortável, de mãos dadas, os ombros quase se tocando. Se Gervase relaxasse, quase poderia imaginar que os dois estavam de novo em Bruxelas, naquela semana em que o tempo parecia suspenso e todas as energias dele, todas as emoções, estavam concentradas em Morgan, na coragem, no vigor dela e no luto iminente que a aguardava.

Morgan prometera que o faria se apaixonar por ela. Era o que estava fazendo agora? Se fosse, estava sendo bem-sucedida.

Ou aquilo tudo era sincero?

Não havia como saber.

CAPÍTULO XVIII

Morgan era a mais jovem de uma família de seis. A vida fora agitada quando eles eram crianças. Ela se lembrava particularmente das brincadeiras arriscadas, vigorosas, muitas vezes perigosas, com os Butlers, os filhos do conde de Redfield, que eram seus vizinhos. Mas o problema foi que todos os irmãos cresceram bem antes dela. Os últimos anos da infância haviam sido meio solitários e, até bem pouco tempo, ela ainda vivera basicamente dentro da sala de aula. Quase nunca estivera entre adultos. Mesmo durante a última primavera, tinha sido apenas uma jovem que acabara de ser apresentada à sociedade.

Morgan adorava estar em Windrush, cercada pela própria família e a de Gervase. E ela era um deles, o foco de toda a atenção. Eles recebiam visitas de vizinhos e iam visitá-los também. Ela não era mais a demasiado jovem Lady Morgan Bedwyn, mas a noiva do conde de Rosthorn. Todos estavam animados com a perspectiva da festa ao ar livre e do baile à noite que a condessa estava planejando para celebrar o noivado. A mansão e o parque eram espaçosos e os arredores eram lindos para as atividades sociais de verão, das quais Morgan poderia enfim participar plenamente.

Às vezes ela se esquecia de que tudo aquilo era uma farsa, que fora levada a assumir aquela falsa posição por ultraje e por um ardente desejo de vingança.

A verdade era que não havia percebido, até o momento, quanto Gervase fora prejudicado pela injustiça que sofrera. Quando ele falara a respeito em termos vagos, em Bruxelas, Morgan presumira que, por não estar mais exilado, Gervase poderia voltar à Inglaterra, assumir seus deveres como conde de Rosthorn e viver feliz para sempre. Isso fora muito pouco sensível da parte dela. De uma forma muito real, ele tivera sua juventude arrancada. Era um homem que vagara sem rumo por nove anos, construindo a impressionante e, sem dúvida, muito merecida reputação de libertino, mas ainda assim privado da vida que deveria ter sido sua, em seu país de origem.

Agora ele estava cheio de ódio e amargura, mas negava a maior parte do que sentia.

Morgan ainda guardava um profundo ressentimento pelo que ele fizera com ela. Jamais poderia perdoá-lo ou voltar a confiar nele. Mas odiar era basicamente contra a natureza dela. E como passaria algum tempo ali, em Windrush, poderia muito bem tentar ajudar.

Becky queria brincar com Jonathan em um dia frio e tempestuoso, quando todos os outros estavam muito satisfeitos em permanecer dentro de casa. Morgan se ofereceu para levar as crianças à casa paroquial e, é claro, Gervase a acompanhou. Pierre tinha ido atender um doente, mas Emma encontrava-se em casa e ficou encantada por contar com outra criança para brincar com o filho, pois estava ocupada na cozinha, fazendo geleia com a governanta.

– Não viemos perturbá-la – garantiu Morgan. – Vamos dar uma caminhada e voltaremos para trazer Becky mais tarde, se você concordar.

A caminhada acabou se transformando em várias visitas ao pessoal do vilarejo, já que todos trabalhavam para Gervase de algum modo.

– Preciso conhecer meu povo, *chérie* – explicou ele. – Ainda me sinto um estranho aqui. Pior, me sinto um impostor. Quando as pessoas me pedem algum favor, meu primeiro impulso é encaminhá-las ao meu capataz, como se eu mesmo não tivesse autoridade para aceitar ou recusar as solicitações. E quando *realmente* concordo com alguma coisa, como refazer o telhado da escola, que vira uma peneira sempre que chove, logo me sinto culpado, achando que meu capataz irá me repreender ao saber o que fiz.

Gervase riu, mas Morgan percebeu que ele dizia a verdade. Ela não conseguia imaginar o capataz de Wulfric ousando emitir qualquer opinião mesmo que lhe fosse ordenado espalhar sal por toda a área de plantio da fazenda. Mas Wulf fora, desde os 12 anos, cuidadosamente treinado para a posição que ocupava, e era duque de Bewcastle desde os 17 anos.

– Eles gostam de você – falou Morgan. – Seu povo gosta de você, Gervase.

– Acho que é porque percebem que podem me ter na palma da mão, *chérie*. Eles colocam os olhos em mim e citações bíblicas saltam em suas mentes. "Pedi e recebereis."

– O que você precisa fazer é descobrir a rentabilidade de Windrush – sugeriu ela. – Precisa estudar os livros de contabilidade e conversar com seu capataz. Generosidade é uma coisa boa, mas se você der o que não tem para dar, então no fim todos irão sofrer e você ficará arruinado.

– Sim, madame.

Gervase virou-se para ela com um semblante risonho.

– Suponho que já esteja fazendo isso – disse Morgan.

– Estou – confirmou Gervase. – E também estou percebendo como foi irresponsável da minha parte ficar longe daqui um ano inteiro depois de ter assumido o título e herdado tudo isto. Mas também, se eu não houvesse passado esse ano longe, não teria conhecido você, *chérie.*

– Ambos estaríamos em melhor situação nesse caso – comentou Morgan, com sarcasmo.

Ele riu baixinho.

Os dois caminhavam de volta pela rua principal do vilarejo, pouco mais de uma hora depois de sair da casa paroquial. As nuvens ainda estavam baixas, e o vento, frio, mas ao menos agora batia às costas deles.

– Quero ver o cemitério – disse Morgan quando eles se aproximaram do pátio da igreja.

– Está frio – retrucou Gervase. – Vamos seguir e tomar uma xícara de chá com Emma. Talvez Pierre já tenha voltado.

– Quero ver o cemitério – repetiu Morgan, e virou-se para encará-lo. Gervase parecia muito triste e já não havia vestígio de riso em seus olhos. – Você não pode evitar isso para o resto da vida, Gervase. Se tentar, vai descobrir que o assombrará cada vez mais, sempre que vier ao vilarejo.

– E quem encheu sua cabeça com essa sabedoria tola? – perguntou ele, dando um peteleco no queixo dela com o dedo enluvado.

– Me mostre os túmulos de seus antepassados – pediu ela.

Parecia apropriado que o dia estivesse cinzento e tempestuoso. Mas ao menos, pensou Morgan, *havia* um túmulo para o pai dele. Wulf planejava colocar uma lápide em memória de Alleyne no cemitério da casa deles, mas todos estariam dolorosamente conscientes de que os restos do irmão se encontravam enterrados em algum túmulo desconhecido, na Bélgica.

Gervase não perdeu tempo, como ela imaginou, fazendo uma visita guiada com ela pelo cemitério. Foi direto na direção de uma lápide de mármore cujo brilho não deixava dúvida de que fora posta ali pouco tempo antes. Havia flores no chão, diante da lápide - Cecile e Monique tinham estado ali na véspera.

Aqui jazem os restos mortais de George Thomas Ashford, sexto conde de Rosthorn...

Seguia-se então uma lista de virtudes a serem lembradas pelos vivos e uma declaração de que ele fora amado por todos que o conheceram.

Morgan e Gervase ficaram parados lado a lado, em silêncio, o vento batendo às suas costas.

– Você teve notícias dele depois de deixar a Inglaterra? – perguntou ela.

– Não.

– Escreveu para ele?

– Toda semana por seis meses. Com frequência, mais de uma vez por semana. Cartas em que ora implorava, ora me mostrava indignado, ou muito racional, ou ainda furioso, também cheio de superioridade moral, ou de autopiedade, ou o acusando... Elas passavam por toda a gama de emoções humanas. E não, ele nunca respondeu a nenhuma. Minha mãe escrevia de vez em quando, apesar de as cartas dela muitas vezes demorarem um ano ou mais para chegar a mim. Pierre e minhas irmãs também escreviam, embora apenas nos primeiros dois ou três anos.

– Ele deve ter sofrido – comentou Morgan.

– Meu pai? – Gervase a encarou, indignado. – *Ele* sofreu?

– Você me contou que eram uma família unida, que ele o amava – disse ela. – Deve ter acreditado que você havia feito o pior, para ter agido daquela forma. Devia estar convencido sem qualquer sombra de dúvida. Agiu com extrema dureza e, provavelmente, de modo precipitado. Depois, deve ter sentido o peso da decisão. Imagino que tenha desejado que houvesse uma saída para o que ele fez.

– *Havia* uma saída – falou Gervase. – Ele poderia ter *acreditado* em mim. Poderia ter *confiado* em mim.

– Ele foi o mais infeliz nessa história – disse ela. – É tarde demais para ele admitir que pode ter cometido um erro. É tarde demais para descobrir e admitir que talvez o amor seja mais poderoso e mais duradouro do que todas as emoções negativas com as quais punimos a nós mesmos e as pessoas a quem as dirigimos. Se ele soubesse que estava prestes a morrer e pudesse rever a vida que levara, tenho quase certeza de que haveria feito qualquer coisa para ter você por perto, para poder perdoá-lo.

– Para que *ele* pudesse *me* perdoar – observou Gervase, baixinho.

– E talvez ele quisesse seu perdão também – acrescentou ela. – Ódio e amor podem ser emoções tão poderosas... Muitas vezes é difícil distinguir um do outro. Se ele não o amasse profundamente, teria sido tão duro com você e com ele mesmo?

Gervase tocou a lápide e deu um tapinha nela, então outro, e depois outro, já não tão leve agora.

– O que está sugerindo? – perguntou. – Que eu o perdoe? Isso tem alguma importância? Se eu gritar maldições ao vento, ou sussurrar meu perdão para a terra, ele me ouvirá? Meu pai se foi.

– Mas você não. Se gritar maldições, seu coração ficará envenenado. Se perdoar, se sentirá limpo.

Ele virou a cabeça para encará-la e riu.

– Quantos anos você tem, *chérie*? 18 ou 80?

– Passei grande parte do tempo sozinha – explicou ela. – Posso não ter muita experiência de vida, mas compreendo certas coisas.

Ela era uma Bedwyn sem tirar nem pôr – ousada, pouco convencional, não se deixava intimidar por nada nem ninguém, nem pela própria vida. Mas também era diferente dos seus. Sempre soubera disso. Havia um lado solitário, místico, em sua natureza que Morgan raramente revelava às pessoas.

Gervase estava dando tapas na lápide de novo. E voltara a afastar os olhos dos dela.

– Isso é algo que devo fazer, então – falou, rindo de novo. – É estranho eu ter me convencido durante todos esses anos de que o homem que mais odiava na vida era Bewcastle, alguém que não significava nada para mim e que, por isso, era fácil odiar. Mas, na verdade, quem eu mais odeio é o meu pai... Meu pai... Você consegue ao menos *imaginar* como seria se Bewcastle fizesse com você o que meu pai fez comigo? Foi como uma morte em vida... ser tão injustiçado, tão completamente rejeitado e excluído... Se algum dia eu tiver filhos... Se...

Então ele se virou e saiu caminhando, até parar a alguma distância e apoiar a mão contra a parede de pedra da igreja, com a cabeça abaixada. Seus ombros se sacudiam.

Morgan não foi atrás dele.

Gervase voltou depois de uns cinco minutos. E não olhou para ela, mas para o túmulo e para a lápide.

– Imagino que ele realmente tenha sofrido – falou. – Mesmo que nunca tenha tido qualquer dúvida, deve ter sofrido. Mas como poderia não ter tido dúvidas? Acho que acabou preso na armadilha que ele mesmo criou, e o orgulho, ou a convicção de que tinha feito a coisa certa, o manteve preso a essa armadilha pelo resto da vida. Descanse em paz... papai.

Os olhos de Gervase estavam cheios de lágrimas não derramadas quando ele se virou para Morgan e tentou sorrir.

– Está satisfeita, *chérie*? – perguntou em um tom zombeteiro.

Ela se adiantou e passou os braços pela cintura dele. Ele também a envolveu com força, abaixou a cabeça e a beijou.

O que havia na morte que impelia os vivos a abraçarem apaixonadamente a vida e uns aos outros?, perguntou-se Morgan. Ela acariciou as costas dele e abriu a boca para receber a língua quente de Gervase. Então pressionou o corpo contra o dele, sentindo sua masculinidade rígida, a intimidade úmida de seu beijo.

Mas o que a movia não era paixão – ao menos não a necessidade sexual cega e urgente que sentia que o estava movendo. Era uma espécie de ternura – um sentimento profundo, de deixar as pernas bambas, de tirar o fôlego. Morgan permaneceu muito consciente de tudo, inclusive do fato de que aquele canto em particular do cemitério ficava fora da vista da rua, atrás de duas árvores antigas.

Também estava muito consciente de quem era Gervase e do que ele fizera a ela, e do que *ela* pretendia fazer a *ele* como retaliação. Mas, naquele momento, nada daquilo importava. Era diferente, tão fora do curso normal da vida quanto ela indo visitar os aposentos dele em Bruxelas depois de descobrir a verdade sobre Alleyne.

Gervase levantou a cabeça depois de alguns minutos e sorriu para ela com os olhos pesados.

– Se esse é o seu modo de fazer com que eu me apaixone ainda mais por você, *chérie*, é um plano diabolicamente inteligente – disse. – Mas eu tenho tempo. Ainda falta uma semana para o baile. Uma semana para fazer *você* se apaixonar por *mim*. Assim como o resto do verão depois disso.

Morgan se afastou dele e alisou a saia do vestido, por baixo da capa que usava.

– Este vento está me deixando gelada até os ossos – falou. – Está na hora de voltarmos à casa paroquial.

Gervase riu baixinho.

Seguiram-se dois dias de chuva depois daquele, ainda frios e com ventos. Eles se ocuparam com atividades dentro de casa na maior parte do tempo, jogando bilhar, cartas e matando charadas. Em uma tarde, brincaram de esconde-esconde com as crianças por um longo tempo. Houve muito barulho e nenhum canto da casa era proibido. Também leram e conversaram.

Gervase conseguiu se reunir com o capataz algumas vezes, sem negligenciar os hóspedes. Inevitavelmente, a questão do teto para a escola voltou a ser mencionada. Os reparos deveriam ser feitos logo, antes que o inverno chegasse, decidira Gervase. O capataz era muito respeitoso e diplomático, mas ainda assim deixou claro que projetos tão dispendiosos só eram executados pelo antigo conde depois de pelo menos um ano de cuidadosa consideração.

Gervase encarou o homem.

– *Eu* sou o conde de Rosthorn agora – falou. – E pelo que sei os lucros deste ano não serão esgotados se os reparos forem feitos, mesmo que as colheitas de verão não sejam tão abundantes quanto prometem. E, depois de observar o estado atual do telhado, cheguei à conclusão de que o trabalho precisa começar muito antes de um ano inteiro de ponderação. Cuide disso, por favor.

– Sim, milorde – concordou o homem com o que pareceu ser um respeito considerável. – Farei isso sem demora.

Talvez, afinal, pensou Gervase, ele se tornasse capaz de assumir sua nova vida e deixar o fantasma do pai descansar.

Depois dos dois dias de chuva, os dias de verão retornaram, com o céu claro e muito azul, sol e calor. Todos puderam retomar as atividades ao ar livre – passeios a cavalo pela manhã, caminhadas ou visitas à tarde, até mesmo um banho no lago à noite, quando Gervase acabou descobrindo que todos os Bedwyns nadavam como peixes e se divertiam com um entusiasmo barulhento. E suas irmãs e seus cunhados faziam o mesmo.

Mas uma tarde, quando havia sido sugerida uma excursão a um castelo próximo, logo organizada por Cecile e Monique, Morgan anunciou que pretendia permanecer em Windrush.

– Preciso de algum tempo de calma – disse a todos no café da manhã. – Quero ficar sozinha. Quero pintar. Gervase me deu todo aquele material maravilhoso como presente de noivado e ainda não tive oportunidade de usar nada.

Seguiu-se um coro de protestos e sugestões de lugares alternativos caso o castelo não agradasse Morgan, mas Aidan falou em defesa da irmã:

– Morgan é diferente do resto de nós, mortais, que precisamos de companhia e atividade o tempo todo. Ela sempre necessitou de tempo e espaço para si antes de se tornar sociável novamente.

– Onde irá pintar, Morgan? No lago? – perguntou Cecile.

– Talvez no caramanchão – respondeu Morgan. – Ainda não decidi.

Foi resolvido que a excursão prosseguiria sem ela, então. Gervase esperou até todos terem deixado a sala do café da manhã para que pudesse falar em particular com sua noiva.

– Acho que vai gostar da gruta, *chérie*. Eu lhe mostrarei como chegar lá. Mas fica um pouco distante e você vai precisar de alguém para carregar seu cavalete e os outros materiais. Posso ser seu criado?

– Consigo dar um jeito – retrucou ela.

– E se eu prometer não falar nem perturbá-la de qualquer outra forma, posso ficar sentado lá com você? – perguntou Gervase.

– Ora, muito bem – disse Morgan, depois de pensar por um instante. Ela sorriu sedutoramente para ele e pôs a mão em seu braço. – Como eu poderia não querer a companhia de meu noivo? A gruta é um belo cenário? Devo me esforçar para ficar o mais bonita possível também, e talvez faça você cair de amores por mim, no fim das contas.

Gervase sorriu para ela. Era assim que mais gostava de Morgan, atacando-o, mantendo-o em alerta. Sem dúvida, ela sabia fazer isso. Por algum tempo, depois da tarde em que visitaram o cemitério da igreja, o comportamento dela havia se tornado mais ameno em relação a ele, e Gervase se perguntara se ela o teria perdoado, se estava preparada para aceitar a corte dele. Mas Morgan não havia capitulado com tanta facilidade. Na noite da véspera, enquanto nadavam, ela brincou alegremente com ele, cuspindo água e dando gritinhos quando Gervase nadou por baixo dela e veio à tona à sua frente, pulando nas costas dele quando ele não estava olhando e empurrando-o até o fundo do lago. Ela deixara que ele a beijasse enquanto subiam de volta e deu um sorriso estonteante quando os dois chegaram juntos à superfície. Mas depois disso ela havia caminhado de volta para casa de braço dado com Joshua de um lado e Aidan do outro, conversando animadamente por todo o caminho, como se Gervase não existisse.

Ele já não se perguntava mais se estava apaixonado por ela.

Sabia a resposta.

Estava.

Eles se colocaram a caminho da gruta depois de se despedirem do resto do grupo, que saiu para a expedição ao castelo. O parque de repente pareceu muito silencioso e tranquilo. Gervase carregou o cavalete, algumas telas e um bloco de esboços. Morgan levou as tintas, os pincéis e o carvão. Ela estava muito bonita com um chapéu de palha de aba larga que Gervase nunca tinha visto e um guarda-pó folgado – também parte do presente dele – sobre o vestido de musselina estampado com raminhos.

A trilha de terra, muito bem-cuidada, seguia por entre as árvores e por entre as colinas a leste da casa. Alguns trechos eram escuros, isolados e repletos do aroma das folhas e dos rododendros, seguidos de outros que se abriam inesperadamente, permitindo uma visão agradável do parque e dos arredores. Havia pequenas construções e bancos rústicos no caminho, para o conforto de um caminhante ocasional, mas os dois não pararam. A trilha terminou em uma construção pequena que lembrava um templo, com um banco de pedra dentro. Fora de vista e de difícil acesso por entre as árvores, mais acima na colina, estava a gruta, que sempre fora o local favorito de Gervase no parque, seu refúgio particular quando menino.

A cavidade de pedra fora construída na margem do bosque e servia como uma esplêndida caverna para jovens piratas, bandoleiros ou espiões. Mas eram os arredores que tornavam a área especial. O rio corria a poucos metros da margem, um salgueiro se debruçava sobre a água ao lado da gruta e um querubim de pedra equilibrava um jarro inclinado sobre a cabeça, com o braço gorducho, fazendo a água que saía do recipiente cair eternamente dentro do rio. Grandes pedras cobertas de musgo e canteiros cheios de flores silvestres cercavam o querubim e o salgueiro. A margem diante da gruta era plana e relvada.

Gervase não estivera ali desde que voltara para casa. Ficou feliz ao ver que o lugar ainda estava bem-cuidado.

– Ah, que lindo! – exclamou Morgan.

Ele sorriu para ela, colocou no chão os materiais que carregava e abriu o cavalete. Sabia que Morgan gostaria dali.

Ela fechou os olhos e respirou fundo.

– Ah, mas há mais aqui além de toda esta beleza visual – falou, abrindo os olhos. – Escute o som da água, Gervase. Mas também não é apenas o som. É a visão, o som, o aroma e... ah, alguma coisa que nos atinge bem *aqui*. – Ela levou a mão à altura do coração. – Sente?

– Este sempre foi meu refúgio quando eu precisava restaurar meu espírito – disse ele.

– Sim. – Morgan virou a cabeça para ele e sorriu sob a aba larga do chapéu de palha. – Para restaurar o espírito. Há alguns lugares que parecem especialmente adequados para isso, não é mesmo? Locais onde a pessoa se sente mais próxima... *de quê*? Da paz? De um significado maior? De Deus?

– Esta é a primeira vez que venho aqui desde que voltei – comentou ele. – Mas, *chérie*, você precisa ficar só. Precisa pintar. Faça isso. Vou me sentar ali, encostado na parede da gruta, e pensarei no estado da minha alma. Posso até acabar dormindo, e prometo tentar não roncar. Deve me ignorar.

– Muito bem – concordou Morgan. – Eu tinha uma governanta de quem gostava muito, e de quem ainda sinto saudades, que, sempre que eu pintava, insistia em ficar olhando por cima do meu ombro e me instruindo sobre o que fazer. Me deixava quase louca. Pobre Srta. Cowper.

Gervase se acomodou na grama, as costas contra a parede da gruta, e puxou o chapéu por cima da testa. Virou-se para o outro lado, na direção do querubim de pedra, para não deixar Morgan constrangida. Ela havia dito que não era apenas uma amadora, e ele acreditava. Estava começando a perceber a imensa profundidade do caráter de sua noiva, por mais nova que ela fosse.

Morgan não começou a pintar imediatamente, notou Gervase. Primeiro preparou todo o material, então se sentou na grama, perto do rio, e abraçou os joelhos dobrados. Assim que Gervase percebeu que ela já não estava mais prestando atenção nele, passou a observá-la. Qualquer pessoa que se aproximasse deles naquele momento poderia achar que Morgan não estava fazendo nada, que desistira de pintar por conta do calor. Ele sabia que não era isso. Sabia que ela não estava apenas buscando um belo tema para sua pintura, mas esperando que o cenário falasse à sua alma artística.

Morgan é diferente do resto de nós, mortais, que precisamos de companhia e atividade o tempo todo.

Fora isso que Aidan falara sobre ela durante o café da manhã.

... o resto de nós, mortais, que precisamos de companhia e atividade o tempo todo.

Aquilo *o* descrevia exatamente, pensou Gervase, ou ao menos a pessoa em que ele se transformara nos últimos nove anos. Depois que compreendera quão terrível sua situação era, ele passara a ter medo de ficar em um lugar por muito tempo. Medo de ficar sozinho, de não estar em lugares lotados, de não flertar com qualquer mulher bonita que visse e de não dormir com todas as que pudesse, para tornar suas noites tão agitadas quanto eram seus dias.

De que exatamente ele tivera medo? De si mesmo? Do silêncio?

Estava silêncio agora. Ah, não era ausência de som, como Morgan bem apontara. Se Gervase se concentrasse, poderia ouvir os ruídos da natureza se sobrepondo à aparente quietude. Mas era um silêncio no qual a alma dele podia descansar.

E a alma de Gervase não descansava havia anos.

Ele estivera ocupado enterrando-a o mais fundo possível, para não reconhecer o vazio da própria existência.

Enquanto ele pensava nisso, Morgan se levantou e ajeitou a tela sobre o cavalete, ajustando a direção. Preparou os pincéis, as tintas e a paleta e começou a pintar com a mesma concentração que mostrou quando estava sentada. Gervase imaginou que ela realmente havia esquecido a presença dele e teve o cuidado de não se mover para não distraí-la.

Um belo cenário, com uma bela artista e um amante prestes a cair de amores por ela.

Ah, sim, de fato.

Ela o castigaria até o amargo fim? Era cabeça-dura o bastante para fazer isso.

Como diabo ele poderia convencê-la a desistir?

CAPÍTULO XIX

Ela estava dentro do rio. Sabia que a água tinha propriedades particulares que a faziam diferente de tudo. Mas não era independente do resto. Precisava do sol e do céu para se renovar. Dava-se à relva e ao salgueiro que se debruçava sobre ela. Era incolor tanto dentro quanto fora de si mesma. Mas capturava a cor dos arredores – o cinza e o marrom do leito de pedras, o azul do céu, o verde do salgueiro, o brilho da luz do sol.

E, mais tarde naquele dia, naquela noite, no dia seguinte, na próxima semana, no próximo inverno, teria uma aparência completamente diferente.

Não havia no mundo nada – rio, relva ou salgueiro – em uma forma permanente a ser compreendida pela mente, ou capturada com tinta sobre tela. Esse era o maravilhoso desafio da pintura: agarrar uma alegria enquanto ela voa, como escrevera o poeta William Blake. Morgan se perguntou se Gervase lera os poemas dele. Precisava perguntar.

Aquele era também o desafio da vida, não era? As pessoas podiam nunca ser compreendidas por completo. Estavam sempre se transformando, dependendo do momento, das circunstâncias e das influências. E sempre crescendo, sempre se recriando.

Como era impossível conhecer outro ser humano...

Como era impossível até mesmo se conhecer...

Enfim o quadro estava terminado. Morgan se afastou para olhá-lo, quase como se o visse pela primeira vez. A Srta. Cowper ficaria horrorizada, pensou. Aquela não era uma tradução fiel e suave do rio e do salgueiro.

Morgan se lembrou subitamente de que Gervase estava com ela. Virou a cabeça e viu que ele continuava sentado com as costas apoiadas na pedra, o chapéu sobre os olhos, uma perna estendida na relva, a outra dobrada. Parecia relaxado e satisfeito. Olhava para ela com os olhos semicerrados.

– Há quanto tempo estamos aqui? – perguntou Morgan.

– Uma hora? Duas? Não importa, *chérie*. Ronquei alto demais?

– Achei que era um grilo rouco. – Ela sorriu para ele. – Não acredito que você tenha dormido nem por um instante.

– Estava desfrutando o meu papel de amante desprezado, embora ninguém estivesse prestando nenhuma atenção em mim. Posso ver o quadro?

– Não sei muito bem se ele é adequado aos olhos humanos – respondeu Morgan, voltando a examinar seu trabalho. – Mas, se quiser, sim.

Ele se levantou, chegou perto e passou o braço casualmente pelos ombros dela enquanto observava a tela. Não disse nada por um longo tempo.

– Se fosse a Srta. Cowper olhando – falou Morgan –, ela estaria me perguntando por que não incluí o querubim e as flores, já que adicionariam cor e um interesse decorativo à tela. Ela me diria que um quadro apenas com a água e o salgueiro é muito desinteressante.

– A Srta. Cowper deve ser uma tola – comentou Gervase.

Morgan mordeu o lábio, em parte lisonjeada pelo comentário, em parte culpada por permitir que a antiga governanta fosse alvo de zombaria.

– Por que tenho a sensação de que estou sob a água e dentro das raízes da árvore? – perguntou ele.

Ah! Ninguém, nem mesmo Aidan, jamais havia compreendido. Os irmãos eram todos tolerantes com a necessidade dela de pintar e sentiam orgulho do estilo estranho e excêntrico de Morgan, mas nenhum deles *compreendia*. A Srta. Cowper se desesperara tentando ensinar à pupila a técnica correta para observação.

– É por causa das pinceladas – explicou Morgan. – Eu não as suavizei.

– E tudo se mescla em todo o resto, se é que *mesclar* é a palavra certa – comentou Gervase. – Há luz do sol na água e galhos de salgueiro no céu, e água nas raízes da árvore. Tudo está conectado.

– E eu também estou aí, pintando de dentro, e você, observando – completou Morgan. – Tudo, tudo conectado.

Ela se sentiu um pouco tola por ter falado com o entusiasmo ofegante de uma menina. Mas Gervase continuou parado, o olhar fixo na tela, o braço ainda nos ombros dela.

– *Chérie*, posso ficar com este quadro? – perguntou.

– Realmente o quer?

– Vou pendurá-lo no meu quarto e vê-lo todo dia. Depois que você partir meu coração e me deixar, lembrarei que estaremos sempre ligados.

Morgan se afastou dele e começou a limpar os pincéis e a paleta, depois tirou o guarda-pó, agora um pouco manchado de tinta. Então se afastou um pouco mais, sentou-se na grama e passou os braços ao redor dos joelhos dobrados. O sol brilhava e aquecia os braços dela. Sentiu o aroma das flores, da água, do verde ao redor. Ouviu pássaros cantando e o barulho dos insetos. Uma borboleta de asas brancas passou rápido na direção das flores.

Gervase foi se juntar a ela. Deitou-se de lado, jogou o chapéu na grama e se apoiou no cotovelo. Então pegou uma folha de grama e fez cócegas no rosto de Morgan. Ela o afastou com a mão e virou a cabeça para rir para ele.

– Logo, logo você terá rugas permanentes nos cantos dos olhos, se continuar a rir com eles o tempo todo, como faz – comentou Morgan.

– Melhor do que ter uma ruga permanente na testa por viver franzindo o cenho, *chérie* – retrucou ele.

Normalmente o sorriso nos olhos de Gervase era zombeteiro, pensou Morgan. Mas talvez estivesse certo. Por mais amargo e infeliz que ele houvesse sido – e ainda fosse, de certa maneira –, de algum modo aprendera a rir do mundo e de si mesmo, em vez de ficar franzindo o cenho com ódio e ressentimento.

Quando Gervase largou a folha e segurou o queixo dela, Morgan se deu conta de que o estivera encarando. Ele correu o polegar pelos lábios dela.

Devia levantar imediatamente, recolher suas coisas e voltar para casa. Mas não queria ir embora. Ainda não. Além do mais, havia prometido atormentá-lo, não é mesmo?

Gervase passou a mão pela nuca de Morgan e puxou a cabeça dela em sua direção. Os lábios dos dois se encontraram em um beijo quente de sol.

– Hum... – murmurou ele, esfregando o nariz no dela.

– Hum... – suspirou Morgan ao mesmo tempo.

Então as bocas voltaram a se encontrar, abertas dessa vez, provocando e se buscando. Gervase lambeu os lábios dela. Morgan fez o mesmo. A língua dele deslizou para dentro da boca da jovem e começou a acariciar o céu da boca, tão sensível. Morgan sentiu um desejo primitivo inchar seus seios e fazer seu útero latejar.

Gervase levantou o tronco, jogou o chapéu de palha dela para longe e tomou-a nos braços. Morgan estava muito consciente do calor do verão, da luz do sol, da natureza – e do homem que, ao que parecia, ela queria mais do que qualquer coisa na vida. Que mulher tola.

Então ela se viu deitada na grama, sem saber muito bem como chegara àquela posição. Estendeu os braços para Gervase, puxou-o para junto de si e a paixão explodiu. Ele beijou cada parte do rosto dela, os olhos, as orelhas, os lóbulos. Beijou o pescoço e o colo acima do decote do vestido. E enquanto ela entrelaçava os dedos nos cabelos dele e se erguia para agarrá-lo com mais força, ele abaixou o decote do vestido, expondo os seios dela. Começou a acariciá-los com as mãos e roçou levemente o polegar pelos mamilos até Morgan não aguentar mais de desejo, então sugou-os, fazendo-a gemer em uma mistura de desejo e dor.

– *Mon amour* – murmurou ele, a boca voltando a encontrar a dela. – *Je t'adore. Je t'aime.*

– Gervase – sussurrou Morgan. – Gervase.

Quando ele ergueu o corpo para deslizar as duas mãos por baixo da saia do vestido dela, não ocorreu a Morgan a ideia de detê-lo. Os dois já tinham feito aquilo, mas de forma tão rápida e urgente que, desde então, ela ansiava que fizessem de novo, para que pudesse aproveitar tudo. Com ele. Com Gervase. E nada do que acontecera desde então fizera com que o desejasse menos. Ela não pensou.

Gervase tirou a roupa de baixo dela, as meias e os sapatos. Também despiu o próprio paletó, o colete e a camisa. Levantou a saia dela para acariciar a parte interna das coxas, sem parar de subir. Então se apoiou mais uma vez no cotovelo e encarou Morgan com os olhos semicerrados. Era um homem lindo, de ombros largos, os músculos fortes do peito levemente cobertos de pelos. Ela sentiu o aroma de sabonete, de calor corporal, de masculinidade que emanava dele.

Gervase a beijou de novo, com delicadeza, de um jeito quase preguiçoso, enquanto sua mão alcançava o ponto mais íntimo de Morgan e a excitava, abrindo caminho até penetrá-la, primeiro com um dedo, então com dois. Ela podia sentir como estava molhada e compreendeu que aquilo era a resposta de seu corpo a ele, um convite. Deslizou um pé descalço pela grama quente e macia, dobrou o joelho e abriu a perna. Os dedos de Gervase foram mais fundo e Morgan ouviu os próprios gemidos enquanto seus músculos internos se fechavam ao redor dele.

– *Chérie* – murmurou Gervase. – *Mon amour.*

Ele retirou a mão para abrir os botões da calça, então posicionou o corpo acima do dela, as pernas entre as de Morgan.

Ela apoiou os pés contra a parte de cima das botas dele e ergueu os quadris quando as mãos de Gervase deslizaram por baixo de seu corpo. Então o sentiu, rígido, na entrada quente de seu corpo. Jogou a cabeça para trás quando ele a penetrou em uma estocada firme.

Não houve dor, ela se deu conta, apenas uma sensação deliciosa de estar sendo preenchida, profundamente ocupada. Teria permanecido daquele jeito para sempre se pudesse, pensou, de repente voltando a ficar consciente da luz do sol, do canto dos pássaros e do som da água caindo da fonte dentro do rio. Mas o desejo, uma ânsia por mais, o corpo exigindo a satisfação completa os levaram além do momento.

Gervase se afastou por um instante e logo voltou a penetrá-la – e repetiu o movimento sem parar, até Morgan conseguir ouvir o ritmo suave e líquido do encontro de seus corpos. Estava sendo muito diferente desta vez. Não havia o frenesi e a sensação de urgência. Agora era lento, completo, envolvia todos os sentidos. E Morgan tinha certeza absoluta de que era uma experiência compartilhada. Ela não era apenas uma mulher envolvida em um ato carnal com um homem. Ele não era apenas um homem tendo prazer com o corpo de uma mulher disposta.

Ela estava muito consciente de que ele era Gervase, de que ela o amava quase desde que o conhecera. Ele, por sua vez, também tinha plena consciência de que ela era Morgan. Gervase ergueu a cabeça enquanto a penetrava, enquanto ela respondia ao ritmo dele com o próprio ritmo, e encarou-a durante algum tempo, os olhos enevoados de paixão. Então sussurrou para ela em francês.

Eram um homem e uma mulher fazendo amor.

Mas o amor físico não era algo que pudesse ser observado por muito tempo com os olhos da mente. Aquela era uma experiência de sensações, de desejos, dores, excitação e prazer compartilhados. Morgan descobriu isso quando, depois de alguns minutos, o desejo primitivo que sentira antes se espalhou por todas as partes de seu corpo até lhe parecer que não conseguiria mais suportar. Ela quebrou o próprio ritmo e levantou o corpo contra o de Gervase, em busca de algo que não sabia sequer identificar.

Mas em vez de parar também, Gervase segurou-a firme enquanto arremetia com mais força dentro dela. Então, no momento em que Morgan gritou, certa de que não conseguiria suportar nem mais um segundo, a ânsia e o desejo explodiram em algo completamente diferente e tão inesperado que ela só conseguiu se agarrar a Gervase e se deixar cair nesse novo lugar, onde nunca havia estado antes.

Ele voltou a penetrá-la uma, duas, três vezes, então se manteve fundo nela e suspirou. Morgan sentiu o calor se espalhar por seu ser.

Gervase caiu pesadamente sobre ela depois disso, relaxado, ofegante, com um cheiro delicioso de sabonete e suor.

– Ah, *mon amour* – murmurou ele mais uma vez no ouvido dela.

Algum tempo mais tarde, Morgan se deu conta de que provavelmente adormecera. Gervase a afastara para o lado e passara um dos braços sob a cabeça dela. As saias cobriam as pernas dela novamente e a camisa dele estava jogada sobre os dois, para protegê-los dos raios de sol. O chapéu de palha de Morgan cobria o rosto dela.

Ela se virou para encará-lo. Ele fez o mesmo.

– Isso não foi correto da minha parte, *chérie*.

– Da *sua*? – Ela ergueu as sobrancelhas. – Achei que havia sido consensual.

– Ah, foi, então. – Ele abaixou a cabeça e beijou a ponta do nariz dela. – Vamos marcar uma data para o casamento. Talvez no início do outono. Acho que não conseguirei esperar muito mais do que isso.

Morgan sorriu lentamente para ele.

– *Mon amour. Je t'adore. Je t'aime* – falou baixinho, repetindo o que ele dissera. – *Acho que não conseguirei esperar muito mais do que isso*. Você me desaponta, Gervase. Consegui meu intento com tanta facilidade assim?

Ela se sentou, amarrou as fitas largas do chapéu sob o queixo e vestiu as roupas de baixo, as meias e calçou os sapatos. Ficou aliviada ao ver que suas mãos não tremiam.

Quando se levantou, viu que Gervase continuava deitado de costas, a camisa ainda sobre o torso, embora os braços estivessem nus, as mãos passadas por baixo da cabeça. E sorria com languidez para ela.

– Contemple-me, abjeto, derrotado, absolutamente aniquilado – disse ele. – Mas admita uma coisa, *chérie*. Você aproveitou cada momento.

Ela levantou as sobrancelhas com altivez.

– Mas é claro que aproveitei. Você não aproveitou cada momento com todas as mulheres que conheceu no continente?

Ele riu.

– *Mon amour, je t'adore.*

Morgan pegou todo o material de pintura, com exceção do cavalete e da tela recém-pintada, levantou o queixo, subiu a margem do rio e desceu do outro lado do caminho, na trilha.

Vencera aquela batalha por pouco, pensou. Mas ainda não havia terminado. Ela fora para Windrush com a intenção de provocar e atormentar Gervase antes de mostrar todo o desprezo que sentia por ele rompendo o noivado e, assim, constrangendo-o diante de toda a família dele, dos amigos, dos vizinhos. Mas, com certeza, não tivera a intenção de que *aquilo* acontecesse.

Suas pernas pareciam ligeiramente bambas. Os seios estavam sensíveis e ela sentia-se dolorida por dentro – era uma sensação agradável, embora Morgan preferisse não a estar experimentando.

Mas, sem dúvida, não poderia acusá-lo de seduzi-la ou violá-la, poderia?

Ficou bastante surpresa – e talvez um pouco desapontada – quando Gervase não foi atrás dela. Ao alcançar a casa, olhou para trás, para as árvores nos gramados abertos, e não o viu em lugar nenhum.

Provavelmente estava dormindo do lado de fora da gruta.

Aproveitando a letargia que a presunção lhe garantira.

Era bom que Gervase não estivesse à vista. Ela teria se sentido tentada a lhe dar uma bofetada.

Gervase deixara todo o planejamento da festa e do baile a cargo da mãe, das irmãs e da prima. Todas as pessoas que trabalhavam para ele e todos os habitantes do vilarejo e dos arredores haviam sido convidados para a festa ao ar livre, que seria no parque de Windrush e incluiria jogos de críquete, corridas e outras competições, além de enormes quantidades de comida e bebida. O baile aconteceria na mesma noite e seria oferecido para os vizinhos e arrendatários de classe mais alta. Todos haviam aceitado o convite, assegurou a mãe dele ao grupo reunido durante o café da manhã no dia seguinte à visita à gruta. Haveria gente o bastante para encher o salão de baile, embora o número não fosse, é claro, comparável à multidão que costumava comparecer aos bailes em Londres.

Gervase cometeu o erro de pedir para ver a lista de convidados, e a mãe solicitou que um criado a pegasse em sua sala íntima imediatamente. Ele permaneceu sentado à cabeceira da mesa, passando os olhos pela lista, e Cecile se levantou e olhou por cima de seus ombros.

– Eu estava fora com as crianças quando *maman*, Monique e Lady Aidan prepararam os convites – explicou.

Gervase estava menos preocupado com quem constava da lista do que com quem *não* constava. Ele não mencionara à mãe que não deveria convidá-la sob nenhuma circunstância, mas obviamente não fora necessário. Não viu o nome dela e sentiu um considerável alívio.

– Ora – comentou Cecile nesse instante, em voz alta demais. – Vejo que não chamou Marianne Bonner, *maman*. Isso é bom. Me espanta que ela tenha tido a coragem de vir morar tão perto de Windrush.

Gervase pousou a lista virada para baixo sobre a mesa e observou que os membros de sua família pareciam desconfortáveis, e os Bedwyns, educadamente surpresos.

– Acho que ela deveria ter sido convidada, Gervase – opinou Henrietta. – Já está na hora de esquecer o passado. Além do mais, ninguém nesta parte do mundo sabe o que aconteceu. Mas, com certeza, vão notar a ausência de Marianne e começar a se perguntar por que ela é a única de nossos vizinhos em um raio de quilômetros que não está presente.

– Você não pode estar falando sério, Henrietta – observou Monique.

– Ora, estou, sim – retrucou a prima, com a voz ligeiramente trêmula.

– Acho que esta questão estará encerrada assim que eu explicar à família de Morgan que a dama em questão me ofendeu anos atrás, antes que eu deixasse a Inglaterra, e não foi perdoada – disse Gervase, com firmeza.

– Sempre achei os esqueletos nos armários de outras famílias muito tediosos – comentou Freyja. – Quando vamos começar o passeio a cavalo que nos prometeu hoje, Gervase? Joshua diz que não devo saltar nenhuma sebe, de forma alguma, por isso acho que teremos que escolher um caminho que garanta algumas cercas desafiadoras...

– Acredito, meu bem – adiantou-se Joshua, enquanto Gervase dirigia a Freyja um olhar agradecido –, que eu tenha dito sebes *e* cercas, mas você precisa ser justa. Minhas palavras exatas... corrija-me se estiver errado... foram que eu achava que se a proibisse de saltar qualquer sebe *ou* cerca, você faria deliberadamente as duas coisas.

– Vou ser um pouco mais objetivo, Free – falou Aidan. – Se você sequer pousar os olhos em uma sebe, ou cerca... *ou* um portão, entre este momento e o pôr do sol, torcerei seu pescoço com minhas próprias mãos.

Todos na mesa riram – inclusive Freyja – e o desconforto passou.

Mas a questão não estava acabada.

– Suponho – disse Morgan a Gervase mais tarde, quando os dois passeavam a cavalo no campo, lado a lado – que pretenda viver aqui pelo resto de sua vida, a menos de 10 quilômetros de Marianne, sem vê-la sequer uma vez.

– Pretendo – retrucou Gervase em um tom decidido. – Pode não ser o tipo de coisa que um Bedwyn faria, *chérie*, mas com certeza é algo que um Ashford planeja fazer.

– Mas Henrietta está certa – insistiu Morgan. – Logo a notícia de que há uma briga entre vocês irá se espalhar e o assunto jamais morrerá.

– Se ela não gosta de fofoca, talvez devesse se mudar daqui – atalhou ele.

Harold Spalding, cunhado de Gervase, emparelhou com Morgan pelo outro lado e começou uma conversa com ela. Gervase, então, se colocou entre Becky e Davy, as duas crianças, que também participavam do passeio. Ele as distraiu um pouco antes de seguir em frente, colocar-se ao lado de Freyja e procurar ser agradável com ela.

– Sempre desprezei a ideia de me arrastar pelo campo em cima de um cavalo – comentou ela com um suspiro –, e nunca caí da sela. Mas a vida se torna tediosa quando a pessoa está esperando um evento feliz, Gervase. E esse não é um eufemismo ridículo? A vida se torna tediosa quando a pessoa está *esperando um bebê*. Tediosa e terrivelmente empolgante – acrescentou ela com uma risada.

Isso fez Gervase se lembrar do que o mantivera acordado metade da noite – que ele talvez houvesse engravidado Morgan na tarde anterior. Não que achasse ruim apressar o casamento com ela e ter um filho em casa dali a nove meses. Mas *ela* talvez achasse. Era impossível ter certeza. Morgan o deixara sem saber o que pensar.

Ele não tinha como saber nem se uma gravidez *realmente* a forçaria a se casar com ele. Talvez apenas a deixasse mais determinada. Essa simples ideia o fazia suar frio.

Gervase se viu cavalgando mais uma vez ao lado dela antes que voltassem para o parque, cerca de três horas depois de terem partido. E Morgan não esquecera o assunto.

– Gervase, não acha que deveria visitar Marianne? Confrontá-la? Perguntar por que ela fez o que fez?

– Não! – Ele a encarou. – Você conseguiu o que queria em relação ao cemitério da igreja. Não vai ter sucesso desta vez.

– Mas você ficou satisfeito por ter ido lá. Fez as pazes com seu pai. Não o odeia mais.

– Não há como fazer as pazes com Marianne, *chérie*. Assunto encerrado.

Morgan abriu a boca para dizer mais alguma coisa, mas pensou melhor. No entanto, só ficou em silêncio por cerca de um minuto.

– Mas não está encerrado para *mim* – falou. – Meu irmão também foi uma vítima daquele incidente.

Gervase não disse nada.

Não era da natureza de Morgan fugir de problemas, ainda mais quando pessoas que ela amava estavam envolvidas. E Morgan amava Wulfric.

Já fazia algum tempo que uma certa ideia ficava indo e voltando em sua mente. E se tornara mais persistente depois do que ocorrera durante o café da manhã.

Uma mesa de cartas fora arrumada na sala de visitas durante a noite. A conversa entre todos seguia animada. Apenas Henrietta estava afastada, sentada ao piano, a meia sala de distância de todos, tocando tranquilamente. Morgan foi até ela e postou-se atrás de seu banco, olhando para a partitura até que a moça terminasse a peça.

– Henrietta – disse Morgan, então, baixinho –, você estava *lá* na noite em que seria anunciado o noivado do meu irmão com Lady Marianne Bonner, não estava?

Henrietta olhou por cima do ombro, a expressão imediatamente cautelosa.

– Sim, é claro – respondeu. – Éramos vizinhos. Quer dizer, o marquês de Paysley costumava passar alguns meses por ano em Winchholme. Foi natural que convidasse todos nós, ou seja, tio George, Gervase e eu, para o baile. Monique e Cecile ainda eram meninas e tia Lisette havia sido chamada de volta a Windrush porque Cecile estava indisposta. Tia Bertha, irmã do meu tio, foi minha acompanhante.

– Deve ter sido terrível para você – falou Morgan, sentando-se na ponta do banco. – Me refiro ao que aconteceu no baile.

– Sim. – Henrietta fechou a partitura e cruzou as mãos frouxamente no colo. – Foi. Terrível.

– Como eles souberam onde encontrariam Marianne e Gervase? – perguntou Morgan, se inclinando um pouco para a frente, para olhar bem nos olhos dela. – Se era um baile lotado, como eles sequer imaginaram que os dois pudessem estar juntos? E o que os fez achar que se encontrariam no quarto de Marianne? Por que entraram de supetão no aposento, aparentemente sem nem bater na porta antes? E por que todos os três, Wulfric, o pai de Gervase e o pai de Marianne?

Henrietta encarou Morgan com o rosto inexpressivo.

– Não sei.

– Mas nunca se perguntou? – insistiu Morgan. – Nem ao seu tio?

– Não. Nunca.

– E não se pergunta *agora*?

Morgan continuou encarando-a com intensidade. Com certeza deveria se perguntar.

– Acho que sim – disse a moça, passando a mão pelas teclas do piano, mas sem apertar nenhuma delas. – Imagino que alguém deva ter visto os dois subindo juntos as escadas. Algum criado.

– Henrietta. – Morgan se aproximou mais. – Você acredita que Gervase fez o que dizem? Acredita que ele traiu o meu irmão e então roubou de Marianne uma joia de família de valor inestimável?

Os olhos de Henrietta estavam enevoados com algo que lembrava luto quando ela os ergueu.

– Não, é claro que não – afirmou. – É claro que não.

– Acredita, então, que Marianne foi a traidora? – continuou Morgan. – Que ela dopou Gervase, levou-o para a cama e fez com que alguém chamasse Wulfric e os pais de ambos, tudo porque não tinha coragem de dizer pessoalmente a Wulfric que não iria se casar com ele?

– *Coragem* não tem nada a ver com isso – falou Henrietta –, nem covardia. Você não conheceu o marquês de Paysley, Morgan. Não sabe o tirano que ele era. E não conheceu o duque de Bewcastle, não sabe o tirano... – Ela levou a mão à boca quando se deu conta do que dissera e ficou muito vermelha. – Peço que me perdoe.

– *Conheço* Wulfric e seus modos tirânicos – disse Morgan. – Mas, apesar disso, ele é um homem muito justo, Henrietta. Sei que meu irmão jamais forçaria nenhuma dama a se casar com ele contra a vontade. Por que faria isso? Afinal, teria que viver com a dama em questão pelo resto da vida. Você conversou sobre essas coisas com Marianne, então, não é? Gervase diz que ela ainda é sua amiga.

– Não falamos muito sobre esse assunto – confessou Henrietta. – É doloroso demais para nós duas.

– E, mesmo assim, mesmo sabendo o que ela fez e as terríveis consequências disso para o seu primo, e talvez imaginando a humilhação que meu irmão deve ter sofrido, você continuou a amizade com ela?

– Uma amizade verdadeira é algo muito forte.

– Não acredito que eu fosse conseguir continuar a amizade com alguém que arruinasse o caráter de um parente meu que, em consequência disso, fosse condenado a nove anos de exílio – disse Morgan, incapaz de evitar um tom de desdém. – Acho que essa pessoa rapidamente se tornaria uma *ex*-amiga.

– Você não compreende.

– Não, não compreendo – concordou Morgan. – Mas peço desculpas, Henrietta. Não pretendia brigar com você. Apenas senti a necessidade de compreender o passado, de saber por que Gervase foi o escolhido para tal provação. E por que meu irmão teve que sofrer tamanha humilhação.

– Não sei – repetiu Henrietta, e Morgan ficou surpresa ao ver lágrimas em seus olhos.

– Quero conhecer essa moça – falou Morgan. – Quero conversar com ela. Pode ir comigo até a casa dela, talvez amanhã, e nos apresentar?

– Acha prudente? – perguntou Henrietta.

– Não tenho ideia. Mas irei sozinha, se você não me acompanhar. Irá comigo?

Henrietta respirou fundo e soltou um suspiro.

– Se tiver que ir... – respondeu. – Muito bem, então. De qualquer modo, você vai mesmo morar aqui depois de se casar com Gervase. É adequado que a visite em algum momento. Só espero que não haja nenhuma... situação desagradável.

– Obrigada – falou Morgan – Espero o mesmo.

Ela sorriu e levantou os olhos para Monique e Eve, que se aproximavam do piano.

CAPÍTULO XX

O dia seguinte amanheceu chuvoso, embora à tarde a chuva houvesse parado. Porém, o clima continuou nublado, seco e frio. Freyja, Joshua, Cecile e lorde Vardon saíram de barco. Eve, Aidan, Monique e Sir Harold levaram as crianças para uma longa caminhada. A condessa passou a manhã e a tarde fazendo planos para a festa e para o baile, com o cozinheiro, a governanta e o açougueiro. Gervase, que saíra com o capataz depois do desjejum, ainda não retornara.

Morgan foi, com Henrietta, de carruagem até Winchholme, a menos de 10 quilômetros de distância. As estradas estavam úmidas, mas era possível passar. O sol tentava sair por entre as nuvens quando as duas se aproximaram de uma bela mansão antiga, com jardins repletos de rosas cujo perfume doce e pungente Morgan conseguiu sentir antes mesmo que a carruagem parasse. Ela e Henrietta mal haviam conversado no caminho, ambas imersas nos próprios pensamentos.

Lady Marianne Bonner em pessoa as recebeu à porta. Enquanto ela cumprimentava Henrietta, tomando-a pela mão e beijando seu rosto, Morgan a observava com curiosidade. Mesmo já tendo passado do desabrochar da juventude, Marianne era uma mulher de beleza impressionante, com cabelos cacheados brilhantes e dourados, corpo de medidas harmoniosas e pés pequenos. Quando Marianne a fitou, Morgan viu que os olhos eram muito azuis.

Essa, pensou Morgan, é a mulher com quem Wulfric quase se casou. A mulher que ele amou. Que *deve* ter amado. Como todos os Bedwyns, Wulfric acreditava fortemente em casamentos por amor. Ele não poderia ter tido outra razão para querer se casar com ela – não precisava da influência do pai de Marianne, ou da fortuna dela, e na época tinha três irmãos, o que tornava a necessidade de filhos menos urgente do que poderia ter sido em outras circunstâncias. Aquela era a mulher que poderia ter sido sua cunhada.

Ambas fizeram uma reverência quando Henrietta as apresentou e Marianne ficou ruborizada, o que a tornou ainda mais bonita.

– Estou encantada em conhecê-la, Lady Morgan – disse.

– Igualmente, Lady Marianne – retrucou Morgan.

Então a dona da casa conduziu as duas visitas a uma aconchegante sala de estar no primeiro piso, que tinha vista para as mais belas roseiras. As portas francesas estavam fechadas por causa do frio, mas Morgan conseguiu facilmente imaginar como a sala devia ficar perfumada em um dia quente de verão, com as portas abertas.

A Sra. Jasper, tia de Lady Marianne, encontrava-se na sala, mas pediu licença para se recolher depois de ser apresentada a Morgan. Era uma dama muito idosa, cuja presença em Winchholme oferecia, ao menos, a fachada de uma acompanhante para uma dama solteira que morava só. Era um arranjo que devia agradar às duas.

A bandeja do chá foi trazida e elas conversaram, por algum tempo, sobre temas variados. Quando Morgan se preparava para abordar o assunto que a levara até lá, a própria Marianne o mencionou. De repente, ficou claro para Morgan que ela soubera com antecedência da visita. Henrietta provavelmente mandara um bilhete à amiga durante a manhã.

– Pelo que entendi, Lady Morgan, a senhorita perguntou a Henrietta sobre o que aconteceu em meu baile de noivado.

Morgan pousou o pires com a xícara sobre a mesa e cruzou as mãos no colo. Marianne e Henrietta estavam sentadas no sofá, lado a lado. Pareciam bastante cautelosas, e o rosto de Marianne estava muito ruborizado.

– Perguntei se Henrietta sabia como meu irmão, o tio dela e o seu pai descobriram que a senhorita e Gervase estavam juntos em seu quarto – retrucou Morgan. – Eles não teriam como suspeitar de algo tão chocante no curso normal de um baile. Quem contou a eles? Quem os mandou lá?

– Nunca parei para pensar a respeito – respondeu Marianne.

Mas Morgan a encarava com firmeza.

– Lamento, mas não acredito na senhorita – disse, sem rodeios. – Deve ter desejado ser flagrada. Dopou Gervase e o levou de sua sala íntima para o quarto. A senhorita queria ser vista na cama com ele para que não fosse forçada a se casar com Wulfric, meu irmão. Mas como poderia ser pega se ninguém sabia que estavam juntos, ou onde poderiam ser encontrados? Seu plano só poderia ter sucesso se tivesse um cúmplice.

Marianne sustentou o olhar de Morgan. Ainda estava ruborizada, mas sua expressão era desafiadora – e culpada.

– Está me chamando de mentirosa, Lady Morgan? – perguntou.

Henrietta pousou a mão no braço da amiga e deixou escapar um ruído de aflição.

– Wulfric deve ter amado a senhorita – declarou Morgan. – Eu o conheço. Nenhum outro motivo o levaria ao casamento. E deve ter se sentido profundamente magoado, e também muito humilhado, ao ver o que viu naquele quarto... ou o que *pensou* ter visto. E Gervase foi atingido de uma forma mais terrível. Ainda está tentando se recuperar, aos poucos. Ainda está magoado e, de certo modo, foi marcado para sempre. Não há como a senhorita compensar o que fez. Mas ao menos pode dizer a verdade.

Marianne abriu a boca para falar, mas Henrietta foi mais rápida. Começou a contar o que acontecera, sem olhar para as duas mulheres.

– Fui eu. *Eu* contei a eles... aos três. Falei que Gervase havia arrastado Marianne com ele contra a vontade dela.

Morgan notou que suspeitara desde a noite da véspera. Torcera para estar errada, já que a traição vinda da própria família seria muito pior para Gervase do que praticada por uma vizinha e antiga amiga. Mas *por quê*?

Marianne passou a mão pelo rosto e de repente ficou muito pálida.

– Planejamos tudo juntas – continuou Henrietta. – O pai de Marianne a estava maltratando e ameaçando para que aceitasse a corte do duque de Bewcastle e, depois, seu pedido de casamento. Se o anúncio do noivado fosse feito, tudo estaria perdido. Ela não teria como evitar o matrimônio. Marianne me procurou, infeliz e desesperada, e juntas concebemos o plano.

– De arrastar Gervase para aquela terrível desgraça? – perguntou Morgan, horrorizada. – De fazer parecer que ele havia violado Lady Marianne? Seu próprio *primo*, Henrietta?

– Nunca pertenci realmente à família – disse Henrietta, se levantando e se afastando alguns passos do sofá, enquanto manuseava desajeitadamente um lenço no bolso do vestido. – Monique e Cecile estavam crescendo e adquirindo uma beleza frívola e vivaz, tornando-se as favoritas de todos. E havia Gervase, sempre implicando comigo, sempre tentando me arrumar pares de dança e um pretendente durante aquela terrível temporada. Eu queria... Tudo o que eu sempre quis era ir para *casa*. Não para Windrush, mas para a casa da minha mãe e do meu pai. Mas eles estavam mortos.

– Ah, Henrietta... – falou Marianne, claramente comovida pela amiga.

– Lamento muito – disse Henrietta, depois de assoar o nariz e voltar a se sentar no sofá. – Superei aqueles anos e reconheci como fui injusta com a família que havia me recebido e me amado. Amo todos eles, de verdade, agora. Mas temos tendência a ser criaturas egoístas e autocentradas quando somos muito jovens. Ao menos eu era assim.

– A senhorita precisa compreender – falou Marianne, dirigindo-se a Morgan – que meu único pensamento era me livrar do duque de Bewcastle de um modo que meu pai não tivesse como me culpar. O fato de Gervase ser meu vizinho e amigo era um ponto a favor do plano. Imaginei que poderia explicar tudo a ele no dia seguinte e que Gervase entenderia, que talvez até explicasse ao duque, em particular, o que acontecera... Os dois eram amigos, sabe?

– A senhorita *mesma* não poderia ter explicado a Wulfric? – perguntou Morgan.

– Eu... – Marianne fechou os olhos e balançou a cabeça. – Não, não poderia. Precisa entender que eu tinha apenas 18 anos. Não me orgulho do que fiz. Na verdade, vivo assombrada por isso. Mas eu era muito jovem.

– Tenho 18 anos – observou Morgan suavemente.

As duas a encararam sem ter o que dizer.

– E o broche? – indagou Morgan. – Foi mesmo roubado?

Marianne balançou a cabeça, negando.

– Papai teria me obrigado a casar com *Gervase* – falou. – E eu não poderia me negar, porque havia dito a papai que ele me violara. E *Gervase* não poderia dizer não, afinal, me pedir em casamento era o que a situação exigia de um cavalheiro. Tive que pensar rápido, e o que fiz foi não apenas reprovável, como tolo. Quis explicar tudo a Gervase depois, mas ele havia partido. Nunca, *jamais*, imaginei que os eventos daquela noite pudessem ter consequências tão terríveis. Quase perdi até a amizade de Henrietta. Ela ficou furiosa comigo por causa do broche.

– Mas não pensou em explicar tudo ao pai de Gervase? – perguntou Morgan. – Ele nunca mais voltou a ver o filho. Morreu acreditando que Gervase era um violador de damas e um ladrão.

– Meu tio sempre fora tão orgulhoso de Gervase, sempre tão carinhoso... – respondeu Henrietta. – Como eu poderia imaginar que ele de fato o puniria, e daquela forma? Foi... um pesadelo do qual eu não conseguia acordar.

– Mas não a ponto de a senhorita fazer o que era honrado e confessar sua participação no que aconteceu, não é? – disse Morgan, encarando-a.

Uma covardia daquele nível estava tão longe da natureza de Morgan que era difícil não apenas compreender, mas tolerar em outra pessoa.

– Morgan – falou Henrietta –, não há nada, *nada*, que você possa dizer que eu mesma já não tenha me dito milhares de vezes, ou que Marianne já não tenha dito a si mesma. Não é fácil viver com a culpa de perceber que algo que você fez, mesmo sabendo na época que era errado, provocou resultados tão catastróficos para várias pessoas inocentes. Agradeço todos os dias pela volta de Gervase ao lar e pela felicidade que ele encontrou com você. Mas isso não pode compensar o que aconteceu, ou reparar.

– Não, de fato – concordou Morgan, compreendendo subitamente por que Henrietta sempre fora tão agradável com eles.

Ela olhou de uma conspiradora para a outra, tentando imaginar o que poderia ter levado duas jovens a medidas tão desesperadas. Apenas a juventude, a ingenuidade e o desejo de desafiar a autoridade, e em seguida o medo das consequências, caso confessassem o que tinham feito? E como Henrietta fora levada àquilo? Será que tinha sido apenas uma pirraça da parte dela contra um primo que a pressionava a escolher parceiros de dança, ou até mesmo um pretendente, quando ela não se sentia atraída por ninguém?

Foi quando essa última pergunta lhe passou pela cabeça que a resposta a atingiu como um raio. Morgan saíra havia pouco tempo da sala de aula em sua casa. Tivera uma vida protegida em Lindsey Hall, onde só lhe ensinaram o que era considerado essencial para a educação de uma dama. Todas as outras informações que obtivera foram a partir da observação dos irmãos impetuosos e da irmã ousada, embora eles sempre tivessem sido muito cuidadosos com o que diziam quando ela estava por perto. Ainda assim, Morgan compreendeu.

É claro! Marianne e Henrietta eram mais do que amigas. Elas se *amavam*. Casamento, para qualquer uma delas, teria sido o maior dos desastres, o horror dos horrores, algo a ser evitado a qualquer custo.

E então elas *haviam* conseguido evitar o casamento – a um custo terrível.

Morgan voltou a olhar de uma para a outra e, apesar de nem uma palavra ter sido dita, pôde ver que elas *sabiam* que ela sabia. Por um breve instante, quase imperceptível, as mãos das duas se tocaram no sofá.

Morgan compreendia. Não aprovava nem perdoava, mas compreendia. E se deu conta de que não as odiava. Não conseguia odiá-las. Colocou-se no lugar das duas e se imaginou vivendo o que a vida lhes destinara, e não pôde odiá-las ou condená-las. Apenas desprezava o que haviam feito.

– Se eu pudesse voltar atrás – disse Marianne, com um suspiro –, desafiaria meu pai e falaria abertamente com o duque de Bewcastle. Pelo menos acho, quando estou a salvo, longe dos dois, que faria isso. Mas voltar no tempo significaria ter o corpo, a mentalidade e as emoções de uma jovem tímida e assustada, que era diferente, mas não podia explicar essa diferença a ninguém a não ser à pessoa que compartilhava de seus medos. Talvez, mesmo sabendo o que sei agora, eu não encontrasse coragem.

– E se eu pudesse voltar atrás – acrescentou Henrietta –, falaria com tio George e explicaria tudo a ele, mesmo sabendo que a consequência seria não poder mais falar com Marianne. Eu não permitiria que Gervase passasse pelo que passou se tivesse o poder de agir de modo diferente. Mas isso não é possível... E, na verdade, mesmo que fosse, talvez eu não tivesse a coragem necessária.

– Encontre coragem agora – disse Morgan.

– Meu tio está morto – retrucou Henrietta –, assim como o pai de Marianne.

– Mas Gervase não está – lembrou Morgan. – Nem Wulfric.

Marianne ficou muito pálida.

– Espera que eu confesse o que fiz ao *duque de Bewcastle*?

– Não espero nada – respondeu Morgan. – Wulfric é um homem forte. O que quer que ele tenha sofrido na época, a esta altura já se recuperou. E o longo suplício de Gervase terminou. Ele foi forte o bastante para sobreviver ao que aconteceu e manter os melhores traços de seu caráter intactos, e agora está construindo uma nova vida. Ambos vão continuar vivendo da maneira que acharem melhor, não importa o que vocês façam. Não espero nada das duas. – Ela se levantou. – Quero ir embora, Henrietta – falou, por fim.

– Leve a carruagem – disse Henrietta, depois de hesitar um momento. – Se importa de voltar sozinha? Irei mais tarde, na carruagem de Marianne. Nós duas precisamos conversar.

Foi um alívio para Morgan. A verdade era muito mais terrível do que imaginara. Como devia ser horrível amar alguém sabendo que o mundo jamais toleraria ou aceitaria esse amor, ter que manter os sentimentos em segredo durante toda uma vida.

Mas era amor. Elas se mantiveram fiéis uma à outra por anos, cometeram atos terríveis, traíram um primo e um amigo, causaram um mal imensurável a outras pessoas e dividiram essa culpa desde então.

Como ela, Morgan, poderia saber o que teria sido capaz de fazer em circunstâncias semelhantes?

Se Wulfric houvesse insistido em não permitir que Gervase falasse diretamente com ela, talvez o houvesse desafiado, talvez houvesse até mesmo fugido com Gervase. Ou, na pior das hipóteses, esperaria três anos até alcançar a maioridade e nem sequer consultaria o irmão mais velho para fazer o que quisesse.

Marianne e Henrietta não tinham nenhuma dessas opções.

Mas a mente de Morgan de repente se desviou para outro caminho.

Fugido? Esperado três anos?

Não se casaria com Gervase de forma alguma – e por escolha própria.

Precisava acabar logo com aquela farsa. Talvez fizesse isso no baile. Seria espetacular – e também de uma crueldade que não era da natureza dela. Depois do baile, então. Logo depois. Anunciaria a ele, com toda a tranquilidade, que estava rompendo o noivado e partiria de Windrush com Freyja, ou com Aidan. Seria o bastante. Criaria uma situação suficientemente constrangedora para o conde – e levaria consigo um enorme vazio...

Será que Gervase nutria algum sentimento verdadeiro por ela? Às vezes Morgan achava que sim. E ele lhe *dissera* que a amava. Morgan acreditava que ele nutria uma paixão física por ela. As palavras que Gervase murmurara enquanto faziam amor do lado de fora da gruta, sem dúvida, não foram fingidas. De qualquer modo, aquilo não era o bastante. Ele se tornara muito querido para ela em Bruxelas e, durante todo aquele tempo, a estivera usando de uma forma cínica e calculista. Não poderia haver perdão para isso – ou, se houvesse, ainda assim não seria possível confiar nele.

Morgan fechou os olhos enquanto a carruagem balançava pela estrada ainda cheia de lama. Como a vida era estranha, pensou. Se Marianne e Henrietta não houvessem se comportado de forma tão desesperada e sem honra, em uma noite muitos anos antes, quando a própria Morgan tinha apenas 9 anos, Gervase não teria insistido em ser apresentado a ela no baile dos Camerons, em Bruxelas. Ele nem sequer a teria notado. Morgan também não teria reparado nele. E Gervase não teria feito sua própria descida à desonra. E ela não se apaixonaria por ele.

Tudo interligado. Ah, sim, tudo, tudo interligado.

O sol voltou no dia seguinte. Eles passaram a manhã explorando a trilha de terra, andando de barco, nadando e até mesmo, mais tarde, mergulhando. Mas o calor e o exercício já haviam exaurido a maioria das crianças no meio da tarde e todas foram mandadas para o quarto – para dormir ou passar algum tempo quietas. Os adultos se dispersaram pela casa ou foram passear ao ar livre. Morgan estava sentada no jardim com Emma, que chegara da casa paroquial fazia pouco tempo, enquanto Jonathan brincava ao redor delas.

Gervase observava da janela da biblioteca, onde acabara de colocar em dia a correspondência que tinha ficado sobre sua escrivaninha por dois dias. Ele gostava de ver que sua família e os impetuosos Bedwyns pareciam se dar bem. E gostava particularmente de ver que Morgan fora tão bem aceita ali, e que parecia encantada de verdade com o lugar e com as pessoas.

Depois do baile, daria um jeito de convencê-la a perdoá-lo. Iria pedi-la em casamento mais uma vez, a sério.

Estava prestes a sair para se juntar às damas e para brincar com o sobrinho quando percebeu que uma carruagem se aproximava. Não reconheceu quem era nem quando o veículo se aproximou. Devia ter saído para cumprimentar o visitante, mas algo o deteve.

Morgan e Emma acenaram quando o veículo passou por elas, mas a carruagem seguiu e dobrou no terraço abaixo da janela onde Gervase estava parado. Ele viu uma dama descer, com uma camareira logo atrás.

Então sentiu a boca subitamente seca. Morgan saíra de carruagem com Henrietta na véspera, mas não dissera a ele aonde estava indo – e ele não perguntara. Mas tinha imaginado.

Mas o assunto não está encerrado para mim, ela dissera a ele no dia anterior. *Meu irmão também foi uma vítima daquele incidente.*

E agora Marianne viera a Windrush. Gervase esperava que ela estivesse ali para visitar a mãe dele – ou Henrietta –, por mais que isso fosse de péssimo gosto, já que ele se encontrava em casa.

Marianne subiu os degraus da entrada e desapareceu. Morgan havia levantado os olhos para a janela. Eles se encararam por um momento antes que Gervase se afastasse. Aquilo também era parte da vingança dela?

Marianne estava ali para *vê-lo*?

Ele se recusaria a recebê-la. Simples assim.

Então o mordomo bateu na porta, abriu-a e informou que Lady Marianne Bonner desejava falar com ele.

Gervase abriu a boca para dizer que não. Ela viera implorar seu perdão? Não a perdoaria. Certas coisas eram imperdoáveis.

Como usar, difamar e arrastar uma moça jovem e inocente para um escândalo apenas porque guardava ressentimento do irmão dela.

Perdoai as nossas ofensas assim como nós perdoamos a quem nos tem ofendido.

Ele nunca pensara em si como um homem particularmente religioso, mas aquelas palavras surgiram em sua mente assim mesmo.

– Mande-a entrar – disse Gervase, seco, e esperou com uma carranca, de frente para a janela, as mãos cruzadas nas costas.

Marianne fora uma jovem adorável – loura, olhos azuis, esguia e feminina. Havia se tornado uma mulher ainda mais bela. Seu corpo adquirira curvas atraentes e os anos haviam acrescentado personalidade ao rosto, tornando-o mais bonito ainda. Ele voltou a se perguntar, como fizera havia anos, por que ela se opusera com tanto empenho a se casar com Bewcastle, que era na época – assim como agora – um dos melhores partidos de toda a Inglaterra. Marianne não explicara isso a ele quando conversaram na sala íntima dela, no dia do baile, antes de ele cair no estupor provocado pela bebida que ela lhe dera.

Marianne abaixou-se em uma mesura profunda e Gervase inclinou o corpo, rígido.

– Lorde Rosthorn, obrigada por me receber – disse ela.

Ela estava muito nervosa, percebeu Gervase com satisfação, ao ouvir o tremor em sua voz.

– Não imagino que tenhamos nada de importante a dizer um ao outro.

Ele não a convidou a se sentar.

– Está absolutamente certo – retrucou Marianne. – Não vou dar explicação para o meu comportamento naquela noite. Tenho certeza de que você já compreendeu *por que* fiz o que fiz. E também não há como me desculpar.

A relutância em me casar com o duque de Bewcastle, ou com qualquer outra pessoa, por sinal, e o medo do meu pai não são desculpas para a forma como agi, nem para o que permiti que lhe acontecesse, ainda que não tenha previsto aquilo. Um pedido de desculpas seria inútil e até mesmo insultante, levando em consideração o tempo que você sofreu. Mas, Gervase, é só o que tenho a oferecer. Gostaria que houvesse mais. Queria poder mudar o passado, mas é a única coisa que nenhum de nós jamais poderá fazer. Eu me declaro culpada, e não apresento desculpas em minha defesa. Não *há* desculpas.

– Você poderia ir embora, assim não teríamos que morar na mesma vizinhança pelo resto de nossas vidas – falou Gervase.

Ela empalideceu visivelmente. Chegou a cambalear e Gervase quase se apressou na direção dela para apoiá-la ou levá-la até uma cadeira. Mas Marianne pareceu conseguir se controlar.

– Eu poderia – concordou. – É esse o castigo que lhe pareceria justo, Gervase? Talvez esteja certo. Talvez *fosse* justo. Olho por olho, exílio por exílio. Muito bem, se esse é o seu desejo...

– Não exatamente olho por olho – retrucou ele. – Fui forçado a deixar para trás tudo o que me era mais caro quando fui embora daqui.

– Ah, Gervase, e eu também deixaria. É *isso* que deseja para mim?

Os olhos dela estavam marejados. E Marianne não abaixou a cabeça nem desviou o olhar do dele. Gervase ficou encarando-a, o cenho franzido.

A relutância em me casar com o duque de Bewcastle, ou com qualquer outra pessoa, por sinal...

Ah, Gervase, e eu também deixaria.

Ir embora de Winchholme seria para ela um castigo igual ao que fora para ele ser banido de Windrush? Mas ela não tinha ninguém ali, como ele havia tido. *A não ser amigos.* Ou talvez uma amiga em particular.

Quem fora o cúmplice de Marianne naquele baile? *Tinha* que ter havido um cúmplice para que o plano dela fosse bem-sucedido. Ele sempre pensara isso, mas presumira que fora algum criado.

Henrietta? Isso explicaria tudo, não é mesmo?

Mas ele queria saber mesmo? Estava disposto a fazer a pergunta?

– Descobri, Marianne, a partir da minha própria experiência – disse Gervase –, que o perdão nunca é merecido. Se fosse, não seria necessário, não é mesmo? Eu também mudaria muitos acontecimentos do passado, se pudesse. Mas é claro que não posso. E, por piores que tenham sido esses nove anos, não foram totalmente desperdiçados. Sou um homem diferente do que deixou a Inglaterra poucos dias depois daquele baile abominável, e gosto do que me tornei. Conheci minha futura condessa enquanto ainda estava no exílio. Poderia jamais tê-la encontrado e lamentaria isso mais do que qualquer outra coisa que possa imaginar.

Gervase desejou não ter dito aquilo em voz alta. Morgan iria deixá-lo. Ainda não podia confiar que ela não faria isso, mas dissera a verdade, de qualquer modo. Se pudesse voltar atrás e apagar os últimos nove anos, se pudesse recomeçar do dia do baile e não permitir que acontecesse o incidente com Marianne, não tinha certeza se faria isso.

– Siga a sua vida sem culpa, então – concluiu.

Ela levou as mãos visivelmente trêmulas ao rosto.

– Escrevi para o duque de Bewcastle – disse Marianne. – Isso, ao menos, eu poderia fazer. Ele saberá que você não foi o culpado dos eventos daquela noite, que foi uma armação. E é mais importante do que nunca que o duque saiba disso agora que você vai se casar com a irmã dele.

– Ah – disse ele, simplesmente.

– Vou embora agora – falou Marianne. – Obrigada, mais uma vez, por me conceder um pouco do seu tempo, Gervase.

– Marianne – chamou ele, em um impulso, quando ela já se virava para partir. – Somos vizinhos, quer gostemos disso ou não, e provavelmente seremos pelo resto de nossas vidas. Acho que devemos agir com civilidade, então. Gostaria de vir ao baile que ofereceremos amanhã à noite?

Era possível que ele se arrependesse desse convite, mas não acreditava nisso. A civilidade era o lubrificante que mantinha as engrenagens da sociedade funcionando.

– Obrigada – disse ela, com o rosto ruborizado. – Não tenho certeza... Obrigada.

E então Marianne se foi.

Gervase ficou parado onde estava até ouvir a carruagem dela partir. Deu tempo para que desaparecesse do caminho que levava à estrada.

Mas quando se virou mais uma vez para a janela, o jardim estava deserto. Não havia sinal de Morgan.

E ele precisava desesperadamente dela.

CAPÍTULO XXI

A chegada de Lady Marianne Bonner em pessoa a Windrush pegara Morgan de surpresa. O máximo que ela esperara fora que a dama escrevesse para Gervase. Ficou apreensiva – não havia contado a ele sobre a visita que fizera a Winchholme, ou sobre o que descobrira lá. Quando olhara para a janela da biblioteca e o vira parado ali, observando a chegada de Marianne, imaginara ver uma profunda mágoa no rosto de Gervase – uma impressão exagerada, talvez, já que estava distante demais para ver com clareza.

Assim que Emma saiu do jardim com Jonathan, alguns minutos depois, para voltar à casa paroquial, Morgan caminhou para longe da casa. Foi na direção do lago, mas ouviu o som de vozes e de risadas vindo daquela direção. Por isso mudou o caminho e seguiu pela avenida gramada que levava ao caramanchão. Uma vez lá, sentou-se e deixou a porta aberta para que entrasse um pouco da brisa da tarde.

Iria ser difícil partir. Jamais conhecera outro lar que não Lindsey Hall, em Hampshire, e sempre fora basicamente feliz ali, ainda que *houvesse* passado os últimos anos um tanto irritada, por assim dizer, ansiando por crescer logo, para que pudesse conquistar o mínimo de independência. Mas no ano anterior estivera em Grandmaison Park, em Leicestershire, a casa de sua avó materna, para o casamento de Rannulf com Judith, e depois fora para a casa de Joshua em Penhallow, na Cornualha, por ocasião do noivado de Freyja. Na época, passara a achar que gostaria de ter uma casa que fosse sua, e não de Wulf.

Amava Windrush. Adorava a casa, o parque, os campos ao redor, a família que vivia ali, os vizinhos. E aquilo poderia ser dela pelo resto da vida.

Poderia ser a dona de tudo. Estava noiva do conde de Rosthorn. Mas não seria assim. No ano seguinte, teria que começar a considerar os avanços de outros pretendentes – e Morgan sabia que haveria um grande número deles, apesar de todo o escândalo em que estivera envolvida recentemente, um escândalo que, sem dúvida, seria duplicado quando ela rompesse o noivado. Mas, de qualquer forma, ela ainda era Lady Morgan Bedwyn, irmã do duque de Bewcastle.

Morgan viu Gervase se aproximar do caramanchão, vindo pela avenida que o ligava à casa. Marianne já devia ter ido embora, então. Ele estava sem chapéu, os cabelos ao vento, o que o fazia parecer jovem, despreocupado e belo. Gervase caminhava com passadas largas e determinadas, pois já a vira. Morgan se lembrou da alegria com que o esperava todos os dias quando estava na casa da Sra. Clark, da facilidade incrível com que andava ao lado dele, com que conversava com ele, como se Gervase fosse uma parte dela mesma. Naquela última noite, quando estava desesperada pela notícia que acabara de receber da embaixada, foi procurá-lo sem sequer pensar nisso conscientemente, e buscara conforto em seus braços.

Era difícil de acreditar – embora Gervase *houvesse* confessado a ela – que em todos aqueles momentos ele a estivera usando para os próprios fins. Eles devem ter sido vistos sozinhos em várias ocasiões, por diversos conhecidos – tudo cuidadosamente orquestrado por ele. Mas ela não percebera nada. Estava concentrada em cuidar dos feridos e em saber de Alleyne, e para isso tirava forças e conforto do apoio permanente de seu querido amigo.

E agora? Gervase estava apenas se divertindo com a determinação dela de partir seu coração, ou, no mínimo, humilhá-lo? Ainda queria se casar com ela de qualquer jeito porque sabia que isso deixaria Wulfric furioso? Ou sua intenção era provar a Morgan que poderia encantá-la e seduzi-la mesmo que ela soubesse a verdade sobre ele?

Como ela poderia descobrir as respostas a essas perguntas? Como poderia levar a sério qualquer coisa que um homem daqueles lhe dissesse?

Morgan *desejou* não ter se deitado com ele do lado de fora da gruta. Fora um erro terrível, sobretudo porque o corpo dela ansiava por mais.

– Cada vez que olho para você, *ma chère* – disse Gervase quando chegou até o caramanchão –, está mais linda ainda. Esse tom de rosa fica muito bem em você. Deleite-se com seu amante desprezado.

Ele sorriu para ela e entrou, com uma das mãos na altura do coração.

Era quando ele falava assim que ficava mais difícil ter certeza. Era o jeito leve, de flerte, que usara quando a conhecera, em Bruxelas. O homem por trás daquela fachada era um desconhecido para ela, na época. E permanecia um desconhecido. Devia ser porque ela era jovem demais, pensou Morgan, e por ele ser doze anos mais velho do que ela. Simplesmente não o conhecia. E a cada dia sentia que conhecia menos ainda.

– O que ela disse? – perguntou Morgan, sem sorrir de volta.

Gervase se afundou no assento de couro em frente a ela e estendeu o braço por trás do encosto. Ele sorria com o que Morgan reconheceu ser o antigo cinismo, a expressão zombeteira.

– Acho que você sabe muito bem o que ela disse, *chérie* – respondeu ele. – Parece que estou prestes a ser absolvido de toda a culpa aos olhos do duque de Bewcastle. Ela escreveu para ele. Acho que você ordenou que fizesse isso e que viesse aqui rastejar diante de mim.

– Não ordenei nada – retrucou Morgan –, nem sequer aconselhei. Só queria saber a verdade. E acho que *realmente* demonstrei certo escárnio quando ela tentou usar a desculpa de que tinha apenas 18 anos na época.

– Ah, sim – disse Gervase, encarando-a com o olhar indolente –, *você* nunca se comportaria assim, não é mesmo, *chérie*? Teria confrontado seu pai e seu pretendente indesejado e falado o que lhe viesse à cabeça sem sequer desviar o olhar. Mas você é feita de material mais rígido, Lady Morgan Bedwyn. Suponho que a cúmplice de Marianne seja Henrietta.

– Ela lhe disse isso?

– Não. – Ele riu baixinho. – E acho que você também não vai me dizer. Imagino que você tenha sofrido tormentos terríveis nas mãos de seus irmãos mais velhos quando criança, mas eu poderia apostar que nunca foi correndo contar a Bewcastle o que haviam feito.

– Nunca precisei fazer isso. Havia outras maneiras, mais satisfatórias, de lidar com meus irmãos. Eles nunca apreciaram sal no café, ou açúcar nos legumes, nem ver suas melhores botas flutuando na fonte ou todos os botões de um casaco favorito faltando.

Ele riu de novo.

– Henrietta sempre foi difícil – falou. – Acho que é compreensível que ela odiasse estar aqui e que tenha se ressentido de todos os nossos esforços para fazê-la uma de nós. Ela tinha 12 anos quando os pais morreram e não conhecia ninguém aqui antes de vir morar conosco. Era uma menina... *irritadiça*. Se tentávamos incluí-la em nossas atividades, ela deixava claro de todas as maneiras possíveis como as achava tediosas, assim como a nós. Mas se a deixávamos sozinha, ficava emburrada e nos deixava culpados por negligenciarmos a órfã que morava conosco. Fiz o possível para que ela tivesse, no ano em que foi apresentada à sociedade, parceiros de dança e convites de alguns dos meus amigos para passeios no parque e idas ao teatro. Ela não ficava grata. Acho que nunca a compreendemos. Acho que *eu* nunca a compreendi.

Morgan percebeu que Gervase a encarava com mais intensidade, com os olhos semicerrados.

– Henrietta parece bastante contente agora – comentou ela. – Acho que ama a sua mãe. E tem a amizade de Marianne.

Morgan também o fitou diretamente e os dois trocaram um meio sorriso quase imperceptível de entendimento. Ela se perguntou se Gervase ficara desconfortável com o que descobrira sobre a prima. Ela, Morgan, não ficara. O amor era um bem tão precioso que não deveria ser negado onde quer que fosse encontrado.

– Se a cúmplice houvesse sido Henrietta, você se sentiria terrivelmente magoado? – perguntou ela. – Ficaria muito furioso? Seria capaz de permitir que ela continuasse a viver aqui?

– Se *houvesse* sido Henrietta, suponho que ela tenha tido suas razões. E acho que já sofreu... provavelmente sofreu muito. Deve ser difícil viver com uma culpa dessas, não é mesmo, *chérie*?

Ele continuava a encará-la com a mesma intensidade.

– Para uma pessoa com consciência, sim – retrucou Morgan.

– Ah, sim, consciência. – Ele sorriu. – Alguns não a possuem. Convidei Marianne para o baile amanhã. Isso a agrada? Sente-se orgulhosa de mim?

– Sim, me agrada. Foi a coisa mais sensata que poderia fazer.

– Você tem estado determinada a me fazer olhar para os cantos mais escuros da minha vida e trazê-los à luz, *chérie*. Tem passado muito tempo me ajudando a encarar o passado de modo que ele não seja para sempre um fardo no meu presente e no meu futuro. Por quê?

– É *ridículo* se deixar abater pelo peso de fardos do passado quando esse passado já está morto e enterrado! Como uma pessoa pode aproveitar o presente e planejar o futuro se continuar olhando para trás o tempo todo, em uma perpétua melancolia? – disse Morgan.

– Mas você também carrega esses fardos, *chérie*. Não vê que a sua visão do passado no que diz respeito a mim talvez seja um pouco distorcida. Você se nega a felicidade no presente e as perspectivas de futuro de uma boa vida para nós. Insiste em olhar para trás em uma perpétua melancolia, como disse.

Morgan se levantou de um pulo, apoiou as mãos na mesa entre eles e se inclinou na direção de Gervase.

– Ah, sim! – exclamou. – Esse é exatamente o tipo de argumento que esperaria que usasse, Gervase. Qualquer coisa para me confundir e me moldar à sua vontade. O que eu disse não pode, de forma alguma, ser aplicado à minha situação. E você se engana quando diz que me nego a felicidade no presente. Ficarei feliz quando deixá-lo. Está sendo lisonjeiro consigo mesmo ao dizer que olharei para trás com perpétua melancolia. Sempre que eu *de fato* olhar pra trás, será com enorme alívio por ter descoberto a verdade a respeito de você a tempo de me livrar de uma vida infeliz. Mas não olharei para trás com frequência. Por que deveria? Os últimos meses têm sido *extremamente* insignificantes.

– Fica linda quando está zangada, *chérie* – disse ele.

Morgan deu a volta ao redor da mesa, mas ao se aproximar de Gervase ele já tinha se preparado e segurou a mão direita dela quando estava a 5 centímetros do seu rosto, e a esquerda, a 10 centímetros. Ele riu baixinho.

– Mas o que é isto, *mon amour*? – perguntou. – Esqueceu que deveria estar fazendo com que eu me apaixonasse perdidamente por você?

Morgan aproximou mais a cabeça da dele.

– Prefiro flertar com um sapo – falou. – Prefiro fazer amor com o demônio.

– *Non, chérie*. – Ele riu mais uma vez e continuou a segurá-la pelos pulsos. – Isso é terrível da sua parte. Uma das coisas que sempre admirei em você foi a honestidade. Mas acaba de mentir duas vezes para mim. Flertaria com um sapo? E o que o diabo faria com seu tridente enquanto fizesse amor com você? Na verdade, talvez seja melhor não pensar nisso. Há todo tipo de possibilidades perversas, não é mesmo?

– Talvez – retorquiu Morgan em voz baixa, aproximando-se ainda mais dele – eu devesse distrair sua mente desses pensamentos maliciosos, Gervase.

Então beijou-o na boca.

Um instante depois, estava no colo dele, os pulsos livres, os braços dos dois envolvendo um ao outro em um tórrido abraço.

Gervase arrancou as fitas do chapéu de Morgan e jogou-o sobre a mesa. Depois, abaixou o corpinho do vestido dela e expôs mais os seios. Morgan lutou com os botões do paletó e do colete dele, para que pudesse sentir o calor tentador do corpo de Gervase através da camisa. Eles se beijaram com intensidade e uma ternura desesperada.

Mas ambos tinham plena consciência de que estavam no caramanchão, visíveis a qualquer um que se aproximasse por acaso. O abraço deles mal se manteve dentro dos limites do decoro.

Gervase puxou a cabeça de Morgan contra o ombro depois do beijo, mas apoiou os pés contra a mesa, para que ela não saísse de seu colo.

– Quando não a vi no jardim depois que Marianne partiu – disse ele –, achei que talvez não fosse mais encontrá-la, *chérie*. Não imagina como eu precisava de você, nem a alegria que senti quando a vi sentada aqui.

Morgan queria desesperadamente acreditar nele. No entanto, mais uma vez, estava consciente da própria juventude e da experiência dele. Estivera tão alheia às motivações de Gervase pouquíssimo tempo antes... Não seria presa da própria ingenuidade com tanta facilidade outra vez.

– Também fiquei feliz quando o vi – retrucou ela. – Mas achei que talvez estivesse zangado comigo.

– Zangado? – Ele levantou o queixo dela com o dedo e a encarou. – Quando você tem sido um anjo na minha vida?

Ah, não. Aquilo era um pouco extravagante demais, pensou Morgan.

– Tenho?

Ela suspirou e voltou a apoiar a cabeça no ombro dele.

– Sempre, *chérie*. Meu anjo de beleza e graça, meu anjo de bondade e compaixão, meu anjo de amor.

Ela voltou a suspirar e começou a dar beijinhos embaixo do queixo dele.

– Você me ama, então? – perguntou.

– Amo, *ma chère* – respondeu Gervase, abaixando a cabeça e falando contra os lábios dela. – Com cada fibra do meu ser.

Eles se beijaram suave e ternamente, então sorriram um para o outro.

– E você, *mon amour*? – quis saber ele. – Você me ama?

Morgan continuou a sorrir.

– Não. Na verdade, não. Nem um pouquinho, Gervase. Me conte o resto. Vai ficar de coração partido quando eu me for?

Ele estreitou os olhos e pareceu estar realmente se divertindo, da forma mais desprezível.

– É claro, *ma chère*. Acho que deixarei meu cabelo crescer, entrarei em declínio e logo expirarei, e você virá chorar sobre o meu túmulo e regar com suas lágrimas as rosas que minha mãe plantar nele. Ou talvez você ria com desprezo e arranque cada botão de rosa. Seria assim tão dura? *Conseguiria* ser?

– De forma alguma – disse Morgan, levantando-se e alisando o vestido antes de recolocar o chapéu. – Eu ficaria totalmente indiferente. Alguém me contaria que você havia morrido, eu pensaria por um momento, então daria de ombros e comentaria que o conheci algum tempo antes. E seguiria com o que estivesse fazendo.

Ele riu também e se levantou.

– Você está se tornando uma mentirosa contumaz. Mas nunca deixa de ser adorável. Vamos agir de forma civilizada e voltar juntos para casa, embora eu presuma que tenhamos brigado? Ah, e devemos ter um assunto para conversar no caminho... O clima, talvez? Ah, já sei! Vamos especular como deve estar o tempo na festa amanhã. O que acha, *chérie*? Vai chover ou o céu estará limpo? E o que faremos se chover?

Morgan aceitou o braço que ele ofereceu e os dois saíram do caramanchão, seguindo pela avenida.

– Você sabe muito bem que sua mãe tem planos alternativos para um dia chuvoso – comentou ela.

– Ah, assunto encerrado, então. Sua vez de escolher o tema, *chérie*.

Durante algum tempo, pela manhã, pareceu que a condessa teria que colocar seus planos alternativos em ação. Mas, por volta do meio-dia, não apenas a ameaça de chuva não se concretizara, como as nuvens haviam desaparecido completamente e o sol brilhava. A tarde acabou sendo muito agradável, sem que o calor se tornasse opressivo.

Todos compareceram à festa ao ar livre em Windrush, vindo de quilômetros de distância. Houve cavalgadas, jogos de talento e força, inclusive uma competição de tiro ao alvo e um jogo de críquete nos gramados. Houve corrida de barcos no lago e depois passeios com as crianças, com Aidan e Sir Harold nos remos. Passeios de pôneis foram organizados na larga avenida entre o lago e o caramanchão. Os interessados puderam visitar o salão de baile, já decorado para o evento à noite, e a galeria de retratos. E havia comida e bebida em abundância, para serem consumidas em pequenas mesas cobertas por toalhas brancas engomadas, distribuídas pelo terraço. Ou, caso se desejasse uma acomodação mais informal, em mantas jogadas no gramado ou perto do lago.

Gervase se misturou aos convidados e fez questão de ser agradável até com o mais humilde. Morgan fez o mesmo, embora não estivesse acostumada a interagir com pessoas de classe mais baixa. Ela se lembrou da surpresa que sentira no ano anterior, quando estivera em Penhallow e descobrira que Joshua, marquês de Hallmere, tratava todos os criados, os trabalhadores de suas terras e os que lhe eram socialmente inferiores como amigos pessoais. Ela também se lembrou dos longos dias e noites que passara na casa da Sra. Clark, cuidando dos feridos, e como compreendera ali que as distinções de classe eram apenas um acidente de nascimento, que os soldados vindos dos bairros pobres de Londres que falavam um inglês quase ininteligível para ela eram tão preciosos quanto qualquer duque ou marquês – ou príncipe.

Morgan constatou que as mulheres lhe faziam muitas cortesias, enquanto os homens inclinavam a cabeça e puxavam o topete. As crianças a encaravam com os olhos – e às vezes as bocas – muito abertos. Mas todos retribuíam a gentileza quando ela sorria para eles. E quando Morgan entrou na disputa de arco e flecha, os outros competidores – todos homens – a aplaudiram, enquanto um grande grupo de espectadores, a maior parte mulheres, se reuniu ao redor dela para assistir.

– Estou terrivelmente sem prática – avisou Morgan quando puxou o arco para o primeiro lançamento.

O alvo parecia muito pequeno e distante demais.

Ela não se destacou no resultado final, embora já houvesse sido imbatível no esporte – ao menos nas imediações de Lindsey Hall. Mas também não fez feio. De nove competidores, ficou em terceiro lugar e ganhou muitos aplausos durante a disputa. Estava corada e com os olhos brilhantes quando se afastou.

A corrida de três pernas estava prestes a começar, com sete pares de crianças e um par de adultos – Gervase e Monique. Os dois foram aplaudidos pelos menores e se tornaram alvo de zombaria de alguns adultos destemidos, que ao mesmo tempo riam com simpatia.

Morgan riu também depois que Joshua deu o sinal de largada e os adultos dispararam na frente, apenas para cair em um tombo tão espetacular e constrangedor – uma mistura de braços e pernas, que contou ainda com um gritinho feminino e um urro masculino – que Morgan logo percebeu que fora tudo proposital. Eles cambalearam até ficar de pé, enquanto os cinco pares de crianças que continuavam na disputa passaram pulando. O casal adulto voltou a assumir a liderança, mas logo tomou outro tombo sensacional quando estava a um metro da linha de chegada. Três pares de crianças chegaram saltando à vitória e foram recebidos com muitos aplausos e risadas.

Morgan sentiu um braço ser passado por seu ombro e em seguida Aidan puxou-a contra o corpo brevemente.

– Feliz? – perguntou ele.

Ela assentiu, sorrindo para o irmão.

– Não consigo aceitar a ideia de que você cresceu – disse Aidan. – Parece que ainda ontem era uma menininha. Agora é uma mulher que cumpriu todas as promessas de beleza que sempre deixou entrever.

– Espero que seja assim tão pródigo em seus elogios a Eve – retrucou Morgan, rindo.

Aidan acenou com a cabeça na direção de Gervase, que entregava prêmios ao vencedores da corrida e moedinhas a todos os perdedores.

– Você fez uma boa escolha – comentou. – Ele é um bom homem.

– Sim. – Morgan olhou para Gervase, sem chapéu, ligeiramente desalinhado, o rosto animado. – Ele é.

– Devo confessar que fiquei um pouco preocupado – disse Aidan, apertando o ombro dela. – Todos ficamos. Foi por isso que concordamos em vir para cá... para lhe dar apoio moral, se precisasse. Fico feliz por não ter sido necessário, mas não lamento que tenhamos vindo. Você pode ser feliz entre essas pessoas, Morgan.

– Sim – concordou ela. – Posso.

– Ah, não... – disse ele. – Vejo que Freyja está ensinando a Davy como jogar as ferraduras. Me pergunto qual dos dois planeja entrar na competição. Acho melhor ir lá descobrir.

Mais tarde, Morgan levou Jonathan até os pôneis, para que o menino pudesse fazer carinho neles, e então o animou a um passeio breve. Nesse momento, enquanto tomava conta do menino, a mãe de Gervase a encontrou e passou o braço pelo dela.

– Tem andado tão ocupada que não terá pernas para dançar hoje à noite, *chérie* – comentou a condessa. – Venha se sentar um pouco no terraço. Como fica linda nesse tom de amarelo! Parece fresca como a primavera.

– Deve estar muito feliz com o sucesso de sua festa, madame – elogiou Morgan. – Todos parecem estar se divertindo bastante.

– E é tudo para você, *chérie* – lembrou a condessa. – Para você e Gervase, em homenagem ao noivado de vocês. É fácil ver que todos o amam como sempre amaram, como eu sabia que seria. E todos simplesmente a *adoram*. Deve começar a me chamar de *maman*, em vez desse *madame* tão formal. Fará isso, *ma petite*?

– Sim, *maman*.

Morgan sorriu para ela enquanto as duas se acomodavam diante de uma das mesas e um criado se apressava a lhes trazer chá e bolos.

Morgan se deu conta de que sua vingança seria ainda mais terrível do que imaginara ao planejá-la. Sem dúvida, seria ela a principal culpada, já que romperia o noivado... *e* era ela a desconhecida ali. Mas Gervase ficaria muito humilhado.

Simplesmente não queria fazer aquilo.

Como fora tola e impulsiva... Deveria ter sido o bastante confrontar Gervase na Casa Pickford, dizer-lhe que ela *sabia*, forçá-lo a confessar tudo. Deveria ter sido o bastante forçá-lo a ficar de joelhos para pedi-la em casamento. Teria sido triunfo suficiente encará-lo com uma expressão zombeteira e responder que não.

A não ser pelo fato de que era exatamente isso que ele esperava.

Além do mais, como dissera a Gervase, não havia encerrado o assunto com ele na época.

E agora?

Encerraria em algum momento?

Mas não havia tempo a perder com seu dilema. Precisava conversar com a condessa e logo Freyja e Emma se juntaram a elas, quando os convidados começaram a ir embora.

O salão de baile tinha a aparência e o aroma de um jardim particularmente exuberante, pensou Gervase quando entrou para examinar o lugar e para falar com a orquestra, cujos membros já estavam sentados na plataforma no final do salão, afinando os instrumentos. Havia flores de todos os tons de púrpura, fúcsia e rosa, entremeadas com generosas quantidades de samambaias e outras folhagens.

Gervase sabia que os arranjos de flores, em sua maioria, haviam sido trabalho de Henrietta. Ela sempre tivera bom gosto, mas naquela noite se superara.

A prima o procurara naquela manhã bem cedo, antes mesmo do café, quando Gervase voltava de uma caminhada. E o pegara de surpresa confessando seu papel no que acontecera nove anos antes. Chegara a se oferecer para deixar Windrush se ele desejasse, embora não tivesse dito para onde iria.

Gervase não estava com boa vontade em relação a ela, mas se permitira reagir guiado por puro instinto. Atravessara o salão até onde estava Henrietta e dera-lhe um abraço apertado que obviamente a pegara de surpresa. Então dissera à prima que não devia ser tola, que estava na hora de deixarem o passado para trás e seguirem com suas vidas. Por fim, sorrira para ela enquanto Henrietta secava os olhos com um lenço.

– Além do mais – dissera Gervase –, *maman* está decidida a se mudar para Cherry Cottage depois do meu casamento. Imagino que você vá querer ir para lá com ela.

– Sim, irei, Gervase – concordara Henrietta. – Obrigada por sua generosidade.

Depois do casamento dele.

Cherry Cottage era uma mansão menor, nos arredores do vilarejo, que o pai de Gervase alugara para um coronel do Exército aposentado, e agora já falecido. A viúva do oficial havia se mudado de lá.

Henrietta não deu qualquer explicação sobre o motivo que a levou a colaborar com Marianne na armadilha que prepararam para ele, e Gervase não perguntou. Não negaria que a ideia das duas como um casal o chocava bastante, ainda mais por elas terem lhe causado um mal enorme. No entanto, no fim das contas, o que faziam da vida era problema delas. Com certeza *ele* não tinha nada a ver com isso.

Foi distraído de seus pensamentos quando os Bedwyns chegaram todos juntos, os dois homens de preto, com camisa branca por baixo, Freyja toda de preto, Eve em um vestido lilás. Mas a verdade era que ele só tinha olhos para Morgan, magnífica em um traje de noite de cetim prateado, parcialmente coberto por uma túnica da mesma cor, em um tecido transparente. Enfeites de prata haviam sido presos em seus cabelos, que estavam penteados para cima, e um medalhão de prata repousava próximo ao decote. As luvas e o leque eram brancos.

Gervase usava as mesmas roupas em prata, cinza e branco que usara no piquenique na floresta de Soignes. Havia hesitado diante da escolha, já que nenhum dos dois precisava ser lembrado daquela noite, mas resolvera apostar. Lidar com o passado, com certeza, não envolvia negá-lo. Isso não adiantaria nada.

E Gervase torcia – desesperadamente – para que os dois conseguissem resolver seu passado.

Ele se inclinou em uma cortesia, pegou a mão de Morgan e levou-a aos lábios. Ela abriu um sorriso radiante enquanto os membros da família dela e os da dele, que haviam chegado ao salão de baile logo depois dos Bedwyns, os observavam.

– Meu Deus – comentou Freyja –, vocês dois estão deslumbrantes.

Os convidados começaram a aparecer logo em seguida. Gervase os recebeu na fila de cumprimentos, junto à mãe e a Morgan. A jovem já conhecera todos, mas Gervase ficou impressionado com o modo como ela se lembrava dos nomes e de alguns detalhes sobre cada um. Era óbvio que todos a admiravam muito, não apenas porque era linda, ou por ser irmã do duque de Bewcastle, mas porque era segura de si, agradável e encantadora.

A vingança de Morgan seria de fato colossal, pensou ele.

Isto é, se ele não a fizesse desistir da ideia.

Como a mãe de Gervase previra, o salão de baile ficou agradavelmente cheio depois que todos chegaram – inclusive Marianne Bonner, com sua tia idosa, a Sra. Jasper –, mas de forma alguma apertado. Gervase abriu o baile dançando com Morgan, em uma alegre performance de uma quadrilha. Os dois dançaram com vários parceiros diferentes depois, e jantaram em mesas distintas. Era o comportamento mais correto, é claro, mas, mesmo pelas regras estritas da sociedade londrina, ele tinha permissão para dançar duas vezes com a mesma parceira. E havia instruído a orquestra a tocar o único conjunto de valsas da noite depois do jantar.

– *Chérie*? – Gervase se inclinou sobre a mão de Morgan, que conversava com um grupo de vizinhos deles. – Aceita valsar comigo?

Ela pousou a mão sobre a manga dele sem dizer uma palavra sequer e permitiu que Gervase a levasse até a pista de dança.

– Você está usando a mesma roupa que usou na floresta de Soignes – comentou. – Na época, achei que havia escolhido cores tão claras porque a maior parte dos homens estaria usando paletós escarlate.

– Estava absolutamente certa, *chérie* – disse Gervase. – Quem iria querer parecer insignificante em um evento do qual é o anfitrião?

– Estou surpresa por estar usando as mesmas roupas hoje.

– Está? – perguntou ele, inclinando a cabeça um pouco mais perto da dela, já aguardando as primeiras notas da música. – E está surpresa por eu tê-la convidado para valsar comigo? A última vez foi no baile de sua irmã, em Londres, sozinhos em uma antessala. E, antes disso, foi no meu piquenique, sozinhos por alguns minutos, diante de mais de cem pessoas. E a primeira vez foi no baile do visconde de Cameron, onde nos conhecemos.

– Dificilmente precisaria ser lembrada disso – falou Morgan. – Mas fico feliz por ter sido. Tornará as coisas mais fáceis para mim amanhã, ou depois de amanhã, quando Eve, Aidan, Freyja e Joshua partirem e eu decidir ir com eles.

A música começou e Gervase a guiou lentamente pelos passos de abertura da valsa.

– Irá mesmo embora, *chérie*? – perguntou ele, os olhos fixos nos dela. – Vai partir com eles e *me* deixar? Nunca mais me verá?

– Sabe que irei.

Morgan jogou a cabeça para trás, mas não afastou os olhos dos dele.

Gervase pressionou as mãos com mais firmeza na cintura dela e girou-a em um rodopio, aumentando a largura dos passos.

Morgan riu, encantada.

Ele dissera ao maestro qual música tocar. E viu, de repente, pelo olhar de Morgan, que ela reconhecera a valsa. Era a mesma que eles haviam dançado na primeira vez.

Os dois continuaram em silêncio, sem desviar os olhos um do outro nem por um instante. Gervase evoluiu com Morgan por entre os outros casais, lentamente, depois mais rápido, girando e rodopiando até conseguir sentir o sorriso no próprio rosto e ver o rubor colorindo o dela, o brilho profundo em seus olhos.

Foi só depois que a música terminou que eles voltaram a falar.

– Você valsa tão bem, Gervase... – disse Morgan, abaixando os braços ao lado do corpo, aguardando uma nova música começar. – Assim como é bom em muitas outras coisas. É um especialista em flerte... e em mais do que apenas o flerte. Jurou que faria com que *eu* me apaixonasse por *você*. Imagino que seja esse o motivo de tudo isto. Exatamente como daquela primeira vez. Assim você poderá me manipular, me afastar da minha determinação, me derrotar, mesmo que para isso tenha que se casar comigo. Sou apenas um pouco mais velha em idade do que era em Bruxelas, no baile dos Camerons, Gervase, mas estou muitos anos à frente daquela Morgan em experiência. Às vezes eu o odeio de verdade.

– O ódio é um passo adiante da indiferença de ontem, *ma chère* – comentou ele. – Já lhe ocorreu que eu esteja tentando fazê-la me amar porque *eu* a amo?

Morgan balançou a cabeça com impaciência e voltou a pousar a mão sobre o ombro dele quando a música recomeçou.

– Partirei com meus irmãos quando eles se forem – repetiu.

O problema, pensou Gervase, era que ela provavelmente falava sério. O orgulho não a deixaria mudar de ideia. Nem a maturidade e a cautela recém-descobertas. Morgan fora muito magoada. E ele tinha bem pouco a oferecer em defesa própria. Alguma coisa, na verdade, mas não muito.

E não contava como defesa o fato de ele amá-la com cada fibra do seu ser.

Eles não voltaram a falar até o conjunto de valsas chegar ao fim. Ainda restava um conjunto de quadrilhas, mas é claro que não poderiam continuar dançando juntos.

– *Chérie*, daria uma caminhada comigo depois que o baile terminar? – pediu Gervase.

– Hoje? – Ela levantou os olhos para ele, o cenho franzido. – Onde? Ao ar livre?

– Ao ar livre.

– Por quê? Para que possa me seduzir? – Ela o encarou com altivez. – Está *louco*?

– Apenas desesperado, *chérie*. Meu tempo está acabando e vejo que está determinada a endurecer seu coração e me castigar abandonando-me. Vamos conversar. Me dê essa única chance de fazê-la mudar de ideia. Juro pela minha honra de cavalheiro que não encostarei um dedo lascivo em você sem a sua permissão. Me dê essa oportunidade.

– Por sua honra de cavalheiro? – falou Morgan, baixinho, a sobrancelha erguida em uma expressão zombeteira. – Mas *não* há a menor chance de eu mudar de ideia.

Ela franziu o cenho e, por um instante, Gervase viu algo em seu olhar que lhe deu esperança, apesar das palavras irônicas... uma certa dúvida, uma vulnerabilidade, um toque de tristeza.

– Mesmo assim, me dê essa oportunidade – pediu ele.

A música havia parado e os outros casais estavam deixando a pista de dança. Logo eles começariam a chamar atenção se permanecessem onde estavam. E Gervase sabia que se ela não aceitasse naquele momento, seria tarde demais para ele. Já a teria perdido.

– Muito bem – respondeu Morgan. – Mas será inútil.

Ele sorriu e passou a mão dela pelo seu braço.

CAPÍTULO XXII

Aquilo seria inútil, pensou Morgan. O dia fora agoniante para ela pela mesma razão que parecia ter sido um sucesso para todo o resto. Tinha sido uma celebração gloriosa de seu noivado com Gervase.

Era um noivado que ela deveria romper dali a dois dias, quando Freyja e Aidan partissem de Windrush. Precisava endurecer o coração contra todos os argumentos em contrário. Ainda assim, havia concordado em dar a Gervase esse tempo a sós, para que ele tentasse fazê-la mudar de ideia. E isso numa noite fria, com o céu repleto de estrelas, quando eles haviam acabado de valsar juntos e Morgan estava com as emoções à flor da pele.

Ela sabia quase com certeza para onde ele a estava levando, embora não fosse perguntar. Não diria uma palavra até que chegassem lá, e, enquanto caminhavam, Gervase parecia satisfeito com o silêncio. Morgan esperava que ele fosse passear pelos jardins com ela, ou talvez levá-la até o lago, ou mesmo ao caramanchão, onde ficariam fora de vista da janela da casa, embora não fosse necessário fazer segredo. Gervase anunciara que os dois sairiam para caminhar e Aidan, apesar de encará-los com severidade por um instante, comentou que não havia problema em um casal de noivos se despedir longe dos olhos invasivos da família.

Por que ela se trocara e usava agora um vestido do dia a dia, protegido por uma capa quente, se esperava que a conversa com Gervase fosse breve, que ele fosse tentar usar seus encantos para persuadi-la a ficar e ela fosse apenas dizer não?

Morgan estava com medo de se deixar iludir, de ser fraca.

Gervase levava um lampião – um exagero, já que estavam em um espaço aberto, iluminado pela lua e pelas estrelas. Mas é claro que o lampião foi de grande ajuda em certas partes da trilha, quando as copas das árvores escondiam o céu quase por completo. Gervase a segurou pelo cotovelo, para guiá-la pelo terreno irregular. A não ser por isso, parecia satisfeito em não tocá-la de forma alguma.

Quando chegaram à gruta, depois de subir com certa dificuldade uma ladeira e descer outra na escuridão quase total, Morgan já estava furiosa – não tanto com ele, mas consigo mesma. Já não o *conhecia* àquela altura? Não sabia que a intenção dele era usar o poder do próprio charme contra a força de vontade dela?

Ou não? Será que Gervase teria mudado desde Bruxelas? Mas ela não seria uma tola se esquecesse o que ele havia lhe feito lá – sobretudo depois de Waterloo? Partia seu coração se lembrar daquela semana de ternura, quando ele lhe parecera o amigo mais querido e chegara mesmo a se tornar seu amante. E fora tudo mentira. Ela simplesmente não conseguiria deixar aquilo para trás.

Morgan virou-se para encarar Gervase quando ele apagou o lampião – não havia necessidade de luz extra, já que a lua os iluminava e se refletia em uma faixa cintilante na água do rio.

– Imagino que você ache este lugar romântico o bastante para me seduzir e me fazer esquecer o bom senso e qualquer escolha racional – disse Morgan, percebendo que estava parada quase no lugar exato onde havia se deitado com Gervase apenas alguns dias antes.

Sim, o lugar *era* romântico – terrivelmente. A luz do luar cintilava sobre a água que escorria do jarro do querubim.

– Eu estava errado, então, *chérie*? – perguntou ele, com um suspiro exagerado. – Não vai ser assim tão fácil?

Foi o suspiro que a fez perder de vez a calma. Ele nunca levaria nada a sério? Estava tão certo assim de que a convenceria? Ou simplesmente não se importava?

– Isso não vai ser *possível* – respondeu Morgan com a voz alterada, os punhos cerrados ao lado do corpo. – Não entende, Gervase? Você é um homem bonito, encantador, atraente. É claro que é. Eu seria uma tola se negasse isso. Foram essas características que fizeram com que eu me apaixonasse por você em Bruxelas, mesmo sabendo que você também é um sedutor, chegado a flertes sem compromisso. Foram essas características que me levaram àquela tremenda indiscrição no baile de Freyja e que fizeram com que eu me deitasse aqui com você há alguns dias. Mas também conheço o cinismo, o ódio, a manipulação fria de que é capaz. Sei que fui sua vítima até o baile de Freyja, talvez até este momento. Como posso acreditar quando diz que me ama, que realmente deseja se casar comigo? Como posso acreditar em qualquer coisa que me diga? Como posso algum dia *confiar* em você de novo? O melhor que temos a fazer é voltar logo para casa e ir dormir. Vou deixá-lo e esquecer que você existe.

Gervase estava encostado na parede de pedra, em um dos lados da entrada da gruta, de braços cruzados.

– *Chérie* – disse, em um tom suave –, você concordou em me dar uma última oportunidade de convencê-la a não me abandonar, a não partir meu coração.

Mesmo então, Gervase poderia estar apenas brincando com ela. Como seria possível *partir o coração* daquele homem? Seria ele capaz de amá-la tão profundamente? Morgan tinha medo de acreditar, de ter esperança.

Odiava ter só 18 anos. *Odiava.*

– Muito bem – respondeu, encarando-o com toda a altivez que conseguiu reunir. – Fale. Mas vai apenas gastar seu fôlego.

Ela se virou e se afastou um pouco, seguindo por entre as flores e pousando a mão sobre a asa de pedra do querubim.

– Não posso negar a minha culpa, *chérie* – começou Gervase. – Embora tenha sido a sua beleza que primeiro chamou a minha atenção, foi seu sobrenome que me fez querer ser apresentado a você. Eu tinha a intenção de prejudicá-la, e a *prejudiquei.* Usei-a da forma mais fria e indiferente para irritar seu irmão.

Ainda doía lembrar aquele piquenique na floresta e saber que não fora apenas um mero flerte extravagante e indecoroso da parte dele, mas um ato de ódio calculado.

– Mas gostei de você – continuou Gervase –, e comecei a perceber, tarde demais, que era mais do que apenas irmã do duque. Não deveria tê-la envolvido em algo que só dizia respeito a ele e a mim. Mas não estou tentando justificar o que fiz. Sou culpado e sinto-me profundamente envergonhado.

Morgan estendeu a mão e colocou-a por um momento sob o jato de água que caía do jarro. Estava fria. Ela recolheu a mão e enfiou-a entre as dobras da capa, secando-a na saia do vestido. Tentou pensar em coisas banais – o que usaria na viagem de volta para casa, se levaria ou não o material de pintura que ganhara de presente, se iria para Leicestershire, para Oxfordshire, para a Cornualha, ou se iria para Lindsey Hall e passaria o verão com Wulfric.

– Quando a vi no baile do duque de Richmond – falou Gervase –, procurei ficar longe de você, *chérie*, até vê-la parada sozinha, depois que os oficiais haviam partido. Você parecia tão perturbada e desamparada... Parecia estar precisando de conforto. Assim, me aproximei para tentar lhe oferecer isso. Agi assim porque era *você*, não porque era a irmã de Bewcastle. Nem pensei nisso naquele momento.

– Àquela altura, já era tarde demais – observou Morgan, abaixando a cabeça e fechando os olhos.

– Então, alguns dias depois, eu a vi nos portões de Namur, depois de achar que você já teria ido embora. Estava suja, desgrenhada, com o rosto ruborizado e linda, cuidando de um soldado que tivera metade da perna arrancada. Daquele momento em diante, dali até chegarmos juntos a Harwich, você era Morgan Bedwyn para mim. E passei a gostar de você, admirá-la, respeitá-la, até mesmo a amá-la, embora não reconhecesse plenamente esse sentimento até um tempo depois. Não era mais a irmã do duque de Bewcastle para mim naqueles dias, *chérie*. Era *você*, e, sem que eu me desse conta, se tornou o centro do meu mundo, o amor do meu coração. Quando apareceu nos meus aposentos naquela noite, eu não deveria ter permitido que nosso beijo fosse tão longe, mas amava você e não consegui pensar em outra maneira de acolhê-la, de afastar o sofrimento que a atormentava. Não percebi que era amor até bem mais tarde, mas era. Sou culpado do que aconteceu antes, *mon amour*, mas não do que aconteceu durante aqueles dias. Fui seu amigo e, no fim, seu amante.

Morgan pisou sem piedade nas flores enquanto se adiantava até onde ele estava, os punhos cerrados com força ao lado do corpo mais uma vez.

– Você está mentindo! – gritou. – Está mentindo para mim! Não faça isso, Gervase. Não faça isso. Não consigo suportar. E quanto ao baile de Freyja? Se me amava depois de Waterloo, se estava arrependido do modo como me usara, por que fez o que fez *lá*? Não consigo acreditar em nada do que diz. Não consigo confiar em *você*.

Ela estava chorando agora, em soluços altos e agoniados, e começou a procurar um lenço com as mãos trêmulas. Odiava mulheres choronas. Nunca fora uma delas.

Gervase manteve os braços cruzados.

– Gostaria de poder lhe dizer que fui inocente naquele momento, tanto quanto fui em Bruxelas, depois de Waterloo – disse. – Mas não posso. Fui a Londres para pedi-la em casamento, mas não fingirei que era apenas o meu amor por você que ocupava a minha mente quando encarei Bewcastle na biblioteca da Casa Bedwyn. Acho que na época eu nem reconhecia que *era* amor o que eu sentia. Queria ver Bewcastle furioso e tive prazer nisso. Então, depois, só conseguia pensar em maneiras de forçá-lo a permitir que eu fizesse o pedido a você. Foi só quando já era tarde demais... demais... que compreendi meus motivos verdadeiros. O mais importante já não era magoá-lo, e sim o fato de que eu não suportaria perder você. Isso aconteceu naquela salinha, no baile da sua irmã, quando eu tinha a intenção de apenas valsar com você, mas me peguei beijando-a. Foi então que compreendi de repente que deveria tirá-la dali antes que um escândalo irrompesse. Mas no momento em que levantei a cabeça, vi Bewcastle parado na porta e outros convidados passando e olhando. Era tarde demais para arrumar uma forma honrada de cortejar e conquistar você.

Morgan abaixou a cabeça e levou as duas mãos ao rosto.

– E, assim – acrescentou ele –, chego ao fim da única defesa que posso fazer. Sei que é lastimável, para dizer o mínimo. Não posso pedir que me perdoe, *chérie*, isso seria fácil e superficial demais. Não mereço seu perdão. Só posso lhe assegurar, e temo que isso também seja fácil e superficial demais, que a amo de todo o coração e passaria a vida amando-a e sendo seu amigo, se pudesse. Só você pode decidir se me perdoará. Ou se confiará em mim.

Ela caminhou até a margem do rio e seguiu alguns metros ao longo dela, se afastando do salgueiro e do querubim. Ficou escuro de repente e, ao olhar para cima, Morgan viu que uma nuvem havia encoberto a lua. Mas logo se afastou e, antes que ela voltasse a abaixar a cabeça, seu rosto foi banhado pela luz do luar.

Dissera a Gervase que ele precisava perdoar o pai, ou carregaria para sempre o fardo da escuridão de seu ódio.

Dissera que ele deveria perdoar Marianne e Henrietta, ou estaria abatido para sempre pela mágoa terrível que elas haviam lhe causado.

Sabia que ele precisava perdoar Wulfric, assim como sabia que, agora, Wulfric precisava perdoar Marianne.

Ódio e ressentimento eram um veneno fatal para a alma.

Então ela deveria perdoar Gervase. Mas perdão era o bastante? Ela *conseguiria confiar* nele?

Mas uma pessoa não podia viver *sempre* desconfiada. Que mal terrível essa pessoa faria a si mesma se encarasse todos em sua vida com uma desconfiança cínica! E Morgan sabia que estava correndo o risco de se tornar alguém assim. Fora ingênua demais até muito recentemente. E agora se permitiria passar a ser o extremo oposto? Se protegeria de futuras mágoas e, ao mesmo tempo, também se negaria a ser feliz, no presente e no futuro?

Aqueles últimos dias em Bruxelas haviam sido *verdadeiros*.

Ele gostara dela, passara a admirá-la e a respeitá-la. Procurara Alleyne pelo bem dela. Fizera amor com ela porque quisera compartilhar o sofrimento que ela vivia e confortá-la. Fora amigo dela. E seu amante.

Fora tudo verdadeiro.

Quando Morgan se virou para olhar para trás, Gervase encontrava-se parado no mesmo lugar.

Jurara a si mesma que não seria fraca.

Mas ser inflexível também não era uma forma de fraqueza?

Morgan caminhou de volta para o ponto onde Gervase se encontrava, ainda sem saber o que diria. Por isso não disse nada. Chegou até ele, encostou o rosto nas dobras intrincadas do lenço que ele usava ao redor do pescoço e sentiu a força cálida e sólida do corpo dele, de suas coxas contra as dela.

Depois de um instante, sentiu que Gervase a envolvia delicadamente com um braço enquanto acariciava os cabelos dela com a outra mão. Mais algum tempo se passou até que ela sentisse o rosto dele contra o topo de sua cabeça.

– Me desculpe, Morgan. Ah, a insuficiência das palavras... Me desculpe. Eu lamento muito, muito, *ma chère*.

– Se você não tivesse me visto no baile dos Camerons e descoberto que eu era irmã de Wulfric, nunca teríamos nos conhecido, Gervase – falou Morgan, sem se afastar. – E eu teria odiado isso.

Ele beijou a cabeça dela.

– Eu confio em você – disse ela. – Realmente confio.

Então Gervase a beijou na boca, um beijo suave e terno, que ela retribuiu com o anseio de alguém que descobrira que rejeitar o que amava já não era necessário. Em seguida, Gervase a abraçou com muita força antes de soltá-

-la, afastou-se da parede da gruta, pegou as duas mãos dela e se apoiou em um dos joelhos à sua frente.

– Morgan. – Ele levantou os olhos para ela. – Amo você por tudo o que é e por tudo o que irá se tornar. Admiro-a como mulher e como pessoa. Valorizo-a como amiga e companheira. Amo sua inteligência, sua visão artística, suas percepções da vida, seu espírito. Adoro-a como amante. Alimentarei sua liberdade pelo resto da vida, se me aceitar. E ofereço a você a minha verdadeira essência em troca. Me daria a honra de se casar comigo?

Era uma cena terrivelmente dramática – e maravilhosamente romântica, de alimentar a alma. Gervase não dissera nada que envolvesse posse, nada sobre não ser capaz de viver sem ela, nada que a restringisse, a não ser o compromisso de casamento em si. E lhe oferecera amor, cujos laços só poderiam ser de liberdade, se o sentimento fosse verdadeiro.

– Sim – respondeu Morgan.

Talvez ela devesse ter dito mais. Talvez devesse ter dito algo que combinasse com o que Gervase lhe dissera. Mas Morgan sentia o peito e a garganta apertados com lágrimas não derramadas e, de algum modo, aquela única palavra resumia tudo o que havia para ser dito.

Sim, ela seria amiga dele. Sim, seria sua amante. Sua esposa. Juntos, eles buscariam o companheirismo, o prazer físico e a alegria – e, juntos, alimentariam e cuidariam da singularidade e da liberdade um do outro.

Gervase ficou de pé, segurou Morgan pela cintura, levantou-a e girou com ela, jogando a cabeça para trás e uivando para a lua. Morgan também jogou a cabeça para trás e riu.

Foi uma risada límpida, vinda do fundo do coração, que restaurou em Morgan o tesouro de sua juventude. Logo em seguida, Gervase a interrompeu com um beijo.

– Espero que você tenha trazido algo para acender novamente esse lampião – comentou ela depois de algum tempo. – A noite está ficando nublada e o caminho de volta vai estar bem escuro.

– Muito simples – disse ele. – Resolveremos o problema permanecendo aqui até o dia amanhecer, *chérie*.

– Está *frio* – protestou ela.

– Mas não por muito tempo – retrucou Gervase. – Fazer amor esquenta, e tenho toda a intenção de fazer amor com você, provavelmente pela maior parte do que ainda resta da noite. Veja bem: embora eu tivesse muito pouca esperança hoje de manhã, ainda tinha alguma. Por isso preparei o que torci para ser o desfecho de nossa conversa a sós, *se* eu conseguisse persuadi-la a vir comigo. Trouxe algumas mantas para cá, bem cedo hoje, antes que as pessoas acordassem, e as deixei dentro da gruta. Estão ali.

Morgan abriu a boca para falar, ultrajada com a presunção dele. Mas Gervase ergueu as sobrancelhas, em um gesto envergonhado, e ela se pegou rindo de novo e passando os braços ao redor do pescoço dele.

– Acho que não era isto que Aidan tinha em mente quando permitiu que eu viesse até aqui para lhe dar boa noite – comentou Morgan.

– Poderia apostar que você está errada – retrucou ele. – Aidan seria tolo se não houvesse imaginado a minha intenção, e não acredito que ele seja tolo.

A ideia surpreendeu Morgan. Casais de noivos tinham mesmo permissão para essas liberdades?

Mas Gervase já estava pegando uma pilha de mantas bem dobradas dentro da gruta e abrindo uma delas no chão. Então ergueu mais uma vez as sobrancelhas e abriu os braços para ela.

A noite estava fria, quase enregelante, e eles realmente usaram as mantas – embora apenas por instante, enquanto recuperavam o fôlego e esperavam o mundo voltar a girar na velocidade normal, como observou Gervase. Pelo resto da noite, até o amanhecer tornar cinza o céu a leste, e mesmo um pouco depois disso, os dois fizeram amor de um jeito quente, vigoroso e alegre, e teriam se mantido aquecidos mesmo se estivessem flutuando nas águas do Ártico, sobre um iceberg – também de acordo com Gervase.

Eles voltaram pé ante pé para casa pouco antes de os criados se levantarem. Morgan chegou a ouvir os primeiros movimentos deles pela casa e logo depois adormeceu profundamente.

CAPÍTULO XXIII

Morgan foi a primeira a descer. Não precisava ter começado a se arrumar tão cedo, mas era ridículo imaginar que deveria demorar muito mais para se vestir apenas porque era o dia de seu casamento. No entanto, talvez não houvesse parado para pensar em nada mesmo. Simplesmente não conseguiria esperar mais. Estava tão empolgada e tão nervosa que achou que acabaria vomitando se desse muita atenção à importância da ocasião.

Deveria ter permanecido em seu quarto de vestir. Lembrava-se de como, no ano anterior, quando Freyja se casara com Joshua, todos haviam se aglomerado nos aposentos da irmã para comentar a aparência de Freyja, para lhe desejar sorte e para abraçá-la antes de irem para a igreja e se acomodarem nos bancos para esperar sua chegada com Wulfric.

Mas ali estava Morgan, já no andar de baixo, sozinha a não ser por um criado, que se distraiu por um momento quando a viu e lhe dirigiu um meio sorriso. O grande salão de Lindsey Hall, que tinha sido preservado como um salão de banquetes em estilo medieval, sempre fora um dos lugares favoritos de Morgan. Ela passou as mãos pela madeira antiga e lisa da grande mesa enquanto dava a volta por ela e examinava os antigos estandartes e brasões pendurados nas paredes.

O que estava acontecendo a atingiu. Lindsey Hall não seria mais a casa dela. Seria a casa de Wulfric. Ela nunca mais voltaria a ser Morgan Bedwyn. Só voltaria àquela casa como convidada – Lady Morgan Ashford, condessa de Rosthorn. Morgan estremeceu e se perguntou por um momento se não iria *mesmo* vomitar. Também não ajudava, imaginou, o fato de muito provavelmente estar grávida. A verdade era que sua regra mensal, que deveria ter chegado duas semanas antes, ainda não havia dado sinal.

Wulf entrou no salão, vindo da direção da galeria dos menestréis, e ergueu as sobrancelhas ao vê-la. Chegou mesmo a parar para examiná-la melhor e levou o monóculo ao olho.

– De tirar o fôlego – comentou em um tom suave, em uma declaração absolutamente inesperada, vinda dele.

Morgan havia decidido usar branco com bordados lilás na bainha da saia e nas mangas, e fitas da mesma cor na barra do *bonnet* e na cintura alta do vestido. O lilás era em memória a Alleyne, por quem ela já derramara muitas lágrimas na noite da véspera, antes de se recolher. Sentira o coração apertado ao se dar conta de como a vida continuava depois da morte de alguém tão querido, da mesma forma que aconteceria se ele estivesse vivo. A não ser pelo fato de que, se Alleyne estivesse vivo, Morgan não teria permanecido em Bruxelas e aquele dia não estaria acontecendo.

– Então devo entregar alegremente a última de minha família a alguém que acredita precisar mais dela do que eu? – perguntou Wulfric.

Ele estava com um humor estranho. Quando Wulf *precisara* de alguém? Mas de repente Morgan se deu conta de que o irmão agora ficaria completamente sozinho ali. Será que se sentiria solitário? Wulf era capaz de ter sentimentos como a solidão?

Morgan atravessou o espaço entre os dois e, em um impulso, o abraçou, como fizera em Harwich.

– Vai amassar sua roupa – comentou ele, afastando-a.

Mas logo depois a abraçou com tanta força que Morgan sentiu o ar lhe escapar dos pulmões.

Ela poderia ter chorado. Poderia ter soluçado de dor pelo próprio Wulf, por Alleyne, pela tristeza de ter crescido e aprendido que a mudança era a própria essência da vida, que nada era permanente. Mas antes que pudesse fazer algo tão estranho e potencialmente constrangedor, Rannulf apareceu no salão, de braço dado com a avó deles – a velha dama parecia muito frágil, embora houvesse insistido em vir de Leicestershire para o casamento. Judith também estava com eles, e Eve, Aidan e as crianças vinham logo atrás. Becky passou correndo por todos e se agarrou às pernas Morgan.

– Está tão bonita, tia Morgan – falou. – Meu vestido de noiva vai ser igual ao seu quando eu crescer.

– É claro que Morgan seria a primeira a estar pronta para o próprio casamento – disse Freyja, entrando com Joshua, depois dos outros.

– Fomos ao seu quarto de vestir, mas o pássaro já havia voado – acrescentou Joshua com um sorriso.

– Que bom que você não saiu correndo até a igreja, Morg – comentou Rannulf. – Provavelmente chegaria lá antes de Gervase, e os Bedwyns jamais sobreviveriam a tal desgraça.

– Está encantadora, Morgan, minha querida – elogiou a avó dela. – Venha me dar um beijo.

Tia e tio Rochester também apareceram.

– Agora devemos todos ir para a igreja, menos Morgan e Wulf – avisou tia Rochester, em seu costumeiro tom estridente que de algum modo conseguia chamar a atenção até mesmo de um grupo inteiro de Bedwyns. – Seria uma tragédia tão grande quanto a que previu, Rannulf, se chegássemos depois de Rosthorn.

Quase com a mesma rapidez com que haviam aparecido no salão, todos se retiraram, embora houvessem desafiado a paciência da tia abraçando Morgan antes – Rannulf imprimiu tanta força que quase a esmagou. Judith tinha lágrimas nos olhos.

Era verdade, pensou Morgan ao se virar e fitar a figura silenciosa de Wulfric, elegante e severo, de preto com adereços brancos.

Aquele era o dia do casamento dela.

Ao ver Morgan atravessando a nave da igreja em sua direção, de braço dado com Bewcastle, inacreditavelmente linda, Gervase teve a sensação de que cada instante dos últimos nove anos tinha valido a pena, só para que pudesse estar ali, naquele momento.

Qual era a probabilidade de que aquilo houvesse acontecido de outra forma? Era muito provável que, anos antes, ele tivesse se casado com outra pessoa. Ainda que isso não tivesse acontecido, poderia não ter reparado em Lady Morgan Bedwyn naquela primavera. Não, não era verdade – ele com certeza teria reparado em Morgan no salão de baile dos Camerons. Poderia não ter se aproximado de uma pessoa tão jovem, tão obviamente recém-saída da puberdade. E, mesmo que houvesse se aproximado, sem um motivo para atraí-la e envolvê-la, talvez não tivesse conseguido da parte *dela* mais do que um breve momento de atenção.

Era estranho como a vida funcionava.

Os olhos de Morgan estavam fixos nos dele, brilhando de calor, anseio e amor. Por que milagre ela o perdoara? Gervase sorriu e, por mais que estivesse tão consciente quanto dois minutos antes da presença de Pierre ao seu lado, da igreja cheia de familiares e amigos ocupando todos os bancos, agora só tinha olhos para ela.

Para sua amada Morgan. O fim de seu longo e difícil arco-íris.

Bewcastle escrevera para ele no mesmo dia em que recebera a carta de Marianne. O duque fora conciso e objetivo, mas assegurara a Gervase que estava satisfeito com a explicação de Marianne e que reconhecia que havia interpretado de modo errado o que vira nove anos antes. Também mencionara o broche, que sinceramente não se lembrava de ter apanhado do chão e colocado sobre a mesa antes de sair do quarto, embora deva ter feito isso, já que Marianne admitira que a joia nunca fora roubada.

O fim do arco-íris realmente era doce – e cheio de uma alegria que invadiu Gervase quando ele e Morgan se viraram para encarar o ministro.

– Caros irmãos... – começou o homem.

Então, quase antes que Gervase pudesse começar a apreciar o que estava acontecendo, antes que começasse a se concentrar, a mesma voz os declarou marido e mulher.

Morgan tinha um sorriso ofuscante no rosto.

O sorriso dele, Gervase percebeu, estava misturado às lágrimas. Os dois haviam chegado tão perto de não conseguirem estar ali...

Eles assinaram a certidão, deixaram juntos a igreja, passaram por um mar de rostos sorridentes e saíram para a manhã ensolarada, para os aplausos e para a chuva de pétalas atiradas pelos Bedwyns, pelos cunhados de Gervase e por duas de suas sobrinhas. Então voltaram para Lindsey Hall em uma carruagem aberta, cuja traseira tinha sido enfeitada com fitas e botas velhas, as mãos dadas com força, olhando-se como dois tolos e permitindo-se um beijo longo e ardente, assim que o vilarejo ficou longe de vista.

– Feliz? – perguntou Gervase.

– Feliz. – Morgan sorriu de volta para ele. – O último mês pareceu interminável.

Eles haviam ficado separados durante aquele período. Morgan voltara para Lindsey Hall dois dias depois do baile, para cuidar dos preparativos do casamento e fazer os proclamas correrem. Gervase permanecera em Windrush. Só chegara na véspera. Havia ficado com a família em Alvesley Park, a poucos quilômetros de distância, a convite do conde e da condessa de Redfield, do visconde de Ravensberg, filho do conde, e da esposa de Ravensberg.

– Pareceu muito mais tempo – concordou Gervase. – A separação mais longa que teremos que suportar pelo resto de nossas vidas, eu juro, *chérie*. Não houve consequências de nossa noite de pecado?

Ele sorriu para ela e levantou as sobrancelhas, referindo-se à noite apaixonada do lado de fora da gruta.

Mas Morgan o encarava, muito séria, com os olhos grandes e lindos.

– Na verdade, acredito que houve.

– *O quê*? – Ele pegou a mão dela que estava livre e apertou as duas. – *Houve*?

Morgan abriu um sorriso doce. Estava ruborizada. Se já parecia linda aos olhos de Gervase antes, não havia palavras para descrevê-la agora.

Os dois estavam indecorosamente perto da casa – apenas um grande jardim circular, com uma enorme fonte no centro, separava a carruagem em movimento do terraço diante das portas da frente. E, para piorar a sorte de ambos, havia uma pessoa parada do lado de fora – um cavalheiro, sozinho. Por um instante, Gervase se perguntou se era alguém que não fora convidado para o casamento, ou que saíra mais cedo da igreja e se dirigira a cavalo para a casa.

Mas, para dizer a verdade, naquele momento ele não teria se importado se todos os criados, jardineiros e cavalariços que trabalhavam para Bewcastle estivessem em fila no terraço para dar as boas-vindas aos dois. Era um homem recém-casado e acabara de descobrir que seria pai.

– *Chérie* – disse, aproximando a cabeça da dela. – *Mon amour. Ma femme.*

– Estou tão feliz, Gervase, que nem consigo encontrar palavras!

– Não precisa delas – assegurou ele, cobrindo os lábios dela de beijinhos rápidos. – Às vezes há formas melhores de se comunicar do que com palavras, *chérie*.

Então ele começou a demonstrar isso à esposa, abraçando-a e beijando-a com intensidade enquanto ela retribuía as carícias.

O cavalheiro solitário no terraço observou a carruagem – obviamente transportando recém-casados – dar a volta na fonte e se aproximar da entrada, os noivos esquecidos do decoro, o mundo resumido ao abraço dos dois.

INFORMAÇÕES SOBRE A ARQUEIRO

Para saber mais sobre os títulos e autores
da EDITORA ARQUEIRO,
visite o site www.editoraarqueiro.com.br
e curta as nossas redes sociais.
Além de informações sobre os próximos lançamentos,
você terá acesso a conteúdos exclusivos e poderá participar
de promoções e sorteios.

www.editoraarqueiro.com.br

facebook.com/editora.arqueiro

twitter.com/editoraarqueiro

instagram.com/editoraarqueiro

skoob.com.br/editoraarqueiro

Se quiser receber informações por e-mail,
basta se cadastrar diretamente no nosso site
ou enviar uma mensagem para
atendimento@editoraarqueiro.com.br

Editora Arqueiro
Rua Funchal, 538 – conjuntos 52 e 54 – Vila Olímpia
04551-060 – São Paulo – SP
Tel.: (11) 3868-4492 – Fax: (11) 3862-5818
E-mail: atendimento@editoraarqueiro.com.br